시나몬 롤 CINNAMON ROLL MURDER 살인사건

조앤 플루크 지음 / 박영인 옮김

해문

시나몬 롤
CINNAMON ROLL MURDER
살인사건

Cinnamon Roll Murder by Joanne Fluke
Copyright © 2012 by Joanne Fluke
Korean translation copyright © 2012 by Haemoon Co., Ltd.

PUBLISHED BY ARRANGEMENT WITH KENSINGTON
PUBLISHING CORP. NY, NY USA and SHIN WON AGENCY CO., KOREA.

등장인물

한나 스웬슨	'쿠키단지' 라는 베이커리 카페 운영.
안드레아 토드	한나의 여동생, 부동산 중개인.
미셸 스웬슨	한나의 막냇동생.
노먼 로드	레이크 에덴의 치과의사.
마이크 킹스턴	위넷카 카운티의 경찰관.
리사 & 허브 비즈먼	한나의 어린 동업자와 경찰관 남편.
딜로어 스웬슨	한나의 어머니. 골동품점을 운영.
베버리 손다이크	노먼의 전 약혼자. 현재 치과병원 동업자.
버디 니먼	시나몬 롤 식스 밴드의 키보드 연주자.
리넷 / 캐미	시나몬 롤 식스 밴드의 여자 일행.
로니 머피	미셸의 남자친구. 위넷카 카운티의 경찰관.
데빈 머피	로니의 사촌. 시나몬 롤 식스 밴드의 팬.
샐리 래플린	레이크 에덴 호텔 주인 겸 요리사.

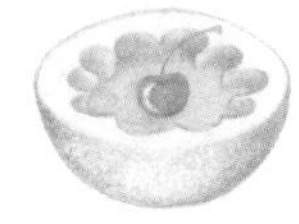

"앞에 넉 대의 차가 들어갈 정도로 넓게 안전거리를 뒀을 때의 문제는 뒤따르는 차들이 시시탐탐 그 자리에 끼어들 기회를 엿본다는 거야!"

한나가 쿠키 트럭 조수석에 앉은 여동생 미셸에게 투덜거렸다.

"지금 시속 65킬로로 달리고 있는데, 내가 너무 느린 건가?"

"당연히 아니지. 다른 사람들 운전이 너무 거친 거야. 밤길을 65킬로 이상 달린다는 건 미친 짓이지."

"아니면 다른 주에서 와서 미네소타에서는 겨울 운전이 얼마나 위험한지 모르는 사람들이거나. 안 되겠다. 잠깐 차를 세우고, 뒤에 차들이 먼저 지나가게 해야겠어."

"좋은 생각이야."

한나는 비상등을 켜고 길가에 가능한 한 바짝 붙여 차를 세웠다. 그들은 한나가 지나치게 조심성 많은 사람이라고 생각하겠지만, 아스팔트 표면에는 벌써 얇은 얼음막이 얼어붙어 반짝이고 있었고, 바깥 기온도 무섭게 떨어지고 있었다. 이제 제대로 된 빙판길이 만들어지는 건 시간문제다. 한나는 빙판길 위에서 미끄러져, 오후에 녹았다가 다시 얼기 시작한 진흙 도랑으로 골인하고 싶지 않았다.

몇몇 사람들은 미네소타에 두 개의 계절, 즉 삽질의 계절과 모기채의 계절이 있다고 말하지만 사실 그게 전부는 아니다. 바짝 얼어붙은 이 북쪽 땅에는 바로 네 개의 계절이 있는데, 낚시의 계절, 오리의 계절, 사슴의 계절, 그리고 진흙의 계절이 바로 그것이다. 4월 첫째 주 목요일, 레이크 에덴은 역대 최악의 진흙의 계절을 보내고 있다. 지난 사흘 동안 얼 프렌스버그는 위넷카 카운티 견인차로 진흙 도랑에 빠져버린 차를 무려 18대나 건져내야 했다. 물론, 거기에는 한나의 쿠키 트럭도 포함되어 있었다. 그것도 두 번이나.

지난겨울 기록적으로 내린 폭설 때문에 최근의 도로 상태는 최악이었다. 지난주 들어서 갑자기 수은주가 영상 10도로 올라가는 등 날씨가 따뜻해졌고, 그 바람에 도로 양옆에 가득 쌓여 있던 눈더미들이 녹아 도랑이 진흙탕으로 변해버리고 만 것이다. 오늘 밤 같은 날씨라면 오후에 녹았던 길이 다시 얼기에 충분하지만, 진흙탕이 어는 데에는 좀 더 시간이 걸렸다. 이런 얇은 얼음길 위에서도 누구든 운이 나쁘면 얼마든지 미끄러질 수 있다. 거기서 운이 좋으면 진흙 도랑에 빠지는 것으로 끝나겠지만, 운이 나쁘면 다른 차들과 충돌해 부상을 입을 수도 있다. 날씨가 평온해질 때까지는 고속도로에서의 사고 횟수가 마을 사람들이 장갑 잃어버리는 횟수보다 더 많았다.

한나는 운전대를 단단히 잡았다. 레이크 에덴 호텔로 향하는 자갈길에만 들어서도 운전하기가 좀 나을 텐데, 어설프게 얼어붙은 하키 링크장 같은 이 아스팔트 길을 아직 8킬로미터나 더 가야만 했다.

한동안 아무 말 없이 도로 위를 달리던 한나가 미셸을 흘끗 쳐다보았다. 얼굴에 미소가 떠오른 것을 보니 위넷카 카운티 경찰서 형사과의 막내인 로니 머피를 생각하고 있는 모양이다. 두 사람은 로니와 그의 사촌 데빈을 만나기 위해 레이크 에덴 호텔로 향하는 중이었다. 거기서 샐리의 새 메뉴를 시식하고, 샐리와 딕 래플린이 주최하는 사상 최초의 '위크엔드 재즈 페스티벌' 의 헤드라이너 밴드인 시나몬 롤 식스의 리허설을 볼 계획이다. 본 공연은 바로 다음 날 저녁이다. 그리고 리허설이 끝나면 샐리를 도와 리허설에 초대받은 사람들에게 한나의 스페셜 시나몬 롤을 나눠줄 생각이었다.

시나몬 롤의 향긋한 냄새에 한나의 뱃속이 요동쳤다. 점심도 먹지 못한 터라 당장이라도 뒷좌석으로 손을 뻗어 롤 하나를 집어 채고 싶을 정도로 배가 고팠다. 두 손 모두 운전대 위에 단단히 고정시키는 것만이 롤을 안전하게 지키는 길이다. 약 30분쯤 전에 오븐에서 막 꺼낸 시나몬 롤을 프로스팅해 팬 채로 호일을 덮은 다음 조심스럽게 쿠키 트럭 뒤에 싣고 곧장 고속도로로 달려 나온 길이었다. 트럭 안은 갓 구운 빵과 시나몬, 그리고 초콜릿의 향기로 가득했고, 한나는 입안 가득 군침이 돌아 몹시 힘이 들었다.

그때 미셸이 한숨을 푹 내쉬었다.

"언제까지 견딜 수 있을지 모르겠어. 시나몬 롤 냄새가 너무 유혹적이야."

"나도 그래. 아무래도 우리……, 이런!"

저 앞에서 브레이크 등이 번쩍이는 것을 알아 챈 한나가 돌연 말을 멈추었다.

"아니, 젠장……!"

"뭐야, 무슨 일이야!"

하마터면 욕설을 내뱉을 뻔한 한나 대신 미셸이 좀 더 점잖은 표현으로 마무리를 지었다.

"저 앞에 무슨 일이 생겼나?"

"뭔가 문제가 생겼나 봐. 하지만 그걸 알아보고 있을 시간 없어!"

말과 동시에 한나는 운전대를 휙 꺾으며 브레이크를 밟았고, 직진길 대신 위넷카 카운티 휴게소로 향하는 구불구불한 길로 미끄러졌다.

한나는 시속 25킬로 이하로 달리라는 속도제한 표지판을 지나쳤다. 그보다 더 빠른 속도이긴 했지만, 당장은 빙판의 커브길에만 온 신경을 집중해야 했다. 휴게소를 지나는 직선길에 도달했을 때 한나는 하마터면 미끄러져 빨간색 화살표로 '현재 위치' 라며 레이크 에덴을 가리키고 있는, 낡은 미네소타 주 지도판과 정면으로 부딪힐 뻔했다. 여전히 제한 속도를 웃도는 시속으로 한나는 철제 피크닉 테이블을 지나 콘크리트로 만든 간이 화장실 모퉁이를 아슬아슬하게 비켜갔다.

어느덧 한나의 트럭은 소나무 숲 깊은 곳을 향해 달리고 있었다. 길 위에는 여전히 군데군데 얼음이 얼어 있었다. 미셸보다 키가 큰 한나는 윗머리가 트럭 천장에 닿는 것이 느껴졌다. 순간 한나는 머리에 쿠션 역할을 해주는 헝클어진 빨간색 곱슬머리가 난생 처음으로 고마워졌다. 한나는 이렇게 계속 가다가는 조만간 눈더미에 부딪혀 트럭이 산산조각이 나버리지는 않을까 염려스러웠다. 하지만 바로 그때 거대한 노르웨이 소나무 땔감 무더기가 보였고, 그 앞에 간발의 차이로 트럭이 멈춰 섰다.

"우리가 해냈어."

한나가 떨리는 목소리로 말했다.

"정말이야. 아무 일 없이 멈춰선 게 기적이야."

"그러게."

한나는 그제야 자신이 숨도 제대로 쉬지 못하고 있었다는 사실을 깨달았다. 한나는 참고 있던 숨을 내뱉은 다음 어지러운 머리를 식히기 위해 창문을 내리고 신선한 공기를 마음껏 흡입했다.

미셸 역시 창문을 내리고 시원한 공기를 쐰 뒤에 어쩐지 불안한 듯한 미소를 지으며 한나에게로 고개를 돌렸다.

"그대로 박았으면 큰일 날 뻔했는데, 언니가 제때 핸들을 꺾었어. 그리고…….”

미셸이 차창에 바짝 기대어 바깥쪽으로 귀를 기울이더니 이내 인상을 찌푸렸다.

“뭐지?”

“또 사고야.”

한나가 대답했다. 금속끼리 충돌하는 듯한 큰 소리가 연이어 들렸다.

“아무튼 빠져나온 게 천만다행이야. 도로 상황이 정말 안 좋은가 보네.”

“연쇄추돌 사고인가 봐. 꽤 심각한 것 같은데 다시 돌아가서 도와줄까?”

“일단 경찰서에 먼저 연락하고. 핸드폰 있지?”

“여기.”

미셸이 주머니에서 핸드폰을 꺼냈다.

“뭐라고 신고할까?”

“연쇄추돌 사고가 났으니까 빨리 와달라고 해. 분명 부상자도 있을 테니까 구급차도 보내달라고 하고. 교환원한테 병원에 나이트 박사님께도 연락해서 부상자 이송 준비도 부탁드리라고 해.”

“알았어.”

미셸이 번호를 눌렀다.

“아무래도 반대편 차선으로 다시 가봐야겠어.”

“그래. 지금 신호가 가고 있어.”

미셸이 경찰서에 상황을 설명하는 동안 한나는 트럭을 돌렸다. 길이 좁아서 트럭을 돌리는 데 꽤 시간이 걸렸지만, 도랑에라도 빠졌다면 이런 시도마저 하지 못했을 것이다. 어느새 타이어 긁히는 소리와 차끼리 부딪히는 소리가 멈춰 있었다. 차의 경적소리를 제외하고는 으스스하게

고요한 밤이었다. 한나가 큰길의 진입로로 막 들어서려는 찰나에 저 멀리서 사이렌 소리가 들렸다. 도움의 손길이 오고 있다. 하지만 유리 깨지는 소리와 충돌 소리를 들었던 것이 벌써 수 분 전인 것을 감안했을 때 그렇게 빠른 조처는 아닌 듯했다.

한나와 미셸은 진입로를 따라 다시 길 위로 올라갔다. 한나가 있는 방향에서 구급차가 출동하지 않은 것이 다행이었다. 이처럼 긴급한 상황에 길을 막고 있는 꼴이 되면 안 될 테니 말이다. 현장에는 세 대의 경찰차와 두 대의 구급차, 그리고 레이크 에덴 소방 트럭이 사이렌을 울리고, 불빛을 번쩍대며 다가오고 있었다.

"심각하네."

한데 뒤엉킨 차량들을 보며 미셸이 말했다.

"그러게. 저기 왼쪽으로 15미터 정도 앞에 봐봐. 버스가 도랑에 빠져 있는데, 그 부근에도 추돌 사고 차량들이 많아서 구급차가 거기까지는 들어가지 못할 것 같아."

"정말. 안쪽까지는 걸어서 들어가야겠는데. 일단 차로 가능한 곳까지 들어간 다음, 걸어서 도랑까지 가보자. 학교에서 응급치료 방법을 배웠는데, 좀 도움이 될지도 몰라. 그게 안 되더라도 안에 탄 사람들이 나올 수 있게 우리가 버스 문을 열어줄 수는 있잖아."

한나는 뒤집혀진 버스에 가능한 한 가까이 트럭을 세웠다. 그리고 두 자매는 차에서 내려 높다란 나무가 촘촘히 심어진 가파른 둑 밑으로 달려갔다.

"조심해."

한나가 말했다.

"도랑 바닥은 완전히 진흙탕일지도 몰라."

먼저 바닥에 도달한 미셸이 한나를 향해 고개를 돌렸다.

"아직 얼어 있어. 나무들 때문에 햇빛이 안 들어서 그런가 봐."

도랑 바닥에는 아직 눈이 높이 쌓여 있어서 앞으로 걸어나가는 게 쉽지만은 않았다. 두 사람은 반대편의 또 다른 둑을 넘어 뒤집힌 버스로 다가갔다.

"아무 소리도 안 들려."

버스에 다가서며 미셸이 말했다.

"안에 있는 사람들 다 괜찮은 모양인데. 안에서 조용히 구조를 기다리고 있는 걸 거야."

아니면 다들 의식불명 상태이거나 혹은 죽었거나. 한나는 생각했다. 직접 안에 들어가서 확인하기 전까지 괜한 얘기로 미셸의 마음을 상하게 할 생각은 없었다.

"이 버스, 뭔가 특이해."

미셸이 말했다.

"황금색으로 칠한 버스는 잘 없잖아. 겉에 뭐라고 적혀 있는지 읽어보고 싶은데, 글씨가 앞뒤, 위아래로 뒤집혀서 쉽지가 않아."

"이건 밴드 버스야."

"무슨 밴드?"

"시나몬 롤 식스."

"어떻게 알았어?"

"옆에 시나몬 롤 식스라고 적혀 있잖아."

미셸은 자기 나름대로 글자를 읽어보느라 잠시 말이 없었다.

"정말 제대로 읽은 거야, 아니면 추측한 거야?"

"당연히 제대로 읽은 거지. 난 뒤집힌 글자도 잘 읽거든. 너랑 안드레아가 어렸을 때 숙제 도와주면서 터득한 기술이지."

"그런 걸 왜 터득했는데?"

"자리에서 일어나 너희 자리까지 가서 어깨너머로 공책을 살피는 것보다, 앉은 자리에서 거꾸로 읽는 게 훨씬 간편하니까."

한나가 미셸의 팔을 잡았다.

"소나무 가지 조심해. 버스가 치고 지나가는 바람에 다 부러져서 창처럼 뾰족해졌어."

6미터를 더 걸어 두 사람은 마침내 버스 뒤편에 도착했다. 버스는 두 개의 나무 사이에 끼인 채로 두 개의 나무보다 더 커다란 나무를 들이받은 상태였다. 그야말로 버스는 낫을 한 번 휘두른 듯 부근의 잡목과 구스베리나무를 모두 쓰러트리고, 기절한 사람처럼 뒤집혀 있었다.

"조수석으로는 못가겠어."

미셸이 버스 주변을 돌며 말했다.

"나뭇가지들에 묻혀 있어서 말이야. 이런 버스에는 보통 천장에 비상출구가 있지 않나?"

"있지. 하지만 지금 그 천장은 바닥으로 떨어져 눈에 묻혀 있잖아. 뒷문으로 들어가야 할 것 같아. 어서, 미셸. 서두르자."

두 자매는 소나무의 나뭇가지들을 헤치고 버스 뒤편으로 갔다.

"안 열리는데."

한나가 문을 열어보더니 이내 한숨을 내쉬었다.

"손잡이가 꼼짝도 안 해."

"안에서 문이 잠긴 걸 거야."

"그런가 봐. 그럼 안에 있는 사람을 한 번 불러보자."

"여보세요?"

미셸이 소리쳤다.

"안에 괜찮아요?"

두 사람은 잠시 기다렸지만, 안에서는 아무런 대답도 나오지 않았다.

한나는 버스에 더 가까이 다가가 힘차게 소리쳤다.

"여기 뒷문 좀 누가 열어줘요. 문 열 수 있는 분 없나요?"

들리는 소리라고는 사고현장으로 달려가는 구급차의 사이렌과 소나무 가지들을 훑고 지나가는 바람 소리뿐이었다. 굳게 잠긴 버스 안은 무섭도록 고요했다.

두 자매는 한껏 숨을 죽이고 기다렸다. 한나는 미셸 역시 같은 생각을 하고 있으리라 짐작했다. *버스 안에 탄 사람들이 전부 죽은 건 아닐까? 아니면 목소리를 내지 못할 만큼 심각한 부상을 입은 것일까?*

"여기 사람 있어요."

그때 버스 안에서 희미하게 목소리가 들렸다.

"여기 뒤쪽에 타고 있는데, 잠깐만 기다려요. 문을 열어볼게요."

잠시 후 잠금장치가 풀리는 소리가 들리더니 이내 뒷문이 활짝 열리고, 얼굴은 잘생겼지만, 초췌한 모습의 남자가 모습을 보였다. 남자는 손목에 헝겊을 감고 있었는데, 헝겊에는 임시대용으로 만든 부목인 듯한 스크루드라이버가 달려 있었다.

"의사예요?"

"아뇨."

미셸이 대답했다.

"그저 간단한 응급처치 정도 알 뿐이에요."

"그럼 누굽니까?"

"지나던 차량 운전자인데, 도와주려고 왔어요."

한나가 재빨리 설명했다.

"구조대가 여기까지 들어오는 데에는 시간이 걸릴 거예요. 추돌 차량들 때문에 길이 막혀서 800미터 정도는 걸어 들어와야 하거든요. 안에 중상자 있어요?"

"아뇨, 가벼운 타박상 정도예요. 버스 운전기사를 제외하면…… 내가 제일 심각하죠. 일단 리넷이 응급치료로 부목을 해줬어요. 병원에서 일을 했던 적이 있거든요."

"리넷이라는 분이 간호사예요?"

한나가 물었다.

그러자 그가 고개를 가로저었다.

"병원 접수대에서 일했는데, 그래도 바쁠 때는 간호사들을 돕곤 했다더군요. 왜 있잖아요, 도구들 건네주고 하는 일들."

"손목이 부러진 거예요?"

미셸이 물었다.

"그런 것 같진 않은데, 모르겠어요. 내가 의사는 아니니까요. 구조대의 의사나, 간호사가 와봐야 정확히 알겠죠. 여기까지 들어올 수만 있다면 말이에요."

사고 난 지 그래 봐야 5분 지났을 뿐인데, 참을성이 없는 사람이군. 한나는 생각했다. 어쨌든 부상을 입었으니 그 정도 조급함은 이해해주어야 할 듯싶었다.

"서둘러 오고 있을 거예요."

한나가 그를 향해 따뜻한 미소를 지어보였다.

"좀 전에 구급차 두 대랑 소방차가 이리로 오고 있는 것을 봤어요."

미셸이 가까이 다가가 그의 부목을 살폈다.

"훌륭하게 매어진 것 같네요. 손목이 움직이지 않도록 잘 고정시켰어요. 병원에 가면 엑스레이를 찍어봐야 하겠지만, 일단은 괜찮을 거예요. 오른쪽 팔을 쓰다가 어딘가에 부딪히지 않도록 조심해요. 부상이 이보다 더 심각해지면 키보드 연주가 어려워질 테니 말이에요.”

“날 알아요?”

그가 기쁜 얼굴로 물었다.

“개인적으로는 잘 모르지만, 당신 음악은 알아요. 당신, 버디 니먼이죠? 시나몬 롤 식스 밴드의 키보드 연주자.”

“맞아요.”

버디가 그녀를 향해 겸연쩍은 눈빛을 보냈다.

“혹시 내 팬인가요?”

“그럼요. 시나몬 롤 식스 음악을 정말 좋아하거든요.”

“고마워요. 저기……, 오늘 밤 연주 끝나고 같이 술 한잔 어때요?”

한나는 숨을 죽였다. 부디 미셸도 그가 지금 자신에게 열혈 작업 중이라는 사실을 알아차리기를.

“좋죠. 그럼 남자친구랑 남자친구 조카인 데빈과 함께 갈게요. 데빈도 당신의 엄청난 팬이거든요. 나한테 밴드 음악을 소개해준 것도 데빈이었어요. 시나몬 롤 식스의 앨범도 전부 갖고 있고요. 그 애도 조던고등학교 재즈밴드에서 키보드를 연주하고 있는데, 평소 당신 이야기를 얼마나 많이 했는지 몰라요. 정말 굉장한 사람이라면서요.”

한나는 버디의 표정 변화를 가만히 살폈다. 처음에는 미셸에게 남자친구가 있다는 사실에 실망했다가 남자친구와 데빈까지 함께 데려가겠다는 이야기에 내가 왜 술 한잔하자는 이야기를 꺼냈을까 후회했다가 이내 데빈이 자신을 열광적으로 좋아한다는 이야기에 다시 얼굴빛이 환해졌다.

“당신 남자친구와 그 조카라는 친구를 빨리 만나보고 싶네요.”

그는 어느새 팬 서비스 모드로 전환되어 있었다.

“데빈이라는 친구, 정말 괜찮은 녀석 같아요.”

“맞아요. 재능도 많고요. 아르바이트로 주말 저녁 타임에 레이크 에덴 호텔에서 피아노 연주도 하죠."

수다는 이제 그만. 한나는 마음속으로 재촉했다. *지금은 이런 잡담을 나누고 있을 때가 아니잖아.*

"그나저나 아까 운전기사를 제외하면 다들 괜찮다고 했었죠."

미셸이 한나의 마음을 읽기라도 한 듯 다시 화제를 돌렸다.

"그게 무슨 뜻이에요?"

"그 사람, 죽었거든요."

"운전기사가 죽었다고요?"

한나는 믿기지가 않아 그의 말을 되물었다.

"리넷 말로는 그렇대요. 리넷이 직접 운전석으로 가서 괜찮은지 확인해봤는데, 돌아와서는 이미 숨이 끊어졌다고 했어요. 처음 도로에서 벗어난 것도 그 때문인 것 같아요. 아마 갑작스런 심장마비 같은 게 왔나 봐요. 처음에는 아무 문제 없이 잘 달리고 있었는데, 별안간 차가 세 개 차선을 넘나들며 비틀대더니 울타리를 들이받고 이렇게 도랑에 빠져버렸거든요."

"우리가 직접 가서 다시 확인해보는 게 좋겠어요."

미셸이 말했다.

"좋은 생각이에요. 어서 들어와요."

버디가 부상을 입지 않은 다른 쪽 팔을 내밀었고, 미셸은 민첩하게 버스 안으로 폴짝 뛰어들었다. 한나가 안으로 들어가기까지는 시간이 좀더 걸리긴 했지만, 곧 두 자매는 밴드의 악기들이 실려 있는 버스의 뒷자리에 비집고 섰다. 바닥에 고정되어 있는 캐비닛은 굳게 잠긴 채 이제 두 사람의 머리 위로 매달려 있었고, 두 사람이 딛고 서 있는, 아치 모양의 버스 천장은 마치 얇은 구유처럼 위태로워보였다.

조금 어지러운 광경이었다. 어둠이 깔린 가운데 바닥에 부착되어 있는 비상 LED 불빛 두어 가닥만이 어른거리고 있을 뿐이었다. 그 불빛에 의지하여 앞쪽을 살펴보니 열댓 명의 사람들이 양쪽 창문에 기대어 뒤섞여 있었다.

"뒷문이 열려 있으니까 밖에 나가고 싶은 사람은 나가셔도 돼요."

버디가 외쳤다.

"하지만 참고로 안에 있는 게 더 따뜻하긴 할 거예요."

"다들 그냥 여기 있는 게 낫겠어."

한 남자가 목소리를 높이자, 몇몇 사람들이 고개를 끄덕였다. 공식적이든, 비공식적이든 그가 밴드의 리더인 듯했다.

"강아지를 잘 데리고 있어야겠어. 너무 작아서 눈밭에 나가면 잃어버릴 수도 있으니."

그러자 버디가 어깨를 으쓱했다.

"클레이턴도 죽었으니, 차라리 그 편이 낫지 않겠어요. 강아지를 구해주자고 말한 것도 클레이턴이고, 녀석에게 집을 찾아주겠다고 한 것도 클레이턴인데."

"우리가 키워요."

긴 검정머리의 젊은 여자가 말했다.

"너무 귀엽잖아요."

한나는 앞으로 조금 움직여 여자 쪽을 살펴보았다. 조그마한 얼굴에 큰 귀를 가진 귀여운 강아지 한 마리가 담요에 쌓인 채 여자의 무릎에 올라앉아 있었다.

"그건 안 돼."

여자 옆에 앉은 갈색 머리의 남자가 말했다.

"우리는 연주 여행 때문에 이렇게 길에서 보내는 시간이 많잖아."

"마을에 가서 그냥 풀어주는 게 어때요."

버디가 제안했다.

"누군가 녀석을 보고 불쌍한 마음이 들어 데려가 키울지도 몰라요."

"그럴 수는 없어! 지금 밖이 얼마나 추운데. 클레이턴이 구해줬을 때도 거의 얼어 죽을 뻔했잖아. 따뜻하게 먹고 잠잘 수 있는 곳이 필요하다고. 지금도 얼마나 말랐는지 갈비뼈가 다 만져질 정도야. 우리가 직접 녀석을 데려갈 사람을 찾아봐야 해."

"내가 데려갈게요."

한나의 말에 모두가 깜짝 놀랐다. 한나 역시 자기가 한 말에 내심 놀라고 말았다.

"누구시죠?"

리더로 보이는 남자가 물었다.

"한나 스웬슨이라고 해요. 여기는 제 동생, 미셸이고요. 버스가 도랑에 빠진 것을 보고 도와드리려고 왔어요."

"친절하시네요."

남자가 말했다.

"저는 리 캠벨이라고, 밴드 매니저입니다."

"저는 드럼에 칼 리즈예요."

큰 키에 한나만큼 곱슬거리는 빨간 머리의 남자가 인사를 건넸다.

"그리고 여긴 제 여자친구 페니고요."

"만나서 반가워요."

페니가 말했다.

"이렇게 도우러 와주셔서 정말 감사해요."

그때 강아지를 안고 있던 여자가 한나를 향해 수줍은 듯 미소를 지었다.

"이 귀여운 녀석을 데려가시겠다니, 다행이에요. 고생을 많이 했거든요. 정말 착한 녀석이에요."

"우리 와이프랍니다. 털 달린 동물들의 수호천사죠."

옆에 앉은 갈색 머리 남자가 말했다.

"이 사람 이름은 애니예요. 전 토미 아시고요. 색소폰과 클라리넷을 연주해요."

"전 콘라드 베르겐이에요. 베이스를 맡고 있고요."

옛날 영화에서 흔히 등장하는 옆집 소년과 같은 외모의 남자가 자기소개를 했다.

"전 에릭 캠벨이요."

짙은 색의 긴 머리를 하나로 올려 묶은 남자가 미소를 지으며 인사했다.

"그리고 여긴 드레이크 메이슨."

그가 옆에 앉은 뚱뚱한 남자를 가리켰다.

"우린 관악기를 연주해요."

"전 캐미예요."

아주 짤막한 스웨터를 입은 여자가 말했다.

"밴드 사람들이랑 같이 여행을 다니고 있어요."

그 옆에 앉은 염색한 금발머리의 여자가 경계의 눈빛으로 한나와 미셸을 바라보며 말했다.

"난 리넷이에요. 이러저러한…… 밴드 일을 돌보고 있죠."

한나는 *이러저러한 일*이라는 것이 도대체 무엇인지 물어보고 싶었지만 꾹 참았다.

"운전기사가 죽었다고 하던데요?"

"네. 내가 가서 확인해봤는데, 죽었어요."

"맥박은 짚어봤어요?"

미셸이 물었다.

"내가 바보인 줄 알아요? 당연히 짚어봤죠. 아무것도 느껴지지 않았어요. 숨도 쉬고 있지 않았고요. 나도 간단한 의료기술 정도는 배웠다고요."

당연히 그러시겠지. 한나는 생각했다. *"그럼, 목요일 10시로 진료 예약 잡아드리겠습니다, 스미스 부인. 예약 시간을 못 맞추실 것 같으면 적어도 24시간 전에 저희 쪽에 다시 연락주세요."라고 응대하는 방법은 확실히 배우지 않았겠어.* 날카롭게 쏘아붙이고 싶은 마음을 한나는 이번에도 꾹 참아내렸다.

"제가 다시 한 번 살펴봐도 될까요, 리넷? 기절하거나 혼수상태에 빠진 사람들은 맥이 잘 짚이지 않는 경우도 있거든요. 물론 당신을 믿지 못해서가 아니에요. 충분히 잘 확인하셨으리라 생각하지만, 확실하게 확인하지 않으면, 면허가 취소될 수도 있거든요."

"오, 뭐…… 그래요! 그렇다면야 이야기가 달라지죠. 가서 살펴봐요."

리넷이 한나를 향해 휘휘 손짓했다.

"난 다시 가고 싶지 않거든요. 클레이턴의 모습이 어찌나 으스스하던지."

잘됐군! 한나가 또다시 생각했다. *그 으스스하다는 것이 어떤 느낌일지 궁금해 죽겠는걸.* 한나 역시 버스 운전석 쪽을 살피는 일이 내키지 않았다. 운전석으로 가기 위해서는 철제 칸막이를 민첩하게 뛰어넘어야 했기 때문이다. 하지만 한나는 미셸에게 죽은 사람의 모습을 보여주고 싶지 않았다. 미셸이라면 아무리 위험한 상황이라도 자신이 필요하다고 생각되면 즉각 한나를 따라나설 게 분명했다. 그래서 한나는 미셸을 향해 고개를 돌려 차분하게 이야기했다.

"난 가서 확인해볼 테니까, 넌 여기서 누구 도움이 필요한 사람이 없는지 살펴봐."

"그런 게 어딨어. 나도 갈 거야."

"하지만 넌 굳이……."

"아니, 갈 거야."

미셸이 고집을 부렸다.

"나도 면허 취소당하고 싶지 않거든."

차체가 뒤집혀 기존에 있지도 않았던 복도를 찾아 나아가는 일은 쉽지 않았다. 균형을 잃지 않도록 주의하면서 곧추선 채로 한 발 앞에 한 발을 내딛으며 앞으로 곧장 나아가거나 지그재그로 지지대를 밟으며 나아가거나, 방법은 두 가지였다. 두 사람의 말소리가 들리지 않을 만큼 사람들로부터 적당히 거리가 멀어지자 미셸이 한나의 팔을 톡톡 두드렸다.

"아까 면허가 취소될지도 모른다니, 무슨 면허?"

"그건……."

한나는 재빨리 머리를 굴렸다.

"우리의 양심 면허 얘기야. 그 리넷이라는 여자, 분명 어떻게 맥을 짚는지도 모르는 사람일 거야."

"그건 그래."

두 자매는 버스 앞쪽으로 다가갔다. 푸른빛이 감도는 차가운 LED 불빛에 버스 안의 모든 것, 심지어 버스의 차창이나 커튼까지 마치 영화 속 한 장면처럼 으스스하게 보였다. 대부분의 의자들은 선사시대의 거대한 박쥐들처럼 머리 위에 대롱대롱 매달려 있었다.

앞좌석에 도달하자 미셸이 주변을 둘러보았다. 이제 바닥이 되어버린 천장, 그리고 바닥, 그 어디에도 쓰러진 사람 같은 건 보이지 않았다.

"운전기사가 없는데? 어디 있는 거지?"

"저기."

한나가 여전히 운전석 안전벨트에 묶인 채 거꾸로 매달려 있는 남자를 가리키며 말했다. 잠시 두 자매는 입을 꾹 다물고 안전벨트에 의지한 채 한쪽 팔을 떨구고 있는 남자를 물끄러미 바라보았다. 남자의 손가락은 두 사람의 머리에 닿을 듯 아슬아슬했고, 입은 무언가에 놀란 듯 벌어져 있었는데, 초점을 잃어버린 시선은 두 사람을 멍하니 바라보는 듯했다. 미셸이 몸을 부르르 떨며 한나를 쳐다보았다.

"리넷의 말이 정말이었어. 장난 아니게 무서운데."

미셸이 속삭였다.

"나도 완전 동의해."

한나는 미셸의 팔을 잡고 등을 돌렸다.

"그만 가자."

"그래도…… 맥박은 한번 짚어봐야 하지 않아?"

한나는 운전기사의 목이 살아 있는 사람에게는 도저히 불가능한 각도로 꺾여 있다고 미셸에게 설명하려 했지만, 충분히 겁에 질려 있는 동생에게 차마 자세하게 이야기할 수 없었다. 미셸이 맥을 짚어보길 원한다면, 그까짓 것쯤이야 별것 아니다.

짚어보나 마나 한 맥을 짚기 위해 손을 뻗는 순간 버스 뒤편에서 버디의 목소리가 들렸다.

"어서 돌아와요! 구급차가 도착했어요!"

"뒤에 다들 괜찮아요?"

고속도로로 접어들며 한나가 물었다.

"우린 괜찮아요."

부인들 중 누군가가 대답했다. 한나의 쿠키 트럭 뒷좌석에는 두 커플이 타고 있었기 때문에, 두 커플 중 누구의 목소리인지 한나로서는 알 수 없었다. 나이트 박사님 의료팀의 인턴들이 현장에 나와 구급차로는 상대적으로 심각한 부상을 입은 사람들을 옮겨야 하고, 그 밖에 차량도 몇 대밖에 없으니 한나의 트럭으로 부상자들을 병원까지 데려다줄 것을 부탁한 참이었다.

두 커플은 운이 좋게도 비교적 가벼운 부상이었다. 남편들 중 한 명은 다리에 조금 꿰매야 할 정도의 자상을 입었고, 다른 한 명은 머리를 세게 부딪쳐 뇌진탕 증세를 보이지는 않는지 얼마간 관찰이 필요한 상태였다. 또한 두 명의 부인들도 타박상을 입었지만, 어쨌든 다른 사람들에 비해서는 경미했다. 그들은 영화를 보러 트라이카운티 쇼핑몰로 향하다가 그만 사고를 당하고 말았다.

"버디, 당신은 어때요?"

한나가 물었다. 키보드 연주자는 의료팀 인턴 벤 맷슨이 표현한 '보행이 가능한 부상자' 들 중에서는 가장 심각한 부상을 입은 터였다.

"괜찮아요. 다만 이 시나몬 롤 냄새가 죽음이네요. 보통은 길에서 간단하게 요기라도 하는데, 오늘은 리허설 전에 레이크 에덴 호텔에서 저녁식사를 하기로 했거든요."

"여태껏 채소칩밖에 못 먹었대요."

한나의 트럭에 마지막으로 탑승한 리넷이 말했다. 그녀는 다친 곳이 하나도 없었지만, 병원에서 밴드 사람들과 다시 만나기 위해 한나의 트럭을 탄 참이었다.

"우리도 쇼핑몰에서 저녁식사를 할 계획이었어요."

남편 중 한 사람이 말했다.

"그래서 우리도 엄청 배가 고픈데, 도착하려면 아직 멀었어요?"

"15분이면 도착해요. 잠깐 강아지부터 내려준 다음에 곧장 병원으로 갈게요. 병원에 가면 자판기에 요기할 만한 게 있을 거예요."

"강아지는 집어치우고, 먹을 거나 줘요."

버디가 퉁명스럽게 말했다.

"시나몬 롤 하나만 먹어보면 좋겠는데."

한나는 고개를 가로저었다.

"미안하지만 안 돼요. 저건 주문받아서 돈 받고 배달 중인 음식이거든요. 대신 뒷자리에 쿠키가 좀 있는데, 트리플릿 치플릿 어때요?"

"그게 뭐예요?"

부인 중 한 명이 물었다.

"세 가지 종류의 칩이 들어간 쿠키예요. 화이트초콜릿, 세미스위트초콜릿, 그리고 밀크초콜릿 칩이 들어간."

"화이트초콜릿 말고 피넛버터 칩이었으면 더 좋았을 텐데."

버디가 불평했다. *피넛버터가 아니라 정말 미안하군. 이제 와서 나더러 어쩌라는 거야.* 한나는 무례한 그의 태도에 당장에라도 차에서 내리라고 하고 싶었지만, 그가 방금 큰 교통사고를 당했다는 사실을 떠올리며 마음을 진정시켰다. 그가 입은 부상이 생명을 위협하는 정도는 아니지만 손목이 부러졌거나 인대가 늘어났다면 키보드를 치는 데에 지장이 있을지도 모르니, 혹시 자신의 음악 인생이 이렇게 끝나는 것이 아닐까 예민해할 만했다.

"하나 먹어봐요. 맛있을 거예요."

미셸이 말했다. 한나의 트럭은 리사와 허브의 집 진입로로 막 들어서고 있었다.

"한나 언니가 강아지를 데리고 안에 갔다올 동안 제가 남아서 쿠키들을 찾아볼게요. 그중에 분명 입맛에 맞는 게 있을 거예요."

* * *

"한나! 여긴 어쩐 일……, 어머! 너무 귀엽다!"

리사가 강아지를 향해 손을 뻗었다. 한나가 바랐던 바로 그 반응이었다. 한나는 동업자의 따뜻한 주방으로 들어가 리사의 품에 강아지를 안겨주었다.

"밴드 버스가 도랑에 빠졌는데, 거기서 이 녀석을 만났어. 다행히 멤버 중 한 명이 안고 있어서 다치지는 않았고."

"하늘이 도우셨어요! 사고 소식 저도 들었거든요. 20분쯤 전에 그이도 연락을 받고 환자 수송하러 출동했어요."

리사가 염려스러운 얼굴로 강아지를 내려다보았다.

"정말 안 다친 게 확실해요?"

"그럼. 의사가 직접 봤는데, 괜찮다고 했어. 근데 배는 고플 거야. 밴드 사람들이 길에서 떨고 있는 걸 데려왔다고 했거든. 베이스 연주자 부인이 담요로 잘 싸서 데리고 있었는데, 강아지 보호소에 데려다주려고 했었대."

"데려다주려고 했었다고요?"

리사가 강아지를 딜런의 요람에 내려놓고 담요를 덮어주었다. 그러고는 강아지용 통조림을 따서 그릇에 부은 뒤 치킨육수를 붓고 전자레인지에 돌렸다.

"그럼 이제 주인을 찾은 거예요?"

"아니. 그래서 보호소에 데려다주려고 했던 거야. 근데 그 이야기를 들으니까 왠지 내가 데려가고 싶더라고. 그래서 내가 데려가겠다고 했는데, 모이쉐랑 잘 지낼 수 있을지도 모르겠고, 잘 지낸다고 해도 내가 가게에 있는 동안 녀석은 하루 종일 집에 혼자 있어야 하니까 걱정이야. 우리 아파트가 2층이라 개 출입구도 없고."

"저희 집에는 있어요."

따뜻하게 데워진 사료 그릇을 들고 리사가 다시 강아지를 안아 올렸다. 그러고는 무릎에 앉힌 채로 손가락을 사료에 담갔다가 빼내어 강아지에게 빨게 했다.

"그래, 여긴 개 출입구가 있지. 근데 리사에게 강아지를 키워달라고 부탁하러 온 건 아니야. 일단은 내가 한번 데리고 있어보려고. 오늘은 단지 내가 병원에 부상자들을 데려다주고 올 동안만 봐달라고 부탁하려고."

"그건 문제없어요. 근데 정말이에요, 한나. 제가 키울 수 있어요. 안 그래도 강아지를 한 마리 더 데려오려고 했었거든요. 두 마리가 같이 있으면 서로 친구가 될 수 있잖아요."

"이렇게 조그마한 녀석이 덩치 큰 딜런이랑 잘 지낼 수 있을까?"

"물론이죠. 딜런이 다른 강아지들을 무척 좋아하거든요. 특히 자그마한 녀석들을 좋아해요. 아마 금세 친해질 거예요."

"음…… 괜히 나 때문에 맡겠다고 하는 거 아냐?"

"정말 제가 좋아서 데리고 있겠다고 하는 거예요. 딜런은 늘 허브와 함께 있잖아요. 순찰도 같이 다니니까 사실상 둘이 떨어져 있을 수가 없죠. 딜런이 물론 저도 좋아하지만, 딜런을 훈련시키는 사람도 허브고, 또 저보다 더 같이 시간을 많이 보내니까 허브의 강아지라고 봐도 좋을 거예요. 그래서 저도 제 강아지를 갖고 싶은데, 이 녀석이라면 아주 딱이에요."

"글쎄……."

"부탁이에요, 한나. 그런데 처음에는 그냥 불쌍해서 데려왔다고 하더니, 이제 생각이 바뀌신 거예요……?"

순간 리사가 하던 말을 멈추고 눈을 가늘게 떴다.

"잠깐, 처음부터 제가 키우겠다고 이야기할 줄 아셨던 거죠!"

"누가, 내가?"

한나는 무슨 말인지 모르겠다는 듯 순진무구한 표정을 지어보였다.

"네. 제가 강아지를 보자마자 마음에 들어 할 거란 걸 미리 아셨던 거예요. 아니라고 할 생각 말아요, 한나. 벌써 3년을 같이 지냈는걸요."

"그래, 리사를 염두에 두고 있었는지도 모르지. 어쨌든 리사가 리사만의 강아지를 갖고 싶다고 이야기했었으니까. 이 녀석 아직은 너무 어리니까 낮 시간 동안에는 쿠키단지에 두는 게 어때?"

"식품위생법은 어쩌고요?"

"리사 남편이 경찰이잖아. 경찰견은 안내견으로 분류된다는 것, 리사도 잘 알 텐데. 그리고 안내견은 보통 애견 출입이 안 되는 장소에도 들어갈 수 있다고."

"하지만 쌔미는 경찰견도 안내견도 아니잖아요."

리사는 벌써 이름까지 지어놓았다! 성공의 예감에 한나는 현기증이 날 정도로 기뻤다.

"안내견 훈련을 받는 중이라고 하면 돼. 근데 이름은 왜 쌔미라고 지은 거야?"

"보기에 그렇잖아요. 마치 샘브라운 벨트(오른쪽 어깨에서 좁다란 가죽띠가 내려져 있는 폭이 넓은 가죽제의 허리띠)를 매고 있는 것 같아요. 근데 정말 가게에 데려가도 괜찮을까요?"

"물론이지. 가게가 바쁠 때 녀석을 데려다놓을 튼튼한 상자랑 요람, 장난감 몇 개, 그리고 홀에 데려올 때를 대비해서 목줄이랑 입마개만 있으면 될 거야."

"전부 다 처음부터 계획했던 거죠?"

"아니, 그저 그렇게 되었으면 좋겠다고 바랐던 것뿐이지 계획한 건 아니야. 어때, 잘될 것 같아?"

리사는 쌔미를 내려다보았다. 어느새 사료를 다 먹고 리사의 무릎 위에서 잠이 들어 있었다.

"오, 그럼요."

리사가 행복한 미소를 지었다.

"아주 잘될 거예요."

레이크 에덴 메모리얼 병원 응급실 입구에 들어선 한나는 일사분란하게 부상자들을 옮기고 있는 프레디 소여와 나이트 박사님의 의료팀 인턴 중 한 명인 말린 알드리치를 만났다.

"벤은 부상자들 선별하느라 안에 있어요."

말린이 프레디를 향해 한나의 트럭에 타고 있는 두 커플이 차에서 내리는 것을 도우라는 듯 손짓하며 말했다.

"심각한 부상 입은 사람 있어요, 한나?"

"뇌진탕 가능성 있는 사람이랑 자상 입은 사람, 그 외에는 가벼운 타박상과 긁힌 상처들뿐이에요. 생명이 위험할 정도의 부상자는 없는 것 같아요. 다만 문제는 버디 니먼인데."

한나는 프레디의 부축을 받으며 트럭에서 내리는 버디를 쳐다보았다.

"시나몬 롤 식스라는 재즈 밴드에서 키보드를 연주하는데, 그 밴드 버스가 도랑으로 구르고 말았어요. 그 바람에 버디는 손목을 다쳤고요. 부러진 건 아니었으면 좋겠는데, 모르겠네요."

말린이 버디의 손목을 살피더니 이내 고개를 끄덕였다.

"일단은 괜찮은 것 같아요. 대기실에서 기다리고 있으면 금방 엑스레이를 찍을게요."

"대기실로는 내가 안내할게."

미셸이 나서서 사람들을 안으로 데려갔다. 사람들이 멀어지자 말린이 한나를 돌아보았다.

"시나몬 롤 식스 밴드라면 시티즈에 클럽 나인틴에서 연주한다고 들었는데, 버디라는 사람 솜씨가 정말 훌륭하다면서요. 밴드 연주도 물론 그렇고요. 근데 다른 밴드 멤버들은 어떻게 됐어요? 누구 또 부상 입은 사람은 없어요?"

"버디만 다쳤어요. 다른 멤버들은 다른 차로 오고 있을 거예요. 내가 뭐 도울 건 없어요, 말린?"

"괜찮아요. 그보다 대기실에 있는 사람들한테 커피랑 먹을 것 좀 갖다줘요. 매점이 문을 닫아서 로비에 있는 자판기밖에 없지만, 거기에도 샌드위치나 과일 종류가 좀 있으니까 허기는 달랠 수 있을 거예요. 가능한 한 빨리 돌아와서 진료 보도록 할게요."

"그나저나 프레디는 잘하고 있어요?"

응급실 안으로 들어서며 한나가 물었다. 지적장애를 갖고 있는 프레디는 나이트 박사님 의료팀에서 보조일을 시작한 이후로 한층 더 안정되고 기운차 보였다.

“정말 잘하고 있어요. 워낙 일하는 걸 좋아하는 데다가 한 번 배운 건 잊어버리지를 않거든요. 이제 프레디가 없으면 안 될 정도예요. 프레디에게 매일 이 얘기를 해주는데, 그때마다 활짝 웃으면서 자기 엄마도 그렇게 얘기했었다고 하더라고요.”

말린이 말을 멈추고 한숨을 내쉬었다.

“참, 엄마 이야기가 나와서 생각이 났는데, 하마터면 깜빡 잊을 뻔했네요. 한나 어머님이 여기 와 계세요. 한나가 도착하면 보잔다고 얘기 전해달라고 하셨는데. 아마 나이트 박사님 사무실에서 레인보우 레이디즈 소집 전화를 돌리고 계실 거예요.”

“알았어요. 제가 찾아볼게요.”

한나는 미셸과 함께 자판기에서 음료수와 간식거리들을 뽑아 두 커플과 리넷, 그리고 버디에게 나눠주었다. 그리고 그들이 편안하게 대기하고 있는 것을 확인한 뒤 곧장 엄마를 찾아 나섰다.

한나의 엄마인 딜로어 스웬슨은 병원 봉사자 단체인 레인보우 레이디즈의 리더를 맡고 있었다. 레인보우 레이디즈는 주로 환자들의 서류 작성을 돕거나 보호자나 가족이 없는 환자들의 말동무가 되어주기도 하고, 방문자가 없는 외로운 환자들을 방문하거나 그들에게 책을 읽어주기도 하면서, 환자와 보호자, 그리고 병원 의료진들 간에 다리 역할을 하는 봉사자 단체였다.

엄마가 병원 봉사자 단체의 리더를 맡게 되었다고 했을 때 세 딸들은 깜짝 놀랐다. 한나는 물론 안드레아, 미셸, 그 누구도 엄마가 평소 자선활동을 하는 것을 한 번도 본 적이 없었기 때문이었다. 안드레아는 엄마도 이제 연세가 드셨으니 동정심이 많아지실 법하다고 말했지만, 한나와 미셸은 분명 다른 동기가 있을 거라고 의심하고 있었다. 엄마는 결코 박애주의자가 아니었다. 이런 갑작스러운 변화에는 분명 이유가 있다. 아직 그 이유를 밝혀내지 못했을 뿐.

엄마가 리더를 맡기 전에 원래 단체의 이름은 그레이 레이디즈였다. 하지만 봉사자들이 입는 회색의 유니폼 재킷은 결코 엄마의 취향이 아니었고, 밝은 색상을 선호하는 평소의 취향을 그대로 도입하여 각자 좋아하는 밝은 색상의 유니폼 재킷을 맞춘 다음 이름도 레인보우 레이디즈로 바꾸었다. 단체의 리더로서 엄마도 좋아하는 색상의 재킷을 세 벌이나 맞췄다. 나이트 박사의 사무실에 앉아 있는 엄마는 오늘 밝은 체리 색상의 재킷을 입고 있었다.

"한나!"

엄마가 탄성을 지르며 깊은 한숨을 내쉬었다.

"오늘 미셸이랑 샐리네 호텔에 간다고 해서 혹시 너희도 사고를 당한 건 아닐까 걱정했단다."

"우린 괜찮았어요. 제때 휴게소 쪽으로 방향을 틀었거든요."

"이런! 이제 주 정부가 휴게소에 쓸데없는 돈을 들인다고 불평하는 일일랑은 그만둬야겠구나."

엄마가 한나를 쏘아보았다.

"그럼 바로 내게 전화했어야지. 얼마나 걱정한 줄 아느냐."

"미안해요, 엄마. 도랑 위로 뒤집어진 버스 승객들을 돕느라 미처 생각을 못했어요. 걱정 끼쳐 드릴 생각은 없었는데, 죄송해요."

"괜찮다. 우리 두 딸들이 아무 일 없으니 다행이지 뭐냐. 그 버스 얘기나 해보거라."

"시나몬 롤 식스 밴드가 탄 버스였는데, 다른 추돌 사고 차량들이 길을 막고 있어서 구급차가 도착하는 데 시간이 좀 걸렸어요. 그래서 미셸이랑 직접 도랑을 건너서 버스까지 갔었죠. 우리가 제일 처음으로 접근한 사람들이었어요."

"오, 세상에!"

"운전기사는 죽었지만, 다른 밴드 멤버들은 괜찮았어요. 키보드 연주자만 빼고요. 아무래도 손목뼈가 부러진 것 같은데, 확실한 건 엑스레이를 찍어봐야 알겠죠."

"오, 저런! 샐리에게는 연락했느냐?"

"아뇨, 엄마. 샐리한테는 왜요?"

"밴드 버스가 사고가 났다는 얘기를 전해줘야 하지 않겠니. 도착할 시간이 지났는데도 오지를 않으니 걱정하고 있을 게다."

한나는 배터리가 충분히 남아 있기를 기도하며 서둘러 핸드폰을 찾았다.

"지금 전화할게요."

"내가 하마. 너는 그 키보드 연주자 손목 상태가 어떤지 확인되면 전화하거라. 시나몬 롤 식스 밴드가 연주를 할 수 없게 되면, 얼른 다른 재즈 밴드를 알아봐야 하지 않겠니."

"알았어요, 엄마. 그럴게요."

"그럼 다른 멤버들도 병원에 있니?"

"그럴걸요."

"잘됐다. 샐리가 주문한 시나몬 롤은 어디에 있고?"

"제 트럭에요."

"얼마나 있느냐?"

"주문받은 대로 10상자요."

"나랑 같이 가자꾸나."

엄마는 문밖으로 향했다가 다시 사무실로 돌아와 책상 위 수화기를 들어 번호를 눌렀다.

"샐리? 나 딜로어 스웬슨이야. 지금 병원에서 전화하는 건데, 오늘 오기로 했던 밴드가 교통사고가 나서 지금 병원에 와 있어. 버스가 도랑 위로 뒤집어졌다나 봐. 운전기사는 죽었다는데, 다른 멤버들은 괜찮대. 다만 키보드 연주자가 손목을 좀 다쳤어. 부러진 것 같긴 한데, 일단 엑스레이를 찍어봐야 안대. 결과 나오면 한나가 이따 전화해줄 거야. 그나저나 샐리가 주문한 시나몬 롤도 여기 있는데, 이거 병원에 와 있는 밴드 멤버들이랑 다른 부상자들에게 나눠주면 어떨까?"

엄마는 잠시 귀를 기울이더니 이내 고개를 끄덕였다.

"당연히 데워서 줘야지, 샐리. 한나시켜서 딕이 밴드 멤버들을 데리러 직접 올 거라고 얘기 전하게 할게."

한나는 엄마가 통화를 마치고 수화기를 내려놓는 모습을 가만히 바라보았다. 엄마가 이렇게 간결하고 간단하게 통화하는 모습을 보는 건 처음이다. 레인보우 레이디즈의 리더 역할을 맡은 것이 엄마에게도 좋은 영향을 주는 것 같았다. 무거운 책임을 맡은 자리에 있다 보니 말은 적게, 행동은 보다 효율적으로 하는 것이 얼마나 중요한 일인지 깨달은 듯했기 때문이다. 한나의 짐작이 맞는다면, 엄마의 입방아도 앞으로 조금은 줄어들지 않을까 싶었다.

"됐다, 얘야."

엄마가 전화를 끊고 말했다.

"이제 앉아서 얘기해보자꾸나."

"뭘요?"

"너랑 미셸이 현장에 가장 먼저 도착했다면, 시나몬 롤 식스에 대한 사적인 정보도 많이 알지 않겠느냐."

"하지만 별로 아는 게 없는데요."

"아니다, 아니야. 분명 많이 알고 있을 거야. 캐리가 오늘 오후에 웁살라에 사는 친구에게서 전화를 받았는데, 그 친구 말이 버스 운전기사인 로저 뭐시기가 한 여자애랑 여행을 떠났는데, 글쎄, 그 여자애의 나이가 열두 살이라지 뭐냐!"

"그건 사실이 아니에요, 엄마. 버스에 어린 여자들 몇몇이 타고 있긴 했지만, 그렇게 어린 사람은 없었어요. 게다가, 운전기사의 이름은 로저가 아니라 클레이턴이었다고요."

엄마는 자조 섞인 한숨을 내쉬었다.

"봤느냐? 바로 이렇게 소문이 시작되는 거란다! 잘 알지도 못하는 사람에 대한 잘못된 정보가 흘러나오면서 말이다."

"그러게요."

"게다가 그보다 더 음울한 건 말이다……."

엄마가 하던 말을 멈추고 울적한 시선으로 한나를 쳐다보았다.

"네가 과거형으로 말하고 있다는 사실이란다. 그 사람 이름이 클레이턴이었다고 말이야."

이번에는 한나가 한숨을 내쉴 차례였다. 생각 없이 뱉은 말이니 어쨌든 한나가 책임져야만 했다. 이미 엄마가 의심하고 있는 그 사실을 한나는 흔쾌히 인정하기로 했다.

"버스기사는 죽었다니까요, 엄마."

그러자 엄마는 아까보다 더 깊은 한숨을 내쉬었다.

"세상에, 네가 또 시체를 발견했단 말이로구나!"

"그렇진 않아요. 제일 먼저 발견한 사람은 따로 있으니까요."

"하지만 너도 보지 않았느냐?"

"네, 봤어요."

한나에게는 다음의 상황이 불 보듯 뻔했다.

"그럼 나한테 얘기를 좀 자세히 해다오. 그래야 레인보우 레이디즈 사람들에게도 얘기해줄 것 아니냐. 15분 후에 만나자꾸나. 서둘러야 할 게야. 얼른 사람들에게 시나몬 롤을 나눠줘야 하니 말이다."

스페셜 시나몬 롤

오븐은 예열하지 마세요. 오븐에 넣기 전에 반죽이 충분히 부풀어야 하거든요.

한나의 첫 번째 메모: 이 시나몬 롤을 만드는 데는 총 3시간 30분에서 4시간 정도가 소요될 거예요. 하지만 거기서 실제로 작업하는 시간은 30분뿐이고, 나머지 시간 동안은 반죽이 부풀기를 기다려야 한답니다.

재료

반죽 재료:

뜨거운 커피 1/2컵 / 우유 1/2컵 / 백설탕 1테이블스푼

건조시킨 이스트 1/4온스(7g) / 소금기 있는 버터 1/4컵(56g)

식물성 기름 1테이블스푼 / 큰 계란 1개 / 소금 1티스푼

백설탕 1/4컵(위의 분량에 추가로 더 필요한 양이랍니다)

다목적용 밀가루 3~3과 1/2컵(측량할 때 컵을 바닥에 내려치면서 담으세요)

필링 재료:

소금기 있는 버터 1/2컵(부드러워지도록 실온에 두세요)

시나몬 가루 1테이블스푼 / 백설탕 3/4컵 / 중간 닭기의 초콜릿 칩 1컵

팬 재료:

부드러운 버터 2테이블스푼 / 백설탕 2테이블스푼 / 시나몬 가루 1티스푼

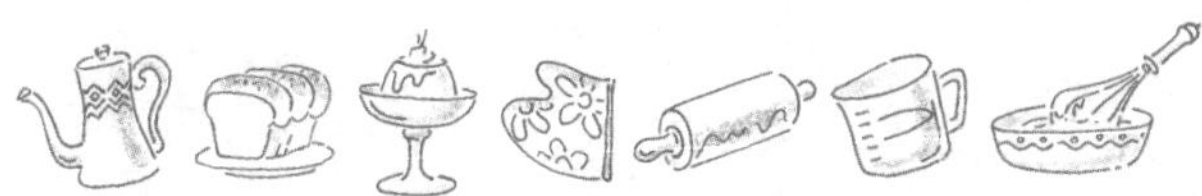

아이싱 재료 :

슈가 파우더 1컵 / 소금기 있는 버터 녹인 것 1테이블스푼

우유 1테이블스푼 / 바닐라 1/2티스푼

만드는 법

1. 전자레인지용 용기에 뜨거운 커피와 우유 반 컵을 붓고, 전자레인지에 넣어 '강'으로 30초간 돌립니다.

2. 백설탕을 넣어 저은 뒤 분량의 반을 다른 용기에 옮겨 담습니다.

3. 전자레인지용 용기에 남아 있는 혼합물에 이스트를 넣고 조심스럽게 저어줍니다. 그러고는 가만히 놓아둡니다(이스트가 효력을 발휘하도록 기다리는 거랍니다). 그동안 다음 작업을 시작합니다.

4. 또 다른 작은 전자레인지용 용기에 버터를 담고 30초간 돌려서 녹입니다. 거기에 식물성 기름을 넣고 식힙니다.

5. 중간 크기의 볼에 계란, 소금, 백설탕, 그리고 이스트가 들어가지 않은 커피와 우유 혼합물을 넣고 나무 숟가락이나 포크를 사용해 섞어줍니다.

6. 버터와 기름 혼합물이 계란을 익히지 않을 정도로 충분히 식었으면 아까의 볼에 붓고 저어줍니다.

7. 밀가루 1과 1/2컵을 넣고 혼합물이 부드러워질 때까지 저어줍니다.

8. 이제 이스트가 들어간 혼합물을 붓습니다(보송보송하게 올라왔나

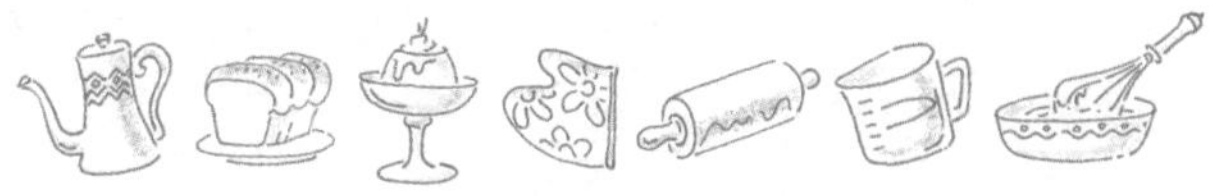

요? 그렇다면 이스트가 제 역할을 잘해낸 겁니다). 부드럽게 저어줍니다.

9. 밀가루 1과 1/2컵 이상의 분량을 반 컵씩 부으며 부을 때마다 한 번씩 저어줍니다(컵에 밀가루를 담을 때마다 컵을 내려쳐주세요!). 반죽이 끈적거리면 밀가루를 반 컵 더 넣어주세요.

10. 자, 이제부터 재미있는 부분입니다. 카운터 위를 깨끗이 치운 다음 도마를 올리세요. 만약 도마가 없다면 깨끗하게 닦은 카운터 위에서 그대로 작업하셔도 좋습니다.

11. 작업대 위에 밀가루를 살짝 뿌린 다음 깨끗한 손으로 원을 그리듯 쓸어줍니다. 반죽을 밀가루 원 안에 넣고 반죽 위로도 밀가루를 조금 뿌려준 다음 반죽을 뒤집어주세요.

12. 고등학생 때 헤어졌던 옛 남자친구나 과거 주먹 한 대 날리고 싶었던 사람을 떠올리세요. 그 사람의 얼굴이 반죽 가운데 동동 떠있다고 생각하고 반죽 가장자리를 집어 안쪽으로 밀어 넣은 다음 반죽을 있는 힘껏 내려칩니다. 재밌죠?

13. 시계 방향으로 반죽을 돌려가며 같은 동작을 반복합니다. 반죽을 안으로 밀어 넣고, 내려치고 하는 과정을 5분 동안 지속하면서 1분마다 한 번씩 반죽을 뒤집어 반죽이 골고루 되고 있는지 확인합니다.

14. 5분이 지났으면 반죽을 공 모양으로 만듭니다.

15. 그러고는 손을 씻어서 말립니다.

16. 냉장고에서 소금기 있는 버터 1/2컵을 꺼내 롤에 넣을 필링을 만들기 시작할 때쯤엔 부드러워질 수 있도록 실온에 놓아둡니다.

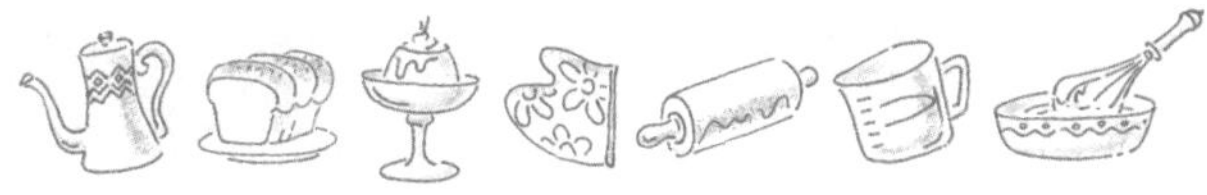

17. 아까 것보다 훨씬 큰 볼을 꺼내 들러붙음 방지 스프레이를 뿌립니다. 그리고 반죽을 볼에 담습니다.

18. 빵을 자르는 도마를 꺼내 깨끗하게 씻어 말립니다(빵판이 없으면 작업대 위에서도 괜찮습니다). 비닐랩을 반죽 크기보다 더 크게 한 장 찢어 도마 위에 깔아줍니다. 그 위에 들러붙음 방지 스프레이를 뿌린 다음 들어서 스프레이를 뿌린 면이 반죽에 닿도록 볼에 담긴 반죽 위를 덮습니다. 그런 뒤 반죽 밑면까지 비닐랩을 꼭꼭 싸줍니다.

19. 볼을 흔들리지 않는 따뜻한 곳에 놓고, 반죽이 두 배로 부풀 때까지 1시간에서 1시간 30분 정도 놓아둡니다.

20. 반죽이 다 부풀었으면 아까 내놓은 빵판에 다시 밀가루를 뿌립니다.

21. 그리고 볼을 뒤집어 반죽을 빵판 위에 올려놓습니다(만약 반죽이 끈적거리면 손으로 꺼내어놓습니다).

22. 반죽 위로 밀가루를 살짝 뿌린 다음 손바닥으로 반죽을 내려친 뒤 9×13 크기의 직사각형이 되도록 밀대로 밀어줍니다(이 사이즈가 바로 스페셜 시나몬 롤을 구울 때 사용한 케이크 팬의 크기랍니다).

23. 사각형이 된 반죽 위로 부드러워진 버터를 바릅니다(버터를 미리 꺼내어놓는 것을 잊었다면, 전자레인지에 넣고 30초간 돌립니다). 나머지 토핑을 만들 동안 버터가 반죽에 잘 스며들 수 있도록 그대로 놓아둡니다.

24. 백설탕 3/4컵과 시나몬을 섞습니다(전 포크를 사용했어요). 이 혼합물을 반죽 위에 뿌립니다.

25. 그 위에 다시 초콜릿 칩을 평평하게 뿌립니다.
26. 사각형 반죽의 긴 면에서부터 시작하여 반죽을 젤리롤처럼 타이트하게 굴려줍니다. 손이 8개가 아니니까 균일하게 롤을 만들려면 한쪽씩 작업하는 수밖에 없어요. 제일 끝 가장자리는 롤 바닥 위로 단단하게 눌러서 고정합니다.
27. 9×13 사각형 모양의 케이크 팬에 부드러운 버터 2테이블스푼을 바른 뒤 그 위에 설탕 2테이블스푼을 골고루 뿌립니다. 그리고 그 위에 다시 시나몬 가루를 뿌립니다.
28. 잘 드는 칼을 사용해 롤 모양으로 말아놓은 반죽을 12조각으로 자릅니다. 그리고 케이크 팬 위에 가로 3개, 세로 4개로 나열합니다.
29. 비닐랩에 다시 들러붙음 방지 스프레이를 뿌린 다음 스프레이를 뿌린 쪽이 반죽에 닿도록 롤 위를 덮어줍니다. 그러고는 따뜻하고 안정감 있는 곳에 45분 동안 혹은 부피가 두 배가 될 때까지 놓아둡니다.
30. 구울 준비가 되었으면, 오븐을 175도로 예열한 뒤 틀은 가운데에 위치하게 합니다. 오븐이 충분히 예열이 될 때까지 비닐랩은 벗기지 마세요.
31. 비닐랩을 벗기고 175도에서 30분간 먹음직스러운 갈색빛이 돌 때까지 굽습니다. 그런 다음 오븐에서 꺼내 차가운 가스레인지 위 혹은 식힘망으로 옮겨서 아이싱을 할 동안 식힙니다. 롤이 아직 따뜻할 때 프로스팅을 해야 아이싱이 롤의 틈새로 스며들 수 있답니다.

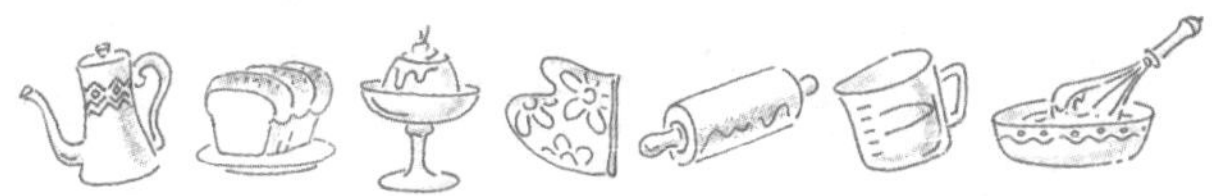

32. 슈가 파우더를 작은 그릇에 넣고 녹인 버터와 우유, 그리고 바닐라와 섞습니다. 혼합물이 부드럽게 그리고 균일하게 섞일 때까지 포크로 저어줍니다.

33. 아이싱이 너무 되면 우유를 좀 더 넣고, 너무 묽으면 슈가 파우더를 더 넣어주세요.

한나의 두 번째 메모: 엄마는 절대 실패할 일 없는 퍼지 프로스팅으로 아이싱을 해야 한다고 고집하셨지만, 전 넘어가지 않았어요. 엄마는 퍼지 프로스팅으로 아이싱한 딜피클(나도고수 열매로 양념한 오이 초절임)도 맛있다고 이야기하실 분이니까요.

한나가 대기실로 돌아왔을 때 미셸은 로니 머피, 그리고 그의 조카인 데빈과 함께 앉아 있었다. 데빈은 호리호리하고 큰 키에 예쁜 미소, 그리고 한나가 지금껏 본 중 가장 선명한 푸른빛의 눈동자를 지닌 소년이었다. 검은빛의 머리카락은 그의 이마 위로 물결치듯 흘러내렸다. 데빈의 옆에는 버디 니먼이 앉아 있었는데, 얼굴 한가득 미소를 띤 것을 보아서는 데빈이 이 시나몬 롤 식스의 키보드 연주자를 무척이나 추켜세운 모양이었다. 버디에게는 아주 달콤한 시간이었을 것이다.

"안녕, 데빈."

한나가 인사를 건넨 뒤 로니를 바라보았다.

"로니한테까지 지원 요청이 간 거야?"

"그렇죠, 뭐. 어차피 호출 받았을 때 이 부근에 있었거든요. 교환원이 병원으로 가보라기에 곧장 이리로 왔는데, 사고 설명이 끝나기도 전에 도착했어요."

그때 말린이 들어와 재빨리 버디의 곁으로 다가갔다.

"저를 따라오세요."

그녀가 말했다.

"다른 인턴 선생님인 맷슨이 손목을 봐줄 거예요. 엑스레이도 찍고요. 조금 기다려야 하겠지만, 오래 걸리진 않을 거예요."

"나도 같이 갈게."

리넷이 나섰지만, 버디는 고개를 가로저었다.

"여기서 다른 멤버들 기다리고 있어."

그가 말했다.

"멤버들 도착했을 때 맞아줄 사람이 있어야 하잖아. 데빈이 대신 같이 가주면 좋겠는데, 괜찮지?"

"그럼요!"

데빈이 벌떡 일어났다. 하지만 로니를 돌아보는 그의 표정에서 미소가 살짝 옅어졌다.

"가도 괜찮아요? 혹시 제가 남아서 뭐 도와드려야 할 게 있나요?"

로니는 고개를 가로저었다.

"전혀. 어차피 환자들을 도우러 온 거잖아. 버디도 지금은 환자니까 보호자 역할을 해주는 것도 좋지."

"한나 트럭에 탔던 다른 사람들도 데리고 따라와요."

말린이 한나와 미셸에게 말했다.

"한꺼번에 진료를 보려고 해요. 진료가 끝나면 레인보우 레이디즈에서 차편을 알아봐줄 거예요."

응급실은 아주 가까웠다. 사람들은 양식서를 작성한 뒤 불편하고 딱딱한 초록색 플라스틱 의자에 앉았다. 한나는 응급실에 이런 의자를 마련해놓은 것이 별것 아닌 증세로 사람들이 응급실을 찾는 것을 방지하기 위해서인지 아니면 사람들의 등이나 목, 어깨에 통증을 유발시켜 병원의 수익을 늘리기 위해서인지 그 이유가 궁금했다.

오늘 밤 응급실은 어쩐지 달라보였다. 침상마다 경계상 둘러치는 칙칙한 황갈색의 커튼이 지지대에 묶여 있었고, 데스크 안쪽에는 의료진들이 벽 쪽을 등지고 줄지어 앉아 있었다. 한나는 그들 중에서 세 명의 간호사를 알아보았을 뿐, 나머지 사람들은 모두 모르는 사람들이었다. 아마 나이트 박사 의료팀의 부족한 인원을 채우기 위해 근처 지역에서 충원한 간호사들인 듯했다.

박사의 비서인 보니 블레어는 제일 안쪽 공간에 자리한 책상 앞에 앉아 있었는데, 그녀의 책상 옆에는 복사기가 놓여 있어, 환자들이 작성한 서류들을 복사한 뒤 스테이플러로 문서들을 묶고 있었다. 그 앞에 선 의사가 그녀에게서 묶음 문서를 받아들고는 환자 한 사람씩 이름을 호명했다.

로니가 잠시 그 광경을 물끄러미 바라보다가 이내 미셸과 데빈을 향해 고개를 돌렸다.

"가서 양식 복사하는 걸 도와야겠어. 두 사람이 하면 더 빠를 거야."

로니가 자리를 뜨자 미셸이 한나를 쳐다보았다.

"저기 의료진에 노먼도 있는 거 아니야?"

"글쎄, 보지 못했는…… 아, 있다. 노먼도 와있어. 치과 쪽에도 응급 상황이 있을지 모르니까 노먼도 불렀나 봐. 가서 인사나……."

한나는 불현듯 말을 멈추고 슬며시 한숨을 내쉬었다.

"아니다. 안 가는 게 좋겠어. 그 여자랑 함께야."

"내가 이런 얘기는 안 하려고 했는데, 언니가 어떤 기분일지는 잘 알지만 레이크 에덴은 작은 마을이야. 노먼과 계속해서 친구 사이로 지내려면 결국에는 그녀와도 잘 지내야 할 거라고."

"물론 노먼과는 계속 친구로 지내고 싶어. 가끔 우리 집에 들러서 커들스도 만나야 할 테니까."

"참, 커들스는 잘 있어?"

한나는 살짝 미소를 지었다. 한나는 노먼의 약혼녀인 베브 박사가 고양이 알레르기가 있다는 말에 새 주인을 찾을 때까지 커들스를 맡아 키우겠다고 흔쾌히 허락했다. 한나의 고양이 모이쉐도 커들스와 사이가 좋았기 때문에 사실 그리 어려운 일도 아니었다.

"커들스가 있으니까 모이쉐가 좋아서 어쩔 줄 몰라 해. 커들스가 정말 마음에 드나 봐. 커들스도 마찬가지고."

"커들스가 노먼을 찾지는 않아?"

"보고 싶어 하는 것 같긴 해. 우리 집이 아무리 좋아도 커들스의 진짜 집은 노먼의 집이니까. 정말 마음 아픈 일이지……."

갑자기 눈가에 눈물이 맺히자 한나는 하던 말을 멈추고 눈물이 흘러내리지 않도록 눈을 몇 번 깜박였다.

"이 이야기는 이따 집에서 하자. 우리 집에서 지낼 거지?"

"당연하지. 엄마 집에 있어도 되긴 하지만, 엄마는 늘 집을 비우니까. 항상 병원 아니면 박사님 집이거든. 혼자 있는 건 심심해서 싫어."

한나는 눈을 깜빡였다. 이번에는 눈물을 떨어내기 위해서가 아니었다.

"엄마가 박사님 집에서 주무신다고?!"

"아니, 아니. 그런 뜻이 아니라. 엄마가 박사님 집이든, 엄마 집이든, 병원이든, 아니면 교외에서든 아무튼 박사님과 시간을 많이 보내신다는 얘기야."

한나는 안도의 한숨을 내쉬었다. 엄마의 행실을 염려해서가 아니라, 레이크 에덴 가십 핫라인의 이번 목표가 핫라인 창립자인 엄마가 될까 봐 두려워서였다!

"버디 니먼."

누군가의 호명에 한나는 상상에서 퍼뜩 깨어났다.

"안으로 들어오세요."

"가자, 꼬맹이."

흉내 내고 싶을 만큼 민첩한 동작으로 버디가 플라스틱 의자에서 일어나 데빈에게 손짓했다.

"지금 엑스레이를 찍으려나 봐. 같이 들어가자."

한나도 자리에서 일어섰다.

"나도 갈게요. 손목이 괜찮은지 직접 확인해봐야 할 것 같아요."

버디와 간호사가 앞서 걷고, 한나는 데빈과 함께 그 뒤를 따랐다. 노먼과 베브 박사 옆을 지날 때 베브 박사는 마치 한나를 피해 숨기라도 하는 듯 재빨리 노먼의 뒤로 몸을 숨겼다.

베브의 행동에 한나는 기분이 언짢았지만, 아무렇지 않은 듯 손을 흔들며 재빨리 노먼에게 인사했다.

"안녕, 노먼."

그리고 곧장 벤 맷슨 박사의 사무실로 향했다.

"안녕하세요, 한나."

벤이 인사를 건넸다.

"한나도 부상을 입은 거예요?"

"제가 아니라 여기 버디 니먼이 다쳤어요. 시나몬 롤 식스 밴드의 멤버예요."

벤은 차트를 내려다보았다. 양식을 한참 들여다보던 그가 이윽고 고개를 들었다.

"당신이 그 키보드 연주자군요. 손목이 어떤지 한번 봅시다."

벤은 버디의 손목을 살피기 시작했고, 한나는 손목시계를 내려다보았다. 엄마와 약속한 15분이 다 되어가고 있었다. 슬슬 엄마를 만나 시나몬 롤을 데워서 사람들에게 나눠주어야 했다.

"난 이만 나가봐도 괜찮겠죠, 버디?"

한나가 물었다.

"시나몬 롤을 주문한 사람이 그걸 그냥 병원에 있는 사람들에게 나눠주라고 했거든요."

"그럼요, 저한테도 하나 부탁드릴게요. 얼른 나가보세요."

"금방 돌아올게요."

한나는 약속한 뒤 서둘러 미셸과 다른 환자들이 자리한 홀을 가로질렀다. 아까 한나가 앉았던 자리에는 레인보우 레이디즈 회원인 버티 스트롭이 앉아 있었다.

"한나 어머님이 나한테 여기 사람들을 부탁했어."

버티가 말했다.

"셋 다 시나몬 롤 돌리는 일을 도와달라고 하시던걸."

"셋이요?"

미셸이 되물었다.

"안드레아도 왔다는 거네."

한나가 단언했다.

"맞아. 한나 어머님이랑 같이 주방에서 커피를 끓이고 있어."

두 사람이 주방에서 요리를 하는 게 아니라 커피를 끓이고 있다는 말에 한나는 안도의 한숨을 내쉬었다. 두 사람이 만드는 음식은 정말 모험 그 자체이니 말이다.

"시나몬 롤을 가져다 달라고 하시던데."

버티가 덧붙였다.

"지금 당장 말이야."

"알았어요."

한나는 미셸과 시선을 주고받았다. 이건 엄마의 명령이었고, 엄마가 내린 명령을 거역했다가는 무슨 일이 벌어질지 알 수 없다. 두 사람은 버티에게 감사하다는 인사를 한 뒤 사람들에게 인사를 하고, 사용하지 않는 병원 수레를 끌며 시나몬 롤을 가지러 밖으로 나섰다.

5분도 채 지나지 않아 두 사람은 스페셜 시나몬 롤 10상자가 담긴 수레를 끌고 병원 복도를 지났다. 한나가 트럭에 남겨두었던 갖가지 종류의 쿠키들도 제일 아래 칸에 자리하고 있었다.

"근데 이 상자는 뭐야?"

미셸이 독특한 외형의 베이커리 상자에 시선을 던지며 물었다. 한나가 시나몬 롤 위에 얹어놓은 상자였다.

"싱코 드 코코아 쿠키. 초콜릿과 아보카도가 들어간 쿠키야."

"초콜릿이랑 아보카도? 오묘한 조합인데."

미셸이 상자를 열어 안을 들여다보았다.

"냄새가 완전 좋다. 맛있어?"

"하나 먹어볼래?"

그러자 미셸이 슬며시 웃음을 지었다.

"역시 언니가 그렇게 물어볼 줄 알았어! 언니도 같이 먹을래?"

"물론! 시간이 좀 지체돼서 엄마가 화가 나셨을 거야. 이럴 때 초콜릿이 있으면 수습이 더 쉬워지지. 네가 먼저 먹어. 수레는 내가 끌 테니까. 다 먹고 나면 자리를 바꾸자고."

"그거 좋은 방법이야."

미셸은 쿠키를 한 입 베어 물었고, 이내 얼굴 한가득 환희에 찬 표정이 떠올랐다.

"맛있어?"

한나가 물었다.

"최고. 평생 이것만 먹고 살고 싶을 정도야. 자, 이제 언니가 먹을 차례야."

미셸은 남은 쿠키 조각을 입에 넣고 한나에게 새 쿠키를 건넨 뒤 수레 손잡이를 잡았다.

한나는 쿠키를 씹어 삼키고 미소를 지으며 여유롭게 맛을 음미했다.

"나만큼이나 쿠키가 마음에 든 거지?"

"당연하지! 정말 최고의 조합이야! 이유는 모르겠지만, 어쩐지 아보카도 때문에 초콜릿 맛이 더 진하게 느껴지는 것 같아."

"질감도 그렇고."

"맞아. 질감도 더 부드럽고 촉촉해."

미셸이 약간 아리송한 표정을 지었다.

"근데 실제로 과카몰리(아보카도를 으깨어 토마토, 양파, 양념을 더한 멕시코 소스) 먹을 때만큼의 아보카도 맛은 안 나는 것 같아."

"나도 그래. 하지만 다른 재료들에 영향을 미치는 것만은 확실하지. 어떻게 이런 효과를 주는지는 잘 모르겠지만 말이야."

"어떻게 어떤 방식으로 말이지!"

미셸도 동의했다. 두 사람은 모퉁이를 돌아 널따란 주방문 앞에 섰다.

"엄마도 기분 좋아지시게 하나 드릴까?"

"아직은 아니야. 일단 상자를 아래 칸으로 옮긴 다음에 엄마가 물어보시면 스페셜 주문이라고 얘기하자."

"하지만 이건 스페셜 주문이 아니잖아, 안 그래?"

"아니, 맞아. 이건 스웬슨 가 식구들을 위한 스페셜 주문이야."

"아하, 알았어."

미셸이 즐거운 듯 대답했다.

"이건 나중에, 시나몬 롤 돌리는 일이 모두 끝나고 나서 우리끼리 커피 한 잔 마시며 먹으면 좋겠어."

"바로 그거야."

한나가 회전문 형태의 주방문을 잡고 있는 동안 미셸이 수레를 밀어 안쪽으로 들어섰다.

"제때 왔구나!"

엄마가 두 사람을 맞아주었다.

"안녕, 엄마. 안드레아도 안녕."

한나는 활짝 웃어보였다.

"자, 이제 우리가 왔으니 배고픈 환자들 기운 좀 내게 해볼까."

싱코 드 코코아 쿠키(초콜릿 아보카도 쿠키)

오븐은 175도로 예열합니다. 틀은 오븐의 중앙에 두세요.

조 플루크의 메모: 다빈느 매인워링이 이 맛있는 쿠키 레시피를 가지고 저를 찾아왔답니다. 여기서 '싱코'는 다섯 가지 재료를 뜻하는데, 아보카도와 버터, 밀가루, 계란, 그리고 설탕을 말한답니다. '코코아'는 초콜릿을 뜻하고요. 원래 'Sinco'의 알파벳 철자는 'Cinco'가 맞는데, 이 쿠키가 죄스러울 만큼(sinfully) 맛있기 때문에 제 임의대로 철자를 바꿔보았답니다.

재료

소금기 있는 버터 1/2컵 / 달지 않은 초콜릿 3온스(84g) / 백설탕 3/4컵

황설탕 1컵 / 큰 계란 2개 / 바닐라액 1티스푼 / 소금 1/2티스푼

베이킹파우더 1티스푼 / 으깬 아보카도 1/2컵 / 다목적용 밀가루 3컵

중간 달기 혹은 카카오 함유량 60%의 초콜릿 칩 1컵(168g)

만드는 법

1. 초콜릿과 버터를 함께 넣고 전자레인지에 '강'으로 2분간 돌립니다. 초콜릿이 녹았으면 저어주고 아직 녹지 않았으면 30초 정도 더 돌립니다. 전자레인지가 아니면 소스팬에 넣어 가스레인지 중불에서 녹여도 좋습니다(전 가스레인지를 사용했는데, 주방 전체에 초콜릿과 버터 냄새가 아주 진동을 했답니다).

한나의 첫 번째 메모: 사각형 모양의 초콜릿은 쪼개어 넣은 뒤 녹이면 더 잘 녹는답니다.

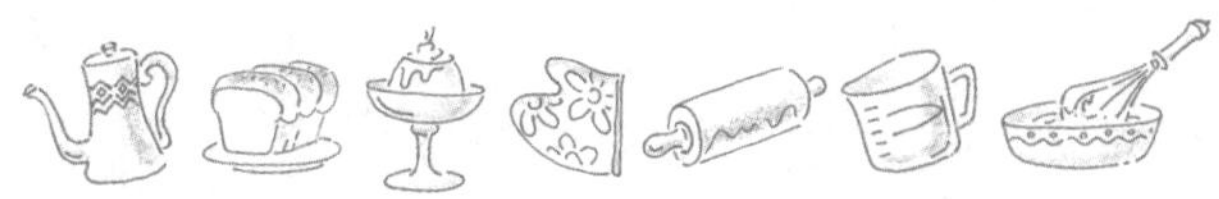

2. 재료가 다 잘 녹았으면 얼마간 식힙니다.
3. 백설탕과 황설탕을 믹싱볼에 넣고 균일한 색상이 돌 때까지 전자믹서기로 섞어줍니다.
4. 계란을 하나씩 깨어 넣으며 섞어줍니다.
5. 바닐라액을 넣고 가볍게 부풀어 오를 때까지 섞어줍니다.
6. 소금과 베이킹파우더를 넣고 섞어줍니다.
7. 아보카도를 곱게 으깬 다음 1/2컵 분량으로 측량하여 위의 그릇에 넣고 잘 섞어줍니다.
8. 버터와 초콜릿 혼합물이 담긴 그릇의 겉면을 만져보아 계란이 익을 정도로 뜨겁지 않으면, 믹싱볼에 넣고 섞어줍니다(아직 뜨겁다면 커피 한 잔 마시면서 기다려야 하겠죠). 모든 재료들이 골고루 섞이도록 저어줍니다.
9. 밀가루를 반 컵씩 넣으면서 한 번 넣을 때마다 잘 섞어줍니다. 반죽이 부드러워질 때까지 섞어줍니다.
10. 믹서기에서 그릇을 꺼내 초콜릿 칩을 넣고 손으로 섞어줍니다. 칩이 반죽에 골고루 퍼질 때까지 섞어줍니다.
11. 동그란 티스푼으로 반죽을 떠서 미리 기름칠을 하거나 들러붙음 방지 스프레이를 뿌려둔 쿠키 틀에 얹습니다.

한나의 두 번째 메모: 전 양피지를 깔았어요—훨씬 간편하죠!

12. 175도에서 13~15분간 굽습니다. 겉면을 가볍게 만져보았을 때 살짝 건조한 느낌이 나면 완성이에요. 하지만 쿠키를

를 만질 때 뜨거워서 손을 데일 수 있으니 조심하셔야 해요. 겉면이 건조한 듯한 느낌이 들면 오븐에서 바로 꺼냅니다. 브라우니처럼 조금이라도 오래 구우면 맛이 없거든요(전 14분간 구웠어요).

13. 싱코 드 코코아 쿠키를 쿠키 틀 위에 놓은 채 5분간 식힙니다. 이 과정에서 쿠키 바닥이 단단해질 거예요. 그런 다음 식힘망으로 옮겨 완전히 식힙니다(양피지를 사용하였다면, 양피지 채로 옮겨도 됩니다).

한나의 세 번째 메모: 싱코 드 코코아 쿠키는 풍미가 짙어서 누구든 1~2개 이상은 먹지 못해요. 그런데 지난번 엄마와 로드 부인에게 드리는 선물로 그래니의 앤티크에 13개를 구워갔더니 두 분이서 그 짧은 점심시간 동안 쿠키를 모두 드시고는 더 갖다 달라고 추가 요청까지 하셨답니다!

"정말 맛있어요, 한나."

리넷이 시나몬 롤을 입안에 넣으며 만족스러운 한숨을 내쉬었다.

"다이어트 중인데도 전혀 죄책감이 느껴지지 않을 정도예요."

"어-오."

한나의 머릿속에 빨간색 경고등이 반짝였다. 한나는 셀 수 없이 많은 다이어트를 시행해본 경험자로서, 다이어트 중인 사람을 맛있는 간식으로 유혹해 가까스로 용기를 내 세운 다이어트 계획을 통째로 흔들고 싶지 않았다.

"미안해요, 리넷. 시나몬 롤을 먹을지 미리 물어볼 걸 그랬어요. 다들 좋아하는 줄 알고 그만……."

"좋아해요."

리넷이 한나의 말을 가로막았다.

"정말 맛있었어요. 매일 아침 이 시나몬 롤을 먹을 수만 있다면, 다이어트쯤은 과감히 접겠어요."

"체중 감량 때문에 하는 거예요?"

미셸이 물었다.

"꼭 그 이유 때문만은 아니지만, 며칠 동안 두부만 먹고 살 수 있을 것 같아요? 내 친구 캐미의 이야기를 듣고 이번 연주 여행 시작하면서 같이 시작했거든요. 이제 좀 바꿔야 할 때가 된 것 같긴 하지만. 어쨌든 두부랑 채소만 먹는 데 아주 질려버렸어요. 혹시 시나몬 롤 더 없어요?"

리넷에게 시나몬 롤을 하나 더 건넨 다음 한나와 미셸은 복도를 따라 걸으며 계속해서 시나몬 롤을 나눠주었다. 마침내 복도 끝에 다다라 배분이 끝났지만 시나몬 롤은 1개 팬 분량이 남아 있었다. 한나가 미셸을 쳐다보았다.

"간호사들한테도 나눠줄까? 다들 서둘러 오느라 식사할 시간도 없었을 거야."

"그거 좋지."

미셸이 수레를 내려다보며 개수를 가늠했다.

"충분할 것 같아."

미셸이 말했다.

"혹시 모자라면 주방에서 쿠키 좀 가져가. 어차피 여분으로 챙겨온 거니까. 쿠키까지 더하면 대기실에 있는 사람들 전부에게 나눠주기에 충분할 거야."

미셸이 막 자리를 뜨려는 찰나 한나가 그녀를 불러세웠다.

"싱코 드 코코아 쿠키는 남겨둬야 해. 나중에 우리가 먹을 거니까."

한나는 미셸이 수레를 끌고 복도를 걸어가는 모습을 물끄러미 바라보았다. 동생이 모퉁이를 돌아 시야에서 사라지고 난 뒤에도 한나는 무엇을 해야 좋을지 몰라 복도 한가운데 우두커니 서 있었다. 버디에게 가서 그가 시나몬 롤을 맛있게 먹고 있는지 확인해볼 수도 있고, 응급실로 들어가 버티에게 도울 것이 없는지 물어볼 수도 있을 것이다. 한나는 잠시 고민에 빠졌다.

"한나?"

그때 간호사 중 한 명이 급히 달려왔다.

"어머님이 찾으세요. 7번 진료실에 계실 거예요. 그나저나 시나몬 롤 정말 맛있게 잘 먹었어요."

"고마워요."

한나가 대답한 뒤 복도를 따라 걸었다. 엄마가 무슨 일로 찾는지는 모르겠지만, 한시라도 빨리 집으로 돌아가 침대에 몸을 누이고 싶은 한나의 바람과는 분명 반대되는 일일 것이다. 한나는 복도 끝에서 모퉁이를 돌아 90도 각도로 꺾어진 두 번째 복도로 접어들었다. 그리고 6미터 정도 앞 진료실에서 막 나오는 엄마를 발견했다.

"엄마?"

벽을 짚은 채 힘없이 쓰러지려 하는 엄마를 한나가 재빨리 달려가 부축했다. 엄마의 낯빛은 한나가 쿠키단지에서 매일같이 사용하는 밀가루의 색처럼 창백했고, 그 바람에 곱게 단장한 화장이 더욱 선명하게 보였다.

"한나."

엄마가 떨리는 목소리로 말했다. 그러고는 정신을 차리려는 듯 고개를 설레설레 흔든 다음 심호흡을 했다.

"네 도움이 필요하다, 한나."

한나의 머릿속에 경고음이 울려 퍼졌다. 무언가 큰일이 나도 단단히 난 모양이다.

"무슨 일이에요, 엄마? 어디 편찮으신 거예요?"

"아니."

"그럼요? 지금 떨고 계시잖아요."

"그가 죽었어."

엄마가 땅이 꺼져라 한숨을 내쉬었다.

"뭔가 가져다줄 것이 없을까 해서 들여다봤더니, 그가 죽었지 뭐냐!"

"정말이에요?"

한나가 안을 들여다볼 마음의 준비를 하며 되물었다.

"확실해."

한나는 엄마를 살짝 안아주었다. 엄마는 금방이라도 기절할 듯 심하게 몸을 떨고 있었다.

"괜찮아요, 엄마."

한나가 차분한 목소리로 말했다.

"많이 놀라셨겠지만, 어차피 병원에 오는 사람들은 어딘가에 이상이 있어서 오는 거잖아요. 그들 중 상태가 위중한 사람들은 의사들도 어쩔 수 없어요."

"넌 이해 못한다!"

엄마는 한나를 물끄러미 쳐다보더니 이내 고개를 가로저었다. 그러고는 다시 애써 심호흡을 했다.

"넌 이해 못해!"

엄마가 다시 외쳤다.

한나는 엄마가 기절하면 어쩌나 걱정스러워 엄마를 더 꼭 안았다. 엄마는 병원에서 자원봉사 일을 시작한 뒤로 누군가의 죽음을 직면한 것이 오늘이 처음인 모양이었다.

"완전히는 모르겠지만, 그래도 이해할 수 있어요."

한나가 말했다.

"환자가 죽었을 때 얼마나 충격이 클지도 잘 알고요. 정말 슬픈 일이지만 병원에서는 늘 누군가가 죽게 마련이잖아요. 엄마, 괜찮아요? 간호사를 부를까요?"

"아니."

"하지만 엄마, 아직도 이렇게 떨고 있고, 얼굴도 유령처럼 창백하잖아요. 그럼 나이트 박사님을 부를게요."

"아니, 마이크를 부르거라."

엄마가 단호하게 말했다. 그런 뒤 다리에 힘이 풀린 듯 벽에 등을 대고 맥없이 미끄러지기 시작했다.

한나는 엄마를 다시 부축해보려 했지만, 소용이 없었다. 엄마는 여전히 금방이라도 기절할 듯 위태로운 모습으로 마치 헝겊 인형처럼 전혀 힘을 쓰지 못했다. 한나가 할 수 있는 것이라곤 엄마가 벽에 등을 기대고 리놀륨 바닥에 무사히 앉도록 돕는 것뿐이었다. 한나 역시 엄마 옆에 쪼그리고 앉아 엄마의 어깨를 토닥였다.

"괜찮아요, 엄마. 금방 괜찮아질 거예요. 나이트 박사님에게 전화할게요."

"아니! 마이크를 부르라니까!"

"하지만…… 마이크는 왜요?"

엄마는 정신을 가다듬으려는 듯 다시 심호흡을 했다. 아까보다는 혈색이 조금 나아진 듯했다.

"아까도 말했잖니. 그가 죽었다니까!"

한나는 엄마의 이야기를 이해할 수 없었다. 마이크는 경찰서의 형사였다. 환자가 죽을 때마다 경찰서에 전화해 형사를 호출하는 것이 일반적인 절차란 말인가?

"어서 부르거라! 어서 마이크를 불러!"

엄마가 다시 외쳤다.

환자의 죽음에 엄마가 정신적으로 큰 충격을 받은 것이 분명하다. 엄마가 방금 경험한 상황에 대해 차근차근 이야기해보게끔 하면 트라우마를 벗어나는 데에 조금 도움이 될지도 모른다.

"알았어요, 엄마."

한나가 다시 안정된 톤의 목소리로 입을 열었다.

"마이크에게 연락할게요. 하지만 그 전에 몇 가지 정보가 필요해요. 환자 이름은 알고 계세요?"

"알고말고. 여기 오자마자 환자 차트부터 확인했으니. 항상 그렇게 하거든. 환자들을 이름으로 불러주면 더 친근하게 느끼니까. 그러고 나서 얼굴을 쳐다봤는데, 그, 그 사람이……."

엄마가 하던 말을 멈추고 다시 부르르 떨기 시작했다.

"그 사람 이름은 버디 니먼이었어."

"버디 니먼이요?! 정말이에요?"

한나는 자신의 귀를 의심했다. 버디 니먼이라니, 믿을 수가 없었다.

"차트에 그렇게 적혀 있었어."

"하지만 불과 몇 분 전에 제가 버디에게 시나몬 롤을 나눠줬어요! 엑스레이 기사가 그를 데리고 들어가 엑스레이를 찍었는데, 그냥 접질린 거라고 했고, 잠깐 기다리고 있으면 반깁스를 해줄 거라고 했는데. 하루 이틀 동안 움직이면 안 된다고 했거든요. 반깁스만 하고 나면 돌아가도 좋다고 했어요."

한나가 인상을 찌푸렸다.

"정말로 환자 이름이 버디 니먼이었어요?"

"그렇다니까. 성이 없는 이름같이 들려서 내가 똑똑히 기억한단다. 보통 버디는 별명으로 많이 부르잖니. 어쨌든 그가 죽었어, 한나. 그가 죽었다고."

"그렇지만 그저 손목을 접질린 것뿐인데요. 손목을 접질렸다고 죽지는 않잖아요!"

"그게 말이다."

엄마가 말했다.

"손목 때문에 죽은 것 같지는 않아. 누군가 수술용 가위로 그의 가슴을 찔렀어. 어서 마이크를 부르거라!"

한나는 병원 조리사들이 휴식 시간을 가질 때 사용하는 주방의 둥근 탁자 앞에 앉아 엄마와 동생들을 기다렸다. 밤 10시가 가까운 시간, 병원에 머무는 대부분의 사람들은 이미 휴식에 들었을 것이고, 간단한 치료를 받은 사람들은 벌써 집으로 돌아가고도 남았을 것이다. 딕 래플린은 레이크 에덴 호텔 밴을 몰고 와 시나몬 롤 식스 멤버들을 모두 태우고 돌아갔다. 분명 샐리가 그들을 위해 따뜻한 식사와 편안한 잠자리를 준비해놓았을 것이다.

다시 눈이 내리고 있었다. 한나는 주방 창문 밖 풍경을 물끄러미 바라보았다. 나이트 박사는 환자들의 안정과 휴식을 위해 이 병원을 특별히 에덴 호숫가 아담한 나무숲 가운데 지어 올렸다. 덕분에 병실의 환자들은 창밖으로 소나무와 호수를 얼마든지 바라볼 수 있었다.

병원 밖은 가로등 불이 반짝이며 주변을 환하게 비추고 있었다. 박사가 설치한 이 가로등은 호수 주변의 생태계에 전혀 영향을 미치지 않는 듯, 병실에 커튼을 치지 않은 환자들은 나무숲 사이로 사슴이 뛰어다니는 모습, 너구리가 눈밭 위를 재빨리 기어가는 모습, 그리고 때때로 호저(쥐목 산미치광이과의 야행성 동물)가 나무들 사이로 뒤뚱거리는 모습을 볼 수 있었다. 또한, 다채로운 색깔과 크기의 새들이 이곳저곳을 날아다니며, 근처 나뭇가지 위에 내려앉기도 했다. 병원에 머물러야 할 상황이라면 바로 이러한 풍경을 볼 수 있다는 것이 가장 큰 장점이었다. 한나는 프레디 소여가 이곳에서 일하는 것을 왜 그토록 좋아하는지 알 수 있을 것 같았다.

한나는 유리창에 비친 자신의 모습을 확인하고는 이내 얼굴을 찌푸렸다. 머리카락을 다시 다듬어야 할 것 같다. 좀처럼 가라앉지 못하고 마구 헝클어지는 빨강 곱슬머리는 종종 미용사들의 인내심을 시험에 들게 하곤 했다. 그러고 보니 얼굴도 어쩐지 부어 보인다. 이건 결코 굴곡진 유리창 때문이 아니다. 작년, 쇼핑몰에 있는 스파에서 살인사건에 대한 비밀 수사를 진행하느라 살이 한꺼번에 많이 빠졌던 이후로 다시 살이 붙기 시작하고 있었다. 한나의 키는 무려 173센티미터. 한나보다 더 작은 키의 동생들보다는 당연히 몸무게가 많이 나갈 것이지만, 언제부터인가 청바지의 허리 부분이 죄어오고 있었다. 한나는 어느새 스스로를 포기하고 있었다.

한나는 외모에 좀 더 신경을 써야겠다고 생각했다. 무조건 편한 통짜 옷보다는 몸에 딱 붙는 슬림한 옷을 입는 것이 좋겠다. 머리도 새로 하고, 화장법도 새로 배워야 하겠다. 하지만 과연 그럴 시간이 있을까? 하루에 5~6시간 잠자기도 어려운 요즘 좀 더 예쁘게 보이고자 무려 한 시간이나 되는 수면 시간을 포기하고 싶지는 않았다. 한나의 베이커리 카페에 오는 손님들은 있는 그대로의 한나의 모습에 이미 익숙해져 있다.

그때 휙 바람이 불어 유리창 위로 눈을 흩뿌리고 지나갔다. 한나는 순간 놀라 자리에서 벌떡 일어났다. 바보같이 바람 소리에 놀라다니. 하지만 바로 이곳 병원에서 살인사건이 일어난 지금 한나는 바람 소리도 어쩐지 더욱 으스스하게 느껴졌다.

다행스럽게도 때마침 엄마와 안드레아, 미셸이 주방문을 열고 들어왔다. 한나는 모두에게 갓 내린 커피를 돌린 다음 미셸에게 찬장에 미리 넣어놓은 쿠키 상자를 가져오라고 손짓했다.

"여기요, 엄마. 하나 드셔보세요."

미셸이 싱크 드 코코아 쿠키 상자를 열며 말했다.

"고맙지만, 괜찮다. 배고프지 않아."

"어서요, 엄마."

한나가 쿠키 향이 좀 더 퍼지도록 엄마 쪽으로 상자를 밀며 재촉했다.

"먹으면 좀 나아지실 거예요. 진짜요. 딱 하나만 먹어봐요, 네?"

"초콜릿이냐?"

한나가 고개를 끄덕이자, 엄마는 손을 뻗어 쿠키를 집었다.

"더블 초콜릿이에요."

한나가 말했다.

"초콜릿 칩에다가 반죽에도 초콜릿이 들어갔어요. 얼른 먹어봐요, 엄마. 많이 있으니까 마음껏 드세요. 아마 눈 깜짝할 사이 없어질걸요."

"정말이야."

안드레아도 쿠키를 집었다. 늘 그렇듯 스웬슨 가의 둘째 딸 안드레아는 편안해보이면서도 패셔너블한 복장을 갖추고 있었다. 밝은 금빛의 머리카락을 곱게 땋아 깔끔하게 올려 묶고, 화장 또한 흠잡을 데 없이 완벽했으며, 부드러운 분홍빛 스웨터에 회색 바지, 그리고 그에 맞춰 회색의 가죽 구두를 신고 있었다. 목에서는 2년 전 남편인 빌에게 크리스마스 선물로 받은 진주 목걸이가 반짝였다.

"맛이 어때요, 엄마?"

엄마가 쿠키를 다 먹기까지 잠자코 기다리고 있던 미셸이 물었다.

"훨씬 낫구나. 나한테 꼭 필요한 약이었어. 하나 더 건네주겠니?"

"준비됐어?"

미셸이 한나의 아파트 문고리에 열쇠를 집어넣은 채 물었다.

"준비됐어."

한나는 현관에서 조금 떨어져 서서는 균형감을 높이기 위해 두 다리를 살짝 벌렸다.

"커들스는 어때? 녀석도 달려들어?"

"아직은 아니야. 앞으로도 모이쉐를 따라하면 안 될 텐데. 한꺼번에 두 마리의 고양이를 감당하긴 힘들 것 같거든."

"이제 연다."

미셸이 문을 열고는 모이쉐가 튀어나올 수 있도록 옆으로 비켜섰다. 역시나 오렌지색과 흰색이 한데 섞인 털뭉치가 한나의 품을 향해 펄쩍 뛰어들었다.

"읍!"

한나의 입에서 신음소리가 절로 나왔다.

"점점 더 무거워지는 것 같아."

"무게를 한번 재봐. 모이쉐를 안고 체중을 잰 다음에 거기서 언니 혼자 섰을 때 체중을 빼면 되잖아."

"별로 좋은 생각이 아니야."

한나가 거실로 들어가 모이쉐를 녀석이 좋아하는 장소에 내려놓았다. 모이쉐는 소파 등받이 위에 앉아 창밖 풍경을 바라보는 것을 좋아했다.

"어째서?"

"일단 내 몸무게를 내 눈으로 직접 확인하고 싶지 않거든. 근데 모이쉐의 몸무게를 알려면 일단 내 몸무게부터 알아야 한단 얘기잖아."

"흠."

미셸은 소파 팔걸이에 앉아 있는 커들스에게 다가갔다. 커들스는 모이쉐보다 훨씬 작은 크기의 회색빛 고양이였다.

"안녕, 커들스."

미셸이 커들스의 볼 언저리를 살살 긁어주었다.

"마이크는 언제 온대? 오면 뭘 좀 먹여야 하나?"

"그러는 게 좋을 것 같아. 나한테 저녁 먹을 시간도 없었다고 했거든."

"잘됐다. 나도 배고팠는데."

"아까 시나몬 롤이랑 쿠키도 네 조각이나 먹었잖아."

한나가 상기시켰다.

"그렇긴 한데, 지금은 그런 거 말고 뭔가 든든하게 배 채울 게 필요해. 고기가 들어간, 맛있는 거 있잖아. 뭘 만들면 좋을까?"

미셸은 코트를 벗어 옷장에 걸고, 모이쉐의 곁을 지나며 녀석의 귀를 한 번 쓰다듬은 뒤 곧장 주방으로 향했다.

"글쎄다."

한나가 그 뒤를 따랐다.

"그럼, 일단 어떤 재료들이 있는지부터 보자. 그럼 아이디어가 생각날 거야."

"재료라고 해봐야 별로 없을 거야. 요즘 너무 바빠서 마트에 못 간 지 일주일이 넘었거든."

"정말이네."

미셸이 거의 텅 비다시피 한 냉장고를 들여다보며 말했다.

"햄버거도 없어?"

"냉동실에 좀 있을 거야."

한나가 냉동실 문을 열어 안을 살폈다.

"소고기 햄버거 1파운드짜리 포장이 1개 있다. 이거면 되겠어?"

"훌륭해. 빨리 프라이팬에 굽자."

"내가 할게."

한나가 프라이팬을 꺼낸 뒤 햄버거의 비닐을 벗겨 팬 위에 놓고는 뚜껑을 덮고 중불에 올렸다.

"근데 이걸로 뭘 만들려고?"

"아직 이름은 없어. 혹시 냉동 채소도 있어?"

한나는 다시 냉동실로 가 안을 들여다보았다.

"브로콜리랑 꽃양배추랑 다진 양파, 그리고 완두콩이랑 당근 포장이 있네."

"완두콩이랑 당근은 섞인 거야?"

"응, 큐브 모양으로 잘라놓은 거 있잖아."

"됐어! 그걸로 한 컵 부탁해."

한나는 완두콩과 당근이 들어 있는 봉투를 꺼내와 작업대 위에서 뜯은 뒤 컵에 가득 붓고는 입구를 비비꼬아 막았다.

"다진 양파는 얼마나 필요해?"

"마흔 일곱 조각."

"뭐?"

한나는 손에 양파 꾸러미를 든 채 멈칫했다.

"농담이야. 한 1/4컵 정도면 될 것 같아. 비율이 뭐 그렇게 중요하겠어."

한나는 양파를 컵에 부은 뒤 다시 입구를 꼬아 막고는 냉동실에 넣었다.

"뭘 만드는지는 모르겠지만 레시피는 있는 거야?"

그러자 미셸이 웃음을 터뜨렸다.

"아니. 그냥 되는대로 만들어보는 거야."

"도대체 그 음식의 정체가 뭔데?"

"햄버거 베이크라고나 할까. 기숙사에 있을 때 매주 뭐든 만들어보거든. 대부분 기가 막힌 요리가 탄생하지만, 실패작이 나오더라도 케첩을 듬뿍 발라서 먹곤 하니까 괜찮아."

한나는 미소를 지었다. 어느새 미셸도 냉장고든 냉동실이든, 심지어 저장고든 당장 있는 재료들을 가지고 뚝딱 요리를 만들어내는 미네소타 주의 요리사가 되어 있었다.

"양파도 햄버거랑 같이 프라이팬에 구울까?"

한나가 물었다.

"응. 혹시 통조림 수프 있어?"

한나는 프라이팬에 냉동 양파를 넣었다.

"통조림 수프라면 아마 없을 거야. 지난주에 산다는 걸 깜빡했거든."

한나가 찬장 문을 열고 통조림을 찾아보았다.

"대신 완두콩이랑 아스파라거스 크림, 체다 치즈가 있는데, 혹시 필요한 거 있어?"

"그럼 체다 치즈 부탁해. 농축 치즈 맞지?"

"맞아. 우유를 섞어야 해."

"적량보다 조금 적게 넣을 거야. 우유도 있어?"

"있을 거야. 혹시 유통기한이 지났더라도 무가당 연유 통조림이 있으니까 걱정 마."

"연유 통조림도 괜찮아. 아까 냉장고 고기 넣는 칸에 보니까 치즈 다진 것도 있던데, 그건 무슨 치즈야? 언니가 가서 봐줄래?"

미셸이 햄버거와 양파를 뒤집는 동안 한나는 냉장고 안을 살폈다.

"체다야."

한나가 말했다.

"좋아. 언니 혹시 비스킷 크러스트 만들 수 있어?"

“어떻게 만들어볼 순 있을 것 같은데. 지금 만들어줘?”

“응, 부탁해. 햄버거는 내가 구울게. 케이크 팬 바닥에 깔 크러스트로 비스킷 반죽이 필요해.”

“맛있겠는데? 그 위에 햄버거랑 양파, 채소랑 체다 치즈 수프를 얹겠다는 거지?”

“맞았어. 그리고 마지막으로 치즈 다진 걸 뿌리는 거지. 모양도 모양이지만, 맛도 훌륭할 거야.”

그렇게 두 자매는 얼마간을 침묵 속에서 요리에 몰두했다. 그런데 불현듯 미셸이 길고 긴 한숨을 내쉬었다.

“왜 그래?”

한나가 물었다.

“노먼 생각을 하고 있었어. 언니랑 노먼, 정말 잘 어울렸는데. 물론 언니가 마이크도 마음에 두고 있다는 거 잘 알고, 나도 마이크를 좋아하긴 하지만, 그래도 언니가 결혼을 한다면, 노먼이랑 했으면 좋겠다고 생각했어. 근데 이제 그 여자 때문에 그럴 일 없게 됐으니 속상해 죽겠어! 그 여자가 노먼한테 언니를 다시는 만나지 말라고 할 게 분명해. 노먼의 딸을 무기 삼아 저렇게 버티고 있으니!”

요새처럼 말이지. 한나는 아까부터 목을 꽉 막고 있던 무언가를 힘겹게 삼켜 내렸다. 노먼이 자신에게 딸이 있노라고 고백했던 그때가 노먼과 단둘이 얘기한 마지막 순간이었다. 그때 그의 표정이 얼마나 암울했는지 한나는 지금도 그 모습을 생각하면 가슴이 찢어질 듯 아팠다.

“슬픈 일이지.”

한나는 마음을 가다듬으며 말했다.

“베브 박사에게는 딸이 가장 중요할 테고, 노먼 역시 다이애나를 위해 옳은 일을 하고 싶을 거야.”

"근데 노먼이 정말 잘하는 걸까? 어쩌면 다이애나가 노먼의 딸이 아닐 수도 있잖아. 그 여자가 착하고 성실한 노먼을 붙잡고 싶어서 거짓말을 한 것일 수도 있어."

사실 최근 한나도 그런 생각을 하고 있었지만, 이제 와서 그런 이야기를 하고 싶진 않았다. 이미 때는 늦었고, 주사위는 던져졌다. 노먼은 곧 베브 박사와 결혼식을 올릴 것이고, 그렇게 되면 이제 완전히 끝이다.

그때 전화벨이 울렸고, 덕분에 한나는 우울한 생각에서 깨어나 서둘러 전화기가 놓인 곳으로 향했다. 누구의 전화이든 그저 감사할 따름이었다.

"여보세요?"

"나야, 언니."

안드레아가 살며시 소리를 죽여 대답했다.

"안드레아? 목소리가 왜 그래?"

"빌이 들으면 안 되는 거라서. 지금 위층에서 옷 갈아입고 있거든. 다시 경찰서에 나가봐야 한대."

"이 늦은 시간에?"

한나는 시계를 쳐다보았다. 벌써 밤 11시 30분이었다.

"경찰서 일이 어떤지 알잖아. 뭔가 큰일이 터지면 항시 대기지, 뭐. 이번 일도 큰일은 큰일이니까!"

"뭐가?"

"버스 운전기사 말이야. 밴드 버스를 운전하다가 죽은."

"클레이턴 월레스?"

"맞아, 그 이름이었어. 방금 나이트 박사님이 부검이 끝났다고 전화를 하셨는데, 클레이턴 월레스가 사고 때문에 죽은 게 아니라, 버스가 길에서 미끄러지기 시작했을 때 이미 죽어 있었대."

순간 한나는 운전기사한테 심장마비 비슷한 것이 온 것 같았다는 버디의 이야기가 떠올랐다.

"혹시 심장 문제는 아니었어?"

"맞아. 어떻게 알았어?"

"아까 미셸이랑 같이 직접 버스 안까지 들어갔을 때 버디 니먼이 이야기해줬어. 아무 이상 없이 운행 중이었던 버스가 별안간 도랑으로 빠져 뒤집혀버렸다고 말이야. 기사한테 심장마비나 뇌졸중 증세가 온 것 같았다고 하더라고."

"맞았어. 그에 관해선 몇 가지 검사를 더 해봐야겠지만, 우선 혈액 검사 결과를 알려주셨어."

"어떻게 나왔대?"

한나가 차분하게 물어보았다. 안드레아라면 그 애만의 방식으로 어차피 다 이야기해줄 것이기 때문에 재촉해봤자 좋을 것 없었다.

"첫 검사 결과가 정확하다면, 월레스 씨는 심장약을 과량 복용했어."

"실수로?"

한나는 그저 간단히 설명될 수 있는 사건이기를 바랐다. 하지만 버디까지 살해당한 지금 그건 그저 희망사항일 뿐이었다. 같은 버스에 타고 있던 두 사람이 사고가 아닌 각기 다른 이유로 목숨을 잃었다. 이게 과연 무엇을 의미하는 것이겠는가?

"그게 의도적이었는지, 실수였는지는 박사님도 알 수가 없지. 타살이 의심되면 경찰에서 조사를 해봐야 할 테고."

"그렇다면 수사해야 할 살인사건이 2건인 거네."

"그렇지. 아마 그이가……."

안드레아가 돌연 입을 다물었다.

"이만 끊어야겠어. 그이가 아래층으로 내려오고 있거든."

"무슨 일이야?"

한나가 수화기를 내려놓자 미셸이 물었다.

"또 한 건의 살인사건."

"누구?"

"밴드 버스의 운전기사였던 클레이턴 월레스. 나이트 박사님 의견으로는 사고가 나기 전에 버스기사는 이미 죽은 상태였다는 거야."

"그 말은…… 버스에 타고 있던 누군가가 기사를 죽였다는 거야?"

"그럴 수도 있고, 아닐 수도 있고. 지금 확실하게 말할 수 있는 건 운전기사가 자신의 심장약을 과량 복용했다는 것뿐이야."

"그럼 어쩌다보니 실수로 그렇게 됐단 말이야?"

"어쩌면. 알약이 워낙 비슷하게 생겼으니까. 하지만 누군가 그의 약에 손을 댔을 수도 있어."

"그 남자 도대체 뭘 한 거지?"

미셸은 생각에 잠겼다.

"그럼 자기 약병을 지니고 있었을까, 아니면 요일이 적힌 휴대용 약케이스를 지니고 있었을까……?"

"어-오!"

순간 안전벨트에 묶인 채 매달려 있던 운전기사의 모습이 한나의 머릿속을 스쳐지나갔다. 그가 있던 곳 바로 밑에 무언가 떨어져 있기에 그것을 집으려고 손을 뻗었었다. 침침한 불빛이었지만, 그것은 분명 조그마한 사각 구역들이 들어차 있는 상자, 바로 미셸이 방금 이야기한 휴대용 약케이스였다.

"언니, 왜 그래?"

한나에게서 무어라 설명이 없자 미셸이 물었다.

"약케이스를 본 것 같아."

"어디서?"

"버스에서. 운전기사 밑에 떨어져 있었어. 약케이스가 그의 무릎에 얹혀 있었다면 버스가 뒤집히면서 바닥으로 떨어졌을 거야."

"그럼 얼른 마이크에게 전화해서 사건 현장에 직접 가보라고 해. 중요한 증거가 될 수 있잖아."

"그렇지. 만약 누군가 약에 손을 댄 것이 사실이라면 말이야."

미셸은 잠시 잠자코 있다가 이내 얼굴을 찌푸렸다.

"뭐해? 마이크에게 전화 안 할 거야? 버스를 견인하기 전에 현장에 가봐야 할 텐데."

"전화 안 해도 돼."

한나가 무거운 한숨을 내쉬었다.

"왜?"

"왜냐하면 가봤자 약케이스는 없을 테니까. 내가 갖고 있거든. 무심코 주워서 내 파카 주머니에 넣어뒀어."

햄버거 베이크

오븐은 205도로 예열합니다. 틀은 오븐의 중앙에 두세요.

재료

필링(속) :

다진 소고기 1파운드(454g) / 다진 양파 3/4컵(냉동 양파를 사용해도 좋습니다)

체다 치즈 수프 통조림 1개(300g) / 냉동 채소 1컵(전 콩과 당근 믹스랑 옥수수와 다진 피망 믹스를 사용했어요) / 우유 1/4컵

크러스트(껍질) :

버터 1/2컵 / 우유 3/4컵(필링 재료에 들어가는 우유 외에 더 필요한 분량이랍니다)

다목적용 밀가루 1과 3/4컵(컵을 내려치지 말고, 가득 담아 윗면을 쓸어주기만 하세요)

베이킹파우더 2와 1/2티스푼 / 소금 1/4티스푼

토핑 :

다진 체다 치즈 1컵

만드는 법

1. 9×13 크기의 케이크 팬에 들러붙음 방지 스프레이를 뿌립니다(스프레이 대신 기름칠을 해도 좋습니다).

2. 필링을 만드는 데 가장 오랜 시간이 걸리기 때문에 필링부터 시작하는 게 좋습니다. 생 햄버거 고기는 10인치(25cm) 이

상 크기의 프라이팬에 얹습니다.

3. 팬에 다진 양파를 넣습니다.

4. 가스레인지에 프라이팬을 올려 중불로 굽습니다. 햄버거 고기가 먹음직스러운 황갈색을 띠면 잘 구워진 것입니다.

5. 햄버거 고기와 양파에서 우러나온 육수를 따라냅니다(가능한 한 기름기를 줄이는 것이 좋을 테니까요).

6. 거기에 농축 수프와 냉동 채소, 그리고 우유 1/4컵을 붓고 잘 저어줍니다(아까 그 프라이팬에서 그대로 요리하면 되는 거랍니다). 프라이팬의 뚜껑을 덮고 잠시 그대로 놓아둡니다.

7. 전자레인지용 용기에 버터 1/2컵을 넣고, 우유 3/4컵을 부은 뒤 '강'에서 1분간 돌립니다. 섞어보았을 때 버터가 다 녹지 않은 것 같으면 30초를 더 돌린 뒤 저어줍니다. 버터가 충분히 녹았으면 전자레인지에서 용기를 꺼내 식힙니다.

한나의 첫 번째 메모: 미셸과 전 버터와 우유를 파이렉스 측량컵에 넣고 돌렸답니다. 가스레인지를 사용하실 분은 소스팬을 사용하시면 될 거예요.

8. 밀가루를 측량해서 믹싱볼에 대략 반 정도 넣습니다(분량이 정확할 필요는 없어요. 반 이하나 이상이 되었다고 해서 불평할 사람은 없을 테니까요).

9. 거기에 베이킹파우더와 소금을 넣고 남은 밀가루를 모두 부은 뒤 잘 섞어주세요.

10. 아까 버터와 우유 섞은 것을 믹싱볼에 붓고 반죽이 촉촉해질 때까지 섞어주세요.

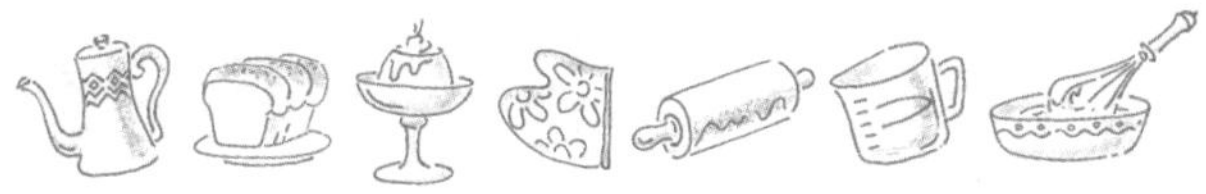

한나의 두 번째 메모: 아직 눈치채지 못하셨을까 봐 말씀드리는데 지금 베이킹파우더 비스킷 반죽을 만들고 있는 거랍니다.

11. 숟가락으로 반죽을 떠서 아까 준비한 케이크 팬 바닥에 붓고 반죽을 평평하게 넓혀줍니다. 이게 바로 햄버거 베이크의 바닥층이 될 거예요.
12. 아까 구웠던 햄버거 고기를 그 위에 평평하게 얹습니다.
13. 햄버거 고기 위에 다진 체다 치즈를 뿌립니다.
14. 205도에서 30분간 굽습니다. 다 구워졌으면 오븐에서 꺼내 가스레인지 위나 식힘망 위에 올려놓고 적어도 10분간 식힙니다(오븐에서 꺼내자마자 식탁에 올리게 되면 입을 델 수도 있으니까요).

한나의 세 번째 메모: 이 요리는 포트락 저녁식사 메뉴로 준비하기 안성맞춤입니다. 베이킹용 팬이 들어갈 정도로 큰 마분지 상자와 목욕타월만 있으면 되니까요. 오븐에서 햄버거 베이크를 꺼낸 뒤 상자에 넣고 타월로 그 위를 덮는 거예요. 그러면 못해도 30분 동안은 온기가 유지되니까요.

한나의 네 번째 메모: 저녁식사 후에 햄버거 베이크가 남았다면, 비닐 랩을 덮어 팬 채로 냉장고에 넣어두세요. 다음 날 점심으로 간편하게 데워먹을 수 있거든요.

한나의 다섯 번째 메모: 저녁식사에 마이크를 초대했을 때는 햄버거 베이크가 남으리란 걱정은 하지 않아도 될 듯해요. 미셸과 함께 만든 이 햄버거 베이크를 마이크 혼자 절반이나 먹어치웠거든요!

"정말 맛있게 먹었습니다."

마이크가 포크를 내려놓으며 말했다. 커피를 한 모금 들이켜는 그의 표정에서 아직도 배가 고픈 듯한 기색이 느껴졌다.

"쿠키가 남은 것이 하나도 없겠군요. 아까 병원에서 사고 피해자들에게 시나몬 롤과 쿠키 나눠주는 것을 봤거든요."

한나는 고개를 가로저었다.

"쿠키는 없지만, 켄터키 버터케이크는 좀 있어요."

"듣던 중 반가운 얘기네요! 그거 한 조각 부탁할게요. 근데 켄터키 버터케이크가 뭡니까?"

"뭔지도 모르면서 먹겠다고 한 거예요?"

미셸이 깜짝 놀라며 물었다.

"그럼요. 한나가 만들어준 것은 뭐든지 맛있으니까요."

마이크가 한나를 돌아보았다.

"그게 뭐예요?"

"버터를 넣은 화이트 케이크예요. 엄마 친구인 카산드라 부인이 레시피를 보내주셨어요. 두 팬을 만들어서 하나는 엄마 드리고, 하나는 비상 상황을 대비해서 냉동실에 넣어놨죠."

"흠, 내가 바로 그 비상 상황이로군요."

마이크가 짓궂은 미소를 흘리자 한나는 순간 할 말을 잃어버리고 말았다. 마이크의 미소는 언제나 한나의 심장을 요동치게 만든다. 마이크가 레이크 에덴 제일의 훈남이라는 사실은 누가 뭐래도 변치 않을 것이다. 다만 문제는 마이크 자신도 그 사실을 너무 잘 알고 있다는 것이다!

"내가 그 비상 상황이냐고요."

마이크가 다시 물었다.

그래요, 당신이 바로 비상 상황이에요, 마이크! 당신을 도대체 어찌해야 할지 모르겠어요. 당신을 사랑하다가도 순간 포기하게 되고, 당신에 대한 내 감정을 차분히 정리해보려고 했다가도 당신만 보면 그 품 안에 뛰어들고 싶으니 말이에요. 그리고…… 여기까지. 그 이상은 생각하지 말자.

"한나?"

마이크가 또다시 음흉한 미소를 지었다. 한나가 지금 순간 자신에게 반해버린 사실을 눈치챈 모양이다.

한나는 집중력을 발휘하여 아무렇지 않은 듯 대꾸했다.

"오늘 밤의 상황 자체가 비상인 거죠. 미셸과 난 차 사고로 거의 황천 갈 뻔했고, 우리가 병원 복도를 서성이는 동안 버디가 살해당한 데다가, 우리가 발견한 버스 기사도 어쩌면 또 다른 살인사건의 희생자일지도 모르니 말이에요. 어느 것 하나 비상 상황 아닌 것이 없잖아요!"

아차! 한나는 순간 입을 꾹 다물었다. 나이트 박사님과 빌의 통화 내용을 안드레아가 벌써 우리 쪽에 흘린 사실을 마이크가 알면 안 되는데 큰일이다. 한나는 미셸에게 화제를 바꿔보라는 무언의 눈빛을 쏘아 보냈다.

"언니가 말 안한 게 있는데, 그 케이크에는 문제가 한 가지 있어요."

용케 알아 챈 미셸이 급히 화제를 돌렸다.

"문제가 뭡니까? 맛이 없는 거예요?"

"물론 맛은 있어요. 있는데, 이름이 엉터리라는 거죠. 레이크 에덴 마을 사람들 중 몇몇이 얼마나 보수적인지 알잖아요. 이 케이크를 쿠키단지 메뉴에도 올리려면 다른 주 이름을 붙여서는 안 될 거예요."

"무슨 맛인데요?"

"버터요. 정말 풍미 좋은 버터 맛이 나요. 켄터키 주에 사는 엄마 친구분 레시피에 따르면 그 위에 녹인 버터와 설탕을 입히고 다시 슈가 파우더를 뿌렸거든요."

"그럼 그 마지막 과정을 바꾸려고 하는 겁니까?"

마이크가 한나에게 물었다.

"네. 난 대신에 증조할머니의 브라운 버터 아이싱을 할 거예요."

한나가 미셸을 돌아보았다.

"마이크가 무슨 맛일지 무척 궁금해하는 것 같은데, 주방에 가서 한 조각 가져다줄래?"

"그나저나 무슨 얘기입니까?"

미셸이 주방으로 사라지자 마이크가 입을 열었다.

"뭐가요?"

"아까 버스 기사랑 살인사건 운운했던 것 말입니다. 누가 얘기해주던가요?"

한나는 재빨리 머리를 굴렸다. 순순히 안드레아라고 고백할 순 없다. 앞으로도 사건에 대한 정보를 빼내올 수 있는 사람은 안드레아뿐이다.

"누가 말해줬습니까, 한나?"

마이크는 역시 경찰이다. 조금의 말실수도 그냥 넘기지 않으니 말이다.

"다들 알아요. 진즉 레이크 에덴 가십 핫라인에 뜬 거 몰랐어요?"

"그럴 리가요!"

"사실이에요."

한나가 대답했다. 솔직히 100% 거짓말은 아니다. 핫라인의 창립자는 엄마이고, 안드레아는 엄마의 딸이니 어쨌든 핫라인에 연루된 인물이라고 봐도 좋지 않겠는가.

"하지만 그건 박사님이 빌에게만 한 이야기입니다. 빌은 당연히 그 누구에게도 말하지 않았고 말입니다. 내가 아까 로니에게 전화했을 때에도 이유는 말하지 않고 일단 여기서 만나자고 했어요. 그러니 지금 시점에서 그 사실을 아는 건 박사님과 빌, 나뿐이어야 한단 얘깁니다."

한나는 다시 머리를 굴렸다.

"그렇지 않을걸요. 박사님이 부검을 할 때 옆에 인턴이나 간호사가 한 명 더 있었을 수 있잖아요. 아니면 박사님이 부검을 할 때면 꼭 녹음을 하시니까 보니가 그 녹음테이프의 문서화 작업을 하다가 알게 됐을 수도 있죠. 아마 병원 사람들 몇몇은 사실을 알고 있을 거예요."

"흠, 미심쩍지만, 뭐 괜찮습니다. 이야기란 게 결국에는 어디로든 흘러나가기 마련이니까요."

"여기 대령입니다!"

미셸이 커다란 케이크 조각을 접시에 담아가지고 와 마이크에게 건네주었다. 그런 뒤 잔에 커피를 가득 채우고는 마이크가 케이크 맛 보기만을 기다렸다.

"와오!"

마이크가 케이크 한 조각을 입에 넣더니 외쳤다.

"정말 맛있어요. 특히 프로스팅이 아주 맘에 드는데요."

"우리 생각도 그래요."

미셸이 말했다.

"이 케이크를 뭐라고 이름 붙이면 좋을까요?"

마이크는 케이크를 한 조각 더 입에 넣으며 생각에 잠겼다.

"생각 중입니다. 이 프로스팅에는 어떤 재료가 들어간 거예요?"

"브라운 버터랑 설탕, 바닐라, 그리고 크림이요."

한나가 대답했다.

"케이크 안에 버터, 프로스팅 안에 버터라?"

"프로스팅하기 전에도 버터 소스를 부었고요."

한나가 덧붙였다.

"그래서 윗부분이 살짝 바삭거리는 거예요."

"버터가 엄청 많이 들어간 케이크로군요."

마이크가 케이크 조각을 우물거리며 말했다.

"아하! 찾았습니다!"

그가 커피를 한 모금 마시더니 두 사람을 향해 활짝 미소를 지었다.

"버터라마 케이크."

그가 말했다.

"버터라마 케이크?"

한나가 그의 말을 따라 읊으며 미소를 지었다.

"마음에 들어요. 그럼 이제부터 이 케이크를 버터라마(라마: 힌두교에서 비슈누 신의 화신을 칭하는 말) 케이크라고 부르겠어요."

"좋습니다, 한나."

마이크가 수첩을 꺼냈다.

"이제 버스에 발을 들여놓았던 순간부터 나올 때까지 본 것, 들은 것 모두를 이야기해봐요."

미셸 역시 로니에게 같은 질문을 받고 있을 것이다. 미셸은 로니에게 햄버거 베이크도 챙겨줄 겸 주방에서, 한나는 거실에서 마이크와 사건에 대한 진술 중이었다. 싱크대에 접시를 내려놓는 소리와 함께 커피 물 올리는 소리가 들리는 것으로 봐선 그 팀도 지금 막 진술을 시작한 모양이었다.

마이크는 기대에 찬 눈빛으로 한나를 바라보았고, 한나는 버스 안에서의 상황을 다시금 머릿속에 떠올렸다.

"이미 알고 있겠지만, 버스는 뒤집혀 있었고요."

마이크가 고개를 끄덕이자 한나는 계속 말을 이었다.

"버디 니먼이 뒷문을 열어주어서 안으로 들어갔어요. 부상자가 없냐고 물었더니 자기가 제일 크게 다친 것 같다고 했고, 그러면서 리넷이 만들어주었다던 부목을 보여줬죠."

"리넷이요?"

"리넷은……."

한나는 하던 말을 멈추고 살짝 미간을 찌푸렸다.

"뭐, 열성팬 중 한 명이라고 봐도 좋을 거예요. 리넷이랑 캐미라는 이름의 다른 여자 한 명이 밴드와 함께 여행을 다닌다고 하더라고요. 그녀 말로는 밴드의 제반 준비들을 돕는다고 하는데……, 그 외에는 또 뭘 하는지 잘 모르겠어요."

"알 만하군."

마이크가 소리죽여 중얼거렸고, 한나는 일부러 못들은 척했다.

"아까 리넷이 니먼 씨의 손목에 부목을 대줬다고 했는데, 그럼 리넷이라는 사람이 간호사였나요?"

"아뇨, 간호사는 아니고 병원 사무실에서 일한 적이 있다고 해요. 아무튼 미셸이 버디에게 다른 부상자는 없냐고 물어봤고, 그때 버디가 버스 기사가 죽었다고 했어요. 어떻게 알았냐고 물으니 리넷이 운전석에 가서 직접 확인하고 돌아왔다고 하더군요. 가보니 죽었더라고 말이에요."

"좋습니다. 월레스 씨나 그가 있던 주변에 지문을 남겼을지도 모르니 미리 지문 채취를 해봐야겠군요. 혹시 그 여자가 기사의 맥박을 짚어봤습니까?"

한나는 고개를 가로저었다.

"확실히는 모르겠어요. 안 그래도 리넷에게 맥박 얘기를 하니 짚어봤다고 하더라고요. 근데 거짓말인 것 같았어요."

"왜죠?"

"죽은 버스 기사의 모습이 너무 무서웠다고 했거든요. 그렇게 무서웠다는 사람이 직접 기사의 몸에 손을 댔을 리 없잖아요."

"그렇군요. 그럼 버스 기사를 발견했을 때의 현장 모습을 설명해볼까요."

한나는 숨을 깊이 들이마셨다.

"불빛은 천장에 붙어 있던 LED 등 하나뿐이었는데, 버스가 뒤집혔으니까 천장이 바닥이 되었죠. 발밑에는 좌석에서 떨어진 물건들이 가득인데다가 아치형 천장이라서 구유 위를 걷는 기분이었어요. 균형 잡기가 힘들어서 보폭을 좁게 발을 지그재그로 짚어가며 걸어야만 했죠. 줄타기하는 것처럼 말이에요. 바닥에는 물건들 말고도 버스가 뒤집히면서 부서진 잔해들이 많아서 어딘가에 걸려 넘어지지 않도록 조심해야 했고요."

"무슨 이야긴지 알겠습니다. 계속 해봐요."

"미셸을 데리고 가고 싶지 않았는데, 따라오겠다고 고집을 부렸어요. 현장이 얼마나 참혹한지 진즉 알았더라면 혼을 내서라도 남게 했을 거예요. 버스 앞좌석 쪽으로 가니 예상대로 기사가 보이더라고요."

한나는 또다시 심호흡을 했다.

"정말 끔찍한 광경이었어요."

마이크가 손을 뻗어 한나의 손을 잡았다.

"잘 알아요. 우리가 벨트를 끊어 그를 내렸으니 말입니다. 그런 광경을 목격하게 되다니 유감이군요, 한나."

"나 역시 그래요. 하지만 무엇보다 미셸에게 그런 광경을 보게 한 게 너무 속상했어요."

"나 또한 그렇습니다."

마이크가 한나의 어깨에 손을 두른 채 소파에 편안하게 몸을 기대었다. 그러고는 두 눈을 감은 채 만족스런 한숨을 내쉬었다.

"한나의 집에 오면 늘 정말 쉬는 것 같은 느낌이 든단 말입니다."

한나가 자세히 보니 마이크의 눈가에 짙은 다크서클이 내려와 있었다. 하지만 묘하게도 다크서클 때문에 마이크의 외모가 한층 더 돋보였다. 이런 알 수 없는 경우라니, 이것도 한나가 이미 마이크에게 길들여져 있기 때문일지도 모른다. 적어도 대학 시절의 심리학과 교수님이라면 그렇게 설명하지 않았을까. 어쨌든 이 순간 한나는 마이크를 향해 왠지 모를 정겨움과 따뜻함을 느꼈다. 늘 강하고 자신감에 찬 마이크에게도 여느 사람들과 같은 따뜻함과 안락함이 필요하리라고는 미처 생각지 못했던 것이다. 한나는 자신도 모르게 손을 뻗어 그의 이마를 부드럽게 어루만졌다.

"쉬고 싶은 만큼 편히 쉬어요."

한나가 부드러운 목소리로 말했다.

"많이 피곤했을 텐데."

마이크는 눈을 뜨고 한나를 향해 미소를 지었다.

"조심해요, 한나. 지금 나한테 절실한 건 12팩짜리 맥주와 리모컨뿐이니. 자칫하면 아예 눌러 앉을 수도 있습니다."

한나는 웃음을 터뜨렸고, 그 바람에 훈훈했던 분위기는 온데간데없이 사라져버리고 말았다. 마이크가 이렇게 농담을 한다는 것은 아직 멀쩡하다는 이야기다.

"진술은 이제 끝난 거예요?"

한나가 물었다.

"조금만 더 하면 됩니다."

마이크가 다시 수첩의 페이지를 넘겼다.

"버스 기사를 발견한 현장에서 뭔가 이상하거나 의심스러운 것을 목격하진 않았습니까?"

"있었어요. 사실 운전기사가 심장약을 과량 복용했다는 이야기를 듣고 나서야 깨달은 건데, 그때 버스 바닥에서 플라스틱으로 된 약상자를 봤어요. 칸이 나뉘어져 있는 휴대용 약상자 있잖아요."

마이크가 핸드폰을 꺼냈다.

"지금 현장에 감식반이 나가 있는데, 놓치지 말고 찾아보라고 얘기해야겠습니다."

"그럴 필요 없어요. 내가 갖고 있거든요."

"뭐라고요?"

"밟을 뻔했던 걸 집어서 파카 주머니에 넣어가지고 왔어요. 그때는 별로 대수롭지 않게, 누군가 그 안에 든 약을 필요로 할지 모른다고 생각해서 가져왔는데, 병원에서 하도 정신이 없었던 터라 깜빡하고 있었어요."

"그럼 약상자를 만졌습니까?"

"네, 집을 때만요. 근데 미셸이랑 내가 도랑으로 걸어갈 때 날씨가 추워서 장갑을 끼고 있었어요."

"약상자를 집어서 주머니에 넣었을 때 혹시 장갑을 벗고 있진 않았습니까?"

한나는 기억을 떠올리려 애를 써봤지만, 그 부분만큼은 잘 기억이 나지 않았다.

"모르겠어요. 버디가 우리를 불렀고, 서둘러 빠져나가 구급차의 의료팀을 만났는데……. 그 전 일이 잘 생각이 안 나네요."

"괜찮습니다. 걱정 말아요. 한나의 지문이 발견되더라도 사실을 감안하면 되니까요."

그때 복도에서 한나의 귀에 이미 친숙한, 날카로운 울음소리가 들렸다. 마이크에게도 서둘러 경고해주어야만 했다.

"얼른 다리를 들어요, 얼른!"

"네?"

"일단 들어요. 다리를 들어서 커피 테이블 위에 올리고, 팔도 감싸 안아요. 빨리요!"

"알겠습니다."

마이크는 영문은 모르겠지만, 한나의 반응이 재미있다는 듯 순순히 지시를 따랐다.

"대체 무슨 일이에요?"

"일명 미드나잇 고양이 소동이라고, 곧 알게 될 거예요."

"미드나잇 고양이 소동이라니, 그게 무슨…… 헙!"

커들스가 마이크의 가슴께를 순식간에 밟고 지나가자 마이크가 신음소리를 냈다. 그러고는 두 고양이가 거실 양탄자 위를 돌고 도는 모습을 즐거운 듯 바라보았다. 커들스의 뒤를 모이쉐가 맹렬히 쫓고 있었다.

"안녕, 친구들."

마이크가 인사했다.

"근데 도대체 뭘 하는…… 헙!"

한나는 참지 못하고 웃음을 터뜨렸다. 이번에는 모이쉐가 마이크의 가슴을 밟고 지나간 것이다.

"마이크가 도약점이 되어버렸네요."

한나가 말했다.

"보통은 바닥에서만 이래요. 그래서 다리를 들라고 한 건데, 오늘은 두 녀석이 마이크를 위해 새로운 루트를 발견한 것 같네요."

두 고양이가 세탁실을 향해 달려가며 날카로운 울음소리를 냈다. 그리고 세탁기와 건조기에 부딪히는 듯한 쿵쿵 소리가 연달아 들렸다.

"모이쉐가 저러는 건 한 번도 못 봤습니다."

마이크가 다리를 다시 바닥에 내려놓으며 말했다.

"그렇죠. 커들스가 온 이후로 저래요. 둘이 쫓고 쫓기는 놀이를 얼마나 좋아하는지. 그래도 물건을 부수거나 깨트린 적은 없어요. 아직까지는요. 뭐, 그런다 해도 상관없어요. 두 녀석이 좋으면 나도 좋으니까."

그때 주방에서 쿵 소리가 들렸고, 미셸의 탄식이 이어졌다.

"이게 무슨……."

로니의 외침이 중간에 끊겨버렸다.

"커들스가 냉장고 위로 뛰어올라가는 걸 쫓다가 모이쉐가 냉장고 문에 정면충돌했어요! 근데 괜찮은 것 같아요. 머리를 몇 번 흔들더니 작업대 위로 다시 올라가네요."

한나는 웃음을 터뜨렸다.

"녀석들이 노는 거니까 걱정 마. 금방 끝날 거야. 몇 분 후면 제풀에 들 지쳐서 잠자리에 들 테니."

"커들스가 적응을 잘한 것 같군요."

마이크가 수첩을 닫으며 말했다.

"맞아요."

마침내 진술이 끝났다는 생각에 한나는 한결 마음이 놓였다. 머리 위에 대롱대롱 매달려 있던 운전기사의 모습을 다시 떠올리기가 무척 힘이 들었기 때문이다.

"노먼을 보고 싶어 하는 것 같진 않던가요?"

마이크가 미셸과 같은 질문을 던졌다.

"창가에 앉아서 밖을 내다보는 모습은 몇 번 봤어요. 꼭 노먼이 와서 데려가주기를 기다리는 것처럼 슬퍼보였어요. 묻기 전에 미리 얘기하는 건데, 내 상상만은 아닐 거예요."

"나도 한나 생각에 동의합니다. 커들스가 노먼을 많이 좋아했으니까요. 그 친구 집에 갈 때마다 노먼 옆에 꼭 커들스가 있었죠. 주방에 가든지, 서재에 가든지 계속 따라다니더군요. 내 여동생도 고양이를 키우는데, 그 녀석은 그러지 않거든요. 모이쉐는 어떻습니까? 그 녀석도 한나를 따라다니나요?"

"아침을 줄 때나 먹을 걸 챙겨줄 때만요. 아, 저녁 먹을 때도 배가 고프다고 날 따라다니지. 모이쉐는 좀 더 독립적인 것 같아요. 이미 여기가 모이쉐의 집이니 누굴 기다리거나 할 필요도 없겠죠."

마이크가 잠시 고개를 다른 곳으로 돌렸다. 이내 다시 한나에게로 고개를 돌린 마이크의 눈가가 촉촉이 젖어 있었다.

"슬픈 일입니다."

그가 말했다.

"커들스도 노먼을 잘 따랐고, 노먼도 커들스를 정말 좋아했는데. 베브와 노먼이 약혼한 이후로 저녁식사를 몇 번 함께 했었는데 말입니다."

한나는 아무 말도 하지 않았다. 사실 다음에 이어질 이야기가 별로 듣고 싶지 않았다.

"노먼이 별로 행복해보이지 않았어요. 노먼이 베브와 결혼하기로 결정한 건 정말 큰 실수입니다."

한나는 이번에도 침묵했다. 마이크의 의견에 전적으로 동의하는 한나였기에 더 이상 보탤 말이 없었다.

"두 사람은 어울리지 않아요. 사랑이라는 게 노먼이 노력해서 될 일이 아니란 말입니다. 그리고 베브는……, 그 여자는 꼭 껌딱지 같아요. 도대체 무슨 꿍꿍이인지 모르겠단 말이죠. 내가 확실히 아는 건 노먼에게 베브는 어울리지 않는다는 겁니다."

"질투 같은 건가요?"

한나는 이내 질문한 것을 후회했다.

베브 박사와 종종 데이트를 즐겼던 마이크로서는 한나가 자신의 마음을 떠보는 것이라고 오해할 수도 있다.

"질투 같은 게 아닙니다. 맹세컨대, 다시는 베브와 데이트할 일 없을 테니까요. 베브에게서는 뭔가 이상한 느낌 같은 게 들어요. 경찰의 직감 같은 것 말입니다."

"그럼 베브 박사가 범죄자일지도 모른다는 얘기예요?"

"아뇨, 그런 게 아니라, 뭔가…… 가식적이에요."

"무슨 뜻이에요?"

"그녀는 뭔가 연기를 하고 있는 것 같은 느낌이 든단 말입니다. 베브에 대해 잘 안다고 생각했습니다. 정말요. 근데 그녀는 노먼과 있을 때에는 나와 있을 때랑 사뭇 다른 모습을 보이더군요."

마이크는 미간을 찌푸렸다.

"지금 상황에서 봤을 때 정말이지 그녀를 믿을 수 없을 것 같습니다."

한나는 잠자코 앉아서 마이크의 이야기가 이어지기를 기다렸다.

"두 사람이 왜 결혼하는지 노먼에게 들어서 나도 알고 있습니다. 우리는 친구니까, 그것도 친한 친구 사이니까요. 이제 노먼에게는 나뿐이잖아요. 노먼에게도 누군가 이야기할 친구가 필요한데, 이제 베브가 한나는 못 만나게 한다더군요. 노먼을 만날 때마다 매번 커들스가 보고 싶다고 하는데, 베브가 아주 질색을 합니다. 옷에 고양이 털이라도 묻혀 오면 알레르기 때문에 큰일이 난다고요."

흥, 퍽이나! 한나는 마음속으로 빈정거렸다. *고양이에게 그토록 민감하다면 고양이를 키우는 환자들은 어떻게 진료하지? 게다가 커들스가 살았던 노먼의 집은 어떻게 그렇게 아무렇지도 않게 드나들 수 있어?*

"한나도 베브의 알레르기를 믿지 않는 거죠?"

마이크가 한나의 의심쩍은 듯한 표정을 살피며 물었다.

"네, 별로요."

"나도 믿지 않아요. 그저 노먼을 한나에게서 떼어내기 위한 술수인 것 같습니다."

한나는 지난 기억을 떠올려보았다. 노먼이 베브 박사와 약혼한 이후 커들스를 보기 위해 한나의 집을 찾았던 것이 두 번이었는데, 그 두 번 모두 노먼은 베브에게 몹시 미안해하고 있었다. 그런 노먼을 한나가, 베브는 노먼이 어디에 다녀왔는지 알지 못할 거라고 위로해주었던 기억이 났다.

"마이크 말이 맞을지도 모르죠."

한나가 말했다.

"그러니까요. 노먼이 다이애나에 대해 내게 얘기하면서 베브와 헤어질 때 그녀가 임신했다는 사실을 전혀 몰랐다고 했습니다. 그 부분에서 내가 궁금했던 것이……, 왜 그랬을까요? 왜 노먼에게 임신 사실을 이야기하지 않았을까요? 이야기했다면 그때 바로 결혼했을지도 모르는데. 도대체 뭘 기다린 거죠? 그리고 노먼을 다시 찾아와 사실을 이야기하기까지 왜 그리 오랜 시간이 걸렸던 건지. 그 모든 것들이 이상합니다, 한나. 앞뒤가 맞지 않아요. 나의 절친한 친구가 상처받는 건 정말이지 보고 싶지 않아요."

버터라마 케이크

오븐은 165도로 예열합니다. 틀은 오븐의 중앙에 두세요.

한나의 첫 번째 메모: 카산드라 부인은 이 레시피를 이모에게서 받았다고 해요. 보통 번트 팬에 구웠기 때문에 켄터키 버터케이크라고 불렀다죠.

재료

케이크 반죽 재료:

부드러운 버터 1컵(224g) / 백설탕 2컵 / 계란 4개*** / 소금 1티스푼

베이킹파우더 1티스푼 / 베이킹소다 1/2티스푼 / 바닐라액 2티스푼

다목적용 밀가루 3컵(측량할 때 컵을 여러 번 내려쳐주세요)

버터밀크 1컵(버터밀크가 없으면 크림을 사용하셔도 됩니다. 케이크 맛이 조금은 다르겠지만, 그래도 맛은 좋을 거예요)

*** 안드레아에게는 이 케이크를 만들 땐 꼭 계란을 다른 그릇에 먼저 깨어 넣은 다음 믹싱볼에 섞으라고 일러주죠.

만드는 법

1. 9×13 크기의 케이크 팬(철제 소재나 유리 소재, 아무것이나 좋습니다)에 들러붙음 방지 스프레이를 뿌리거나 버터칠을 해줍니다(버터를 사용하게 되면 거의 1파운드 정도의 분량이 소모될지도 몰라요!).

케이크 반죽을 만들기 위해서는:

2. 전자믹서기(손으로 해도 되지만 믹서기가 편할 거예요)를 준비하여 믹서기 그릇에 버터를 넣고 치댑니다.

3. 백설탕을 뿌려가며 치댑니다. 혼합물이 보송보송하게 섞일 때까지 믹서기를 돌립니다.

4. 계란을 하나씩 깨어 넣으며 한 개 넣을 때마다 믹서기를 돌려줍니다.

5. 소금, 베이킹파우더, 베이킹소다, 바닐라액을 넣고 섞어줍니다.

6. 밀가루 1컵을 넣고 믹서기를 돌립니다.

7. 버터밀크 1/2컵을 넣고 믹서기를 돌립니다.

8. 밀가루를 다시 1컵을 더 부은 뒤 믹서기를 돌립니다.

9. 나머지 버터밀크 1/2컵을 붓습니다.

10. 남은 밀가루를 넣고 골고루 섞이도록 믹서기를 돌립니다.

11. 완성된 케이크 반죽을 아까 준비해둔 케이크 팬에 붓고, 고무 주걱으로 윗면을 평평하게 다듬어줍니다.

12. 165도로 예열한 오븐에 팬을 넣고 50분간 굽습니다. 다 구워졌으면 오븐에서 꺼내 불을 올리지 않은 가스레인지나 식힘망에 얹고 식힙니다. 그렇게 식히는 동안 버터 소스를 준비합니다.

버터 소스 재료:

백설탕 1컵 / 물 1/4컵(물 대신 켄터키 버번[켄터키 주에서 생산되는 위스키 종류]을

사용해도 되지만, 전 아직 버번을 넣어본 적은 없어요) / 버터 1/2컵(112g)

바닐라액 1테이블스푼

버터 소스를 만들기 위해서는:

13. 중간 크기의 소스팬에 설탕 1컵, 물 1/4컵, 버터 1/2컵을 넣습니다.

한나의 두 번째 메모: 팬 안쪽이 검은색 혹은 갈색인 소스팬은 사용하지 마세요. 나중에 프로스팅을 만들 때에도 같은 팬을 사용할 건데 색이 짙으면 버터 색깔이 언제 황갈색으로 변하는지 알 수가 없거든요.

14. 소스팬을 중불에 올려 버터를 녹입니다. 단, 내용물이 끓을 때까지 가열하면 안 됩니다.

한나의 세 번째 메모: 전자레인지에 넣고 '강'으로 90초간 돌리는 방법으로도 만들 수 있습니다(전 용기로 파이렉스 측량컵을 사용했어요). 버터가 충분히 녹지 않았을 때는 20초 정도 더 돌려주세요.

15. 버터가 녹았으면 소스팬을 불에서 내린 다음 바닐라액을 넣습니다(넣을 때 탁탁 소리가 나면서 튈 수도 있으니 조심하세요).

16. 포크나 이쑤시개로 케이크 윗면을 사정없이 찔러 구멍을 냅니다. 바닥에 닿을 때까지 깊게 찔러야 합니다(전 나무 꼬챙이를 사용해서 대략 45개의 구멍을 냈어요).

17. 케이크 위로 버터 소스를 골고루 부어줍니다. 소스팬을 사용하였다면 바로 설거지하지 않아도 괜찮아요. 그 팬으로 프로스팅을 만들 거거든요.

한나의 네 번째 메모: 지금까지 이 케이크에는 총 3/4파운드(340g)의 버터가 들어갔어요. 제 이야기가 믿기지 않으면 직접 계산해보세요. 여기에 증조할머니의 브라운 버터 아이싱을 얹으면 거의 1파운드(454g)에 가까운 분량이 되겠죠!

18. 구멍에 버터 소스가 충분히 스며들 수 있도록 10분간 식힘망 혹은 가스레인지 위에 그대로 놓아둡니다.

19. 완성된 버터라마 케이크는 냉장고에 적어도 2시간 이상 넣어두세요. 케이크를 냉장고에 넣었으면 이제 브라운 버터 아이싱을 만들 차례입니다.

브라운 버터 아이싱 재료:

버터 1/4컵(56g) / 슈가 파우더 2컵(측량하게 컵을 내려쳐주세요)

바닐라액 1티스푼(켄터키 버번을 사용하셔도 좋습니다)

헤비크림(유지방을 48% 이상 함유한 휘핑크림) 2테이블스푼

다진 피칸 혹은 호두 1/2컵(이건 선택사항이에요. 프로스팅이 끝난 다음 마지막으로 뿌릴 거랍니다)

프로스팅을 만들기 위해서는:

20. 중간 크기의 소스팬에 버터 1/4컵을 붓습니다(아까 버터 소스를 만들 때 사용했던 팬을 사용하세요). 팬 안쪽에 색깔이 없는 것으로 사용해야 하는 것 잊지 마시고요(제가 실수로 검정색 코팅팬을 사용했다가 버터 색을 알 수가 없어 애를 먹었거든요).
21. 소스팬을 중불에 올립니다. 버터가 갈색이 될 때까지 녹입니다.
22. 버터가 먹음직스러운 캐러멜 색을 띠면(전 5분 정도 걸리더라고요) 불에서 팬을 내립니다.
23. 슈가 파우더 2컵을 넣고 저어줍니다.
24. 바닐라액을 넣고 저어줍니다.
25. 헤비크림 2테이블스푼을 컵에 담아 뿌려주면서 프로스팅이 부드러워질 때까지 저어줍니다.
26. 이 프로스팅 역시 아주 손쉽게 만들 수 있습니다. 프로스팅이 너무 묽으면 슈가 파우더를 더 넣고, 너무 되면 크림을 더 넣어주세요. 프로스팅에 균일한 점성이 생길 때까지 두 가지 재료로 조절합니다.
27. 아까 냉장고에 넣어두었던 버터라마 케이크를 꺼내 브라운 버터 아이싱을 얹습니다. 선호도에 따라 장식을 위해 그 위에 다진 피칸이나 다진 호두를 뿌려도 좋습니다.
28. 아이싱과 장식이 끝난 케이크를 다시 냉장고에 넣어 보관합니다. 차갑게 해서 먹어야 맛있거든요.

다음 날 아침, 알람시계를 가까스로 끄고 일어난 한나는 온몸 구석구석 안 아픈 곳이 없었다. 여느 때 같으면 밤이 되면 덩치가 두 배로 불어나는 듯한 두 고양이가 한나의 베개를 뺏었기 때문이라고 생각했겠지만, 오늘 아침의 이 쑤심과 저림은 분명 어제 미셸과 도랑에 빠진 밴드 버스 안 사람들을 구출하기 위해 깊은 눈밭을 거침없이 헤매고 다녔기 때문이다.

"일어나, 잠꾸러기들. 아침이야."

한나는 대자로 뻗어 누워 침대의 반 이상을 차지하고 있는 두 마리의 고양이들을 향해 외쳤다. 하지만, 녀석들은 콧수염 하나 꿈쩍하지 않았고, 한나는 다시 외쳤다.

"해가 중천이야. 밤새 들어온 생쥐들을 얼른 쫓아 보내야지."

모이쉐는 노란 한쪽 눈을 반짝 뜨고 한나를 쳐다보았다. 녀석은 입을 굳게 다물고 있었지만, 한나의 귀에는 모이쉐가 이렇게 이야기하는 것이 들리는 듯했다. *시도는 좋았어, 한나. 하지만 여기에 쥐 같은 건 없잖아. 지금 나는 냄새라고는 지난밤에 네가 마이크를 위해 만들었다가 남은 햄버거 베이크 뿐이라고. 제발 잠 좀 자자! 네가 동트기 전에 일어나야 한다고 해서 커들스랑 나까지 잠을 설칠 필요 없잖아.*

"알았어, 그럼 자라고."

한나는 그 무엇이라도 꿰뚫을 듯한 노란 눈에 고개를 숙이며 말했다.

“사료는 나가기 전에 자동기계에 채워놓을게.”

한나에게는 커피가 필요했다. 커피 없이는 단 하루도 버틸 수 없었다. 한나는 모카신 슬리퍼에 가까스로 발을 꿰어 넣고 레이크 에덴에 한 곳밖에 없는 중고용품점 ‘헬핑 핸즈’에서 산 빛바랜 셔닐 가운를 입고는 힘없이 침실을 나와 복도를 지났다.

손님방 문이 닫혀 있는 것을 보니 미셸은 아직 꿈나라에 있는 듯했다. 무리도 아니다. 어젯밤 마이크와 로니는 새벽 2시가 다 되어서야 돌아갔으니 말이다.

거실에 나와보니 주방에 불이 켜져 있었다. 어젯밤에 너무 피곤해서 불 끄는 것을 깜빡한 모양이었다. 엄마나 로드 부인이 이 사실을 모르는 게 천만다행이다. 로드 부인은 환경이나 자원 절약에 큰 관심을 갖고 있어서 한나가 하룻밤 사이에 몇 킬로와트의 전력을 낭비했는지 알게 되면 크게 걱정하셨을 것이다. 게다가 환경오염, 지구온난화, 경제상황, 그녀를 제외한 다른 사람들이 남기는 생태발자국(인간이 지구에서 삶을 영위하는 데 필요한 의·식·주 등을 제공하기 위한 자원의 생산과 폐기에 드는 비용을 토지로 환산한 지수) 등에도 큰 관심을 갖고 있었다. 엄마는 크리스마스날 아침에 한나에게 전화를 걸어 로드 부인에게서 염소를 받았다고 이야기한 적이 있었다. 진짜 염소는 아니고, 어느 국제단체에서, 엄마는 물론 한나도 들어본 적이 없는 한 나라의 가난한 가족들에게 염소를 보내주는 운동을 하는 것인데, 그 염소로 아이들 우유를 먹일 수 있다고 했다.

로드 부인은 좋은 사람이었고, 한나도 그녀를 많이 좋아했다. 장점이 많은 사람인 것은 사실이지만, 다만 한 가지에 너무 몰두하는 것이 단점이라면 단점이었다. 갓 결혼한 얼 프렌스버그가 그러한 점을 그녀의 매력이라고 생각한다는 것이 다행한 일이랄까.

커피. 너무도 간절한 나머지 향기까지 나는 것 같았다. 한나는 거실 카펫 위를 가로질러 하얀 벽의 주방으로 들어섰다. 한나는 잠시 두 손으로 눈을 가렸다. 하얀색의 형광등 불빛이 구름 한 점 없는 하늘에 두둥실 떠오른 햇살만큼이나 눈이 부셨다.

"좋은 아침."

천사가 인사를 건넸다.

"커피 마실래?"

"좋지."

한나는 기운 없는 목소리로 대답하고는 적어도 15년 안에는 앤티크 가구라고 불릴 수 있을 포마이카 테이블로 비틀비틀 걸어갔다. 물론 인사를 건넨 것은 천사가 아니라 어느새 일어난 미셸이었다. 하지만 한나에게 새로운 생명의 기운을 불어넣어 주는 따뜻한 커피 한 잔을 건네는 미셸의 행동은 가히 천사의 손길이라 해도 좋을 것이다.

커피 한 모금에 한나는 다시 인간이 되었고, 두 모금에 자신의 이름이 기억났다. 세 모금에는 머릿속으로 간단한 셈이 가능해졌지만, 다섯 모금에도 2차 방정식은 어려웠다. 물론 한나는 한 번도 2차 방정식에 능했던 적이 없었다. 대수학에서 낙제점을 맞았던 한나가 아니었던가.

"더?"

미셸이 군더더기 없이 간결하게 질문을 던졌다. 언니의 집에 벌써 여러 번 묵은 적이 있는 미셸은 한나의 아침 습성을 이미 잘 알고 있었다.

"응, 고마워."

한나는 미셸이 커피를 따라줄 때까지 가만히 팔짱을 끼고 기다렸다. 그런 뒤 따뜻한 커피를 한 모금 마시고는 미소를 지었다. 오늘 하루 일진이 어제만큼 나쁠 것 같진 않다!

미셸은 계속해서 쿠키단지에 따라 나와 일을 돕겠다고 고집을 부렸다. 그렇게 두 사람이 가게에 도착한 것이 새벽 6시. 늘 세우는 자리에 트럭을 주차한 한나는 부동액과 기름이 얼지 않도록 방지해주는 히터의 선을 뽑아 콘센트에 연결하고는 미셸이 내리기를 기다렸다가 가게 뒷문 손잡이에 열쇠를 꽂았다.

한나는 열쇠를 돌렸지만, 귀에 익은 딸칵 소리가 들리지 않았다. 문이 열려 있었던 것이다.

"내 뒤에 붙어, 미셸."

한나가 조심스럽게 말했다.

"누군가 문을 열어뒀어."

"어쩌려고?"

"내가 먼저 들어갈 테니까, 넌 여기에 있어. 꼼짝 말고 여기 있어야 해. 자, 여기 열쇠꾸러미."

한나가 미셸에게 열쇠꾸러미를 건넸다.

"뭔가 심상치 않은 소리가 들리거든 곧장 트럭을 타고 여기서 빠져나가."

"안 돼!"

미셸이 손잡이를 잡으려는 한나의 손을 움켜잡았다.

"언니 혼자 들어가게 둘 순 없어. 안에 강도가 있을지도 모르잖아. 일단 마이크에게 전화해서 이리로 오라고 하는 게 낫겠어."

한나는 고개를 가로저었다.

"아니야, 내가 너무 예민하게 구는 걸지도 몰라. 리사가 먼저 와있는 걸 수도 있어."

"하지만 리사 차가 없잖아."

"그렇게 따지면 다른 차들도 없기는 마찬가지야. 눈 위에 타이어 자국도 보이지 않고."

"그래도 어쨌든 언니 혼자 들어가는 건 안 돼. 마이크에게 연락하기 그러면 로니에게 연락하자. 금방 이리로 올 거야. 그리고……."

순간 차 엔진 소리가 들리자 미셸이 하던 말을 멈추었다.

"골목길로 차가 들어오는 것 같아."

한나가 골목길 방향을 가리켰다.

"나도 들려. 중고용품점 문을 열려고 일찍 나선 자원봉사자일지도 몰라."

"그럴 수도 있고, 아니면…… 안드레아?"

안드레아의 볼보가 시야에 잡히자 한나는 깜짝 놀라고 말았다. 아침잠 많은 안드레아가 이렇게 이른 시간에 외출이라니. 안드레아와 빌이 트레시와 베시의 육아를 위해 맥캔 유모를 고용한 뒤로 안드레아는 아침마다 늦잠을 즐겼다.

안드레아는 한나의 쿠키 트럭 옆에 볼보를 세우고는 차에서 내렸다.

"안녕, 언니. 안녕, 미셸."

"이렇게 일찍 어쩐 일이야?"

미셸이 채 입을 떼기도 전에 한나가 물었다.

"엄마가 전화로 여기서 만나자고 했거든. 뒷문도 미리 열어놓겠다고 했고."

"누가 어떻게 문을 열어?"

한나가 물었다.

"리사가. 엄마가 아침 일찍 리사랑 만나기로 하셨대. 엄마가 시체 발견한 이야기를 리사에게 자세히 해주기로 하셨거든. 그러면 리사가 사람들에게 이야기해주는 거지. 언니 장사에 도움이 될 거라는 게 엄마 생각이셔."

때마침 뒷문이 열리고 엄마가 머리를 빼꼼 내밀었다.

"다들 거기서 뭐 하는 게냐? 추운 날씨에 다들 얼어 죽겠구나. 어서들 들어오너라. 리사랑 내가 따뜻한 커피와 쿠키를 준비했단다."

엄마도 한나와 같이 힘든 밤을 보냈을 것이라 생각했던 한나의 예상과는 달리 엄마의 얼굴은 밝고 화사했다. 머리와 화장 모두 흠잡을 데 없이 완벽했고, 여느 때처럼 고급스러운 디자이너 정장을 입고 있었다.

안드레아는 코트를 벗어 뒷문에 달린 옷걸이에 걸었는데, 안드레아 역시 금발의 머리색과 아주 잘 어울리는 멋진 청록빛의 바지 정장 차림이었다.

한나는 자신이 입고 있는 청바지와 라벤더빛 스웨터를 내려다보았다. 그리고 코듀로이 바지에 어두운 갈색 스웨터 차림의 미셸을 바라보았다. 역시 한나에게는 미셸뿐이다.

"어서 앉거라, 둘 다."

그때 엄마가 명령했다.

한나와 미셸은 스테인리스 작업대 앞 의자에 앉았다. 한나의 가게임에도 불구하고 지금 순간만큼은 엄마가 주도권을 쥐고 있는 듯했다.

"어떻게 이렇게 일찍 나왔어?"

한나가 리사에게 물었다.

"어젯밤에 어머님이 전화하셔서 여기서 만나자고 하셨어요. 그래서 아빠한테 데려다달라고 부탁하고, 일찍 나온 김에 베이킹을 시작했죠. 곧 있으면 쇼트스택 쿠키 반죽이 완성돼요. 갓 구운 쿠키가 드시고 싶다면 조금만 기다리세요."

"난 먹고 싶어."

미셸이 바로 대답했다.

"나도."

한나 역시 대답했다.

"나도란다."

엄마가 리사를 향해 미소를 지었다.

"눈 뜬지 한참이라 아침식사가 간절하구나."

순간 세 자매가 동시에 눈을 동그랗게 뜨고 놀란 표정으로 엄마를 쳐다보았다.

"엄마가 아침식사로 쿠키를 드시겠다고요?"

제일 먼저 입을 연 것은 미셸이었다.

"우리 어렸을 때는 아침에 쿠키 같은 건 손도 못 대게 하셨잖아요."

안드레아가 불평했다.

한나는 실눈을 뜨고 엄마를 바라보았다.

"설마 쿠키도 충분히 아침식사가 될 수 있다는 것을 이제야 깨달으셨다고 하는 건 아니겠죠!"

"물론 그런 건 아니다. 다만, 일반 쿠키와는 좀 다른 종류의 쿠키도 있더구나."

엄마가 세 자매를 향해 빙긋빙긋 웃어보였다.

"리사 말이, 쇼트스택 쿠키는 꼭 팬케이크 맛이 난다더구나. 팬케이크라면 아침식사로 더할 나위 없지."

모두 리사의 쇼트스택 쿠키를 맛보며 한바탕 감탄사를 늘어놓은 뒤 마침내 엄마가 목청을 가다듬었다.

"너희들과 의논할 게 있단다."

엄마의 표정이 심각해졌다.

"전 홀에 나가 있을게요."

리사가 자리에서 일어났다.

"어차피 테이블 세팅도 해야 하고요."

그러자 엄마가 손을 들었다.

"그대로 있거라. 이건 리사도 해당되는 거란다. 모두들 이번 버디 니먼의 살인사건 수사를 도왔으면 한다. 어떻게든 빨리 범인을 알아내야 하거든."

한나는 어리둥절했다.

"왜요, 엄마? 어젯밤에는 전혀 모르는 사람이라고 하셨잖아요."

"그래, 사실이란다. 다만 오늘 아침에 박사랑 이야기를 해봤는데, 다들 어찌할 바를 모르고 혼돈에 빠졌다더구나."

한나는 엄마의 표현이 낯설지 않았다. 엄마의 캐서린 커크우드 레전시 로맨스 소설에서 읽은 적이 있었다.

"박사님이 정말로 그렇게 표현하셨어요?"

안드레아가 질문하는 것을 보니 안드레아 역시 그 책을 읽은 모양이었다.

"그래, 그랬단다. 박사도 내 로맨스 소설을 무척 좋아하거든. 사실 내 다음 책 집필에도 발 벗고 도와주기로 했단다."

"박사님이 로맨스 소설을요?"

미셸이 한쪽 눈썹을 하늘 높은 줄 모르고 치켜세웠다.

"레전시 잉글랜드 시대의 의료술에 대한 정보를 찾아봐주겠다고 했다. 의학 분야에 있어 오류가 있어서는 안 된다고 했거든."

"근데 왜 병원 전체가 혼돈에 빠졌다는 거예요?"

한나가 다시 본론으로 돌아갔다.

"사건 현장 때문이란다. 박사 말이 이런 일은 병원 영업에 도움이 안 된다는구나."

네 명의 여자들 모두 동시에 엄마를 쳐다보았다. 병원 영업이라니, 다들 무어라 대답해야 좋을지 알 수 없었다.

"박사가 농담한 거란다. 병원은 말 그대로 서비스를 제공하는 곳인데 그런 곳에서 영업에 목맬 리 없지 않느냐. 박사가 걱정하는 것은 살해 도구 때문이란다. 버디 니먼을 죽인 사람이 누구든 간에 다른 도구를 썼더라면 더 좋았을 뻔했다는 거지."

"왜요?"

안드레아가 물었다.

"아직도 경찰에서 나와 그 가위에 손을 댔던 사람이 누구인지 심문하고 있다더라. 그렇게 보면 어젯밤 병원에 있었던 사람 모두가 용의자가 되는 거지."

"어떻게 모두가 될 수 있어요?"

안드레아가 물었다.

"외과용 가위는 수술실에서만 사용하는 거 아니에요?"

"꼭 그렇지만은 않아."

엄마가 설명했다.

"치료실마다 살균한 외과용 가위가 비치되어 있다는구나. 그리고 치료실 문은 평소에 잠가두지 않고."

한나는 서랍으로 가서 수첩과 펜을 꺼냈다. 엄마가 주는 정보는 아무래도 살인사건 수사용 수첩에 메모를 해두어야 할 것 같았다. 한나는 첫 번째 페이지를 넘긴 다음 엄마를 향해 고개를 들었다.

"그럼 범인이 의료진 중 한 명일 수도 있고, 그도 아니면 누구든 복도를 지나다가 기회를 엿봤을 수 있다는 거네요."

"그렇지."

"아니면 다른 환자가 그랬거나요."

리사가 제안했다.

"맞아, 리사. 그도 아니면 환자의 가족 중 한 명일 수도 있어. 아니면……."

미셸이 염려스러운 얼굴로 하던 말을 멈추었다.

"어젯밤에 사고 수습을 도우러 달려온 사람들 중 한 명일지도 몰라. 레인보우 레이디즈나 우리 같은 자원봉사자 말이야."

한나는 다시 엄마를 돌아보았다.

"병원에 있던 사람들 전부 심문받을 때까지 병원에 있었던 것 맞아요?"

"전부는 아니지만, 그래도 이름과 주소들은 받아뒀단다. 그리고 마이크가 딕 래플린에게 하는 이야기를 들었는데, 밴드 사람들도 전부 경찰의 허가가 있기 전까지는 호텔을 떠나서는 안 된다고 하더구나."

"이런 상황에서 질문하기 좀 애매하긴 한데, 혹시 오늘 밤 밴드 공연은 예정대로 진행하나요?"

리사가 물었다.

"아빠랑 마지, 두 분이 오늘 밤에 호텔에서 저녁식사하면서 공연 보기로 하셨거든요."

"공연이 가능할까?"

안드레아가 대답했다.

"대체할 키보드 연주자를 구하지 않는 이상은 어려울 거야."

그러자 미셸이 곰곰이 생각에 잠긴 듯한 표정을 지었다.

"그러게. 어쩌면……."

동생이 또다시 하던 말을 멈추자 한나가 즉각 고개를 돌렸다.

"어쩌면 뭐?"

그러자 미셸이 어깨를 으쓱거렸다.

"아니, 좋은 생각이 하나 떠올랐는데, 별것 아니야."

한나는 미셸을 물끄러미 쳐다보았다. 이건 절대 별것 아닌 것이 아니다. 무언가 머릿속에 떠오른 듯한데, 한나가 막 물어보려는 순간 엄마가 자리에서 일어났다.

"그만 가봐야겠다. 얼른 병원에 가서 박사에게 한나, 네가 이미 수사에 착수했다고 이야기해주려 하는데, 괜찮겠지?"

"나도 껴주세요."

안드레아가 서류 크기의 가방을 툭툭 두드리며 말했다.

"여기 현장 사진을 가져왔거든요."

"어떻게 이리도 빨리 손에 넣었느냐?"

엄마가 물었다.

"요즘은 디지털 시대잖아요. 인터넷으로 빌에게 보낸 것을 빌이 어젯밤 퇴근 전에 디스크에 다운로드 받아 왔어요."

"그리고 그걸 너에게 주더냐?"

엄마가 깜짝 놀라며 물었다.

"음, 그이가 자는 동안 디스크를 복사해서 출력해왔다고 하는 게 더 정확할 거예요."

"안드레아!"

엄마가 엄한 눈빛을 쏘아 보내자 안드레아는 어깨를 으쓱했다.

"진정해요, 엄마. 사진을 얻으려면 그 방법밖에 없었어요. 그리고 살인사건을 수사해 달라고 하셨잖아요."

"물론 그렇게 이야기하긴 했다만."

"현장 사진 획득도 수사의 일환이에요. 보실래요?"

안드레아가 가방에서 봉투를 꺼냈다.

"아니다!"

단호하게 거절하는 엄마의 목소리가 살짝 떨렸다.

"내가 직접 현장에 있지 않았느냐! 그것으로 족해! 내가 수사에 도울 건 없는지나 이야기해다오. 은밀하게 진행하는 작업은 또 내가 능하지 않느냐. 거의 대부분 병원에 있으니까 그리로 연락하거라."

엄마가 리사를 돌아보았다.

"새로 들인 강아지 보러 1시쯤에 들르마. 이름이 쌔미라니 너무 귀여울 것 같구나."

"진짜 예뻐요."

리사가 마치 갓 태어난 아기 자랑을 하듯 뿌듯한 미소를 지어보였다.

"참, 올 때 부검 보고서도 한 부 복사해오마."

엄마가 약속했다.

"박사의 캐비닛 열쇠를 갖고 있거든. 병원에서 몰래 복사하면 될 거야."

"엄마!"

안드레아가 아까 엄마가 지었던 표정과 똑같이 엄한 표정으로 엄마를 쏘아보았다.

"아까는 그이 디스크를 몰래 복사한 것이 잘못이라고 이야기하시더니 지금 박사님한테도 똑같은 일을 하려 하시는 거잖아요."

"박사는 내 남편이 아니잖니."

엄마가 핵심을 공략했다.

"그게 가장 큰 차이지."

한나는 동생들과 시선을 주고받으며 미소를 지었다. 어렸을 적부터 세 자매에게 하면 안 된다고 야단치시던 일들을 정작 엄마는 거리낌 없이 하는 것을 자주 보았던 터였다.

"쿠키도 잊지 말고 가져가세요."

리사가 엄마에게 말했다.

"잊지 말아야 하고말고."

엄마가 서둘러 작업대로 다가가 한나의 베이커리 상자 하나를 집었다.

"박사랑 간호사들이 무척 좋아할 게야. 고맙다, 리사."

엄마가 자리를 뜨자마자 한나는 리사를 돌아보았다.

"어떤 쿠키 드린 거야?"

"초콜릿 칩 크런치요. 병원이 계속 정신없을 텐데 초콜릿이 도움이 될 것 같아서요."

"그렇지. 아까 엄마가 1시쯤에 다시 쌔미 보러 오신다고 했는데, 그럼 지금 어디 있어?"

"허브가 오전에 휴가라서 쌔미 데리고 밥 선생님에게 갔어요. 혈액이랑 전반적으로 다시 검사를 받아보려고요. 구조대 의료진이 괜찮다고 했는데도 확인해봐야 한다고 고집을 부리지 뭐예요. 그이 말이 쌔미같이 작은 녀석들은 지나치다 싶을 정도로 조심스럽게 돌봐야 한대요."

"그렇긴 해."

한나가 리사를 향해 미소를 지었다. 허브도 쌔미가 마음에 든 모양이었다.

"그럼 시작할까요."

리사가 말했다.

"오늘 할 일이 무척 많아요."

한나는 식힘망을 슬쩍 훑어보았다. 식힘망은 갓 구운 쿠키들로 넘쳐날 지경이었다.

"식힘망이 다 찼잖아. 베이킹은 이미 다 끝낸 거 아니었어?"

"그랬죠. 쌔미가 자꾸 침대로 파고드는 바람에 새벽에 일찍 눈이 떠졌거든요. 그래서 일찍 가게에 나와 여분의 쿠키까지 몽땅 구워놓았어요. 오늘 손님이 밀어닥칠 것 같아서요."

"엄마가 어떻게 시체를 발견하게 되셨는지 손님들한테 이야기해주려고?"

안드레아가 물었다.

"당연히 그래야죠. 어머님께서 얼마든지 극적으로 이야기해도 좋다고 하셨어요. 어머님도 와서 들으실 거라고 말이에요."

리사가 한나를 돌아보았다.

"사건이 터졌을 때엔 늘 손님이 많았잖아요."

"그랬지."

한나가 대답했다.

"하지만 아직 7시밖에 안 됐어. 가게 문은 9시에 열 거고. 문 열기 전에 할 게 뭐가 있어?"

"빨리 사건 수사에 착수해야죠. 일단 계획부터 짜고, 그게 끝나면 한나와 미셸은 버스 사고 현장에서 운전기사의 시체를 발견했던 일을 자세하게 얘기해주세요. 우리 손님들이 그 이야기도 무척 궁금해할 거예요."

"두 개를 다 이야기하겠다고?"

미셸이 물었다.

"물론이죠. 자, 이제 본론으로 들어가서, 한나는 어젯밤에 미셸과 함께 버디를 만났죠? 그때 그의 인상이 어땠는지 말해보세요. 그래야 그가 왜 살해당했는지 이유를 추측해볼 수 있잖아요."

안드레아가 현장 사진들을 다시 봉투에 집어넣는 것을 보며 한나는 한껏 고조되어 있던 마음속 긴장감을 풀었다. 이건 분명 원한에 의한 살인이다. 버디는 외과용 가위에 여러 차례 찔렸고, 찔린 상처 중에 몇 군데는 피가 나지 않은 것으로 보아, 범인은 버디가 죽은 뒤에도 계속해서 가위로 그를 찌른 듯했다. 하지만 한나는 의사도 아니고, 전문 법의학관도 아니니 일단은 엄마가 부검 보고서를 복사해 올 때까지 기다리는 것이 좋을 듯했다. 리사는 한나에게 사고 버스에 대한 이야기를 상세하게 전해 들은 뒤 비로소 미셸과 함께 가게 문을 열기 위해 홀로 나갔다.

"쿠키 반죽을 더 만들어야겠어."

한나가 자리에서 일어나며 말했다.

"아까 충분하다고 하지 않았어?"

안드레아가 물었다.

"엄마의 시체 발견 경험담으로는 충분할지 몰라도 나랑 미셸의 경험담 편까지 커버하기에는 역부족일 것 같아. 이야기를 두 개나 풀어놓으려면 시간이 꽤 걸릴 거야. 거기에 리사가 살까지 붙인다면 더더욱."

"분명 살을 붙이겠지."

"그럴 가능성이 커. 리사가 아마 2시쯤 휴식 시간을 가질 텐데, 그때 손님들이 추가 쿠키랑 커피를 엄청 주문할 거야."

"무슨 쿠키 반죽 만들게?"

"조앤 헤치의 너트메그 스냅스 레시피를 변형시켜서 새롭게 만들어보고 싶었는데 오늘 해볼까 봐. 워낙 유명한 레시피라 양념을 더 추가하면 어떨까 늘 궁금했거든. 이름은 카르다몸 큐티즈라고 붙여봤어."

"이름 괜찮다. 카르다몸은 한 번도 안 먹어봤는데, 무슨 맛이야?"

"시나몬이랑 비슷하면서도 그보다는 더 깊고 짙은 맛이야. 여기보다 유럽에서 더 많이 쓰이는 향신료야. 혹시 증조할머니가 만들어주셨던 스티키 번즈 기억나?"

"날 듯 말 듯한데. 증조할머니 살아계실 때 난 너무 어렸잖아. 늘 쿠키나 간식 같은 걸 많이 주셔서 할머니 집에 놀러가는 걸 좋아했던 건 기억나."

"그 정도 기억하는 것으로도 충분해. 그럼 할머니의 주방 탁자 위에 덮여 있던 빨간색과 흰색 바둑무늬의 테이블보를 떠올려봐."

"아, 기억나. 조그마한 빨간 꽃무늬도 있었지."

"맞아. 그럼 이제 할머니가 갓 구워 따뜻한 롤이랑 신선한 버터를 함께 간식으로 내주셨던 오후를 떠올려봐. 그게 바로 스티키 번즈야. 자꾸 손가락에 달라붙어서 넌 네 것을 바닥에 떨어트리기도 했지."

"아, 기억나! 그래서 울었어."

"네가 우니까 할머니가 와서 방금 바닥 청소를 했으니까 걱정할 것 없다고 하시면서 번즈를 집어서 다시 접시에 올려주셨어."

"전부 기억나."

"좋아. 그럼 맛도 기억이 나는지 한번 볼까? 위에는 캐러멜과 피칸이 얹어져 있었고, 안에는 카르다몸과 설탕이 가득 들어 있었지."

안드레아는 두 눈을 감았다. 그리고 다시 떴을 때 그녀는 웃고 있었다.

"기억났어. 그 롤 정말 맛있었는데. 그 카르다몸 쿠키라는 것도 똑같은 맛이 나는 거야?"

"똑같은 맛이 나도록 해봐야지. 12시쯤이면 완성될 거야."

안드레아는 시계를 올려다봤다.

"반죽을 만드는 데 3시간이나 걸린단 말이야?"

"아니, 만드는 데는 그것보다 적게 걸리는데, 냉장고에 넣어서 숙성시키는 데에 2시간이 필요해."

"내가 도와줄까?"

"계란을 껍데기 안 빠트리고 잘 깰 자신 있으면 도와줘."

그러자 안드레아가 푹 한숨을 내쉬었다.

"계속 레몬파이 때 일 떠올리게 할 거야?"

"아니."

한나는 빙긋 웃으며 재료를 모으기 위해 저장고로 향했다.

카르다몸 쿠키즈

오븐은 예열하지 마세요. 반죽을 굽기 전에 충분히 숙성시켜야 합니다.

재료

소금기 있는 부드러운 버터 1컵 / 황설탕 2와 1/2컵 / 큰 계란 2개

베이킹소다 1과 1/2티스푼 / 소금 1/2티스푼 / 카르다몸 가루 2티스푼

다목적용 밀가루 3과 1/2컵 / 잘게 다진 코코넛 1/2컵

화이트초콜릿 칩 1/2컵 / 황설탕 약 1/2컵(굽기 전 반죽 겉면을 코팅할 용)

한나의 첫 번째 메모: 전자믹서기가 있으면 작업이 훨씬 쉬워요.

만드는 법

1. 믹서기 그릇에 실온에 놓아두어 부드러워진 버터를 넣고 저어줍니다.
2. 황설탕을 넣고 보송보송해질 때까지 섞어줍니다.
3. 계란을 넣고 골고루 섞어줍니다.
4. 믹서기를 낮은 속도로 가동시키며 베이킹소다, 소금, 카르다몸을 넣습니다. 재료들이 골고루 섞일 때까지 가동시켜 주세요.
5. 밀가루를 반 컵씩 담아 부으며 골고루 섞어줍니다.

6. 푸드 프로세서에 칼날을 부착하여 코코넛과 화이트초콜릿을 넣고 잘게 부숴줍니다. 푸드 프로세서가 없으면 도마 위에 놓고 날카로운 칼로 잘게 다져주세요.

7. 믹서기에서 반죽 그릇을 꺼내 잘게 다진 코코넛과 화이트초콜릿 칩을 넣고 손으로 반죽해주세요.

8. 그릇을 비닐랩으로 덮은 다음 반죽 윗면에 랩이 닿도록 밀착시키고 공기가 들어가지 않도록 옆면도 반죽 안쪽으로 꾹꾹 눌러 넣어 주세요.

9. 반죽을 냉장고에 넣어 2시간 정도 숙성시킵니다(밤새 숙성시켜도 좋아요).

10. 숙성이 충분히 되었으면 오븐을 175도로 예열하고, 틀은 오븐의 중앙에 놓아둡니다.

11. 냉장고에서 반죽을 꺼내 작업대 위에 놓습니다.

12. 쿠키 틀 위에 양피지를 깔거나 들러붙음 방지 스프레이를 뿌립니다.

13. 작은 그릇에 코팅용으로 황설탕 반 컵을 담습니다.

14. 반죽을 1인치(2.5cm) 크기의 공 모양으로 떼어 설탕 위에 굴립니다.

15. 코팅이 끝났으면 틀 위에 2인치 간격으로 배열합니다. 그럼 약 12개의 반죽이 올라가게 될 거예요.

16. 유리컵이나 철제 주걱으로 반죽을 납작하게 눌러줍니다.

17. 175도에서 8~12분간 굽습니다. 먹음직스러운 황금빛을 띠

면 완성입니다(전 11분 구웠어요).

18. 오븐에서 쿠키를 꺼내 틀 위에서 2분간 식힌 다음 식힘망으로 옮겨 완전히 식힙니다(양피지를 사용하면 이때 양피지 채로 들어서 식힘망으로 옮기면 되므로 작업이 무척 쉬워집니다).

19. 밀폐용 용기나 뚜껑이 있는 단지에 카르다몸 큐티즈를 담아 보관하면 적어도 1주일을 두고 먹을 수 있답니다(물론 너무 맛있어서 그 전에 다 없어지겠지만요!).

20. 비닐랩으로 감싸거나 쿠킹호일에 싸서 냉동실용 봉지에 넣어 냉동실에 보관해두고 먹어도 좋습니다.

한나가 오븐에서 갓나와 향기로운 카르다몸 큐티즈를 커피 한 잔과 함께 맛있게 음미하는 순간 미셸이 회전문을 통해 작업실로 들어왔다.

"노먼이 왔어."

미셸이 말했다.

한나는 깊은 숨을 들이마셨다. 이제 베브 박사와 약혼까지 한 노먼을 어떻게 대해야 할지 자신이 없었다. 너무도 자연스럽게 서로를 걱정하고 챙겨주던 예전의 관계는 급작스러운 반전을 맞이하고야 말았다. 한나는 마치 계란 위를 걷는 듯 조심스러운 마음뿐이었다. 이제는 노먼에게 말하기 전에 한 번 더 생각해보고 신중하게 이야기해야만 한다. 이건 정말 이전 같으면 상상도 할 수 없던 일이다.

"언니를 만나고 싶대."

미셸이 어깨를 살짝 으쓱하며 말을 이었다.

"혹시 몰라서 언니가 있을지 없을지 모르겠다고 얘기했어. 가서 확인해보겠다고."

노먼에게서 도망갈 여지를 만들어준 미셸이 한나는 눈물 나도록 고마웠다. 하지만 미셸이 어젯밤 지적한 대로 레이크 에덴처럼 작은 마을에서 언제까지 노먼을 피해 다닐 수만은 없는 노릇이다. 한나는 잠시 두 눈을 감고 마구 쿵쾅거리는 심장을 진정시킨 뒤 입을 열었다.

"이리로 들여보내."

"괜찮겠어? 별로 만나고 싶어 하지 않는 것 같은데."

"반반이야."

한나가 인정했다.

"어쨌든 노먼과의 관계를 이대로 차단해버리고 싶진 않아. 가서 이리로 오라고 해, 미셸. 내가 알아서 잘할게."

미셸은 걱정스러운 표정이었다.

"알았어. 언니가 그렇게 결심했다면. 가서 불러올게."

미셸이 다시 홀로 나가자 한나는 자리에서 일어나 노먼을 위한 커피 한 잔을 따랐다. 하지만 커피를 따르는 손이 몹시 떨려 카운터 위에 몇 방울 흘리고 말았다. 뭐, 놀랄 일도 아니다. 노먼을 다시 볼 생각을 하니 이렇게 긴장될 수가 없었다. 무엇 때문에 한나를 찾아온 것일까? 마치 아무 일도 없었던 것처럼, 그저 편한 친구 사이처럼 대수롭지 않게 커들스는 어떻게 지내고 있냐고 물어보려는 것일까? 아니면 베브 박사와의 사이에 아이가 있음에도 불구하고 더 이상은 한나와 격리되어 살 수 없다며 기꺼이 파혼하고 그의 전-전-약혼녀는 미네소타 주에서 유일하게 운영되고 있는 훌 러스트 마호닝 광산에 버려버리겠다고 고백하려는 것일까?

노먼의 커피를 작업대 위로 가져다놓으며 한나는 슬며시 웃음을 터뜨렸다. 이런, 몹쓸 상상력이라니. 한나는 카르다몸 큐티즈 두 개를 냅킨에 올려 노먼의 커피 옆에 놓아둔 뒤 그 맞은편 자리에 앉아 다시 심호흡을 했다. 너무도 긴장이 되었다. 한나는 앞으로 무슨 일이 닥치더라도 평정심을 잃지 말자며 스스로를 다독였다.

회전문이 열리고 어두운 얼굴의 노먼이 들어왔다.

"안녕, 한나."

그의 목소리는 한나에게 딸이 있다고 고백했던 때의 목소리처럼 매우 심각했다.

"오랜만이에요. 커들스는 어떻게 지내요?"

"잘 지내고 있어요."

한나가 그를 안심시켰다.

"잘 놀고, 잘 먹고, 아주 잘 적응하고 있어요. 어젯밤에 마이크가 왔었는데, 그 앞에서도 모이쉐랑 쫓기 놀이를 하면서 잘 놀더라고요. 아마 마이크에게 물어보면 어땠는지 다 얘기해줄 거예요."

"다행이네요. 정말 다행이에요."

한나는 다음에 무슨 말을 해야 좋을지 몰랐다. 커들스가 노먼을 보고 싶어 한다고 이야기를 해도 좋을까? 혹시 그렇게 이야기하면 노먼이 더 우울해하지는 않을까?

결정을 내리는 데에는 그리 오랜 시간이 걸리지 않았다. 노먼도 알 건 알아야 한다.

"근데 커들스가 아직도 노먼을 기다리는지 가끔 거실 창밖을 바라보곤 해요."

노먼은 눈을 여러 번 깜빡거렸다.

"그럴 거예요."

그가 말했다.

"우리 집에 있을 때도 늘 그랬으니까요."

"정기적으로 우리 집을 방문하면 어때요? 그러면 커들스도 노먼이 올 때를 인지하게 되니까 무작정 기다리진 않을 거예요."

"그건 안 돼요, 한나. 커들스가 집에 가고 싶어 할 거라는 건 알지만, 이제…… 이제는 베브의 알레르기 때문에 더 데리고 있을 수가 없어요. 지난 번 커들스를 만나고 베브에게 가니 여기저기 물집처럼 알레르기 반응이 일어났었어요. 내 옷에 붙은 고양이 털 때문이라고 하더군요. 이제 커들스 만나러 간단 이야기만 해도 엄청 화를 내요."

그렇다면 몰래 갔다 오면 되잖아요. 한나는 생각했다. 그래, 어쩌면 베브 박사가 정말로 고양이 알레르기를 앓고 있는지도 모르겠다.

"주치의가 약 처방은 안 해주던가요? 요즘 알레르기 신약들이 많이 나왔다던데."

"근데 베브에게 잘 듣는 게 없어요. 약을 먹을 때마다 어지럽다고 하면서 거실도 제대로 걸어 다니지 못해요. 베브는 내가 커들스 만나는 걸 싫어해서 그러는 게 아니에요. 그녀도 내가 커들스를 얼마나 보고 싶어 하는지 아는데, 다만 알레르기가 있으니 어쩔 수 없는 거죠. 베브도 많이 미안해하고 있어요."

한나는 순간 베브가 거짓말을 하는 거란 생각이 들었다. 한나 역시 온몸에 모이쉐의 털을 붙이고 다닌다. 모이쉐가 1년 365일에서 털갈이를 거의 330일 동안 하는데도 지난 2월 베브 박사의 생일파티에 가서 이야기를 나눴을 때 그녀는 재채기조차 하지 않았다. 물론 한나가 알레르기 전문가는 아니지만, 베브 박사의 알레르기는 가짜임이 분명했다. 그저 노먼 앞에서 연기를 하는 것일 뿐이다.

"그렇다면."

한나는 일부러 더 기운차게 말했다.

"일단 커들스는 걱정하지 말아요. 모이쉐랑 아주 잘 지내고 있으니까요. 둘이 얼마나 친한지 노먼도 알잖아요."

"그럼요. 둘이 베스트 프렌드죠. ……모이쉐도 보고 싶네요. 한나가 모이쉐 데리고 우리 집에 놀러왔을 때 정말 좋았는데 말이에요. 둘이 내가 만든 키티 계단에 올라가 나무 위의 새들 구경하고 그랬죠."

"기억나요."

작업실에서 들리는 소리라곤 저장실의 모터 돌아가는 소리뿐 노먼은 물론 한나도 회상에 젖어 한동안 말이 없었다. 한나는 두 사람이 함께 디자인한 집을 떠올렸다. 한나는 어떤 면에서는 미니애폴리스 신문사에서 주최한 꿈의 집 경연대회 소식을 접하게 된 것부터가 후회스러웠다. 노먼이 정말로 그 집을 지을 것이라곤 꿈에도 생각지 못했다. 집은 정말 완벽 그 자체였다. 모이쉐를 데리고 그 집에 놀러가 노먼과 함께 시간을 보내는 것이 얼마나 행복했는지. 하지만 노먼이 베브 박사와 다시 약혼을 한 지금, 상황은 완전히 달라졌다. 이렇게 될 줄 미리 알았더라면 결코 노먼과 꿈의 집 경연대회에 참가하지 않았을 것이다. 그 집을 구상하는 데에 얼마나 많은 시간과 노력을 들였던가. 그렇게 소중한 한나와 노먼만의 장소에 베브 박사가 떡하니 들어앉아 노먼과 결혼생활을 한다니, 그럴 순 없다. 정말 말도 안 된다.

긴 침묵이 이어졌고, 마침내 노먼이 입을 열었다.

"정말 좋은 시간들이었어요. 그렇죠, 한나?"

한나는 고개를 끄덕였다. 풀죽은 노먼의 목소리에 한나는 화제를 돌리는 편이 낫겠다고 생각했다.

"근데 오늘은 어쩐 일로 온 거예요, 노먼?"

한나가 물었다.

"어제 베브가 우편으로 청첩장을 보냈다는 이야기해주려고 왔어요. 한나도 오늘쯤 받을 거예요. 어색한 상황이라는 거 알아요. 그래도 한나가 결혼식에 꼭 와줬으면 좋겠어요. 베브가 교회 결혼식은 싫다고 해서 커뮤니티 센터 2층을 빌릴 예정이에요. 아래층 연회실에서 피로연을 열거고요."

한나는 당황한 기색을 들키지 않으려고 애썼다. 정말로 절실하게 노먼과 베브 박사 사이를 깨트릴 만한 사건이 필요했다. 하지만 결혼 날짜도 정해진 지금 그 가능성은 하루하루 멀어지고 있었다.

"결혼식이 언젠데요?"

한나가 힘겹게 목구멍 위로 단어들을 끄집어 올렸다.

"2주 뒤 토요일이에요. 아무튼 난 그래도 언제나 한나 편이라는 거 잊지 말아요. 버디 니먼의 살인사건 수사에도 내가 도울만한 게 있으면 언제든 얘기하고요."

"고마워요, 그럴게요."

한나는 대답했지만, 여간 급한 상황이 아니면 노먼에게는 가능한 한 연락하지 말아야겠다고 생각했다. 연락을 한다고 해도 노먼이 한나를 돕도록 베브 박사가 그냥 놓아두진 않을 것이다.

"여기, 부검 보고서다."

엄마가 카운터 위에 서류봉투를 올려놓았다.

"그래, 리사의 새 강아지는 어디 있느냐?"

"쌔미는 금방 올 거예요. 허브가 방금 전화로 리사에게 밥 선생님의 병원에서 출발한다고 했거든요. 쌔미의 건강에는 이상이 없대요. 혈액 검사 결과는 내일쯤에나 나오겠지만, 별 이상은 없는 것 같다고 했대요."

"잘됐구나. 쇼핑몰에서 쌔미 줄 선물 몇 개를 사왔는데 말이다."

"어떻게 그런 생각을 하셨어요?"

한나가 감탄스러운 눈길로 엄마를 바라보았다. 엄마는 커다란 애견샵 봉투를 올려놓았다.

"그냥 몇 개가 아닌 것 같은데. 뭘 사셨어요?"

엄마는 봉투를 열어 떼었다 붙였다 할 수 있는 베개가 달린 붉은 색의 강아지 퀼트 이불을 꺼냈다.

"여기, 지퍼도 달렸단다."

엄마가 지퍼를 가리켰다.

“지퍼를 열어서 안에 솜을 꺼내고 커버만 세탁기에 돌릴 수 있는 거지.”

“정말 좋은 선물인데요, 엄마.”

“그렇지? 그리고 네가 빨간색을 좋아하니까 빨간색 이불로 골랐단다.”

순간 한나는 아리송해졌다.

“하지만 엄마, 쌔미는 제 강아지가 아니라 리사 강아지예요.”

“나도 안다. 근데 대부분의 시간은 여기 가게에서 보낼 거라면서? 그렇다면 침구 정도는 네가 좋아하는 색으로 골라도 되지 않겠니?”

“네, 뭐…… 안 될 건 없죠.”

한나가 살짝 웃음을 지었다.

“쌔미랑 리사를 대신해서 감사하단 인사할게요.”

“오, 이게 전부가 아니란다. 장난감도 몇 개 샀어.”

엄마가 봉투에서 고무로 된 오리 인형을 꺼냈다.

“쌔미가 물면 꽥꽥 소리가 날 게다.”

“귀여워요.”

한나가 오리 인형을 건네받아 배 쪽을 눌러보았다. 실감 나는 오리 소리에 리사가 작업실로 달려왔다.

“무슨 일……, 오, 장난감이었군요! 어디 봐요.”

한나는 리사를 향해 오리를 던졌고, 꽥꽥 소리를 내던 오리는 리사의 손에 떨어지며 또다시 꽥 소리를 냈다.

“이것도 보렴.”

엄마는 봉투에서 장난감들을 하나씩 꺼냈다.

“수탉 봉제인형이란다. 이건 울음소리를 내는 말이고, 꿀꿀 소리를 내는 돼지랑 음메 소리를 내는 소랑, 양……, 양이 어떻게 우는지 모르겠다만 아무튼 양 울음소리를 내는 양도 있단다."

엄마가 다시 한나를 돌아보았다.

"양이 어떻게 울지, 한나?"

" '매애' 하고 울잖아요."

"정말이냐? 양이 우는 건 한 번도 못 들어본 것 같구나."

"네, 염소랑 송아지도 그렇게 울어요."

리사가 양 인형을 들어 꾹 누르자 매애 소리가 났고, 이에 질세라 한나가 오리와 돼지 인형을 들고 소리를 냈다. 거기에 엄마까지 합세해 수탉과 말 인형을 눌렀다. 그때 홀에 나가 있던 미셸이 작업실에서 나는 소란을 듣고 무슨 일인가 싶어 달려왔고, 상황을 눈치챈 뒤 얼른 고양이와 강아지 인형을 들고 소동에 합세했다. 그렇게 네 여자는 인형을 누르며 시원하게 웃어젖히느라 뒷문이 열리는 소리도 듣지 못했다. 어느새 안으로 들어선 허브가 그들을 물끄러미 바라보더니 물었다.

"이게 대체 무슨 일이에요? 다들 목장주인이라도 되고 싶은 거예요?"

리사는 큭큭거렸고, 한나는 윙크를 날렸으며, 미셸은 얼굴이 발그레해지고, 엄마는 자신은 아무것도 하지 않았다는 듯 점잖은 표정을 지었다.

"내가 쌔미 주려고 사온 장난감을 시험해보고들 있었단다."

엄마가 설명했다.

"그렇군요."

허브는 엄마의 손에 들린 수탉과 말 인형을 보고는 씩 미소를 지었다. 엄마의 무고한 척하는 연기가 허브에게는 먹히지 않은 모양이었다.

엄마는 재빨리 화제를 돌렸다.

"우리 꼬마 친구는 어디 있느냐?"

엄마가 묻자 허브는 미소를 지었다.

"바로 여기요."

허브가 입고 있는 코트를 걷어 아기띠로 싸맨 쌔미를 보여주었다. 녀석의 두 귀는 삐쭉삐쭉 제 방향대로 솟아 있고, 까만 눈은 새로운 인물들을 탐색하느라 바빴다.

"이렇게 사랑스러울 수가."

엄마가 쌔미에게 다가가 녀석의 머리를 쓰다듬었다.

"너무 예쁘구나."

"네, 정말이에요."

리사가 쌔미 엄마라도 된 듯 뿌듯한 시선으로 쌔미를 바라보았다.

"쌔미는 내가 안고 있을 테니 내 차에 좀 다녀오렴."

엄마가 작업대 앞에 앉으며 팔을 뻗었다.

"열쇠는 카운터 위에 있어. 뒷좌석에 가보면 요람이 있을 게야."

"요람이요?"

리사가 깜짝 놀라 물었다.

"나 혼자 도저히 갖고 들어오지 못하겠더구나. 애견샵에서는 아르바이트 학생 둘이 싣는 걸 도와줬거든. 여기 구석에 놓으면 딱 맞을 게야."

엄마가 근처 구석을 가리켰다.

"나무로 만들어서 테이블로도 쓸 수 있단다."

"그거 좋은데요."

한나가 말했다.

그러자 리사가 미소를 지었다.

"이제 바닥에 쌓아뒀던 쿠키 상자를 그 위에 올려놓으면 되겠어요."

그때 회전문이 열리고 마이크가 들어왔다.

"다들 여기서 뭐하십니까? 지금 홀이 손님들로 가득인데. 마지랑 잭, 두 분이서 버거워하고 계세요."

"내 잘못이에요."

미셸이 말했다.

"잠깐 들른다는 게 너무 재미있어서 시간 가는 줄 몰랐네요."

"저도요."

리사도 인정한 뒤 서둘러 쌔미에게 가 머리에 살짝 키스를 하고 허브를 돌아보았다.

"혼자 요람 가져올 수 있겠어요? 난 지금 바로 홀에 가봐야 해서요. 구연 시간이거든요."

"할 수 있을 거야. 혼자 들기 너무 크면 마이크에게 도와달라고 하지, 뭐."

"그럼, 도와줄게."

마이크가 선뜻 나섰다.

"그 요람이 어디에 있다고?"

"엄마 차에요."

한나가 대답했다.

"열쇠는 카운터 위에 있단다."

엄마가 덧붙였다.

"트렁크에 안 들어가서 뒷좌석에 넣었어."

"요람에 뭐가 있습니까?"

마이크가 물었다.

"아무것도."

엄마가 대답했다.

"쌔미 주려고 산 거거든."

"쌔미요?"

"얘가 쌔미란다."

엄마가 담요의 한쪽 모서리를 젖혀 품에 안긴 강아지를 보여주었다.

"리사의 새 강아지야. 낮 동안은 가게에서 지낼 거라는 구나."

"그럼 쌔미도 경찰견이 되기 위해 훈련 중인 강아지인 거군요?"

마이크가 한나를 향해 윙크를 보내며 물었다. 훈련 중인 경찰견이 아닌 이상 딜런을 영업점 주방에 들여놓아서는 안 된다는 힌트를 준 것도 마이크였다.

"바로 그거죠."

한나가 말했다.

"경찰견이거나 봉사견이거나요. 좀 더 자란 다음에 결정하려고요."

"폭스테리어 종입니까?"

마이크가 물었다.

"밥 선생님 말씀으로는 그렇대요."

허브가 대답했다.

"열쇠 좀 갖다 줄래요, 마이크? 한나 어머님이 쌔미 안고 있느라 힘드실 텐데 얼른 요람을 가져와야겠어요."

"오, 내 걱정은 말 거라."

엄마가 말했다.

"천사같이 얌전한 아이야. 지금 내 손을 핥고 있어."

동물에 대해 전에 없던 애정이 샘솟는 듯한 엄마를 한나는 놀란 표정으로 바라보았다. 그러고 보니 엄마가 최근 들어 다른 사람들에게 많이 친절해지고, 친구들에게도 더없이 너그러워진 듯했다. 이러한 엄마의 변화가 한나는 반가웠다.

마이크가 카운터로 가 열쇠를 집었다.

"근데 이건 뭡니까?"

그가 부검 보고서가 든 봉투를 보며 물었다.

"레이크 에덴 병원이라고 적혀 있군요."

"오, 그냥 나이트 박사가 몇 자 적은 거야."

엄마가 말했다.

"오늘 아침 병원에서 읽을 시간이 없어서 나중에 읽으려고 가져온 것뿐이라네."

자연스러워. 한나는 생각했다. *지금 엄마가 한 말이 완전히 거짓말은 아니잖아? 나한테도 저런 기술이 필요해.*

두 남자는 곧 요람을 가지러 밖으로 나갔고, 그 사이 한나는 얼른 봉투를 집어 서랍에 넣었다.

두 남자가 요람을 들고 들어와 구석 자리에 내려놓자 한나는 아까 꺼낸 침구를 깔았고, 이내 허브가 그 위에 강아지를 내려놓았다.

"요람 문은 열어놓아도 돼."

한나가 허브에게 말했다.

"이제 베이킹도 끝났으니까 내가 계속 지켜보고 있으면 되거든."

"지금 당장 녀석이 어딜 갈 것 같진 않구나."

엄마가 말했다.

"침구 위에 자리 잡자마자 눈을 감고 한숨 한 번 쉬더니 금세 잠이 들었어."

한나는 요람 위에 웅크리고 앉은 강아지를 내려다보았다. 엄마 말대로 쌔미는 어느새 잠이 들었다. 부드럽고 따뜻한 침구에 곤하게 잠들어 있는 녀석을 보고 있자니 한나는 자신도 몸이 줄어들어 저 붉은색 이불 위, 녀석 옆에 몸을 누이고 잠들었으면 하는 바람이 들었다.

"네 파카는 어디 있느냐?"

엄마의 물음에 한나는 공상에서 퍼뜩 깨어났다.

"뒷문 옷걸이에 걸어놓았어요."

"아니, 없는데."

한나는 고개를 돌려 옷걸이를 확인했다. 엄마 말이 맞았다. 옷걸이에 걸려 있는 것은 리사의 퀼트 코트와 미셸의 울 재킷뿐이었다.

"걱정 마세요, 엄마. 여기 어딘가에 있을 거예요."

"전에도 그렇게 얘기했잖니."

엄마는 그렇게 말하고 이내 웃음을 터뜨렸다.

"네가 어렸을 때 말이다. 겨울이면 일주일에 꼭 한 개씩은 뭔가를 잃어버리곤 했지. 파카나 목도리, 장갑을 벗어놓고는 어디에 벗어뒀는지 꼭 깜빡하는 거야."

"하지만 결국엔 다 찾았잖아요."

엄마의 즐거운 회상에 한나가 반박하고 나섰다.

"걱정 마시라니까요. 파카는 안 잃어버렸어요. 요즘 제가 잃어버린 게 있다면 그건 숙면뿐이라고요!"

"엄마가 병원에서 가져온 봉투를 보고 마이크가 뭐라고 했어?"

레이크 에덴 호텔로 향하는 진입로에 들어서며 안드레아가 물었다.

"이게 뭐냐고."

"호텔 진입로잖아. 어디 정신 팔고 있는 거야?"

"아니, 이 길이 뭐냐고 묻는 게 아니라, 마이크가 그렇게 말했다고. 부검 보고서 든 봉투를 보고 '이게 뭡니까?' 라고 물었어."

"그래서 거짓말했어?"

"내 대신 엄마가 대답했는데, 완전 거짓말은 아니었어. 박사님이 뭘 좀 써준 건데 나중에 읽으려고 들고 온 거라고 말씀하셨거든."

"역시 똑똑하셔."

"엄마는 그 방면에 타고나신 것 같아."

"그래도 마이크가 명색이 형사인데 조심해야 하는 거 아니야?"

"아마 뭔지 눈치챘을지도 몰라."

"그럼 왜 열어보지 않았을까?"

"확인하고 싶지 않았겠지. 확인하고 나면 압수해야 할 테니까. 예전에 부검 보고서는 관계자들만 취급하고 열람할 수 있다고 했거든."

안드레아는 긴 한숨을 내쉬었다.

"그렇다면 우리가 수사에 나선 사실을 마이크가 알았다는 얘기네. 언니 행동을 또 달갑지 않게 여길 게 뻔하고."

"아니, 그러진 않을 거야. 그래 봤자 소용없다는 걸 이제 아는 듯해."

안드레아가 킥킥거렸다.

"맞기야 맞는 말이지. 언니한테 수사 중단하란 얘기는 바람한테 더 이상 불지 말라고 얘기하는 거랑 똑같잖아."

호텔에 가까워지고 있었다. 한나는 나무 사이로 호텔 건물을 볼 수 있었다. 한나는 안드레아가 호텔 정문을 지나 주차장으로 향할 것이라 생각했지만, 예상 외로 그녀는 건물 뒤로 돌아가 '배달차량용' 이라고 선명하게 적혀 있는 주차 자리에 볼보를 세웠다.

"여기에 세우면 안 돼."

한나가 말했다.

"여긴 배달차량 전용이란 말이야."

"언니를 배달했잖아. 그 남루한 담요 두르고 주차장에서 여기까지 걷고 싶은 거야?"

"아니, 그럼 나 여기 내려주고 주차장으로 갈 거야?"

안드레아는 아무 대답 없이 시동을 끄고 운전석 문손잡이를 잡았다.

"여기 세운 걸 샐리가 알면 화낼 거야."

"아니, 아닐 걸. 언니가 파카 찾는 동안 샐리한테 전화해서 여기 세워도 되냐고 물어봤거든. 얼른 서둘러. 그 담요도 좀 벗어버리고. 노숙자 차림의 사람이랑 호텔에 들어가기 싫단 말이야!"

한나는 한숨을 쉬며 쿠키 트럭 뒷좌석에서 꺼내 온 담요를 벗었다.

"내 파카는 도대체 어디 있는 거야."

안드레아가 열어주는 뒷문을 통해 따뜻한 호텔 실내로 들어서며 한나가 말했다.

"아무리 찾아봐도 보이지 않으니."

"입었던 건 확실해?"

"당연하지. 오늘 아침에 추웠잖아."

"그럼 누가 가져간 거 아니야?"

"누가?"

안드레아는 어깨를 으쓱했다.

"글쎄, 언니가 믹서기 돌릴 때 도둑이 몰래 뒷문으로 들어온 거 아닐까? 언니가 등 돌리고 있는 거 보고는 몰래 들고 도망간 걸지도?"

"내 것보다 좋은 재킷들이 있었는데도 굳이 내 것을? 그 파카가 얼마나 낡았는지 알아? 중고용품점에서 산 건데, 소매에 찢어진 부분도 있다고. 아마 어딘가에 있을 거야. 확실해."

"나중에 다시 찾아보자."

안드레아가 약속하며 로비를 가로질러 휴대품 보관소로 향했다.

"옷 멋진데."

안드레아가 코트를 벗어 옷걸이에 걸자 한나가 말했다.

"색깔이 너한테 잘 어울려."

"고마워."

안드레아는 바닥까지 떨어지는 와인 색상 바지 정장의 재킷에 수 놓인 장미 자수가 한나에게 잘 보이도록 제자리에서 한 바퀴 빙 돌았다.

"누구랑 먼저 얘기할 거야?"

"샐리랑. 밴드 첫 인상이 어땠는지 물어볼 거야."

"좋은 생각이야. 사무실에 있는지 가보자."

주방을 지나 샐리의 사무실에 들어섰을 때 그녀는 통화 중이었다. 한나와 안드레아는 그녀의 책상 맞은편에 앉아 통화가 끝나기를 기다렸다.

"방금 왔어요. 잠깐만, 내가 물어볼게요."

샐리가 한나를 향해 고개를 들었다.

"파카 아직 못 찾았어?"

"네."

"아직 못 찾았대요."

샐리가 수화기에 대고 말했다. 그리고 잠시 귀를 기울이더니 이내 미소를 지었다.

"어머나, 한나도 고마워할 거예요. 그럼 얼른 와요."

한나는 샐리가 수화기를 내려놓자마자 물었다.

"방금 리사였죠? 제 파카 찾았대요? 지금 이리로 가져온대요?"

"아니, 아니, 그리고 마지막 질문은 맞아. 전화한 사람은 한나 어머님이고 한나 파카는 못 찾았대. 하지만 새 파카를 갖고 이리로 오신다는데? 한나 감기 들까 봐 걱정이라고."

"이한치한이에요."

안드레아가 말했다.

"어젯밤 텔레비전에서 봤는데, 감기는 바이러스에 노출됐을 때 걸리는 거라던데요."

샐리가 고개를 끄덕였다.

"나도 그 얘기 들었어. KCOW 이브닝 뉴스의 의학 코너에서 나왔던 얘기지."

샐리가 한나를 향해 고개를 돌렸다.

"어젯밤 병원에서 있었던 살인사건을 조사하는 중이라고 안드레아에게 들었어. 밴드 사람들이랑 이야기해보려고 온 거야?"

"네, 맞아요."

"누구랑 먼저 얘기하려고?"

"일단은, 샐리요."

한나가 수첩을 꺼내 첫 번째 페이지를 넘겼다.

“밴드 사람들 첫 인상이 어땠는지 얘기해주세요.”
“전체적인 느낌 말이야, 아니면 개개인별로 말이야?”
“개개인별로요.”
“그럼 새 멤버도 포함해야 하는 건가?”
“새 멤버가 있어요?”
“오디션을 열어서 새 키보드 연주자를 구했어. 오늘 밤 공연에서 연주할 거야. 오디션이 끝난 직후에 메인 홀에서 에릭을 만났는데, 그 새로 온 친구가 버디보다 실력이 훨씬 좋다고 하던걸.”
“우리 마을 사람이에요?”
안드레아가 물었다.
“그렇고말고!”
샐리의 미소를 보니 한나는 엄마가 레전시 로맨스 소설에서 즐겨 사용하는 표현 하나가 생각이 났다. 샐리의 표정이 마치 크림 항아리에 빠진 고양이 같다고나 할까.
“그 새 멤버가 누군데요?”
한나가 궁금증을 더 이상 참지 못하고 물었다.
“데빈 머피. 브리짓이 좀 전에 전화해서 10시에 예약을 잡았어. 오늘 공연을 보러 머피 가 가족들이 전부 출동할 건가 봐.”
“그거 잘됐네요!”
한나는 안드레아를 돌아보았다.
“어서 미셸에게 이 기쁜 소식을 알려줘. 정말 좋아할 거야. 그리고 리사에게도 전화해서 오늘 밤 공연이 예정대로 진행될 거라고 말해줄래? 리사 아버님이랑 마지가 오늘 여기서 저녁식사도 하고 공연도 보기로 하셨대.”
“알았어.”

안드레아가 핸드폰을 꺼내며 자리에서 일어났다.

"로비에 나가서 전화할게. 통화하기에 거기가 더 좋을 것 같으니."

"밴드 사람들이 대처가 빠르네요."

한나가 말했다.

"그러게! 하지만 놀랄 일은 아니야. 리가 그러는데 안 그래도 진작부터 대체할 키보드 연주자를 구하고 있었대."

"버디 니먼이 밴드를 그만두려고 했었대요?"

"그렇다네. 딕이랑 내가 미니애폴리스에서 밴드 공연을 본 직후에 밴드를 그만둘 거라고 얘기했대. 당장 떠나겠다고 하는 것을 리가 설득해서 다른 연주자를 찾을 때까지 두 달만 더 있어달라고 했대."

"미니애폴리스에서 공연했던 게 언제예요?"

"잠깐만 볼게."

샐리가 일정표를 꺼냈다.

"여기 있네. 우리가 클럽 나인틴에 간 게 2월 둘째 주 토요일이었어."

한나는 재빨리 계산했다.

"그럼 미니애폴리스 공연 직후에 밴드를 떠나겠다고 했단 말이죠?"

"그래. 바로 그때랬어. 버디가 생각을 바꿨는데 아직 리에게 이야기하지 않은 것이 아니라면 우리 호텔에서의 공연이 끝난 뒤에 떠났겠지."

한나는 수첩에 메모를 한 뒤 새로운 페이지로 넘겼다. 이제 다음 주제에 대해 이야기할 차례다.

"밴드가 호텔에 온 지 하루도 지나지 않긴 했지만, 그래도 밴드 멤버들에 대한 느낌을 말해주실 수 있으세요?"

"물론이지."

샐리가 흔쾌히 동의했다.

"이게 도움이 될진 모르겠지만, 난 토미가 제일 마음에 들어."

"토미 아시."

한나의 말에 샐리가 고개를 끄덕였다.

"왜 제일 마음에 드세요?"

"사람이 진실해 보이거든. 칼처럼 거들먹거리지도 않고."

"칼이 거만해요?"

한나가 되물었다.

"말도 못해! 자기한테 무슨 아트 블래키와 맥스 로치를 합친 것 같은 재능이 있다고 믿는다니까. 그들 재능의 십 분의 일도 갖고 있지 못하면서 말이야."

한나는 샐리의 마음이 이해가 되었다. 샐리는 전설의 재즈 드러머에 대해 일가견이 있었다.

"토미의 아내는 어때요?"

"착한 사람이야. 버스 기사가 강아지 구하는 걸 도와줬다고 하던데."

샐리가 하던 말을 멈추고 살짝 걱정스러운 표정을 지었다.

"참, 그 강아지를 한나가 데려갔다고 하던데. 어떻게 했어?"

"리사가 맡아 키우기로 했어요."

"잘됐다! 지난번에 허브랑 여기 왔을 때 딜런에게 친구가 필요할 것 같다고 하더니만."

한나는 다시 수첩을 내려다보았다.

"콘라드 베르겐은 어때요?"

"코니도 괜찮지. 너무 잘 생겨서 아마 오늘 공연 이후로 제일 인기 있는 멤버가 될걸. 마을 여자아이들이 아주 난리가 날 거야. 우리 호텔에 젊은 웨이트리스 몇몇이 벌써 대시를 했는데, 실패했나 봐. 리넷이 발톱을 드러내고 달려와 아이들을 떼어냈다던데."

"그럼 리넷 얘기를 해볼까요."

"아, 정말 문제 많은 여자야. 어젯밤에는 계속 코니 주변을 맴돌더니, 오늘 아침에는 칼에게만 딱 붙어 있더라고. 리허설 때 가봤는데, 코니랑 칼 사이에 긴장감이 엄청났어. 둘의 대치를 리넷은 즐기는 것 같더라고. 그 여자, 정말 여우야."

샐리가 갑자기 하던 말을 멈추고 한나의 머리 위로 시선을 고정시켰다. 그러더니 고개를 살짝 끄덕이며 엄지손가락을 들어보였다.

한나는 어리둥절한 표정으로 샐리를 쳐다보았다.

"그게 무슨 뜻이에요?"

"허가의 뜻이지."

"리넷이 여우란 사실을 허가하신다고요?"

"아니!"

샐리가 실소를 터뜨렸다.

"한나 뒤에 주방으로 통하는 창문이 달린 거 잊었어?"

"참, 깜빡했어요. 누가 요리를 보여줬나 보죠?"

"응, 퍼커 업 레몬 케이크인데, 아주 먹음직스러워. 디저트 수레에 내기 전에 나한테 보여준 거야."

한나는 다음번 호텔에 저녁식사를 하러 올 때 그 케이크를 꼭 맛보자고 수첩에 메모한 뒤 다시 본론으로 돌아갔다.

"이제 에릭 이야기를 해봐요. 그는 어때요?"

"에릭에 대해서는 별로 강하게 인상 남은 게 없어. 코니처럼 잘생기진 않았지만, 그렇다고 못생긴 편도 아니지. 우리 웨이트리스들도 좋아하는 것 같으니까. 웨이트리스들 말이 재밌는 사람이라고 해. 공연 도중에 농담 몇 마디 던졌다는데, 원래부터 재치가 있는 사람 같아."

"드레이크는요?"

샐리가 아직 언급하지 않은 인물에 대해 한나가 물었다.

"잘 모르겠지만, 드레이크도 좋은 사람 같아. 밴드 멤버들 중 가장 어릴걸, 아마. 재능도 많고, 음악에 대해서도 나름 진지한 것 같아. 살만 조금 빼면 훨씬 멋있을 텐데. 근데 여자들한테는 별로 관심이 없는 것 같아. 좌절한 경험이 많아서인지, 아니면 음악에만 집중하기 때문인지는 잘 모르겠지만."

"그럼 이번에는 리에 대해 말씀해주세요."

그러자 샐리의 눈이 가늘어지더니 미간이 살짝 찌푸려졌다.

"그 사람, 난 마음에 안 들어."

샐리가 말했다.

"첫 인상치고는 단호하시네요."

"첫 인상이 아니야. 리는 딕이랑 같이 공연 계약 때부터 줄곧 연락을 주고받았으니까. 아주 차갑고 사무적인 사람이야. 수중에 돈이 많은 것 같아."

"밴드 관리해주고 받는 돈이요?"

"그 수익은 얼마 되지 않을 것 같고, 또 다른 수입원이 있을 거야."

"설마 불법 수입원?"

"그러고도 남을 사람이지. 돈 때문이 아니라면 캐미가 그렇게 그의 수족처럼 따를 리가 없잖아. 리가 그렇게 막 대하고 있는데도 말이지."

"몰랐던 사실인데, 자세히 얘기해주세요."

"어젯밤에 캐미가 리에게 아버지 나이대였던 버스 기사가 죽어서 얼마나 마음이 아픈지 모르겠다고 얘기하더라고. 내가 바에서 바텐더를 하고 있었으니 이야기가 다 들렸지. 사실 누군가 죽었으니 슬픈 마음이 드는 게 당연하잖아. 근데 리는 그런 그녀에게 우는소리 그만하고 입 닥치라고 하더군."

"차갑네요."

"말도 마. 근데 더 놀라운 건 캐미가 리가 시키는 대로 고분고분 따르더라는 거야. 억지 미소를 지으면서 운전기사 이야기는 다신 뻥긋도 안 하더라고. 리가 그녀를 통제하고 있는 게 분명해."

한나는 몇 가지를 더 메모한 뒤 자리에서 일어났다.

"고마워요, 샐리. 정말 큰 도움이 됐어요. 혹시 밴드 멤버들 방 번호 명단 받을 수 있을까요?"

"그럼. 프런트에 있는 루스 앤에게 전화해서 한 장 출력해놓으라고 할게. 가기 전에 주방에 들르는 것 잊지 마. 한나가 맛을 봐줘야 할 게 있거든."

한나가 리넷과 캐미, 그리고 다른 멤버들을 만나 이야기를 나누고 나오자 밖은 다시 눈이 내리기 시작했다. 사람들을 만난 결과 한나는 새로운 사실을 하나 더 알게 되었다. 그 사실이란 바로 버디가 리넷에게 자신에게 잘해주면 새로운 곳에 정착한 뒤 연락을 주겠다고 말했다는 것이었다. 리넷이 그 구태의연한 작업 방식에 넘어갔을 리 없다. 리넷은 그런 이야기는 다른 남자들에게서도 숱하게 들었지만, 마을을 떠난 그들 중 어느 누구 하나 정말로 연락한 사람은 없었다고 했다.

"이제 리에게 가보자."

안드레아와 함께 복도를 따라 리의 방으로 향하며 한나가 말했다.

"버디가 밴디를 그만두겠다고 했던 때의 일을 상세하게 물어봐야겠어. 다들 하는 말이 버디가 밴드에서의 연주 활동을 무척 좋아했대. 그런 그가 왜 갑자기 그만둔다고 했는지 다들 이해하지 못했다고 하더라고."

"그럼 이제 리만 만나고 집에 돌아가는 거야?"

"아니, 다시 샐리에게 가야지. 우리가 맛을 봐줘야 할 게 있다고 했거든."

"오, 좋은데! 그렇다면 뭔가 맛있는 게 있다는 얘기잖아."

두 자매는 계속해서 복도를 따라 걸었다.

"근데 리사한테 전화하는 데 뭐 그렇게 오래 걸렸어?"

한나가 물었다.

"집에도 전화했거든. 애들 잘 있는지 궁금해서."

한나는 기다렸지만, 안드레아는 더 이상 이야기하지 않았다.

"그래서?"

참지 못하고 한나가 물었다.

"애들 잘 있대. 유모한테 언니랑 같이 호텔에 있다고 했어. 필요하면 핸드폰으로 연락하라고. 그러고 나서 빌에게 전화해서 오늘 집에서 저녁 먹을 건지 물어봤는데, 일찍 오지 못할 것 같대. 경찰서에서 피자 시켜 먹으면서 클레이턴 월레스에 대한 전략회의를 한다던데."

"나이트 박사님의 두 번째 혈액 검사 결과가 나온 거야?"

"응, 첫 번째 검사 결과랑 동일하대. 클레이턴이 복용한 약물의 양이 얼마나 되는지 클레이턴의 주치의랑도 이야기해봤대고."

"평소의 두 배?"

"아니, 세 배래. 다른 약 두 알에 심장약 한 알, 그러니까 매일 저녁 세 알을 먹었어. 근데 거기에 심장약 두 알을 더해서 총 다섯 알을 먹은 거야. 근데 이상해, 언니. 약병을 흔들어서 손바닥에 세 알이 아닌 다섯 알이 떨어졌다면 미리 알아채지 않았을까?"

"보통은 그렇지. 나라도 알아챘을 거야. 하지만 주변이 어둡고 버스를 운전 중이었다면? 그냥 약병에서 나온 대로 입안에 털어 넣었을지도 몰라. 게다가 고속도로 상태가 좋지 않았다면, 길에서 눈을 뗄 수 없었겠지."

"그래, 그랬을 수도 있어. 그리고 만약 약을 넣은 사람이 클레이턴 본인이고, 실수로 세 알을 넣은 거라면 이건 우연한 사고야. 살인이 아니라."

"그래. 하지만 반면에 누군가 일부러 휴대용 약 상자에 손을 댔을 수도 있어."

"그러니까 클레이턴이 눈치채지 못하길 바라며 심장약을 두 알 더 추가했다는 거지?"

"그래. 그렇다면 이건 명백한 살인사건이야."

"좋아. 하지만 만약……."

안드레아는 하던 말을 멈추고 기운 없는 한숨을 내쉬었다.

"헷갈리기 시작했어."

"나도 마찬가지야. 사실 클레이턴이 어떻게 죽었는가에 대한 문제는 전문가에게 맡기는 게 나을 것 같아."

"그럼 이제 신경 쓰지 않겠다는 거야?"

안드레아가 깜짝 놀라 물었다.

"그래. 우리한테 경찰들만큼 많은 정보가 있는 것도 아니고 다른 할 것도 많으니. 일단은 버디 살인사건에만 집중하는 게 낫겠어."

"그건 확실한 살인사건이니까?"

"그렇기도 하고. 두 건 다 해결하고 싶지만, 버디의 시체를 발견한 사람이 엄마잖아. 버디는 미셸과 내가 먼저 알았던 사람이기도 하고. 뿐만 아니라 사건이 일어났을 당시 우리 모두 그 현장에, 병원에 있었으니 그를 죽인 범인부터 찾는 게 왠지 맞을 것 같아."

안드레아는 잠시 생각에 잠겼다.

"그래, 언니 말대로 버디 사건부터 풀자. 그때까지 경찰에서 버스 기사 건을 해결하지 못하면 그때 우리가 나서는 거야."

"물어볼 게 많지 않았으면 좋겠군요."

한나의 노크 소리에 문을 연 리가 말했다.

"10분 후에 리허설이 있거든요."

"금방 끝날 거예요."

한나는 약속하며, 초대받지도 않은 방에 무작정 들어갔다. 그런 뒤 안드레아에게 따라 들어오라고 손짓했다. 다른 멤버들은 욕실이 딸린 침대방에서 묵었던 반면, 리는 호텔의 미니 스위트 객실 중 하나를 사용하고 있었다. 미니 스위트에는 에덴 호수가 훤히 내려다보이는 발코니가 있고, 기본 침실에 간이문으로 분리된 거실이 딸려 있었다. 그리고 한나의 기억이 정확하다면 욕실에는 고급스러운 욕조와 샤워시설도 갖춰져 있을 것이다.

거실은 매우 컸다. 한쪽 벽면에는 소파가 놓여 있었고, 낮은 탁자 주변으로 네 개의 안락의자가 놓여 있었다. 가죽 소파의 맞은편에는 커다란 평면 TV가 걸려 있고, 내측 벽에는 책상이 붙어 있었다.

"그럼 시작할까요."

리가 말했다.

앉으라는 이야기도 없었지만 한나는 그냥 앉아버렸다. 리와 같은 부류의 사람들 다루는 데에는 도가 튼 한나였다.

"버디가 왜 밴드를 그만두려는지 이유를 얘기했나요?"

한나가 물었다.

"아뇨, 그냥……."

그때 별안간 캐미가 욕실에서 나왔고, 리는 하던 말을 멈추었다.

"안녕하세요, 한나."

캐미가 미소를 지으며 인사했다.

"안녕하세요, 캐미. 여긴 내 동생, 안드레아예요."

"만나서 반가워요."

캐미가 말했다.

"리허설 보러 왔어요?"

"그건 아니고요."

한나가 말했다. 하지만 말을 채 이어나가기도 전에 리가 손을 들었다.

"이제 자기소개는 그만하고, 사라져주지?"

그가 캐미에게 말했다. 경쾌하게 고개를 끄덕이는 캐미를 보니 그의 말을 기분 나쁘지 않게 들은 모양이었다.

"그럼 나 먼저 리허설장에 가 있을게."

그러자 리가 고개를 가로저었다.

"아니, 거긴 가지 마. 그리고 리넷을 만나거든 리넷도 리허설장에는 모습을 보이지 말라고 해."

한나는 인상을 찌푸렸다. 리의 말투는 매우 독단적이고 냉정했다. 한나가 캐미를 돌아보니 상처를 받은 듯 그녀의 아랫입술이 바르르 떨리고 있었다. 좀 더 부드럽게 이야기할 순 없는 것일까.

"알았어, 근데…… 왜 리허설에 가면 안 되는데?"

"그건 네가 상관할 바가 아니야. 얼른 나가."

여자를 대하는 태도하고는! 한나는 마음속으로 외쳤다. 아마도 얼마

전 1968년도 파라마운트사가 제작한 같은 제목의 영화를 보았기 때문일지도 모르겠다. 물론 리가 범인이 아닐 수도 있지만, 이건 살인사건 수사였다. 어쨌든 한나는 리와의 심문이 끝나는 대로 캐미를 찾아 그녀를 위로해줘야겠다고 생각했다.

캐미의 등 뒤로 문이 닫히자 한나는 다시금 리에게로 고개를 돌렸다.

"밴드에서 나가겠다고 했을 때 버디가 정확히 뭐라고 했나요?"

"그는, '밴드 그만둘래요. 어서 시티즈를 떠나고 싶어요.' 라고 말하더군요. 그래서 내가 이유를 물었죠. 그랬더니, '개인적인 일이라 이야기하고 싶지 않아요.' 라고 말했어요. 아마 여자 문제겠죠."

"왜 그렇게 생각하세요?"

안드레아가 물었다.

"남자가 갑자기 떠나버리는 건 보통 다 여자 때문이잖아요. 버디는 극성맞게 쫓아다니는 여성팬들도 많았어요."

"정기적으로 만나는 여자친구가 있었어요?"

그러자 리가 고개를 가로저었다.

"아뇨, 내가 알고 있는 한은 없었어요. 나한테 언제 한 번 속박적인 관계가 싫다고 이야기한 적이 있어요. 나도 버디가 같은 여자랑 두 번 이상 만나는 걸 본 적이 없고요."

"버디랑 알고 지낸 지는 얼마나 되셨는데요?"

한나가 물었다.

"거의 3년? 3년 전에 밴드를 구성하기 시작했는데, 제일 처음 들였던 멤버가 내 동생인 에릭이었어요. 실제로 재능도 많았고요. 같이 보조를 맞춰줄 멤버가 있으면 되었죠. 그래서 제일 먼저 키보드 연주자 오디션을 봤는데, 우리가 1등으로 뽑은 사람이 버디였어요."

"그럼 버디의 연주가 마음에 드셨어요?"

한나가 물었다.

"네, 뭐 대충요. 브루벡이나 가너 같은 천재는 아니었지만, 그래도 무대에 선 모습이 그럴 듯했어요. 여자들도 많이 따랐고요. 다만 마음에 안 드는 게 하나 있다면 술을 마시면 개가 된다는 거였어요. 술만 많이 마시지 않는다면, 특히 공연이 있는 날 밤에 술만 마시지 않는다면 아주 좋았죠."

"그럼 두 사람, 절친한 사이였나요?"

안드레아가 묻자 리가 어깨를 으쓱했다.

"그럼요. 친구 사이였죠. 나도 그를 좋아하고, 그도 나를 좋아했으니까요. 물론 그렇다고 해서 늘 의견 일치를 본 건 아니었지만."

"무슨 일에 의견이 틀어졌었는데요?"

한나가 이어 물었다.

"버디는 무대를 거의 독점하다시피 했어요. 그래서 매번 그에게 우리는 그룹이고 그렇기 때문에 인기가 있는 것이지 버디 니먼 때문만이 아니라고 말해줬죠."

"그럼 버디의 무대 욕심 때문에 다른 멤버들과도 갈등이 있었나요?"

"그럼요. 하지만 다들 비슷해요. 시간이 지날수록 점점 더 혼자만 스포트라이트를 받고 싶어 하죠. 그럴 때마다 내가 나서서 새롭게 상기를 시킵니다. 그게 매니저가 하는 일이니까요. 제대로 관리를 하려면 언제 상을 주고, 언제 반쯤 죽여 놓아야 하는지 잘 파악하고 있어야 하거든요."

언제 반쯤 죽여 놓아야 하는지 파악하고 있어야 한다고?! 닫히는 엘리베이터 문을 뒤로하고 선 안드레아의 얼굴이 사색이 되었다.

"은연중에 속마음이 드러난 것 같지 않아?"

"그렇진 않은 거 같은데."

한나는 수첩과 펜을 꺼냈다.

"어쨌든 메모는 해두어야겠어."

"얼른 캐미를 찾아보자."

엘리베이터가 로비를 향해 천천히 내려가고 있는 가운데 안드레아가 제안했다.

"아까 방에서 나가면서 엄청 마음 상한 것 같던데, 이때 리에 대해 물어보면 더러운 비밀 같은 것도 다 이야기해줄지 몰라."

"그래, 그럴지도. 근데 난 네가 캐미를 위로해주고 싶어서 찾는 줄 알았는데."

"당연히 위로도 해주고. 지금쯤 마음이 많이 약해졌을 테니까 우리가 그 기회를 노려볼만 하다고 이야기하는 거야."

한나는 안드레아를 쳐다보았다. 안드레아가 이토록 전략적으로 나오는 모습은 처음이다.

"그런 눈길로 보지 마. 빌의 경찰 잡지에서 본 방법 중 하나를 실행하고 있는 것뿐이니까. 게다가 그 리라는 남자 참을 수가 없어. 만약 그 남자가 범인이라면, 내 손으로 잡아서 손수 철창 안에 가둬버리고 말겠어!"

"리를 싫어하는 건 이해가 가는데, 네가 누군가에게 이토록 격하게 반응하는 건 처음 봐."

"내 성미를 건드렸을 뿐이야. 나 진짜 리 같은 남자들 볼 때마다 짜증나거든. 캐미를 마치 하녀나 그보다 못한 존재 대하듯 하잖아. 인격체가 아닌 것처럼 말이야. 아까 방에서의 일을 생각해봐. 리는 캐미가 어떻게 느끼고 생각할지 전혀 고려하지 않았어. 오직 자기 자신밖에 생각하지 않았다고."

한나는 아무 말도 하지 않았다. 안드레아의 말이 백번 옳았다.

"캐미를 만나면 물어보겠지만, 분명 캐미에게서 뭔가 원하는 게 있을 때에만 잘해줄 거야. 원하는 것을 손에 넣을 때까지만 잘해주는 거지! 아마 캐미가 자기를 떠나려고 하는 것 같으면 값비싼 향수를 바치곤 하겠지? 그 남자는 돈으로 사람을 매수해서 자기 마음대로 휘두르려고 하는, 정말 썩을 대로 썩은 인간이야."

값비싼 향수를 바치곤 할 거야. 안드레아의 말이 한나의 뇌리를 스쳤다.

"벤톤 우들리처럼?"

한나가 안드레아의 첫 남자친구 이름을 입에 올렸다.

"그래! 벤톤 우들리처럼! 그 남자 심지어……."

안드레아가 갑자기 하던 말을 멈추었고, 이내 볼이 발그레하게 달아올랐다.

"내가 너무 흥분했지?"

"그래."

"아, 그냥 누군가 상처 받는 모습을 보는 게 마음 아팠어. 그리고……, 지금 내가 남자들에게 감정 쌓인 게 좀 많거든."

"빌이랑 싸웠어?"

"아니, 빌이랑은 아무 문제없어. 그리고 우린 싸워도 늘 사소한 것으로 다투기 때문에 금방 또 웃어넘기고 만다고. 빌은 좋은 남편이야, 언니. 그이랑 결혼해서 행복해. 다만 누군가 다른 사람에게 이용당하는 것을 보는 게 싫은데, 캐미가 분명 리에게 부당하게 대접받고 있는 것 같아서 화가 났을 뿐이야."

합리적인 이유였지만, 한나는 그것 외에 안드레아가 아직 말하지 않은 다른 이유가 있다는 사실을 직감했다.

"언니는 어떤지 모르겠지만."

안드레아가 미간을 살짝 찌푸렸다.

"캐미가 리에게 대적하는 모습을 봤으면 좋겠어. 누구든 부당하게 대접받을 때에는 당당하게 맞서야 한다고 생각해, 안 그래?"

한나는 잠시 생각에 잠겼다.

"네 말이 맞는 것 같아."

한나가 동의했다.

"그 말이 완전 정답이지, 뭐."

"그렇게 말해줘서 고마워."

샐리의 레스토랑 한편에 자리한 커피숍으로 통하는 문 앞에서 문득 안드레아가 주저했다.

"우리, 캐미 만나기 전에 들어가서 커피 한 잔씩 할까."

"좋지."

한나는 재빨리 대답했다. 커피라도 마시면서 마주 앉아 있다 보면 안드레아가 마음속에 품은 이야기를 털어놓을지도 모른다. 하지만 자매간의 담소 계획은 커피숍에 들어선 순간 뭉게구름처럼 사라져버리고 말았다. 안드레아가 한나의 팔을 움켜잡았다.

"저기 캐미가 있어, 언니."

"리넷과 같이 있는데."

한나가 지적했다.

"괜찮아. 어차피 둘이 친구 사이고, 리넷과도 얘기하려고 했잖아. 가서 합석해도 되냐고 물어보자."

얼마 후, 한나와 안드레아는 캐미, 리넷과 함께 4인용 탁자에 둘러앉았다. 마주 앉은 두 명의 젊은 여자들은 표정이 매우 어두웠다.

"차랑 같이 먹을 디저트라도 주문할까요?"

한나가 두 사람 앞에 놓인 허브티를 눈치채며 물었다.

"다이어트에 무리가 되지 않을 만한 메뉴가 있으면 내가 살게요."

캐미와 리넷이 서로 시선을 주고받더니 이내 캐미가 입을 열었다.

"다이어트는 끝났어요. 적어도 오늘은요. 그럼 디저트 메뉴판 봐도 돼요? 이 맛없는 허브티 대신 커피도 새로 시키고 싶은데."

한나는 캐미의 찻잔을 들여다보았다. 초록빛의 액체가 반쯤 차 있는 것을 보니 한나는 에덴 호수에 이끼가 만발했을 때가 떠올랐다.

"무슨 차예요?"

한나가 물었다.

"허브와 기타 향신료가 들어간 차예요. 속상할 때 마음을 달래주는 기능이 있죠."

리넷이 설명했다.

"캐미가 시티즈에 있는 특별한 가게에서 구입한 거예요."

"마시면 효과가 있어요?"

안드레아가 물었다.

"오늘은 별로요."

캐미가 인상을 찌푸렸다.

"사실 제대로 효과본 적이 없는 것 같아요."

안드레아가 동정심 어린 미소를 지어보였다.

"맛이 어떤데요?"

"누군가 풀을 뜯어서 오래된 양말에 넣어 말린 다음에 그걸 차로 만든 것 같은 맛이에요."

"정말이에요!"

리넷의 설명에 캐미가 공감한다는 듯 외치고는 이내 웃음을 터뜨렸다. 웃음에 전염성이 있는지 얼마 안 있어 네 사람 모두 배꼽을 잡고 숨이 넘어가라 웃어젖히기 시작했다. 어느 정도 이성을 되찾자 한나는 웨이트리스에게 손짓했다. 하지만 웨이트리스는 곧장 한나에게로 오지 않고 주방에 있는 누군가에게 손짓을 했고, 이내 샐리가 부리나케 테이블로 달려오기 시작했다.

"한나는 메뉴 따로 보지 않아도 돼."

샐리가 미소를 지으며 말했다.

"네 사람 모두 디저트 맛 좀 평가해줘요. 오늘 아침에 만든 건데, 맛있다고 하면 저녁 타임 디저트 수레에 추가하려고 해요."

"뭔데요?"

안드레아가 물었다.

"다크초콜릿과 화이트초콜릿을 뿌린 타피오카 파이."

"오오!"

리넷이 더없이 행복해하며 말했다.

"타피오카 정말 좋아하는데!"

"나도요!"

캐미가 동의했다.

"저희 할머니가 자주 만들어주셨어요. 할머니는 초콜릿칩을 뿌렸죠."

"저희 할머니도 그러셨죠. 초콜릿과 타피오카가 정말 잘 어울렸어요. 그래서 파이로 만들어서 두 종류의 초콜릿을 뿌리면 좋겠다고 생각했죠."

샐리가 한나를 돌아보았다.

"커피 줄까?"

한나와 안드레아가 고개를 끄덕이자 샐리는 이번에 캐미와 리넷을 쳐다보았다.

"따뜻한 찻물 좀 더 갖다 줄까요?"

"이번에는 아니에요."

캐미가 말했다.

"타피오카 파이와 먹으려면 맛있는 것을 마셔야죠. 리넷과 저도 커피 주세요. 진할수록 좋아요!"

타피오카 파이

오븐은 예열하지 마세요. 이 파이는 오븐에 굽지 않습니다!

재료

크러스트 :

바닐라 와퍼 쿠키 조각 2컵(부순 다음에 측량하세요)

녹인 버터 6테이블스푼(84g) / 바닐라액 1티스푼

한나의 첫 번째 메모: 바닐라 와퍼 외에 다른 재료를 사용하고 싶다면 로나 둔 쇼트브레드 쿠키를 사용해 쇼트브레드 크러스트를 만들어도 됩니다. 둘 다 맛이 좋아요. 혹시 쿠키 크러스트를 직접 만들고 싶지 않다거나 만들 시간이 없다면, 식료품점에서 이미 만들어져 있는 크러스트를 구매하셔도 됩니다.

만드는 법

1. 크러스트를 직접 만들기 위해서는 녹인 버터와 바닐라액을 쿠키 조각 위에 붓습니다. 그리고 포크로 촉촉이 스며들도록 섞어줍니다.
2. 9인치 크기의 파이 팬을 꺼내 들러붙음 방지 스프레이를 뿌립니다.
3. 아까 버터를 뿌린 쿠키 조각을 파이 팬 바닥에 깔고 누릅니다. 팬의 옆면까지 밀려나도록 꾹 눌러줍니다. 그런 뒤 파이팬을 냉동실에 20분간 넣어둡니다.

타피오카:

코코넛 밀크 통조림 1개(380g) / 큰 계란 2개 / 백설탕 1/2컵

퀵 쿠킹 타피오카 1/4컵(전 크래프트 미닛 타피오카를 사용했어요)

코코넛 추출액 1티스푼(코코넛 추출액을 구하지 못했다면 대신 바닐라 추출액을 사용하셔도 됩니다. 아니면 코코넛 1/2티스푼에 바닐라 1/2티스푼을 섞어 사용하셔도 좋아요)

한나의 두 번째 메모: 반드시 코코넛 밀크를 사용하지 않으셔도 돼요. 코코넛 밀크가 없다면 헤비크림을 사용하셔도 됩니다. 그리고 퀵 쿠킹 타피오카 역시 구하기 힘들더라도 파이는 만들 수가 있어요. 일반 타피오카를 구입해 겉포장에 적혀 있는 방법대로 요리하시면 돼요.

4. 중간 크기의 소스팬을 불을 켜지 않은 가스레인지 위에 올리고, 코코넛 밀크와 계란을 넣고 골고루 섞어줍니다.
5. 퀵 쿠킹 타피오카와 설탕을 넣고 잘 섞어준 다음에 5분간 그대로 놓아둡니다(걱정 마세요-코코넛 추출액 넣는 것을 잊은 게 아니니까요. 타피오카 요리가 끝난 다음에 넣어야 한답니다).
6. 중불에서 타피오카를 요리하면서 계속 저어줍니다(조심하세요-쉽게 탈 수 있거든요). 끓기 시작하면 불을 끄고 더 이상 끓지 않을 때까지 몇 번 더 저어줍니다. 그런 다음 코코넛 추출액을 넣고 잠시 식힙니다. 식히는 동안 크림을 만듭니다.

한나의 세 번째 메모: 원한다면 이 부분에서 시간을 조금 단축시킬 수가 있어요. 휘핑크림을 직접 만드는 게 아니라 냉동 휘핑크림을 구매

하는 겁니다. 분량은 1과 1/2컵으로 사용하시면 됩니다. 직접 만드시는 분들을 위한 레시피는 다음과 같습니다.

홈메이드 휘핑크림을 만들기 위해서:

휘핑크림(헤비크림) 3/4컵 / 백설탕 1/3컵

7. 전자믹서기에 크림을 넣고 부드러운 봉우리가 솟을 때까지 저어줍니다(믹서기를 끄고 고무 주걱으로 크림을 떠봤을 때 봉우리가 무너지지 않고 잘 서 있으면 완성이에요).
8. 믹서기를 '강'으로 돌려 설탕을 조금씩 넣습니다. 설탕이 잘 섞였으면 믹서기를 끄고 고무 주걱으로 한 번 더 휘저어줍니다.

한나의 네 번째 메모: 물론 구리 볼에 거품기를 사용해 크림을 만들어도 됩니다. 단지 시간과 힘이 더 든다는 것이죠. 그래서 리사랑 저는 전자믹서기를 사용했답니다.

9. 믹서기에서 그릇을 꺼내 카운터 위에 올려놓습니다. 타피오카가 담긴 그릇이 실온 정도로 식었는지 양옆을 만져봅니다. 만약 아직 충분히 식지 않았다면 휘핑크림과 함께 냉장고에 넣어 실온 정도의 온도로 식힙니다.
10. 타피오카가 충분히 식었다면 휘핑크림 1/4컵을 타피오카에 넣고 부드럽게 저어줍니다. 이 과정을 '탬퍼링'이라고 부

릅니다. 휘핑크림을 한꺼번에 넣어 섞으면 휘핑크림이 묽어지고 말 거예요.

11. 고무 주걱으로 타피오카와 휘핑크림 혼합물을 그릇에 담습니다. 여러 번 뒤섞어주면서 공기를 넣습니다. 즉, 고무 주걱을 가운데 윗면부터 담근 다음에 바닥까지 닿도록 깊숙이 넣고 뒤집어주는 겁니다. 그릇을 돌리면서 똑같은 동작을 반복하세요. 가능한 한 공기를 많이 넣어야 합니다.

12. 냉동실에서 파이팬을 꺼내 속을 채웁니다. 지름길을 탄다면 30분 이내로도 만들 수 있는 이 타피오카 파이는 정말 모든 사람들이 좋아할 만한 레시피입니다.

13. 갓 만든 파이를 놓고 봤을 때에는 좀 별로란 생각이 들 수도 있어요(맛은 최고이지만, 모양은 좀 덜할 수도 있어요). 따라서 장식이 필요합니다. 살짝 구운 코코넛 조각을 뿌리거나 초콜릿 톱밥, 쇼트브레드 조각을 뿌려도 좋습니다. 아니면 제철 과일이나 통조림 과일을 얹어도 좋습니다.

한나의 다섯 번째 메모: 코코넛 조각을 굽기 위해서는 오븐을 175도로 예열한 뒤, 베이킹 틀 위를 쿠킹호일로 덧씌워 그 위에 코코넛 가루 1/2컵을 붓고 10~15분간 굽습니다. 노릇노릇해질 때까지 중간중간 조금씩 뒤적여줍니다.

14. 사람들에게 내기 전에 파이를 냉장고에 넣습니다. 타피오카 파이는 충분히 식힌 다음에 먹어야 해요.

리넷은 포크를 내려놓고 입이 귀에 걸릴 듯 활짝 웃었다.

"타피오카 파이, 최고예요. 다이어트 따위는 집어치우고 이제부터는 디저트도 먹어야겠어요."

"나도."

캐미가 말했다.

"근데 살이 찌면 안 되는데."

"리가 날씬한 거 좋아해서요?"

안드레아가 물었다.

"리가 날씬한 걸 좋아하는 건 사실이지만 그것 때문은 아니에요. 지금 상황에 리가 어떻게 생각하든 신경 쓰고 싶지도 않고요."

"왜요?"

안드레아가 캐미의 대답을 독촉하며 몸을 앞으로 기울였다.

"벌레만도 못한 취급당하는 것도 이제 못 견디겠어요. 아무리 값비싼 선물을 안겨준대도 더 이상은 안 되겠어요. 아까도 직접 봤잖아요. 그나마 두 사람이 있어서 목소리를 낮췄던 거지, 단둘이 있을 땐 훨씬 심해요."

한나는 손을 뻗어 그녀의 손을 토닥였다.

"알겠지만, 그건 학대예요."

“하지만…… 때리진 않고 그냥 욕을 한 것뿐인데요.”

“그것도 학대예요.”

안드레아가 말했다.

“언니랑 같이 아는 친구 중에 늘 어딘가 부상을 입는 친구가 있었어요. 어느 날엔가는 눈에 퍼렇게 멍이 들었기에 물어봤더니 실수로 문에 부딪혔대요. 또 한 번은 팔을 다쳐와서는 빙판길에서 미끄러져 넘어졌다고 하더라고요. 하지만 나중에 결국 언니에게 그 모든 게 남편 짓이었다고 토로했어요.”

안드레아는 대니엘 왓슨의 이야기를 하고 있는 듯했다. 한나는 안드레아의 이야기를 이어 받았다.

“아주 천천히 시작됐다고 했어요. 처음에는 불같이 화를 내거나 욕을 하다가 나중에 후회하고 미안하다고 사과한 다음 얼마 동안은 끔찍이 잘해주었다죠. 선물이나 꽃을 사다주기도 하면서요.”

“리도 그래요!”

캐미가 걱정스러운 표정을 지었다.

“나한테 못되게 굴 때마다 꼭 미안하다고 하면서 멋진 선물을 사주거든요.”

“두 사람의 결혼생활도 한동안은 괜찮았지만, 남편의 못된 짓이 다시 시작됐죠. 이유도 없이 꼬투리를 잡아 손찌검을 하고는 새 옷이나 보석 같은 그녀가 좋아할 만한 선물들을 갖다 안겼어요. 그녀 역시 남편을 사랑했기 때문에 매번 용서했지만, 문제는 그 학대의 정도가 횟수를 거듭할수록 심해졌다는 거예요.”

“끔찍해요!”

캐미가 몸을 살짝 떨었다.

“그래서 그 친구는 남편을 떠났어요? 이혼했어요?”

"떠나지 않았고, 다만 그 남편이 죽었어요."

그러자 리넷의 눈이 휘둥그레졌다.

"남편을 죽였단 말이에요?"

"아뇨."

한나가 대답했다.

"다른 사람이 그것과 전혀 상관없는 이유로 죽였어요. 헌데 남편의 학대 사실을 알고 있던 사람들은 그녀의 짓일 거라고 했죠. 그래서 경찰 측의 용의선상에 첫 번째 인물로 오르기도 했고요."

캐미가 커피를 한 모금 마셨다.

"뭐, 어차피 리에게 맞을 때가 올 만큼 오래 머물 것 같지도 않아요. 그를 떠날까 생각 중이에요. 밴드와 함께 여행하는 것이 재밌을 거라 생각했는데, 전혀 그렇지 않거든요."

"나도 같은 생각이에요."

리넷이 말했다.

"버디랑 예전에 잠시 좋은 감정이었던 때가 있었어요. 주변을 맴돌면 다시 그때로 돌아갈 수 있을까 싶었는데, 그러지 못했고요."

"내가 소용없을 거라고 했잖아. 버디는 구속받는 걸 싫어한다니까. 난 진즉 알았지."

"얼마나 진즉이요?"

한나가 대화에 끼어들었다. 그에 캐미가 아리송한 얼굴로 쳐다보자 한나가 덧붙였다.

"그러니까 내 말은, 언제 버디를 처음 만났냐고요."

"버디가 밴드 오디션 보러 왔을 때요."

"나도 그때 처음 만났어요."

리넷이 나섰다.

"우리 둘 다 에릭 때문에 거기에 갔거든요."

"우린 에릭과 같은 학교에 다녔어요."

캐미가 말했다.

"어느 날 내가 일하고 있는 병원에 에릭이 왔어요."

리넷이 설명했다.

"에릭은 금방 날 알아봤고 진료를 기다리는 동안 같이 이야기를 나눴어요. 그때 부모님이 살해당했고, 형이 자기를 위해서 재즈 밴드를 하나 만들었다는 얘기를 하더라고요."

"리넷이 완전 흥분 상태로 전화해서는 에릭이 키보드 연주자 오디션을 하는데 초대했다고 하더라고요. 나도 같이 와도 된다고 했다면서. 그래서 같이 갔죠. 그리고 거기서 버디를 만났고요."

캐미가 덧붙였다.

"그럼 그때부터 데이트를 시작한 거예요?"

안드레아가 물었다.

"아뇨, 그때는 캐미가 먼저 사귀었죠."

"그래 봤자 3일이었어요."

캐미가 깔깔거리며 말했다.

"그 다음에 리넷에게 가더라고요."

"그리고 넌 리한테 갔잖아."

리넷이 말하고는 이내 한나와 안드레아 쪽으로 고개를 돌렸다.

"캐미랑 리는 시나몬 롤 식스 밴드가 생겼을 때부터 지금까지 쭉 사귀었다고요."

한나는 캐미를 유심히 살피며 다음 질문을 던졌다.

"리가 선물을 많이 사줬다고 했잖아요. 혹시 그 돈은 다 어디서 나는지 알고 있어요?"

"그럼요. 부모님이 남긴 유산이 있어요. 돌아가시면서 형제에게 유산을 남겼는데, 당시 에릭은 열두 살이었고, 리는 스물한 살이었기 때문에 에릭이 법적 나이가 될 때까지 리가 집행자가 됐다죠."

"그럼 리가 에릭의 몫까지 쓰고 있는 거예요?"

"그건 모르겠어요. 돈이 얼마나 있는지 얘기해준 적이 없으니까요. 그래도 상당한 액수일 거예요. 자기 집에 설치한 홈시어터 장비가 어마어마해요. 집도 해리엇 호숫가에 자리한 아파트인데, 정말 비싼 곳이죠. 거기에 스피드보트, 할리데이비슨 오토바이 등등. 에릭은 별로 사치스럽지 않은데 리는 돈을 아주 물 쓰듯이 써요."

"에릭도 그걸 알아요?"

"네, 그래도 형과 같이 살 수만 있다면 상관없대요. 형에 대한 애정이 남다른 것 같아요. 그리고……, 잘 모르겠지만, 에릭은 형에 대한 동경심도 있는 것 같아요. 형이 늘 자기를 많이 사랑하고 아껴준다고 믿어요."

"실제로는 그렇지 않고요?"

한나가 핵심적인 질문을 던졌다.

"실제로도 동생을 많이 사랑할지 모르죠. 행동은 어떨지 몰라도 본인 생각으로는 그럴지도 몰라요. 아니면 사랑하지 않을 수도 있고요. 앞으로 2년 동안 더 마음대로 돈을 쓰고자 에릭을 이용하는 걸지도 모르죠. 이거나 저거나 난 상관없어요."

"그럼 혹시 리가 버디를 죽일 만한 이유 같은 게 있을까요?"

"확실히 말하기 어려운데요."

"난 말할 수 있어요."

리넷이 입을 열었다.

"캐미는 미안해서 이야기 못하나본데, 리는 캐미가 자기를 만나기 전에 버디를 만났다는 사실에 엄청 질투를 했어요. 공연이 끝나고 뒤풀이에서 술을 많이 마실 때면 캐미한테 버디에게 꼬리치지 않았냐고 난리를 피웠죠.”

“난 버디에게 꼬리치지 않았어!”

캐미가 주장했다.

“버디는 그냥 친구일 뿐이라고……, 말하자면. 리가 잠자리에 늦게 드니까 버디랑은 아침에 아침식사 같이하면서 만나곤 했어요. 버디는 자기 고민들을 털어놓았고, 나도 내 고민들을 털어놨고요. 마치 친남매 사이 같았어요. 그리고 물어보기 전에 이야기하는 건데, 리넷,”

캐미가 리넷을 돌아보았다.

“네 이야기는 한 번도 한 적 없어. 버디도 이야기를 꺼내지 않았고, 나도 그랬고.”

“그럼 매일 아침 커피를 마시면서 이야기를 했단 말이에요?”

한나가 물었다.

“나는 차를, 버디는 커피를 마셨어요. 네, 우린 매일 아침 만나서 이야기했어요.”

“그럼 혹시 버디가 최근에 뭐 걱정되는 일 있다고 이야기한 건 없었어요?”

한나가 대답을 기다리며 숨을 들이마셨다.

캐미는 잠시 생각에 잠겼다.

“네, 시애틀에서 무슨 일인가 있었는데 그것 때문에 걱정이라고 했어요. 그 일에 대해 누군가 알게 되면 서둘러 떠나야 될 거라고요.”

“그럼 밴드를 그만둘 거란 이야기도 했어요?”

“네, 얘기했어요.”

“그럼 왜 밴드를 그만두려고 했는지 아는 것 있어요?”

“짐작 가는 게 있긴 한데, 확실히는 몰라요.”

"말해봐요."

한나가 가까이 다가앉으며 말했다.

"아무래도 클럽 나인틴에 공연을 보러 왔던 여자랑 관계 있는 것 같아요. 공연 끝나고 무대 뒤편에 버디랑 어떤 여자가 같이 있는 걸 봤는데, 버디가 몹시 화가 나 있는 것 같았어요. 나는 가방을 가지러 갔던 터라 버디가 나를 보기 전에 무대 뒤편에서 빠져나왔죠. 내가 몰래 엿봤다고 오해할까 봐서요. 그리고 다음 날 아침, 정오 리허설 직전에 버디가 리에게 밴드를 떠나겠다고 말했어요."

"그럼 리에게 버디가 왜 그만두려 하는지 물어봤나요?"

"네, 근데 리도 모른다고 했어요. 버디가 이야기해주지 않았다고요."

"버디 본인은 어때요? 물어봤어요?"

"네, 당연히 물어봤죠. 친한 친구 사이니까 이야기해줄 줄 알았는데, 그냥 개인적인 일이라고만 하더라고요."

"그럼 혹시 그 여자 때문이냐고는 안 물어봤어요?"

"아뇨, 너무 꼬치꼬치 물은 것 같아서 며칠 기다렸다가 다시 자연스럽게 물어보자고 생각했어요."

"그래서 다시 물어봤어요?"

안드레아가 앞으로 바짝 당겨 앉으며 물었다.

"기회가 없었어요. 그날 이후로 아침에 버디를 만나지 못했거든요. 버디가……, 버디가 날 피했어요. 나랑 단둘이 있고 싶어 하지 않는 것 같았어요."

"그럼 그 여자에 대해 이야기해봐요."

한나가 말했다.

"어떻게 생긴 여자인지 설명해줄 수 있어요?"

"해보겠지만, 무대 뒤편 불이 그렇게 밝지 않았어요. 거리도 좀 있었고요."

"버디가 화난 것 같았다면서요. 그럼 표정을 살폈다는 거잖아요."

"사실……, 아니에요. 버디 얼굴은 그림자가 져서 잘 보이지 않았어요. 대신 손을 봤는데, 주먹을 꽉 쥐고 있더라고요. 그래서 화가 난 것 같았다고 했던 거예요."

"그 여자는요?"

캐미는 고개를 가로저었다.

"내 쪽으로 등을 보이고 서 있었기 때문에 머리카락이 짙은 색이었다는 것이랑 버디보다 키가 더 작았다는 것밖에 아는 게 없어요. 그게 다예요, 한나. 더 이야기해주고 싶지만, 그 외에는 정말 모르겠어요."

한나는 허브를 뿌린 포크찹 가운데를 자르며 기쁨의 한숨을 내쉬었다. 부드럽고 풍미 좋고 육즙이 훌륭한 샐리의 메인 요리인 포크찹은 역시 한나의 기대를 저버리지 않았다.

"어떠냐?"

자연산 연어에 포크를 찔러넣으며 엄마가 물었다.

"멋지고, 환상적이고, 완전 입에서 살살 녹아요."

"그건 내 메인 요리 설명인데, 언니 것이 아니라."

안드레아가 미소를 지으며 말했다. 안드레아는 쉐리크림 소스를 곁들인 로스트 치킨을 거의 다 먹고 이제 샐리의 특제 그릴 채소를 먹고 있었다.

"내 게 최고야."

"아니, 내 요리가 최고야."

미셸이 주장했다.

"샐리의 오리 요리는 겉이 바삭바삭해서 진짜 맛있어. 이 스터핀 머핀도 최고고."

그때 엄마가 미셸의 빵 바구니에 깔려 있는 냅킨 한쪽을 들어 올렸다.

"샐리가 네 개나 줬다고 왜 말 안 했니!"

그러자 미셸은 영문을 모르겠다는 듯 순진무구한 표정을 지었다.

"제가 말 안 했어요? 어머, 세상에! 지금이라도 하나씩 돌릴까요?"

그러자 모두들 웃음을 터뜨렸고, 미셸도 웃기 시작했다.

"돼지로구나, 미셸."

엄마는 바구니에서 머핀을 가져가며 미셸에게 한소리 던졌다.

"그러게 말이에요!"

안드레아도 머핀을 꺼낸 뒤 바구니를 한나에게 건네며 말했다.

"다들 미셸이 돼지인 거 몰랐어요?"

한나 역시 마지막 남은 머핀을 집으며 너스레를 떨었다.

"맥칼레스터 대학 연극영화과에서 뭘 가르치는지 몰라도, 우릴 속이는 데에는 실패했어."

"그것도 완전히."

안드레아가 머핀에 버터를 바르며 말했다.

"특히 그 '어머, 세상에!' 부분은 완전 속보인 거 알아? 다음 학기에는 다른 연기과 교수님 수업을 듣는 게 낫겠어."

얼마간 모두는 음식에 몰두하느라 조용했다. 잠시 후 안드레아가 먼저 포크를 내려놓았고, 그 다음에는 한나와 미셸이 거의 동시에 포크를 내려놓았다. 그리고 세 자매는 엄마가 식사를 마치길 잠자코 기다렸다.

마침내 엄마가 은식기를 내려놓고는 미소를 지었다.

"정말 맛있게 잘 먹었구나. 늘 그렇지만."

엄마가 미셸을 돌아보았다.

"그 머핀도 정말 맛있었어."

"정말요."

미셸도 동의했다.

"근데 다들 왜 내가 머핀을 혼자 다 먹어버릴 거라고 생각한 건지 모르겠네."

안드레아가 한나를 돌아보았다.

"샐리에게 레시피 받으면 어때? 추수감사절 디저트로 안성맞춤이야. 어쩌면 내가 만들기도 쉬울지 몰라."

"그래, 그럴 수도 있지."

한나는 과연 안드레아가 도전할 수 있을 만큼 쉬운 레시피일까 의심스러웠지만 아무렇지도 않은 듯 대꾸했다.

"내가 만들지 못할 거라고 생각하나 본데, 지난번에 엄마의 쿠키 익스체인지 때 만들었던 더블 퍼프는 다들 좋아했잖아, 안 그래?"

"엄청 좋아했지. 맛있었어."

"내 생각도 같아."

미셸이 재빨리 덧붙였다.

"그래, 정말 놀라웠단다, 얘야."

엄마가 안드레아의 손을 토닥였다.

"오후에는 최고 인기를 끌었지. 다들 얼마나 좋아하던지. 우리가 쿠키를 어떻게 교환하는지 알고 있지?"

안드레아가 고개를 끄덕이자 엄마가 말을 이었다.

"커뮤니티 센터에서 나오기 직전에 다섯 명의 여자가 와서 네가 만든 더블 퍼지 드롭스가 남은 게 있으면 무엇이든 줄 테니 교환하자고 했었단다."

"정말이요?"

안드레아가 기쁜 얼굴로 물었다.

"정말이고말고. 물론 그 제안들은 내가 다 거절했다. 그리고 집에 돌아와 남은 것을 혼자 다 먹었지."

안드레아의 양볼이 기쁨으로 발그레해졌다. 안드레아의 환한 미소는 한나마저 미소 짓게 했다. 엄마는 딸들을 자주 칭찬하는 편이 아니었다. 언젠가 한 번 한나가 엄마에게 그에 대한 불만을 이야기하자, 엄마는 세 자매가 모든 일을 자신감 있게 잘해내는 당당한 여성이 되길 바라며, 꾸중하지 않는 것이 곧 칭찬하는 것이나 마찬가지라고 여기면 된다고 이야기한 적이 있었다. 그러던 엄마가 갑자기 변했다. 한나는 예전보다 훨씬 더 자상하게 변한 엄마의 새 모습이 마음에 들었다. 무슨 연유인지는 몰라도 한나는 엄마의 이 모습이 다시 원래대로 돌아가지 않기를 바라는 마음이 간절했다.

"내가 샐리에게 레시피 물어볼게."

한나가 약속했다.

"혼자 어려울 것 같으면 내가 도와줄 거고."

"무슨 레시피, 한나?"

때마침 샐리가 커피를 들고 자리로 왔다.

"스터핀 머핀이요. 안드레아가 추수감사절에 한 번 만들어보고 싶대요."

"그거라면 얼마든지. 가서 복사해놓을 테니까 가져가. 너무 쉬워서 아마……."

한나의 경고 섞인 눈짓을 알아 챈 샐리가 하던 말을 멈추었다.

"아, 이렇게 이야기하면 안 되겠네. 우리 부주방장들이 벙어리는 아니니까. 우리 주방에서 딱 한 명만 만들 수 있는 레시피라고 해둘게."

한나는 미소를 지었다. 아마 샐리는 이렇게 이야기하려고 했을 것이다. *너무 쉬워서 아마 안드레아도 할 수 있을 거야.* 샐리의 빠른 눈치 덕분에 안드레아에게 상처가 되었을지도 모르는 말을 멈추고 마치 호텔 부주방장들조차 하기 어려운 듯한 레시피처럼 이야기를 할 수 있게 되어 다행이었다!

"베이킹 이야기가 나와서 말인데, 오늘 오후에 우리 주방장 중 한 명이 새 케이크를 만들어봤어."

샐리가 한나를 쳐다보았다.

"사실 그때 한나도 같이 있었지."

한나는 잠시 어리둥절했지만, 이내 엄지손가락을 치켜세웠던 샐리의 제스처를 기억해냈다.

"퍼커 업 레몬 케이크요?"

"맞아. 내가 좀 전에 약간 맛을 봤는데 괜찮은 것 같아. 그래도 스웬슨 가 사람들의 의견이 듣고 싶어서."

"그럼 디저트로 몇 조각 주문할게."

엄마가 말했다.

"레몬은 내가 두 번째로 좋아하는 맛이니까. 초콜릿 다음으로."

"주문하지 않아도 돼요. 맛보기용으로 보낼게요."

"그럼 다 같이 맛을 볼게요."

엄마나 동생들의 의견을 일일이 물어보지 않고 한나가 약속했다. 모두들 샐리의 주방에서 나온 달콤한 디저트라면 그게 무엇이든 환영할 것이 불 보듯 뻔했다.

스터핀 머핀

오븐은 175도로 예열합니다. 틀은 오븐의 중앙에 두세요.

재료

소금기 있는 버터 4온스(112g) / 잘게 다진 양파 1/2컵

잘게 다진 셀러리 1/2컵 / 다진 사과 1/2컵(껍질은 벗기지 마세요)

세이지 가루 1티스푼 / 타임 가루 1티스푼 / 오레가노 가루 1티스푼

허브 큐브 8컵(식료품점에서 허브 큐브를 구하지 못했다면, 일반 브레드 큐브에 세이지나 타임, 혹은 오레가노 가루 1/4티스푼을 넣어 섞어주면 됩니다)

거품 낸 계란 3개(포크로 저어주세요) / 소금 1티스푼 / 흑후추 1/2티스푼

녹인 버터 4테이블스푼(56g) / 닭 육수 1/4~1/2컵

한나의 첫 번째 메모: 이번에는 후지 사과를 사용했어요. 때로 그래니 스미스 사과나 갈라 사과를 사용하기도 한답니다.

만드는 법

1. 시작하기 전에 12컵들이 머핀 팬을 준비하세요. 그런 다음 들러붙음 방지 스프레이를 뿌리거나 컵케이크용 종이를 깔아 줍니다.
2. 10인치 이상 크기의 프라이팬을 꺼냅니다. 버터를 4~8조각으로 잘라 프라이팬에 얹습니다. 중불에 팬을 올려 버터를 녹입니다.

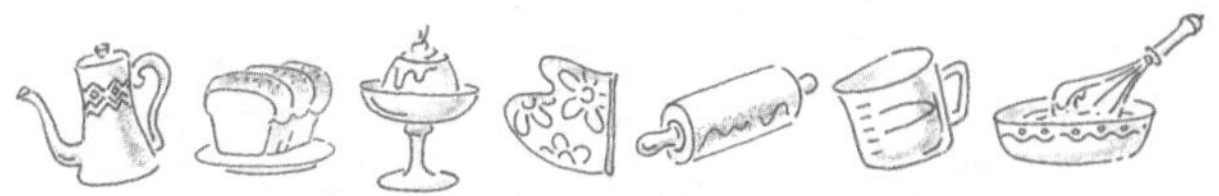

3. 버터가 녹았으면 다진 양파를 넣고 섞어줍니다.
4. 그런 다음 다진 셀러리를 넣고 섞어줍니다.
5. 다진 사과를 넣고 섞어줍니다.
6. 세이지, 타임, 오레가노 가루를 뿌립니다.
7. 5분간 볶은 다음에 불에서 내려 식힙니다.
8. 커다란 믹싱볼에 허브 큐브 8컵을 넣습니다(허브 큐브가 개별 포장이라도 그냥 뜯어서 팬 위로 뿌리면 됩니다. 그래야 확실히 허브를 추가한 것이 되죠).
9. 거품 낸 계란을 허브 위에 붓고 섞어줍니다.
10. 소금과 후추를 넣고 섞습니다.
11. 녹인 버터를 붓고 섞습니다.
12. 프라이팬에 볶은 것을 볼에 옮겨 담고 다시 섞어줍니다.
13. 닭 육수 1/4컵을 측량합니다.
14. 손을 씻습니다(손으로 직접 섞으면 훨씬 쉬울 거예요).
15. 닭 육수를 붓고 손으로 잘 섞어줍니다.
16. 손으로 만져보았을 때 축축한 것이 아니라 부드럽게 느껴져야 합니다. 너무 건조해서 오븐에 구웠을 때 머핀이 갈라질 것 같으면 닭 육수 1/4컵을 더 붓습니다.
17. 스터핀 머핀 반죽이 완성되었으면 머핀 틀 가까이에 볼을 놓아두고 손을 다시 깨끗이 씻습니다.
18. 아이스크림 주걱을 사용해서 머핀 컵을 채웁니다. 아이스크림 주걱이 없으면 큰 숟가락을 사용하시면 됩니다. 손으로 머핀 윗부분을 봉긋하게 다듬어줍니다(분명 깨끗한 손이겠죠?).

19. 스터핀 머핀을 175도에서 25분간 굽습니다.

한나의 두 번째 메모: 이 머핀은 돼지고기나 햄, 닭, 칠면조, 오리, 소고기 등 무엇과도 아주 잘 어울립니다! 남은 머핀은 다음 날 전자레인지에 데워서 먹어도 아주 맛이 좋답니다.

한나의 세 번째 메모: 안드레아도 혼자 이 머핀을 만들 수 있을 것 같다는 생각이 들어요. 지금이 4월이니까 추수감사절까지 아직 7개월이나 남았잖아요. 그동안 계속 연습하면 되겠죠. 어떤 결과가 나왔는지는 추수감사절 저녁식사 이후에 꼭 말씀드릴게요.

"지금껏 먹어본 것 중 가장 레몬 맛이 향긋한 케이크로구나!"

엄마가 탄성을 내뱉었다. 한나는 엄마가 너무 감동한 나머지 입술도 같이 씹게 될까 봐 염려스러웠다.

"같은 생각이에요. 맛있어요!"

사람들의 반응을 기다리는 샐리를 쳐다보며 미셸이 말했다.

"케이크 한 조각에 어쩜 이렇게 레몬향을 가득 담을 수 있었대요?"

"레몬을 통째로 갈아 넣었거든."

샐리가 말했다.

"씨 빼고 전부 한꺼번에 갈았어."

한나는 케이크를 또 한 입 입에 넣었다.

"약간 쓴맛이 날 것 같았는데, 아니네요."

"설탕과 건포도 덕분이래."

"흠, 정말 그런가 봐요."

미셸이 케이크를 한 입 더 베어 물었다.

"환상이에요!"

"요리사에게 그렇게 전해줄게. 디저트 메뉴에 올리는 건 더 두고 볼 것도 없겠어."

샐리가 자리를 뜨면서 웨이트리스에게 신호를 보냈다. 아마 곧 디저트와 커피 주문을 받으러 자리로 올 것이다.

"초콜릿을 먹거라."

엄마가 한나에게 말했다.

"안 그래도 그러려고 했는데, 특별히 추천하시는 이유가 있어요?"

"여기 그 이유가 하나 있지."

엄마가 탁자 밑에서 커다란 상자를 하나 꺼냈다.

"한나, 네가 그 낡은 파카를 얼마나 좋아했는지 잘 안다. 근데 이제 잃어버리고 말았으니 참 안타깝구나. 실망스럽기는 하겠지만, 그래도 넌 여전히 똑똑하고 성공적인 비즈니스 우먼이란다."

엄마가 일부러 제 낡은 파카를 숨기고는 엄마 마음에 드는 것으로 새로 사온 것 아니에요? 순간 한나의 머릿속에 이런 생각이 스쳐갔다. *아마 쓰레기통에 던져버렸을지도 몰라. 아니면 중고용품점에 갖다 줬거나.*

"왜 그러느냐, 얘야? 인상을 구기고 있구나."

"제가요?"

한나는 어떻게 둘러대면 좋을까 즉각 머리를 굴렸다.

"플라워리스 초콜릿 케이크와 초콜릿 앤젤 파이 중에 뭘 먹을까 고민 중이었어요."

"둘 다 주문하거라. 다 못 먹더라도 네 동생들이 도와줄 게야."

엄마가 살짝 웃으며 말을 이었다.

"하지만 그 전에 이것부터 열어보거라."

엄마가 한나의 손에 상자를 건네주었다.

"마음에 들었으면 좋겠구나."

어떤 파카가 들었든 상관없어요. 제가 정말 원하는 건 제 낡은 파카뿐이라고요! 한나는 마음을 달래며 가까스로 미소를 지어보였다.

"분명 예쁠 거예요, 엄마."

그런 다음 상자 뚜껑을 열었다.

한나는 너무 놀라 눈만 깜빡였다. 새로 태어난 한나의 낡은 파카였다. 한나의 낡은 파카는 이전에 달렸던 주머니의 개수와 똑같은 개수의 주머니가 달린, 스타일 좋은 퀼트 코트로 변신한 모습이었다. 지퍼와 함께 커다란 두 개의 주머니가 달리고, 솔기 옆면에는 옆주머니가 달렸다. 심지어 가슴께에도 작은 주머니가 달려 선글라스나 열쇠 등을 넣기에 편리해 보였다.

모두 샐리의 커튼이 쳐진 개별 부스에 둘러앉은 가운데 머리 위로는 샹들리에 타입의 사랑스러운 불빛이 어른거리고 있었다. 주머니가 얼마나 깊은지 손을 넣어보는 한나에게 파카의 겉면이 불빛에 반짝거리는 것이 눈에 띄었다.

"오, 와우!"

이전과 똑같은 짙은 황록색의 천인 줄 알았는데, 완전히 달랐다. 이건 그냥 황록색의 옷감이 아니었다! 금사로 자잘한 무늬가 수놓아져 있었던 것이다.

"눈치챘는지 모르겠다만,"

엄마가 미소를 지으며 말했다.

"네가 좋아하는 꽃이란다."

"라일락."

한나는 무늬를 더 잘 볼 수 있도록 상자를 조금 옮겼다.

"아름다워요!"

파카에는 모자도 달려 있었다. 모자 달린 옷을 좋아하는 한나는 날아갈 듯한 기분이었다. 그건 한나가 매번 모자를 챙겨 나오는 것을 잊기 때문인데 미네소타 주의 겨울철에는 아침저녁으로 무척 추워서 모자가 꼭 필요했다.

"털?"

한나는 손가락으로 소매 끝과 칼라를 만져보았다.

"진짜 털은 아니란다. 모이쉐가 있으니 안 좋을 거라 생각했거든."

"맞아요. 가짜 털은 모이쉐도 관심 갖지 않으니까요. 커들스도 그렇고요."

한나는 때마침 고개를 들었다가 엄마와 동생들이 서로 시선을 주고받는 것을 눈치챘다.

"뭐예요?"

한나가 물었다.

"네 동생들이 너에게 할 이야기가 있다는구나, 한나."

엄마가 안드레아를 향해 고개를 끄덕였다.

그때 웨이트리스가 커피 주전자를 들고 들어왔다. 웨이트리스가 디저트 주문을 받고 각자의 잔에 커피를 따르는 동안 모두 아무 말이 없었다. 한나 역시 엄마나 동생들과 똑같이 잠자코 있었지만, 머릿속에서는 경고의 경적 소리가 마구 울려 퍼지고 있었다. *나만 빼고 다들 뭔가 알고 있어. 분명 좋은 소식은 아닐 거야!*

"자?"

웨이트리스가 자리를 뜨자 한나가 입을 열었다.

"그게……."

안드레아가 말끝을 흐리며 엄마를 쳐다보았다.

"왜 꼭 제가 해야 해요? 언니 마음 상하게 하고 싶지 않단 말이에요!"

"우리 모두 마찬가지란다. 똑같이 한나를 사랑하지 않느냐."

"그래, 맞아."

미셸도 살짝 한숨을 내쉬며 말했다.

"그래도 안드레아 언니 마음은 알겠어. 말하기 힘들겠지. 하지만 나도 차마 한나 언니한테 이야기 못하겠어."

이러다간 끝이 나지 않을 듯했다. 한나는 자리에서 벌떡 일어났다.

"여보세요? 내가 여기 없는 것처럼 이야기하고들 있는데, 나 아직 죽지 않았거든요. 나에 대한 이야기는 그만하고 얼른 이야기해봐!"

"언니 말이 옳아."

안드레아가 고개를 돌렸다.

"내가 아까 집에 전화해서 유모랑 통화했다고 했던 거 기억 나?"

"그래, 아이들도 잘 있고, 유모도 별일 없다고 했잖아. 빌도 그렇고."

"맞아. 근데 말하지 않은 게 있는데, 우편물이 한 통 왔어. 유모 말로는 초청장 같다고 해서 열어보라고 했는데, 베브 박사와 노먼의 결혼 청첩장이었어. 다음 주 토요일이래."

"알아."

"알아?"

"노먼이 아까 가게로 와서 베브가 청첩장을 보냈을 거라고 말해줬어. 나한테 온 건 이따 집에 가서 확인할 수 있겠지."

미셸은 혼란스러운 표정을 지었다.

"그렇지만……, 언니 화나지 않아? 결혼 날짜가 잡혔다고. 그것도 앞으로 8일밖에 안 남았어!"

"어떻게 할 작정이냐, 얘야?"

"가야죠. 별로 내키진 않지만 그래도 제가 가지 않으면 모양새가 좋지 못할 거예요. 근데 막상 가려고 하니 더 큰 문제가 생겼어요."

"그게 뭐냐?"

엄마가 앞으로 바싹 다가앉았다.

"뭘 입고 가야 할지 모르겠어요. 뭘 입어야 적당히 보기 좋을까요? 너무 과장되게 입고 싶진 않은데."

"하얀색으로 입거라."

엄마의 눈이 가늘어졌다.

"하지만 엄마! 그러면 안 되는 거 아니에요? 결혼식에서 하얀색 옷은 신부만 입어야 하잖아요."

"그러니까. 원래는 네가 노먼의 신부가 됐어야 하는 게 아니냐."

"제발, 엄마. 그런 이야기는 그만하세요. 이제 소용없어요."

"그럼 파란색 옷을 입어."

미셸이 제안했다.

"앞으로 노먼이 새 신부 때문에 언니를 만나지 못할 텐데, 그렇게 되면 언니 마음이 퍼렇게 멍들 것 아니야."

그러자 안드레아가 고개를 가로저었다.

"아냐, 검은색이 낫겠어. 이제 노먼은 베브 박사 손아귀에서 벗어나지 못할 텐데, 그의 처지를 슬퍼해야지."

"그래서 어찌할 작정이냐?"

엄마가 한나를 똑바로 쳐다보았다.

"잘 모르겠어요. 아예 가지 않거나, 가도 식은 건너뛰고 피로연만 참석할까 봐요."

"그게 아니라,"

엄마가 말했다.

"노먼과 베브 박사가 결혼을 한다는데, 그 일을 어찌할 거냔 말이었단다."

"뭘 할 수 있겠어요? 노먼이 왜 베브 박사와 결혼하는지 아시잖아요. 노먼이 결혼해주지 않으면 다이애나를 만나게 하지 않을 거예요. 그리고 다이애나의 아빠가 노먼인데 노먼 역시 딸과 함께하고 싶지 않겠어요?"

"그럼 아무것도 하지 않고 지켜만 보겠다는 게냐?"

엄마가 한나의 결심을 간단하게 축약했다.

"그저 예의 바르고 친절하게 베브가 흘리는 부스러기나 주우며, 인도나 찻길에서 노먼을 만나면 아무렇지도 않게 '안녕' 인사를 나누고, 크리스마스에는 신혼부부가 보내오는 카드를 받고?"

한나는 어깨를 으쓱했다.

"그 정도로 절망적이지는 않길 바라지만, 설사 그렇게 된다 하더라도 받아들일 거예요."

"언니는 노먼의 고양이까지 맡아줬어!"

안드레아가 비난하듯 말했다.

"그럼 어떻게 해? 노먼뿐만 아니라 나도 커들스를 좋아한다고. 게다가 커들스에게 새 보금자리를 찾아주느라 고통 받는 노먼을 차마 두고 볼 수 없었어. 노먼과 나는 아직 친한 친구 사이야. 요즘 서로 자주 보지 못해서 그렇다뿐이지. 노먼이나 나나 안타깝게 생각하는 부분이야."

"우리가 이 점에 대해 이야기한 적이 있는데,"

미셸이 말했다.

"우리 모두 노먼의 최근 결정들이 바로 언니 덕분이라는 점에 동의했어."

"내 덕분?"

그때 웨이트리스가 디저트를 들고 들어왔고 한나는 입을 꾹 다물었다. 한나는 플라워리스 초콜릿 케이크도 초콜릿 앤젤 파이도 더 이상은 먹을 기분이 나지 않았다. 한나는 일단 포크를 들었지만, 웨이트리스가 나가고 나자 다시 접시 위에 포크를 내려놓았다.

"뭐가 내 덕분이라는 거야?"

한나가 물었다.

"우선 언니는 노먼의 일들을 다 손쉽게 만들어줬잖아."

안드레아가 대답했다. 안드레아 역시 디저트에 손을 대지 않았다. 반면 미셸은 디저트의 옆면을 포크질하며 말했다.

"커들스를 맡겠다고 한 것만 봐도 그래. 언니 덕분에 노먼은 더 이상 새집을 알아보지 않아도 되게 됐어. 언니가 당장에 맡겠다고 나섰으니."

"하지만 그건……."

"내 말 더 들어봐."

미셸이 한나의 말을 가로막았다.

"언니 덕분에 노먼은 베브 박사와의 모든 일에 힘들게 결정 내리지 않아도 되게끔 되었단 말이지. 그 결정들을 노먼 스스로 내려야만 하는 상황이었다면, 다른 선택을 했을지도 몰라."

"이제 내가 말하마."

엄마가 나섰다.

"생각해보거라, 얘야. 노먼은 낯선 사람에게 커들스를 보내지 않아도 되게 되었지 않느냐, 이야기를 꺼내는 순간 네가 바로 맡겠다고 했으니 말이다. 아마 네가 그렇게 빨리 나서지 않았다면 노먼은 다른 결정을 내렸을 수도 있다."

"생일파티는 어떻고?"

안드레아가 예전의 일을 상기시켰다.

"노먼은 베브 박사 생일파티에 쓰일 디저트를 어디에 주문해야 할지 고민할 필요가 없었어. 마이크의 제안에 언니가 선뜻 하겠다고 했으니까. 만약 언니가 그때 그 제안을 거절했다면 언니가 베브 박사 때문에 얼마나 마음 상해 있는지 노먼이 금세 알아차렸을 거야."

"즉, 언니의 문제는 너무 이해심이 넘친다는 거지."

미셸이 비난했다.

"베브 박사의 고양이 알레르기는 노먼이 언니를 만나러 오는 것을 막기 위해 베브 박사가 꾸며낸 이야기 같다고 어젯밤에 언니가 그랬잖아. 안 그래?"

"그…… 그래. 노먼이 생각하고 있는 만큼의 알레르기는 아닌 것 같아."

"그럼 왜 그 의심을 추적해보지는 않는 게냐?"

엄마가 물었다.

"함정을 파서 그 여자가 거짓말을 하고 있단 사실을 폭로할 수도 있는 게 아니냐. 고양이 알레르기가 거짓말이란 사실을 노먼이 알게 되면 그 여자가 이야기한 모든 내용의 진실 여부에 대해 노먼이 다시 생각해볼지도 모른다."

"그럴까도 생각해봤어요."

"생각만 하면 뭐해? 실천에 옮겨야지."

안드레아가 지적했다.

"노먼이 베브 박사랑 정말 행복할 거라고 생각하는 거야?"

"아니……. 아니야, 그렇게 생각하진 않아. 다만 노먼으로서는 베브 박사와 결혼하는 것이 옳은 일이라고 봐."

"그래?"

안드레아가 물었다.

"전에도 말했잖아. 노먼은 딸을 직접 키우고 싶어 해."

"친딸인지 어떻게 알아?"

미셸이 목소리를 높였다.

"시애틀에서 헤어지기 직전에 베브가 임신을 했는데, 노먼에게는 이야기하지 않았대."

"그러니까 정리하자면,"

다시 엄마가 나섰다.

“고양이 알레르기는 거짓말 같다면서도 베브 박사가 노먼의 딸을 낳았다는 건 전혀 의심하지 않는단 말인 게냐.”

“그게…… 그렇게 말씀하신다면…….”

한나는 말꼬리를 흐렸다.

“노먼을 자주 만나지 못하면 보고 싶을 것 같다며.”

“사실이야. 보고 싶을 거야.”

한나는 눈가에 맺히기 시작한 눈물을 애써 감췄다.

“그런데도 지금 언니가 뭘 어떻게 하고 있는지 정말 모르겠어?”

미셸이 물었다.

“언니는 지금 오히려 베브 박사를 도와주고 있는 거라고. 그저 예의 바르게 대하고 싶고, 파장을 일으키기 싫어서 노먼을 그 여자한테 떠밀고 있는 것이나 마찬가지란 말이야.”

“언니가 정말 언니 말대로 노먼을 그토록 많이 생각한다면 싸워서 쟁취해야지!”

안드레아가 말했다.

“하지만…… 지금 시점에서 뭘 어떻게 하면 좋을지 모르겠어.”

“우린 안다.”

엄마가 말했다.

“지금 너에게는 두 가지 선택뿐이야. 노먼을 쟁취하든가, 아니면 나자빠져서 포기하든가.”

“전 나자빠져서 포기한 게 아니라 그냥 좋은 모습을 보여주고 싶었던 것뿐이에요.”

“인생에는 좋은 모습을 보여줘야 할 때가 있고, 정말 원하는 것을 손에 넣기 위해 적극적으로 나서야 할 때가 있는 거란다. 내가 우리 딸을 이렇게 결단력 없는 겁쟁이로 키운 게냐?"

"아니요!"

엄청난 부담감이 한나의 어깨를 짓눌렀다.

"당연히 아니죠!"

"그래야지. 장하다, 우리 딸."

엄마가 한나의 볼을 쓰다듬었다. 그런 뒤 포크를 집어 플라워리스 초콜릿 케이크를 크게 한 조각 잘라 한나에게 건넸다.

"초콜릿을 먹거라. 디저트를 다 먹은 뒤에 어떻게 하면 베브 박사를 떼어낼 수 있는지 그 방법을 알려주마."

퍼커 업 레몬 케이크

오븐은 175도로 예열합니다. 틀은 오븐의 중앙에 두세요.

한나의 첫 번째 메모: 전자믹서기가 있으면 작업이 훨씬 편하답니다. 반죽용이 아닌 일반 믹서기가 찬장에 있다면 얼른 꺼내세요. 칼날을 부착하여 사용하시면 되니까요.

재료

큰 레몬 1개(껍질에 상처가 없는 것으로 고르세요. 껍질도 모두 사용할 거니까요)

황금 건포도 1컵(일반 건포도도 좋습니다) / 피칸 1/3컵

다목적용 밀가루 2컵(내려치지 말고, 윗면을 쓸어주기만 하세요)

소금 1티스푼 / 베이킹소다 1티스푼 / 백설탕 1과 1/2컵

부드러운 버터 1/2컵 / 레몬 추출액 1티스푼(레몬이 없으면 바닐라를 사용하세요)

우유 3/4컵 / 큰 계란 2개 / 우유 1/4컵(우유가 총 1컵이 필요한 것이죠)

만드는 법

1. 9×13 크기의 직사각형 케이크 팬에 기름칠을 하거나 밀가루를 뿌립니다(밀가루가 들어간 들러붙음 방지 스프레이를 뿌려도 좋습니다).
2. 레몬 겉면을 깨끗이 씻고, 즙을 냅니다(즙은 나중에 케이크 토핑으로 사용할 거예요). 씨를 빼내어 버리고 남은 레몬을 8조각으로 자릅니다.

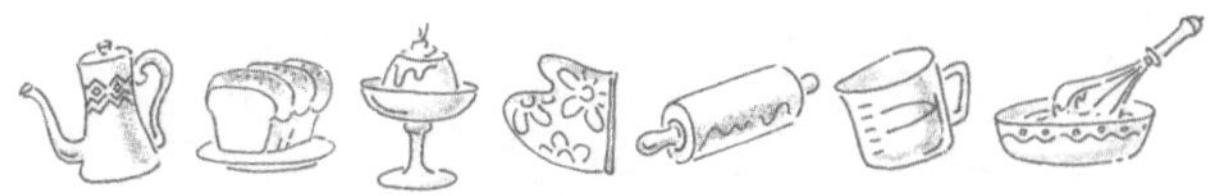

3. 믹서기에 레몬 조각들과 건포도, 피칸을 넣고 갈아줍니다. 믹서기를 껐다 켰다 하면서 잘게 다진 후 다른 작업을 할 동안 카운터 한편에 잠시 놓아둡니다.

4. 밀가루 1컵을 측량하여 믹서기에 붓고 거기에 소금, 베이킹소다, 백설탕을 넣고 '낮음'의 속도로 가동합니다.

5. 밀가루를 또 1컵 넣고 '낮음'으로 믹서기를 가동합니다.

6. 부드러운 버터, 레몬 추출액, 우유 3/4컵을 넣고 같은 속도로 밀가루가 촉촉해질 때까지 섞어줍니다. 밀가루가 어느 정도 섞였으면 속도를 '중간'이나 '높음'으로 올립니다.

7. 2분간 가동한 뒤 믹서기를 끄고 옆면에 묻은 재료를 긁어 모읍니다.

8. 이번에는 계란을 하나씩 넣으며 '낮음'으로 가동합니다. 그리고 남은 우유를 부은 뒤 섞다가 믹서기를 '중간'과 '높음' 사이의 속도로 가동합니다.

9. 2분간 가동한 뒤 믹서기를 끄고 옆면에 묻은 재료를 긁어 모읍니다.

10. 믹서기에서 그릇을 빼내 이제 손으로 작업합니다.

11. 아까 레몬과 건포도, 피칸 다진 것을 넣고 여러 번 뒤적여 공기를 넣어줍니다.

12. 완성된 케이크 반죽을 미리 준비한 팬에 붓고 윗면을 고무 주걱으로 평평하게 다집니다.

13. 오븐에 넣고 175도에서 40~50분간 굽습니다. 날카로운

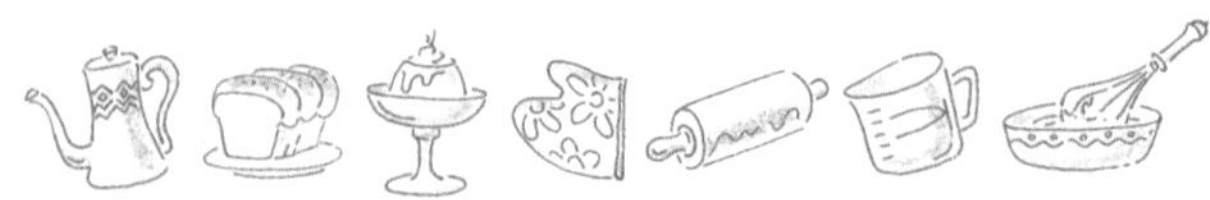

꼬챙이로 케이크를 찔러 보았을 때 묻어 나오는 것 없이 깨끗하면 완성입니다(처음에 이 케이크를 만들 때 40분간 구웠는데, 그때는 꼬챙이에 반죽이 묻어 나왔어요. 그래서 지난번에는 50분을 채워서 구웠답니다).

14. 케이크가 완성되었으면 오븐에서 꺼내 식힘망으로 옮겨 식힙니다.

피커 업 레몬 케이크 토핑:

레몬즙 1/3컵(아까 만들어둔 것을 사용하면 됩니다) / 백설탕 1/2컵

시나몬 1티스푼 / 잘게 다진 피칸 1/4컵

한나의 두 번째 메모: 토핑은 케이크가 오븐에서 갓나와 아직 뜨거울 때 완성해서 올려야 해요.

15. 레몬즙 1/3컵을 뜨거운 케이크 위에 골고루 뿌립니다.
16. 백설탕 1/2컵에 시나몬 1티스푼을 섞습니다(포크로 섞어주세요).
17. 섞은 것을 케이크 위에 뿌립니다.
18. 그 위에 잘게 다진 피칸을 뿌립니다.
19. 케이크를 실온에서 식힌 다음 비닐랩을 덮어 냉장고에 보관합니다. 그럼 촉촉함이 사라지지 않는답니다.
20. 케이크는 실온의 온도로 먹거나 약간 차갑게 해서 먹으면 맛있습니다. 쿠킹호일에 포장해 냉동실용 백에 넣어 냉동실에 보관해도 좋습니다.

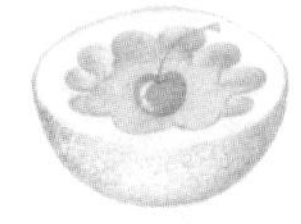

"준비됐어?"

"됐어."

미셸이 문을 여는 가운데 한나는 두 발을 벌려 곧이어 볼링공처럼 품 안으로 뛰어 들어올 오렌지색과 흰색 털의 녀석을 맞을 준비를 단단히 했다. 하지만 문이 활짝 열렸는데도 웬일인지 아무 일도 일어나지 않았다. 아무 일도.

"어디 있지?"

한나는 늘 요란한 환영식을 해주는 모이쉐에게 무슨 일이라도 생긴 걸까 걱정돼 급히 안으로 들어갔고, 그 뒤를 미셸이 따랐다.

"모이쉐?"

한나가 불러보았지만, 아무 소리도 들리지 않았다.

"어디 있어?"

"숨었어."

모이쉐를 찾으러 주방에 들어갔던 미셸이 거실로 나오며 말했다.

"숨어? 왜?"

"자세한 건 모르는 게 좋을 거야. 그냥 언니에게 새 밀가루통과 거기에 담을 새 밀가루가 필요하게 됐다고만 말해둘게."

한나가 막 주방으로 가보려는 찰나 미셸이 붙잡았다.

"여기."

미셸이 핸드폰을 꺼내 들었다.

"사진 한 장이 백 가지 질문을 해결해주지. 안 그래도 힘든 하루를 보낸 언니에게 마음의 준비 없이 이 재앙을 맞닥트리게 하고 싶지 않아."

한나는 미셸의 조그마한 핸드폰 화면을 들여다보며 크게 끙 소리를 냈다. 이건 정말 재앙이었다. 한나는 다시 신음을 했다. 모이쉐와 커들스의 쫓기게임 경로에 주방이 새롭게 포함된 모양이었다. 한나의 플라스틱 밀가루통은 옆으로 쓰러져 뚜껑이 열린 채로 밀가루들이 바닥 여기저기 흩어져 있었다. 엎친 데 덮친 격으로 둘 중 한 녀석이 발에 밀가루를 묻힌 채 물그릇 위로 뛰어다녀 싱크대 앞쪽에 밀가루와 물이 섞인 얼룩들을 수도 없이 남겨 놓았다.

"긍정적으로 생각해. 컬러풀하니 좋잖아."

미셸이 한나에게서 핸드폰을 받아 화면을 끄며 말했다.

"난 주방에서 예술할 생각 없어. 영구적인 작품이 되기 전에 얼른 닦자."

30분 후 한나의 주방 바닥은 다시 깨끗해졌다. 둘이 힘을 모으니, 청소가 생각만큼 어렵지 않았다. 모이쉐와 커들스가 어느새 모습을 보였는데, 모이쉐의 미안한 듯한 표정을 보니 한나는 또 마음이 짠했다. 그저 놀다가 그렇게 된 것뿐이니 말이다. 한나는 녀석을 쓰다듬으며 많이 화나지 않았다고 이야기해주었다. 그런 뒤 자동 사료지급기에 새 키티 크런치를 채워주고, 깨끗한 물도 떠주었다. 그러고 나자 다시 여느 때처럼 평화로워졌다. 물론 한나의 깨진 밀가루통과 밀가루는 어찌할 수 없게 되었지만.

한나는 깨진 조각들을 집어 쓰레기통에 버렸다. 새 밀가루통은 뚜껑이 입구에 꼭 맞아들어 절대 쉽게 열리지 않는 타입에 깨지지 않는 소재로 만들어진 것을 사리라. 모이쉐와 커들스가 계속 이런 식으로 돈독한 우정 쌓기를 계속한다면, 한나의 집에 있는 모든 깨지기 쉬운 물건들은 남아나지 못할 것이다. 게다가 그것을 복구하기 위한 비용을 생각하면, 한나는 머리가 지끈거렸다.

"커들스 때문에 모이쉐가 나쁜 버릇이 드는 건가?"

미셸이 쓰레기봉투를 묶으며 한나에게 물었다.

"아니야, 커들스가 노먼의 집에 익숙해져 있어서 그래. 노먼의 집은 활동량이 많은 어린 고양이에게 잘 맞는 구조잖아. 넓고, 카펫도 두껍고, 가구도 별로 없어서 커들스가 뛰어다니기에 좋지. 모이쉐랑 커들스는 노먼의 집에선 한 번도 물건을 깨트린 적이 없었어. 우리 아파트가 좁긴 하잖아. 물건도 많고."

"어쨌든 밀가루가 다 동이 나서 어떡해? 여분 있어?"

"집에는 없을걸. 지난번에도 밀가루 떨어졌을 때 통을 가게에 가져가서 거기서 밀가루를 채워 왔거든. 가게에 50파운드(20kg) 포대가 잔뜩인데 굳이 따로 살 필요가 없지."

"당장 없다니 아쉽네. 마이크에게 쿠키를 구워주려고 했는데."

"마이크한테? 왜?"

"앞으로 한 시간 이내에 언니네 집 문을 두드릴 테니까."

한나가 깜짝 놀라 미셸을 쳐다보았다.

"마이크가 전화했었다고 왜 말 안 했어?"

"전화 안 했는데."

"그럼 마이크가 올 거라는 건 무슨 소리야?"

"살인사건이 있었잖아. 사건이 있을 때마다 마이크는 뭔가 새로 알아낸 사실이 없나 늘 언니 집에 들르니까."

한나는 잠시 생각에 잠겼다.

"그래, 맞는 말이야. 그러고 보니 깨진 밀가루통 바닥에 남은 밀가루라도 남겨둘 걸 그랬어. 밀가루가 없으면 쿠키는 못 만드는데……. 아 참."

한나가 말을 멈추자 미셸이 재촉했다.

"왜, 뭔데?"

"냉동실을 열어봐. 아마 밀가루 남은 게 비닐백에 담겨 있을 거야. 크리스마스 맞이 베이킹을 하는데 밀가루를 집에 너무 많이 가져와서 다시 가게에 갖다 놓을까 하다가 그냥 냉동실에 보관해뒀던 게 생각났어."

"괜찮은 방법인데."

미셸이 냉동실 문을 열었다.

"나도 벌레 알 생길까 봐 밀가루는 냉동실에 보관하거든. 벌레 알은 생각만 해도 징그러워."

"먹어도 괜찮아. 단백질 보충이라고 생각해."

"웩!"

미셸이 인상을 잔뜩 찌푸렸다.

"혹시 벌레가 신경 쓰이면 밀가루를 통에 옮겨 담기 전에 체질을 해봐."

"그럼 벌레 알이 걸러져?"

"일부는."

"고작 일부 알을 걸러내려고 그 작업을 해야 한다고?"

"그래야 네 강박증이 조금은 편안해질 것 아니야."

"나, 강박증 아니거든!"

미셸이 밀가루를 찾기 위해 냉동실의 물건들을 하나씩 꺼내놓으며 단언했다.

"여깄다."

마침내 미셸이 승리에 가득 찬 표정으로 비닐백을 하나 꺼내들었다.

"제일 안쪽에서 있어서 마지막으로 찾았어."

"항상 그래. 필요한 건 꼭 마지막에 나타난다니까. 밀가루가 얼마나 있어?"

미셸은 한나가 볼 수 있도록 비닐백을 높이 들어 올렸다.

"4~5컵 정도. 그보다 조금 더 될 수도 있고. 눈대중으로는 잘 모르겠어."

"1컵 반만 있어도 엘리노어 올슨의 오트밀 쿠키를 만들 수 있어. 건포도 넣어서 만든 오트밀 쿠키를 마이크가 좋아하거든."

"그 정도라면 괜찮아. 오트밀은 있어?"

"그럼. 설탕이랑 계란도 있으니까 이제 레시피를 꺼내서 반죽을 만들자."

한나는 스탠드 믹서기 옆에 놓아둔 링 세 개짜리 바인더를 꺼내 페이지를 넘겼다.

"여기 있다. 올슨 부인이 조단 고등학교 주방장이었을 때 거의 매주 목요일에 이 쿠키를 먹었어. 초등학교 학생들이 11시부터 12시까지 카페테리아에서 점심을 먹고, 고등학생들이 12시부터 1시까지 먹었지. 학생들 전부 올슨 부인이 만든 오트밀 쿠키를 좋아했어."

"내가 학교 들어갔을 때에는 올슨 부인이 없었는데."

미셸이 얼굴을 찌푸렸다.

"우리 때 주방장은 에드나 퍼거슨이었기 때문에 언니가 말하는 오트밀 쿠키는 한 번도 못 먹어봤어."

미셸이 약간 뾰로통하게 말했다. 이해 못할 바는 아니다. 특별한 간식을 즐겨 만들어주는 주방장을 아무 때나 만날 수 있는 것은 아니니 말이다.

"내가 그 쿠키를 좋아했던 가장 큰 이유는 가끔 올슨 부인이 깜짝 재료를 쿠키 안에 숨겨놓았기 때문이야."

"어떤?"

"허쉬 초콜릿이나 파인애플, 사과 조각 같은 달콤한 것들. 어떤 때는 M&M이 들었던 때도 있었어. 그게 정말 인기 최고였는데!"

미셸은 아무 말 없이 자기의 가방을 놓아둔 곳으로 갔다. 그러고는 한나가 지켜보는 가운데 가방에서 M&M을 꺼냈다.

"어머, 그거 어디서 났어?"

한나가 물었다.

"어젯밤 병원 자판기에서 뽑았어. 사람들한테 나눠주고 남은 거야. 우리 이거 쿠키에 넣을까?"

"두말하면 잔소리지."

한나가 미셸의 손에서 M&M을 잡아챘다.

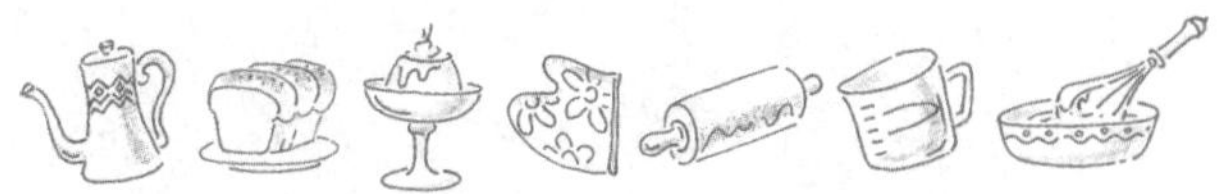

엘리노어 올슨의 오트밀 쿠키

오븐은 175도로 예열합니다. 틀은 오븐의 중앙에 두세요.

재료

소금기 있는 버터 1컵(224g) / 황설탕 1컵 / 백설탕 1컵

거품 낸 계란 2개(포크로 휘저어주면 됩니다) / 바닐라액 1티스푼

소금 1티스푼 / 베이킹소다 1티스푼

밀가루 1과 1/2컵(컵에 가득 담아주세요) / 퀵 쿠킹 오트밀 3컵

다진 견과류 1/2컵(선택사항입니다. 엘리노어는 호두를 사용했어요)

건포도 1/2컵(혹은 그 외 기호에 따른 달콤한 캔디 종류를 선택하셔도 좋습니다)

한나의 첫 번째 메모: 건포도나 일반 말린 과일을 잘라 사용하시면 됩니다. 이를테면 파인애플, 사과 등의 과일이나 M&M, 초콜릿 칩, 버터스카치 칩 등 작게 조각낼 수 있는 캔디 종류를 사용하시면 됩니다. 리사와 저는 언젠가 한 번 슈가베이비(초콜릿을 입힌 캐러멜 너겟)를 넣은 적이 있었는데, 다들 너무 좋아했어요. 아니면 쿠키 가운데 박을 좀 더 큰 캔디 종류를 사용하셔도 좋습니다. 현재 갖고 있는 재료와 본인의 상상력을 토대로 재료를 골라보세요.

한나의 두 번째 메모: 전자믹서기가 있으면 작업이 아주 쉽답니다.

만드는 법

1. 부드러운 버터, 황설탕, 백설탕을 전자믹서기 그릇에 넣고

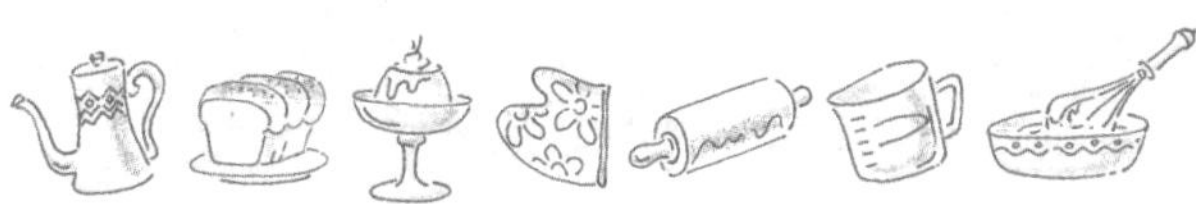

속도를 '높음' 으로 해 혼합물이 가볍게 부풀어 오를 때까지 믹서기를 가동합니다.

2. 거품 낸 계란을 넣고 '중간' 속도로 가동합니다.

3. 속도를 '낮음' 으로 낮춘 뒤 바닐라, 소금, 베이킹소다를 넣고 잘 섞습니다.

4. 밀가루를 반 컵씩 더하면서 '중간' 속도로 섞어줍니다.

5. '낮음' 의 속도에서 오트밀을 더해줍니다. 거기에 견과류나 취향에 따른 과일 혹은 캔디류를 넣습니다.

6. 그릇의 옆면까지 골고루 긁은 뒤 그릇을 믹서기에서 빼내어 손으로 마지막 반죽을 치댑니다. 윗면을 덮지 않은 채 카운터 위에 놓고 이제 쿠키 틀을 준비합니다.

7. 쿠키 틀에 들러붙음 방지 스프레이를 뿌립니다. 아니면 양피지를 깐 다음 쿠킹 스프레이를 살짝 뿌려주셔도 좋습니다.

8. 식기 서랍에서 테이블스푼을 꺼내 반죽이 스푼에 달라붙지 않도록 수돗물로 적신 다음 반죽을 떠냅니다. 틀 1개에 12개 정도의 반죽이 올라갈 겁니다.

9. 틀을 오븐에 넣고 175도에서 9~11분간 굽습니다. 먹음직스러운 황금색이 돌면 완성입니다(전 10분간 구웠어요).

“정말 맛있어!”

미셸이 따뜻한 오트밀 쿠키를 베어 물며 탄성을 질렀다.

“특히 M&M 넣는 건 정말 획기적인 아이디어였던 것 같아. 올슨 부인이 다른 재료 또 뭘 썼는지 생각나는 거 없어?”

“한 번은 바나나 조각을 넣고, 위에 시나몬과 설탕을 뿌렸고, 또 한 번은 다진 대추야자 열매를 넣었어. 말린 살구도 넣어봤던 것 같고. 그게 바로 이 쿠키의 매력이지. 기본 레시피라 개인 취향에 따라 얼마든지 장식 재료를 바꿀 수가 있거든.”

“어쨌든 오늘 M&M은 대성공이야!”

미셸이 손에 들려 있던 쿠키를 마저 먹고 자리에서 일어났다.

“얼른 식기세척기에 그릇부터 넣고…….”

그때 전화벨이 울렸고 미셸이 하던 말을 멈추었다.

“내가 받을까?”

“그래, 난 커피물 올리고 있을게.”

“한나네 집에 미셸입니다.”

미셸은 잠자코 듣고 있더니 이내 크게 숨을 몰아쉬었다.

“정말이에요?”

한나는 고개를 돌려 미셸을 쳐다보았다. 무척 놀란 표정이었다.

"무슨 일이야?"

한나가 물었다.

"엄마 전화야. 거실에서 받아, 언니. 엄마 지금 나이트 박사님과 함께 있는데 버디 니먼이 그 버디 니먼이 아니었대!"

한나는 커피포트의 전원을 켜고, 서둘러 거실로 나가 전화를 스피커폰으로 전환했다.

"여보세요, 엄마. 무슨 소리예요?"

"미셸이 말한 그대로다."

엄마는 숨이 넘어갈 듯한 목소리였다.

"박사 사무실에서 서류 작업을 하고 있던 중에 박사가 들어와서 알려줬단다. 버디 니먼이 진짜 이름이 아니었다고 말이야."

"박사님은 어떻게 아셨대요?"

한나가 물었다.

"부검하는 동안 혈액 샘플을 채취했는데 B- 혈액형이 나왔다는구나. 근데 그건 버디의 병원 기록과는 다른 결과였지. 박사는 처음에 보니가 실수로 양식에 잘못 기입한 줄 알았는데, 버디의 지갑에서 A+ 혈액형의 헌혈증을 발견했다지 뭐냐."

"헌혈증에 적힌 이름은 뭐였는데요?"

미셸이 물었다.

"버나드 앨런 니먼. 지갑에 들어 있던 신분증이나 운전면허증 모두 버나드 앨런 니먼이라는 이름이었어. 근데 그의 헌혈증에는 혈액형이 A+로 표기되어 있고 말이다."

"이상하네요."

미셸은 아리송한 얼굴이었다.

"부검 때 혈액 샘플은 누가 검사했어요?"

"말린이. 부검이 끝난 직후에 연구실로 가져가 검사했다는구나. 박사도 직접 두 번째 검사를 했고. 두 번 다 결과는 B-였어."

"그럼 버디가 가짜 신분증을 사용했단 얘기네요."

한나가 명백한 결론을 이끌어냈다.

"버디가 누구인지 혹시 박사님이 알아내신 바는 없으세요?"

"아직. 그에 대한 최근 기록은 의료 기록뿐이다. 내가 너한테 알려주려고 얼른 메모해뒀는데……."

"잠깐만요. 펜 가져올게요."

한나가 가방에서 수첩을 꺼낸 뒤 전화기 옆에 놓여 있던 로드치과병원 펜을 쥐고 수첩의 새 페이지를 넘겼다.

"준비됐어요, 엄마."

"편도선 수술을 했고, 맹장수술 흔적도 있다는구나. 어렸을 때 세 번이나 다리 골절이 있었고, 왼쪽 허벅지에 모반이 있다. 목에 사마귀도 있고. 그리고 노먼 이야기가, 그 나이대에는 흔치 않게, 4개의 사랑니가 전부 있고, 또 흔히 판매하지도 않고 치과에서 일반적으로 사용하지도 않는 아말감으로 때운 부분도 있다더구나."

"그 이를 치료해준 의사는 일반적으로 판매하지 않는 아말감을 어디서 구했을까요?"

미셸이 물었다.

"노먼이 박사에게 말하기를, 무료 진료소나 치의학 대학교에서 새로운 의료 기구들을 시험해보는 시연회를 갖는다더구나. 의료기구 제조회사나 학교, 병원 이곳저곳에 전화해서 그 아말감을 제조하거나 사용하지 않았는지 물어볼 작정이란다.

"노먼은 그걸 그냥 보기만 하고도 알았대요?"

미셸이 놀랍다는 듯 물었다.

"그런 게 아니라, 색이 노랗게 변해 있어서 알았다는 게야. 보통 인증된 아말감은 색이 변하지 않거든. 그래서 박사 허가 하에 아말감을 떼어내어 치의학 연구실에 분석을 보냈지."

"그럼 부검 때 노먼도 같이 있었어요?"

"아니. 노먼은 박사가 나중에 불렀어. 버디의 이에 특별한 사항은 없는지 확인하게 하려고 말이다."

"그럼 베브 박사는요?"

한나가 물었다. 베브 박사가 자신의 약혼자를 감시 없이 내보냈다는 사실이 놀라울 따름이었다.

"박사가 그녀도 함께 오라고 했지만, 부검실에는 들어오지 않고 로비에서 노먼을 기다리겠다고 했다더구나."

하긴 시체를 두고 경쟁할 일이 뭐가 있겠어. 한나는 생각했다.

"박사님이 이 사실을 마이크에게도 알리셨대요?"

"아직이다. 제일 먼저 너에게 알리는 거란다."

"고마워요, 엄마. 그럼 박사님이 마이크에게는 언제쯤 전화하실까요?"

"내가 전화를 끊는 대로. 근데 어차피 전화해도 바빠서 못 받을 것 같아. 음성 메시지로 남겨야 할 것 같구나. 혹시 메시지 듣기 전에 네가 먼저 마이크를 만나게 되면 병원에 있는 박사님에게로 전화 좀 해달라고 얘기해줄 수 있겠느냐?"

"그럴게요. 근데 왜 제가 먼저 마이크를 만날 거라고 생각하세요?"

"살인사건이 있을 때마다 꼭 네 집에 들르지 않느냐. 네가 뭔가 알아낸 게 없나 하고 말이야. 뿐만 아니라 종일 제대로 먹지도 못하고 일했을 텐데 네 집에 가면 배불리 먹여주기도 하고 말이다. 사실 너에게 그런 걸 기대하는 건 못된 생각이다만."

"괜찮아요. 미셸이 늘 빨리 만들 수 있는 메뉴를 생각해내는 데다가 잘 도와주거든요. 혹시 제 목소리가 피곤하게 들린다면, 그건 집에 오자마자 청소를 했기 때문일 거예요."

"무슨 소리냐? 집을 비운 사이 고양이들이 엉망을 해놓았든?"

"말도 못했어요!"

미셸이 말하며 깔깔거렸다.

"어떻게 했기에?"

"쫓기 놀이를 하다가 바닥에 밀가루통을 엎었어요."

한나가 설명했다.

"게다가 자기들 물그릇도 엎어서 발에 밀가루 반죽을 묻힌 채로 여기저기 돌아다녔더라고요. 그걸 닦느라 얼마나 힘들었는지."

"오, 세상에! 그래…… 역시나 우리 생각이 옳았구나. 커들스는 하루빨리 노먼에게로 돌아가야 해. 노먼의 집은 넓으니 뛰어놀기 좋지 않니. 커들스가 집에 돌아갈 수 있는 유일한 방법은 베브 박사를 쫓아내는 길뿐이다!"

"먹을 것."

한나가 전화를 끊고 주방으로 돌아가며 말했다.

"배고파?"

"나 말고, 마이크. 쿠키는 있는데, 메인 코스가 없잖아? 오늘도 식료품점에 들르지 못해서 어젯밤이랑 냉장고 사정이 똑같아."

"햄버거는 없고."

미셸이 지적했다.

"참, 냉장고에 늙은 베이컨이 있던데."

한나는 웃음을 터뜨렸다.

"늙은 베이컨? 그 표현 마음에 드는데! 얼마나 늙었기에?"

"한 번 볼게."

미셸이 냉장고 안을 살폈다.

"운 좋았어. 유통기한이 오늘까지야. 근데 반밖에 안 남았는데 마이크한테는 부족하지 않을까?"

"베이컨 외에 재료를 더하면 될 거야. 지금 뭔가 생각난 게 있거든. 계란은 몇 개 있어?"

미셸이 계란통을 열었다.

"네 개."

"좋아. 냉동실에 밀가루는 얼마나 남았지?"

"1컵보다 조금 많이. 다시 봉투에 넣기 전에 측량해봤거든."

"우유는 있나?"

그러자 미셸이 고개를 가로저었다.

"아니. 휘핑크림뿐이야. 이걸로 될까?"

"안 될 이유가 없지."

한나가 프라이팬을 꺼내 가스레인지 위에 올렸다.

"베이컨 이리 줘봐. 내가 구울게."

"베이컨 건네는 거야 식은 죽 먹기지. 다른 재료 필요한 건 없어?"

"소금이랑 바닐라만 있으면 돼. 근데……."

"왜?"

"우리 어젯밤에 치즈 쓰고 남은 것 있나?"

"아니, 다 썼지. 대신 휘핑크림 뒤쪽에 크림치즈가 있던데."

"그거면 돼. 마이크가 크림치즈 좋아하니까."

"밀가루, 휘핑크림, 계란, 베이컨, 소금, 바닐라, 그리고 크림치즈라……."

미셸이 고개를 설레설레 저었다.

"뭘 만들게?"

"증조할머니가 독일식 팬케이크라고 불렀던 거."

"증조할머니는 독일 사람이 아니었잖아."

"팬케이크도 마찬가지야. 아마 오븐에서 구워서 간편하게 만들 수 있으니까 그런 게 아닐까? 증조할머니가 거품기로 계란 거품 내던 게 생각나는데 난 믹서기를 쓸 거야. 그게 훨씬 힘이 덜 드니까. 베이컨이랑 크림치즈 빼고 나머지 재료들은 다 믹서기에 넣으면 돼."

"그럼 난 베이컨으로 뭘 하면 돼?"

"바짝 구운 다음에 식혀서 조각을 내. 반죽하는 데 시간이 좀 걸릴 거야. 공기가 충분히 들어가야 하거든."

순식간에 주방은 베이컨 굽는 냄새로 가득 찼다. 전과 다른 깊은 향으로 보아, 플로렌스가 지난 크리스마스 이후 식료품점에 새로 들여오기 시작한 사과나무로 훈제한 베이컨인 듯했다. 놀랍게도 베이컨의 달콤한 훈제향과 바닐라향이 한데 섞인 향을 호흡하고 있자니 잘 차려진 아침식사가 떠올라 한나는 전혀 배가 고프지 않은데도 불구하고 입에 침이 고였다.

"냄새 너무 좋다."

한나의 생각을 읽기라도 한 듯 미셸이 말했다.

"그러게. 베이컨은 잘 돼가?"

"거의 다 구워졌어. 종이 접시에 담아서 냉동실에 잠깐 넣었다 빼려고. 그래야 빨리 식으니까. 팬 꺼내줄까?"

"응. 8인치 철제 사각팬으로 부탁해. 레시피의 양을 두 배로 불려서 9×13인치 크기의 팬에 구울 수도 있는데 그러기에는 재료가 부족해."

"괜찮아. 나 별로 배 안 고프니까. 냄새가 좋아서 그런 것뿐이야."

10분 후, 마이크의 식사가 어느 정도 준비되고, 한나는 오븐에 팬을 넣었다.

"다 됐다."

한나가 말했다.

"이제 커피 한잔하면서……."

순간 전화벨이 울렸고, 한나는 우울한 눈빛으로 전화기를 쳐다보았다.

"만약 마이크가 못 온다고 하는 전화면 우리가 그동안 만든 게 완전 헛수고 되는 건데."

미셸이 수화기를 들었다.

"한나 집에 미셸입니다."

미셸은 잠시 듣고 있더니 이내 웃음을 터뜨렸다.

"믿을 수 없어! 언니는 아침 일찍 일어나는 사람이 아니잖아. 그것도 이틀 연속이라니. 잠깐 기다려, 한나 언니 바꿔줄게."

전화를 건 사람이 누구인지 이야기하지 않아도 한나는 알 것 같았다. 이틀 연속 일찍 일어나는 것이 놀랍다고 말할 만한 사람은 딱 한 명뿐이다. 한나는 수화기를 건네받았다.

"안녕, 안드레아. 무슨 일이야?"

"내가 지금껏 깨어 있는 게 일이라면 일이지. 어쨌든 난 전화 끊고 가서 잘 거야. 내일 아침 6시에 데리러 갈게. 같이 시티즈에 가자."

"왜?"

"아침에 길이 많이 막힌대. 9시까지 도착하려면 그 시간에는 출발해야 해."

"그건 알겠는데, 왜 9시까지 거길 가야 하는데?"

"스왈츠나겔 부동산에 약속이 있거든."

"무슨 약속?"

"거기 부동산에서 매물로 올린 화이트 베어 호숫가 집을 손님에게 보여줘야 하거든.”

“근데 나는 왜 가야 하는 건데?”

“언니가 바로 손님이니까. 빌한테는 이야기하지 마. 그이는 언니가 그냥 내 친구해주려고 같이 가는 줄 알고 있어.”

“내가 거길 왜 가? 내가 왜 네 손님인데? 난 집 살 생각 없는데.”

“빌한테 우리가 스왈츠나겔 부동산에 가는 진짜 이유를 말해줄 순 없잖아.”

“돌려 이야기하지 마, 안드레아. 꼬리에 꼬리를 물고 있잖아. 그 집을 나한테 보여주려고 하는 진짜 이유가 뭔데?”

“그 집이 베브 박사 어머님이 사시는 집의 바로 옆집이거든. 거기 가서 다이애나를 보고, 아침을 먹은 다음에 정오쯤에 클럽 나인틴에도 들를 거야.”

“그 시간에 열어?”

“내일만. 클럽에 전화해서 물어봤는데 내일 정오에 새 재즈밴드 오디션이 있대. 한 달에 한 번 토요일에 오디션을 여는데, 내일이 바로 4월 오디션이 열리는 토요일이고. 오디션이 열리는 시간에 일반 손님들도 함께 참여해서 오디션을 본 밴드에 대한 평가를 한다는 거야. 그래서 언니랑 내 자리 예약해놨어. 아마 오디션 중간중간에 클럽 매니저랑 이야기 나눌 기회가 있을 거야.”

“좋아. 근데 난 바로 돌아와야 해. 리사가 내일도 손님들에게 사건 이야기를 해줄 거거든. 둘째 날도 첫째 날만큼 붐벼서 쿠키를 많이 준비해 놓아야 할 거야.”

“그거라면 걱정 마. 리사에게 전화했는데, 마지랑 팻시랑 잭이 와서 도와주기로 했대. 팻시랑 마지가 번갈아 가면서 베이킹도 도울 거고. 두 사람이 베이킹을 얼마나 잘하는지 언니도 알잖아. 참, 미셸도 도울 거야.

그래서 리사 말이 내일 언니 가게에 아예 안 나와도 된대."

"그래, 그렇다면 괜찮은데. 아직도 좀 이해 안 가는 게 있어. 일단 클럽 나인틴 사람들을 만나서 이야기를 나눠보는 건 좋아. 리넷이 버디랑 같이 무대 뒤편에 있는 걸 보았다던 그 갈색 머리 여자에 대해 알고 있는 사람이 있을 수 있으니까. 버디에 대해서 좀 더 물어볼 수도 있고. 고향이 어딘지 등등……."

한나가 하던 말을 멈추었다. 안드레아가 현재 진행상황에 대해 알고 있는지 확인해봐야 할 것 같았다.

"너 버디가 버디가 아니었던 거 알고 있지?"

"당연하지. 엄마가 언니랑 통화한 다음에 나한테도 전화하셨어."

"좋아. 근데 내가 이해가 안 되는 건 우리가 왜 다이애나를 만나야 하는지야. 만나봐야 무슨 소용이 있다고."

"소용이 있지! 만나지 않고 어떻게 DNA 샘플을 채취하겠어. 안 그래?"

"어떻게 DNA 샘플을 채취해? 우리가 면봉으로 입안을 훑으면 당연히 할머니가 볼 텐데."

"그건……."

안드레아가 말끝을 흐렸다.

"내일까지 생각해올 테니까 걱정하지 마. 내가 또 잔머리 쓰는 데는 능하잖아. 언니는 정말 내 손님인 것처럼만 행동하면 돼."

"알았어. 다른 건 또 없어?"

"없어. 참, 몇 가지 있다. 절대 청바지는 입지 마! 정장 바지 없어?"

"한 벌 있어."

"허리가 고무 밴드로 된 거야?"

"응, 맞아."

안드레아는 *좋아! 아주 좋아!* 비슷한 무언가의 말을 중얼거리더니 이내 물었다.

"무슨 색인데?"

"짙은 회색. 클레어가 골라준 거야."

"좋아, 괜찮을 것 같네. 그 바지에 스웨터에 파카를 입어. 단, 늘어진 것 말고 좋은 스웨터를 입어야 해."

"네가 작년 크리스마스에 선물로 준 스웨터 있잖아. 그거면 됐지?"

"그래, 그거면 되겠다. 드레스부츠는 있어?"

한나의 사전에 드레스부츠란 눈이 잘 묻어 떨어지지 않는 저기능의 부츠를 뜻했다.

"아니."

한나가 대답했다.

안드레아는 푹 한숨을 내쉬었다.

"알았어. 그럼 언니 그 사슴 가죽 부츠를 신어. 의상이 일반적으로 무난하면 한 가지 튀는 것 정도는 봐줄 수 있지."

"그래, 고마워."

한나는 볼 안을 지그시 깨물어 터져 나오려는 웃음을 참았다.

"6시까지 준비해. 출발하면서 핸드폰으로 전화할게. 그러니까 늦으면 안 돼."

"알았어."

한나가 씩 웃으며 수화기를 내려놓았다.

"뭐가 그렇게 재밌어?"

미셸이 물었다.

"안드레아 말이야. 위장작전을 준비 중인데 나한테 의상까지 골라주잖아."

미셸이 고개를 설레설레 저었다.

"그래야 우리 안드레아 언니지. 가끔 이렇게 잔소리꾼으로 돌변한다니까. 그래도 그만하기 다행이지."

"그게 무슨 소리야?"

"언니한테 머리 염색하라고 할 수도 있다고!"

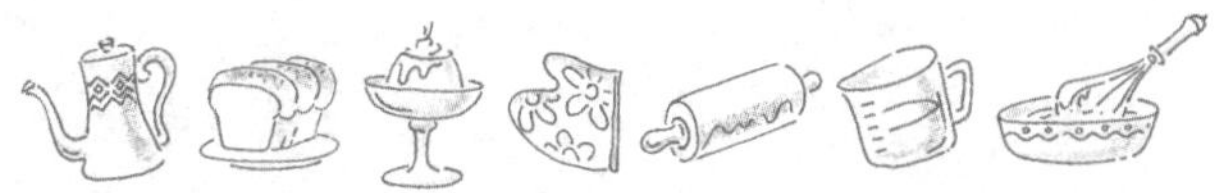

독일식 팬케이크

오븐을 190도로 예열합니다. 틀은 오븐의 중앙에 두세요.

한나의 첫 번째 메모: 원한다면 레시피를 두 배 분량으로 늘일 수도 있어요. 그러면 여덟 사람 먹을 분량이 나온답니다. 분량을 늘일 경우에는 굽는 데 약 55분 정도 걸릴 거예요.

한나의 두 번째 메모: 믹서기를 사용하시면 작업이 편합니다.

재료

베이컨 6줄(전 사과나무에 훈제한 베이컨을 사용했어요)

큰 계란 4개 / 우유 1컵(전 헤비크림을 사용했는데, 괜찮았어요)

밀가루 1컵(컵으로 밀가루를 뜬 다음에 윗면을 칼로 훑어주세요)

바닐라액 1티스푼 / 소금 1티스푼 / 크림치즈 4온스(112g)

위에 뿌릴 파슬리 가루 조금(선택사항)

만드는 법

1. 프라이팬을 가스레인지에 올리고 베이컨을 바삭바삭하게 굽습니다. 다 구워진 베이컨은 실온에서 식힌 다음 베이킹용 팬 바닥에 부수어 넣습니다.
2. 믹서기에 계란과 우유 반 컵을 넣고 가볍게 부풀어 오를 때까지 가동시킵니다.

3. 바닐라액과 소금을 넣고 섞어줍니다. 그런 다음 밀가루를 넣고 40초간 가동시킵니다.

4. 남은 우유 반 컵을 넣고 섞어줍니다.

5. 아까 베이컨 조각을 넣은 8인치 크기의 사각형 팬에 반죽의 반을 붓습니다.

6. 크림치즈를 1인치 크기로 잘라서 팬에 부은 반죽 위에 고르게 놓고 그 위에 나머지 반죽을 마저 붓습니다.

7. 190도에서 45~55분간 굽습니다. 먹음직스러운 황갈색을 띠면 완성입니다.

한나의 세 번째 메모: 이 아침식사 메뉴는 비스킷이나 크리스피 버터 토스트와 함께 곁들이면 아주 좋습니다.

다음 날 아침 8시 15분, 겨울 아침의 해는 벌써부터 고속도로 출구 옆 길가의 눈을 녹이고 있었다. 안드레아는 그 출구를 향해 차를 몰았다.

"왜 여기서 멈춰?"

안드레아가 퍼킨스 패밀리 레스토랑의 정문, 초록색과 흰색의 줄무늬가 쳐진 차양막 옆 주차장에 차를 세우자 한나가 물었다.

"얼른 준비해야 해. 스왈츠나겔 부동산이랑 약속 시간까지 45분 남았어."

"이미 준비했……."

한나는 하던 말을 멈추고 안드레아를 쏘아보았다.

"잠깐, 안드레아. 준비해야 할 게 더 있어?"

"있지, 언니 머리. 지금 상태로는 안 돼."

한나는 심장이 덜컥 내려앉았다. 미셸에게 예지 능력이라도 생긴 것일까.

"내 머리가 어때서?"

"그게 좀……."

안드레아가 망설이는 것으로 봐서 적당한 단어를 찾고 있는 듯했다.

"너무 눈에 띄어."

"그게 무슨 소리야?"

"은행이나 집에 강도가 들면 그 강도를 목격한 사람들이 그 사람의 인상착의를 설명하잖아. 그럴 때면 제일 먼저 눈에 띄는 것을 떠올리게 마련이라고. 그게 문신이 될 수도 있고, 모반이 될 수도 있고, 흉터가 될 수도 있어. 무슨 뜻인지 알지? 언니의 경우에는 그게 머리카락이란 소리야."

"내 머리카락이 그렇게 이상해?"

안드레아가 침을 꿀꺽 삼켜 내렸다.

"아니! 그게 아니라! 그냥 좀…… 눈에 띈다는 것뿐이야. 조금 다르잖아."

"그러니까, 너무 밝은 빨간색에 곱슬곱슬 헝클어졌단 말이지?"

"그게…… 뭐, 그래. 근데 그 표현은 언니가 한 거지, 내가 한 게 아니다. 난 개인적으로 언니 머리카락 좋아한다고. 하지만 베브 박사의 어머니는 언니의 머리카락을 똑똑히 기억할 거야."

"그래서?"

한나는 숨을 몰아쉬었다. 설마 안드레아가 검은색 머리 염색약이라도 한 통 가져온 것이라면 단번에 거절할 생각이었다.

"그래서 버티 스트롭한테 변장용 가발을 빌려왔지."

한나는 참지 못하고 웃음을 터뜨렸다. 머리털 나고 단 한 번도 가발을 써본 적이 없다. 가발 생각을 하니 지난번 이글에 검은색 가죽점퍼와 금발의 가발로 변장을 하고 나타났던 엄마의 모습이 새삼 떠올랐다.

"왜 웃어?"

안드레아가 물었다.

"가발 쓰는 사람들 은근 많아."

"알아. 지난번 이글에서의 엄마 모습이 생각나서."

그러자 안드레아도 웃음을 터뜨렸다.

"맞아, 정말 끔찍했지. 하지만 그때는 일부러 그런 복장을 하신 거였잖아. 내가 가져온 가발은 그때 엄마가 쓴 것이랑은 완전 달라."

"그렇다니 다행이야. 어떤 가발인데?"

"갈색머리. 갈색머리가 제일 무난해. 근데 금색의 브릿지가 들어가 있어. 버티가 일반 갈색머리 가발은 없다고 해서. 어차피 갈색머리 사람들은 다른 색 브릿지를 많이 넣곤 하니까 괜찮아. 그냥 갈색머리는 너무 식상하잖아."

"미셸한테는 그런 이야기 하지 마! 갈색머리잖아."

"미셸 머리는 무난한 갈색이 아니야. 뭐랄까…… 약간…… 체스트너트 색이지. 빛을 받으면 반짝반짝거리는데, 그게 마치…… 마치……."

안드레아가 뭐라 설명할지 몰라 말을 멈추었다.

"진한 초콜릿 음료 같다고?"

한나가 추측했다.

"그래, 바로 그거! 그건 무난한 색이라고 말할 수 없어. 난 진짜 평범한 갈색머리를 말하는 거라고. 식료품점에서 쓰는 갈색봉투 같은 색 말이야."

"그래도 그런 얘기 미셸한테는 하지 마."

"안 할게. 이제 얼른 들어가서 가발 써보자. 언니한테 잘 어울리는지 빨리 보고 싶어."

"그냥 지금 모습 그대로 들어가면 안 될까? 가발을 쓰면 오히려 더 티가 날지도 몰라."

"언니! 그럴 일은 없어!"

안드레아가 한나를 낙담한 표정으로 바라보았고, 한나는 그제야 마음을 누그러트렸다.

"알았어, 좋아. 처음부터 네 계획이었으니까 시키는 대로 가발 쓸게.

하지만 쓰는 건 도와줘야 해."

"오, 물론이지! 들어가서 커피 한 잔 마시자. 그리고 화장실에서 가발 써보는 거야. 아마 잘 어울릴 거야, 언니. 두고 봐."

두 사람은 얼마 후 4인용 부스에 앉았다. 레스토랑에는 사람이 많지 않았기 때문에 웨이트리스가 금방 두 사람이 앉은 자리로 다가왔다.

"안녕하세요."

웨이트리스가 활짝 웃으며 인사했다.

"커피부터 드릴까요?"

"네, 부탁해요."

안드레아가 대답했다.

"오늘은 커피면 될 것 같은데."

안드레아가 한나를 돌아보았다.

"언니가 뭐 더 먹고 싶은 게 있는 게 아니면."

"나도 커피면 돼. 전 블랙으로 주세요."

"크림과 설탕 넣을까요, 손님?"

웨이트리스가 안드레아에게 물었다.

"크림만요. 커피 화이트너(인공 크림)면 말고요."

"순수 크림이에요. 별도 용기에 담겨 나오는 거요. 한 개 드릴까요? 아님 두 개?"

"두 개 부탁해요. 근데 화장실이 어디예요?"

웨이트리스는 레스토랑 뒤편을 가리켰다.

"저쪽이요. 여자 화장실은 오른편 첫 번째 문이고요."

"가자."

웨이트리스가 자리를 뜨자마자 안드레아가 말했다.

"언니한테 어울리는지 궁금해 죽겠어. 참, 버티가 머리망도 같이 줬어.”

부스에서 빠져나와 안드레아의 뒤를 따르며 한나는 아리송해졌다.

“머리망?”

“가발 쓰기 전에 머리를 하나로 묶은 다음에 머리망에 넣고 뒤집어 써야 해. 그래야 가발 쓰기가 쉽거든.”

“그렇구나.”

한나는 안드레아가 시키는 대로 머리를 하나로 높이 올렸다. 그런 다음 안드레아에게서 머리끈을 건네받아 머리를 묶었다.

“이제 머리망 씌워줄래?”

한나가 물었다.

“어떻게 하는지 모르겠어.”

“도와줄 테니까 조금만 몸을 숙여봐. 언니가 나보다 키가 훨씬 크잖아.”

훨씬 크고, 훨씬 무겁고, 훨씬 덜 예쁘지. 한나는 생각했다. 안드레아와 미셸은 엄마의 아담한 몸매와 고전적인 미모 유전자를 물려받은 반면, 한나만이 큰 키에 무거운 몸, 투박한 외모의 아빠를 닮았다. 어렸을 때 엄마가 세 자매를 데리고 점심을 먹으러 가거나 다과 모임에 가면 사람들은 안드레아와 미셸은 엄마와 꼭 닮았다고 감탄을 하면서도 한나에 대해서는 한마디도 하지 않았다. 그때 사람들은 한나가 배다른 딸이거나 친구 엄마의 모임에 함께 따라나온 친구 딸인 줄로 알았을 것이다.

한나가 몸을 숙이자 안드레아가 고무 소재로 된 머리망을 한나의 머리 위로 씌우고는 상자에서 가발을 꺼내 한나의 머리에 얹었다. 그리고 빗질을 몇 번 한 다음에 한나의 얼굴형에 맞춰 위치를 조절했다. 정확히 말하자면, 대략 그런 작업들인 듯했다. 한나는 거울을 등지고 서 있었던 터라 안드레아의 행동을 직접 볼 수 없었다.

"다 됐어."

안드레아가 말했다.

"이제 일어나서 어떤지 거울 봐봐."

한나는 거울을 바라보았다. 거울 속 사람이 낯설어 몇 번 눈을 깜박거린 다음 다시 거울을 들여다봤다. 그러나 몇 번을 봐도 분명 자신의 모습이었다. 한나가 한쪽 팔을 들어 올리니 거울 속 인물도 같은 쪽 팔을 들어 올렸다. 한나가 안드레아를 돌아보자 거울 속 인물도 안드레아를 돌아보았다.

"어때?"

안드레아가 재촉했다.

"어떤 것 같아?"

"나, 새 이름이 필요할 것 같아."

"뭐?"

"새 이름이 필요할 것 같다고. 이대로 당장 CIA에 가서 위장 잠복 작전에 투입되어도 무리가 없을 정도야. 아무도 날 못 알아보겠어."

"역시."

안드레아는 뿌듯한 표정을 지었다.

"근데 마음에 드는지는 말 안 했잖아. 어때? 마음에는 들어?"

"너무 좋아! 레이크 에덴에 돌아가는 대로 버티에게서 이 가발을 살래."

"새로운 이미지가 마음에 들어서?"

"아니, 다음번 포트럭 저녁식사 때 쓰고 가서 마이크가 새 여자를 꼬시는지 꼬시지 않는지 관찰하면 좋을 것 같아."

"여기야."

안드레아가 어떤 집 앞에 차를 세웠다. '비버는 해결사(미국 코미디 드라마)' 재방송에서 나왔던 클리버스 소유의 으스스한 집들 중 하나와 똑같이 음울한 집이었다.

"혼자 살긴 너무 큰데."

한나가 말했다.

"독신자용이 아니야. 언니는 가족들이랑 다함께 이사 오는 거라고. 언니가 결혼한 유부녀에 아이까지 있는 사람이란 거 내가 얘기했지?"

"그래, 남편 이름이 필립이고 애가 둘이지. 둘 다 초등학생이라 학군에도 관심이 많고."

"좋아. 그리고 언니 이름은?"

"조이스 뉴홀."

"고향은?"

"로열튼. 남편은 출근하고 아이들은 학교 간 사이에 집 보러 온 거야."

"아주 좋아. 신빙성 있게 들려. 근데 왜 미니애폴리스로 이사하려고 한다고 했지, 언니?"

"언니가 아니라 조이스야. 남편이 엑셀 에너지로 이직하게 되어서 시티즈로 이사하려는 거지. 엑셀 에너지는 포춘지에 실린 500대 회사 중 하나고, 필립은 세금 전문 변호사고."

"훌륭해. 이 정도면 준비된 것 같아."

"너는?"

안드레아는 어리둥절한 표정을 지었다.

"무슨 뜻이야?"

"DNA 샘플 채취할 방법은 생각해뒀어?"

"아직. 하지만 걱정 마. 거기 도착할 때까지 뭐든 생각해낼 테니까.

이제 빨리 집이나 둘러보자. 그래야 옆집으로 이동하지."

조수석 쪽 사이드미러로 가발이 똑바로 씌워졌는지 확인한 뒤 한나는 안드레아의 볼보에서 내려 그녀를 따라 진입로를 걸었다. 안드레아가 열쇠를 꺼내 현관문을 열었고, 두 사람은 안으로 들어갔다.

"멋진데!"

2층으로 이어지는 나선형의 육중한 계단을 바라보며 한나가 감탄했다. 그러고는 문을 닫기 위해 몸을 돌리던 중 현관문에서 적어도 5미터 정도 위로 난 둥근 창문이 눈에 띄었다.

"창문 좀 봐봐, 안드레아."

안드레아가 고개를 들었다.

"어머, 너무 예쁘다. 엄청 비싼 창일 거야."

"글쎄. 비쌀지는 몰라도 너무 높이 달려 있어. 저걸 어떻게 닦아?"

"언니가 그렇게 이야기할 줄 알았어."

안드레아가 실소를 터뜨렸다.

"답은, 언니가 직접 창을 닦을 필요가 없다는 거야. 매달 꼼꼼히 창문을 닦아줄 사람을 고용하기만 하면 되는 거거든."

"하지만…… 그러려면 돈이 많이 들잖아?"

"물론 그렇겠지. 하지만 언니는 신경 쓸 필요가 없어. 왜냐, 필립이 돈을 엄청나게 벌거든. 값비싼 집을 사는 것도 모두에게 돈 자랑을 하기 위해서지."

"그렇군."

한나는 고분고분하게 안드레아의 뒤를 따라 총총걸음으로 광활한 주방에 들어섰다. 평범한 가정주부가 혼자 힘으로는 절대 청소할 수 없는 넓디넓은 주방이었다. 1층에만 파우더룸이 여러 개, 작은 침실, 거실, 그리고 안드레아가 '메이드 스위트' 라고 부르는 욕실이 자리하고 있었다.

다음은 2층 차례였다. 2층에는 드레스룸이 딸린 침실이 6개, 욕실이 3개 있었다. 마스터 스위트에는 자쿠지의 위용을 자랑하는 호화스러운 욕실이 딸려 있었고, 응접실과 침실 사이 벽에는 벽난로가 두 개나 자리하고 있었다. 게다가 응접실에는 저택의 주인 내외가 늦은 저녁 술 한잔하기 위해 일부러 아래층까지 내려갈 필요가 없도록 냉장고와 와인쿨러까지 놓여 있었다.

다시 밖으로 나와 안드레아가 문을 잠그는 모습을 보니 한나는 안심이 되었다. 값비싸 보이는 호화로운 집 안 장식들은 생각만 해도 머리가 돌 지경이었다. 베브 박사 어머니가 살고 있는, 옆집의 평범한 2층 주택으로 향하며 한나는 한층 안도감이 들었다.

"다이애나가 집에 없으면, 아무 소지품이라도 들고 나와야 할 거야."

안드레아가 초인종 누를 준비를 하며 말했다.

"우리를 안에 들여보내줘야 할 텐데."

손다이크 부인에 대해 구체적으로 기대한 바는 없었지만, 적어도 초인종에 화답하며 문 앞에 선 저 여인의 모습은 아니었다. 그녀는 엄마와 비슷한 연배임에도 불구하고 엄마와는 사뭇 달랐다. 엄마는 날씬하고 호리호리한 몸매인 데에 비해 손다이크 부인은 통통한 체격이었고, 엄마는 디자이너 옷만 즐겨 입는 데에 비해 손다이크 부인은 헐렁한 고무줄 바지에 낡은 미네소타 주립대 스웨터를 입고 있었다. 거기다 전혀 화장기 없는 얼굴에는 여기저기 주름살이 보였다.

"안녕하세요."

손다이크 부인이 인사를 건넸다.

"난 주디 손다이크예요. 아까 옆집 구경하는 거 봤어요."

"전 업프론트 부동산에서 온 그레이스 벤슨이에요."

안드레아가 자기소개를 했다.

"여기는 제가 모시고 온 손님인 뉴홀 부인이시고요."

"조이스라고 불러주세요."

한나가 손을 내밀었다.

"뵙게 돼서 반갑습니다, 손다이크 부인."

"그냥 주디라고 불러요. 집은 어땠어요?"

"무척 아름답던데요."

한나가 진심을 담아 말했다.

"근데 우리 식구가 살기엔 좀 크지 않나 싶어요."

"아이가 몇 명인데요?"

"두 명이요."

한나가 대답했다. 하지만 그와 동시에 안드레아도 입을 열었다.

"세 명이요."

순간 한나의 머릿속에 빨간불이 들어왔다. 안드레아가 대본과 다르게 이야기를 하고 만 것이다. 한나는 제일 먼저 떠오르는 대로 변명을 둘러댔다.

"그레이스가 닭보다 달걀을 먼저 생각했나 보네요. 참, 이 경우에는 태어난 아기보다 뱃속의 아기를 먼저 생각했다고 해야 하나. 우리 셋째는 크리스마스가 지나야 나올 것 같거든요."

"그래서 뉴홀 부인이 학군에도 아주 관심이 많아요."

안드레아가 다시 대본으로 돌아갔다.

"오, 학군이라면 우리 동네가 아주 좋아요. 스코트 아카데미라고 사립 초등학교가 있는데, 여기서 세 블록밖에 떨어지지 않았거든요. 명성이 아주 좋은 데 비해서 학비도 그리 비싸지 않아요. 공립학교도 훌륭하긴 해요. 동네에서 가장 가까운 태프트 초등학교가 1마일(1.6km) 정도 떨어진 곳에 있고요. 레디-셋-런이라고 아주 인기 있는 유치원도 여기서 두 블록

밖에 있어요. 우리 손녀, 다이애나도 그 유치원에 다니는데 얼마나 좋아하는지 몰라요. 곧 이사를 가야 한다고 하면 애가 무척 상심할 거예요."

"이사 가세요?"

한나가 물었다.

"네, 우리 딸이 치과의사랑 결혼하는데 사위 병원이 여기서 40마일(약 65km) 떨어져 있거든요. 우리 딸도 치과의사라 사위 병원에서 같이 일해요. 다음 주에 둘이 결혼을 하는데, 부부가 병원에서 일할 동안 손녀를 봐달라며 나도 함께 사위 집에 들어가 살자고 하더군요. 다이애나랑 여기서 나름 잘 자리 잡고 살고 있었는데, 다시 새로운 곳에 가서 적응해야 할 생각을 하니 걱정이네요."

"오, 저런."

한나가 동정 어린 눈길을 보냈다.

"여기서 오래 사셨어요?"

"40년 넘게 살았죠. 이웃들이 다 너무 좋아요. 이웃들 이름 하나하나 다 알려줄 수도 있어요. 근처에 좋은 식료품점이 어딘지도……. 아, 이러지 말고 들어와서 커피라도 한잔하겠어요? 방금 커피 물을 올렸는데."

"감사합니다."

한나가 재빨리 대답했다. 집 안으로의 초대, 바로 두 사람이 바라던 바다. 일이 생각대로 잘 풀리고 있었다.

집 안은 아담하면서도 깔끔했다. 추위를 피해 들어온 손님들이 금세라도 따뜻함을 느낄 만한 작고 아담한 공간이었다. 실내 장식은 세련되거나 우아하진 않았지만, 그런대로 편안하고 안락했다. 주디는 한나와 안드레아를 주방으로 안내했고, 세 사람은 한나의 주방에 놓인 포마이카 테이블과 비슷한 형태의 테이블 앞에 놓인 간이 의자에 둘러앉았다.

"주방 테이블 세트가 예뻐요."

한나가 의자를 빼내어 앉으며 말했다.

"저희 집에도 이것과 비슷한 게 있는데, 제 건 노란색이거든요. 저희 집 것도 여기 것처럼 빨간색이면 더 좋았을 텐데."

"그럼 우리 집을 사면 어때요? 어차피 가구들도 다 두고 갈 텐데."

주디가 한나를 쳐다보았다.

"매물로 내놓긴 할 건데, 그래도 몇 달 동안은 갖고 있을 거예요. 앞으로 어떻게 될지 좀 두고 봐야 할 것 같아서요."

"혹시…… 딸의 결혼 말씀하시는 건가요?"

안드레아가 직접적으로 물었다.

"네."

주디가 커피가 담긴 머그잔을 테이블에 가져다놓은 다음 크림과 설탕을 가지러 돌아섰다.

“어제 다이애나랑 같이 만든 라즈베리 드롭 쿠키가 있는데, 좀 먹을래요?”

“좋아요.”

한나가 대답했다.

“쿠키라면 종류 불문하고 좋아하거든요.”

“아주 맛있는 쿠키예요.”

주디가 쿠키 접시를 가져왔다.

“우리 다이애나가 라즈베리를 무척 좋아하거든요.”

한나는 쿠키를 한 입 베어 물었다. 놀라웠다. 진한 라즈베리 맛에 쿠키는 한없이 부드럽고 정말 맛있었다. 쿠키 중앙에 약간의 프로스팅이 들어가 있었는데, 꼭 라즈베리 타르트의 맛과 흡사해 쿠키의 달콤함과 아주 잘 어울렸다.

“정말 맛있어요, 주디. 실례가 안 된다면 레시피를 얻을 수 있을까요?”

“어렵지 않죠.”

베브 박사의 어머니가 바인더 노트를 열어 종이 한 장을 꺼냈다.

“여기 있어요.”

그녀가 한나에게 레시피를 건넸다.

레시피를 받고 보니 한나는 주디를 속이고 있는 것이 새삼 미안해졌다. 하지만 어쩌겠는가. 지금 한나에게는 노먼의 행복이 우선이었다. 베브 박사나 다이애나에 대해 무엇이든 알아내야만 한다.

“다이애나가 아기였을 때 갖고 있던 레시피를 모두 컴퓨터에 입력했어요. 그 애가 낮잠을 잘 때마다 하나씩이요. 그렇게 해서 완성까지 무려 4년이 걸렸어요. 이제는 요리를 하거나 베이킹을 할 때마다 깨끗하게 출력해서 볼 수 있으니 너무 편하지 뭐예요.”

"저도 그렇게 해야 하는데."

한나가 말했다.

"사실 저도 컴퓨터에 입력하는 작업을 시작하긴 했는데, 아직 많이 남았거든요."

"아까 딸의 결혼생활이 어떻게 될지 두고 봐야 한다고 하셨잖아요."

안드레아가 다시 화제를 돌렸다.

"그럼 사위 되실 분에 대해 걱정되시는 게 있는 거예요?"

"전혀요."

주디가 단호하게 말했다.

"지난 주말에 만났는데, 사위는 아주 좋은 사람이에요. 자상하고, 친절하고……. 정말 착한 사람이더군요. 단지……."

그녀가 말을 멈추고 커피를 한 모금 들이켰다.

"걱정되는 건 내 딸이에요. 그 애는 결혼과는 어울리지 않거든요."

"그래요?"

한나가 되물으며, 안드레아를 향해 잠자코 있자는 신호를 보냈다. 그렇게 두 사람은 베브 박사가 어째서 결혼과는 어울리지 않는 사람인지 주디가 설명해주기만을 가만히 기다렸다.

한나는 초침을 세었다. 누군가 입을 열기를 기다리는 일은 고역이었다. 하지만 주디가 이런 사적인 이야기를 털어놓을 수 있으려면, 즉 베브 박사와 노먼의 결혼을 깨트리는 데에 빌미가 될 수도 있을 만한 극도로 사적인 이야기를 털어놓을 수 있으려면, 먼저 그녀에게서 신뢰를 얻는 것이 중요했다. 주디의 주방 시계의 초침이 또 한 바퀴를 돌고나서야 그녀가 푹 한숨을 내쉬었다.

"엄마로서 이런 이야기하기가 쉽지는 않지만……."

주디가 입을 열고는, 이내 다시 침묵했다. 그렇게 1~2분이 더 지났을까 그녀가 다시 한숨과 함께 고백을 시작했다.

"우리 딸이 그 사위될 사람을 사랑하는 것 같지 않아요. 그저 경제적인 이유 때문에 결혼하는 것 같달까요. 물론 나한테 그렇게 이야기한 건 아니에요. 그저 다이애나에게 엄마, 아빠가 함께 있는 평범한 가정환경을 만들어주고 싶다고 하더군요."

"그 말을 믿지 않으시는 거예요?"

안드레아가 물었다.

"네, 자신이 변했다고 생각해주길 바라는 것 같아요. 이제 다이애나한테도 더 잘할 것처럼 굴었어요. 하지만 그 애가 정말로 다이애나를 생각한다면 자기 친구들하고 놀기보다 다이애나와 더 많은 시간을 보내야 맞죠."

뼈아픈 험담이었다. 한나는 주디로서는 정말 이런 이야기를 하기가 쉽지 않겠다고 생각했다. 한나는 이쯤에서 그만 주디의 마음을 달래주고 싶었지만, 한편으로는 베브 박사에 대한 솔직한 이야기가 더 듣고 싶기도 했다.

"사실, 우리 딸이 다이애나를 정말 좋아하는지도 의심스러워요. 좋은 엄마가 되는 것보다 밖에 나가 노는 데에 더 관심이 많으니까요. 다이애나가 그 애한테는 부담인 게 틀림없어요. 그 부담을 이제 나뿐만 아니라 새 남편에게도 지우려는 거라고요."

"그럼 사위될 사람이 좋은 아빠감은 아니라고 생각하세요?"

질문을 던진 뒤 한나는 한껏 숨을 참고 대답을 기다렸다.

"오, 분명 좋은 아빠가 될 거예요! 다만 옳지 않다는 생각이 드는 거예요. 그 남자도 우리 딸을 사랑하지 않고, 우리 딸도 그 남자를 사랑하지 않는 것 같아요. 아이 때문에 하는 결혼은 결코 성공하지 못할 거예요."

"그 남자가 다이애나의 생물학적 친부라도요?"

"그렇다면 좀 다르겠죠. 그럼 일종의 책임감을 느낄지도 모르겠어요. 다이애나를 위해서 우리 딸의 행실도 참아내겠죠. 하지만 중요한 건, 그 남자는 친부가 아니에요."

"그 남자가 다이애나의 생물학적 친부가 아니라고요?"

한나가 물었다.

주디가 또다시 깊은 한숨을 내쉬었다.

"이런 말 하면 안 되는데. 확실히는 모르겠지만, 그 남자는 우리 딸이 아이 아빠라고 설명했던 인물과는 너무 달라요. 옛날에 그 애가 임신했다며 집에 와서는 자기가 바보 같은 실수를 하고 말았다고 이야기하더군요. 물론 그 이상은 더 들을 수가 없었지만, 다이애나의 친부가 우리 딸과의 결혼을 원치 않았던 건 확실해요. 그땐 아기를 어찌하기에도 이미 늦었죠. 그때의 그 남자는 지금 사위될 사람과는 전혀 달랐어요. 지금 이 사람은 정말…… 너무나도 좋은 사람이에요. 지금 이 사람이 다이애나의 친부였다면 그때 바로 우리 딸과 결혼식을 올렸을 거예요."

제 생각도 그래요. 한나는 생각했다. 베브 박사가 사정을 이야기하고 청하기만 했다면 노먼은 분명 베브 박사와 결혼했을 것이다. 하지만 베브 박사는 사실을 숨겼다. 여기에는 세 가지 가설이 가능하다. 우선 베브 박사가 다이애나의 친부에게 결혼하자는 이야기를 꺼낸 것은 사실이지만, 친부가 노먼이 아닐 것이라는 것이 첫 번째 가설이고, 베브 박사가 자기 엄마한테 다이애나의 친부에게 결혼하자는 이야기를 꺼냈었노라고 말한 것이 거짓말일 것이라는 게 두 번째 가설, 그리고 실제로 베브 박사가 노먼에게 결혼하자고 했지만, 노먼이 거절하고 나서 한나에게는 그 사실에 대해 모르는 척 숨겼으리라는 것이 세 번째 가설이었다. 한나는 세 번째 가설은 머릿속에서 즉시 지워버렸다. 노먼은 결코 거짓말을 할 사

람이 아니다.

"그동안 애 많이 태우셨겠어요."

안드레아가 위로했다.

"그랬죠."

주디가 한나를 돌아보았다.

"그럼, 더 작은 집을 알아보려고요?"

"네."

한나가 재빨리 대답했다. 주디가 화제를 돌리고 싶어 하는 것 같았고, 한나도 이 정도 정보면 충분하다 싶었다. 베브 박사의 어머니가 노먼을 다이애나의 친부로 생각하지 않는다는 점이 참 흥미로웠지만, 그렇다고 무어라 증명할 만한 것은 없었다. 사실을 증명할 길은 오로지 DNA 검사뿐인데, 안드레아는 아직 샘플을 채취하지 못했다. 어떻게든 주디에게 집 곳곳을 구경시켜주게끔 해야만 한다. 그래야……, 그래, 바로 그거다!

"이런 집이면 참 좋겠는데."

한나가 주디를 향해 미소를 지었다.

"너무 안락하고 편안한 느낌이에요. 제가 또 가정주부고, 낯선 사람이 집에 오는 걸 별로 안 좋아해서 혼자 살림을 다 돌보는 편이거든요. 이런 집이면 우리 가족에게 딱일 것 같아요."

한나는 잠시 생각에 잠겼다.

"몇 달 안에 집을 파실 거라고 했죠?"

그러자 주디는 깊은 한숨을 내쉬었다.

"이 결혼이 정말로 성사된다면 팔아야겠죠. 우리 딸은 계속 일할 계획이고, 낯선 사람이 우리 손녀를 돌보는 것은 내가 원치 않으니 말이에요. 사실 다이애나한테는 내가 엄마나 마찬가지예요. 우리 딸은 집 밖에서 보내는 시간이 많기 때문에 다이애나는 처음부터 내가 키웠어요. 오늘 밤만 해도 그래요. 오늘 친구 생일파티가 있다며 집에 들르지 못할 것 같다더군요. 게다가 클럽에서 파티를 열거라 늦게 끝날 테니 괜히 집에 돌아와서 우리를 깨우기 싫다면서 친구 집에서 자고 바로 출근하겠다고 했어요."

안드레아가 인상을 찌푸렸다.

"그럼 엄마네 동네에 오면서 집에는 전혀 안 들린단 말이에요? 딸도 안 보고?"

"네, 다음 주에 오겠다는데, 아마 그때도 금방 왔다갈 거예요. 결혼 준비 때문에 바쁘거든요."

한나는 화가 치밀어 오르는 것을 애써 아무렇지도 않은 표정을 지으며 숨겼다. 베브 박사는 절대 좋은 엄마가 아니다! 감정을 제어하지 못해 말실수라도 하면 큰일이니, 어서 화제를 돌려야만 했다.

"6개월 안에 집을 내놓게 되실 것 같으면 제가 한 번 둘러보고 싶어요. 아까 본 옆집은 우리 가족들이 별로 좋아할 것 같지 않아서요."

"말 나온 김에 지금 둘러보면 어때요?"

주디가 커피를 마저 마신 뒤 자리에서 일어났다.

"두 분한테 집을 구경시켜 줄게요. 마음에 들면 전화번호 하나 남겨줘요. 결정되는 대로 연락드릴게요."

주디는 현관 계단으로 두 사람을 안내했고, 한나가 막 따라나서려는 찰나 안드레아가 한나를 끌어당겼다.

"아주 잘했어!"

안드레아가 한나의 귓가에 부드럽게 속삭였다.

"고마워."

주디의 집은 한나가 생각했던 것보다 더 컸다. 2층에는 침실이 4개나 있어서 한나의 시나리오 속 가족들이 쓰기에 무리가 없어보였다.

"혹시 아이들이 방을 따로 쓰고 싶어 하면 사무실용 방도 하나 더 있어요."

주디가 말했다.

"아래층인데 사무실 공간으로 최적이에요. 우리는 피아노방으로 썼지만요."

"피아노방이요?"

안드레아가 흥미롭다는 듯 물었다.

"우리 남편이랑 내가 이 집을 살 때 붙였던 이름이에요. 거실과 조금 떨어져 있으면서 프렌치식 문이 달려 있어서 아이들이 피아노 연습을 하거나 피아노 레슨 중일 때 닫아놓으면 좋았거든요. 아이들이 손님들을 위한 연주를 할 때에는 열어두면 되고요. 지금은 다이애나 놀이방으로 사용하고 있는데, 그 애가 여섯 살이 되면 피아노를 대여해서 들여놓을 생각이었어요. 우리 딸이 언젠가 한 번 이야기한 적이 있는데, 다이애나 친부가 음악적 재능이 많은 사람이었다더군요."

"그렇군요!"

한나는 안드레아와 시선을 주고받았다. 노먼은 한나와 비슷한 음치에다가 악기도 전혀 다룰 줄 몰랐다. 안 그래도 노먼이 다이애나의 친부라는 사실이 의심스러워지기 시작했는데, 주디에게서 듣게 된 새로운 정보 덕분에 의혹은 더욱 짙어졌다.

메인 침실은 옆집의 스위트룸만큼 크지 않았다. 와인쿨러는 물론 붙박이 냉장고도 없었지만, 드레스룸과 개인 욕실만큼은 딸려 있었다.

"우리 딸이 이사 나간 뒤로는 나도 여기 방들은 사용하지 않아요."

꽃무늬 벽지에 창가에는 레이스 달린 커튼이 처진 널따란 침실의 문을 열며 주디가 말했다.

"우리 딸이 어렸을 때 이 방을 썼는데, 우리랑 같이 살기 위해 집에 돌아온 이후로도 다시 이 방을 사용했어요."

"멋지네요."

한나가 주디의 뒤를 따라 복도를 통해 또 다른 침실로 향하며 말했다. 안드레아는 어느 순간부터인가 조금 뒤처지기 시작했고, 한나는 짐작 가는 바가 있어 주디에게는 일부러 안드레아를 기다리자고 이야기하지 않았다.

"여긴 손님방이에요."

한나가 볼 수 있도록 주디가 방문을 열어주었다.

"두 개의 침실이 하나의 욕실을 통해 서로 연결되어 있어요."

"편리하겠어요."

어느새 두 사람에게 합류한 안드레아가 말했다. 주디는 안드레아가 없었던 것조차 눈치채지 못한 듯했다.

"손녀 방은 어디예요?"

"바로 여기에요, 내 침실 옆이요. 원래는 보모 방이라 내 침실과 바로 통하는 문도 나 있어요."

"아기였을 때 매우 유용했겠어요."

안드레아가 말했다.

"정말 좋았죠. 처음 몇 년은 방문을 열어 놓고 잤어요. 그래야 밤중에도 아기가 깨면 금방 알 테니까요. 이제 많이 컸으니 닫아놓는데, 바람이 많이 불거나 폭풍이 치는 날은 물론 열어놓아요."

"좋은 할머니이신 것 같아요."

한나가 말했다.

"다이애나는 내 삶이나 마찬가지예요. 정말 착한 아이랍니다. 그 애를 너무 사랑해요. 처음 유치원에 데려다주고 집으로 돌아오면서 내가 얼마나 울었는지 몰라요."

"우리 딸이 유치원 들어갈 때 저도 그랬어요."

안드레아가 나섰다.

"무럭무럭 자라길 바라면서도 한편으로는 너무 빨리 크는 것 같아서 아쉽기도 해요."

"맞아요!"

주디와 안드레아가 미소를 나누는 모습을 한나는 물끄러미 바라보았다. 한나는 실제로 겪어보지 않은 일을 겪어본 척 연기를 해야 하는 것이 못내 어색했다. 그래서 다이애나의 방에 걸린 버티칼 블라인드 쪽으로 다가갔다.

"어머나!"

블라인드를 닫자 아름다운 드레스를 입은 신데렐라가 호박 마차를 타고 궁궐에서 열린 무도회에 가는 커다란 그림이 드러났다.

"이런 예쁜 블라인드는 어디서 구하셨어요?"

"쇼핑몰에 그런 블라인드를 파는 인테리어 가게가 있어요. 이쪽 창문에는 신데렐라고, 반대쪽 창문은 인어공주예요. 둘 다 다이애나가 좋아하는 디즈니 캐릭터랍니다. 세 살 생일 때 내가 선물로 사줬어요."

한나는 방을 마저 둘러보았다. 짙은 푸른빛의 하늘 배경에 오색찬란한 빛깔의 풍선들이 새하얀 구름과 함께 저마다의 크기와 모양을 자랑하듯 수 놓인 벽지에, 아이 크기에 맞춤한 침대에는 하얀색 레이스가 달린 분홍색 침구가 놓여 있었다. 두 개의 하얀색 책장에는 아이들 책이 가득 꽂혀 있었는데, 한나도 어린 시절에 읽은 기억이 있는 '찰리의 초콜릿 공장'이 어른용의 흔들의자 옆 침대 탁자에 놓여 있었다.

"잘 때 책 읽어주세요?"

한나가 주디에게 물었다.

"네, 그 책이 세 번째예요. 다이애나가 책 읽어주는 걸 무척 좋아하거든요. 다음 주에는 해리 포터 시리즈를 시작할 생각이에요. 다이애나가 읽기에는 조금 어려울 것 같긴 한데, 한번 해보려고요. 너무 어려우면 나중에 다시 하면 되니까."

주디가 한나를 향해 손짓했다.

"아래층으로 갈까요? 피아노방을 보여줄게요. 꽤 커서 사무실로 쓰기 좋을 거예요."

"전 조금 있다 갈게요."

안드레아가 복도로 나서자마자 말했다.

"실례가 안 된다면 화장실 좀 사용해도 될까요?"

"얼마든지요."

주디가 복도 끝에 있는 화장실을 가리켰다.

"기다려줄까요?"

그러자 안드레아가 고개를 가로저었다.

"먼저 내려가세요. 전 알아서 뒤따라갈게요."

주디가 피아노방의 프렌치식 문을 열자 한나는 꽤 놀라고 말았다. 방은 주디의 설명대로 길고 폭이 좁았지만, 밖으로 통하는 이중창을 통해 햇빛이 환하게 쏟아져 들어오고 있었다. 창문에는 블라인드가 달려 있어서 뜨거운 여름에는 햇살을 피할 수도 있고, 오늘 같이 추운 겨울날에는 블라인드를 한껏 올려서 마룻바닥에 비치는 따뜻한 햇살을 즐길 수도 있었다.

"정말이에요. 사무실로 쓰면 좋겠어요."

한나가 말했다.

"놀이방으로도 괜찮고요."

"다이애나가 너무 좋아해요. 토요일마다 유치원 친구를 데려와서 같이 노는데, 이번 주에 우리 집에서 놀았으면 다음 주에는 그 친구 집에 가곤 해요. 근데 둘 다 여기서 노는 걸 더 좋아하는 것 같아요. 여기가 공간도 넓고, 오후에는 항상 같이 쿠키를 굽거든요."

주디는 문득 슬픈 표정을 지었다.

"이사 가기 싫은 이유 중 하나가 바로 이거예요. 이 집은 다이애나가 태어나고 자란 곳이거든요. 다이애나가 새집, 새 학교, 새 친구들에게 적응하려면 힘이 들 거예요. 게다가 전에 없이 매일 밤 집에 오는 엄마에다가 갑자기 등장한 아빠까지."

"채취했어?"

안드레아의 차가 모퉁이를 돌자마자 한나가 물었다.

"당연하지. 채취도 넉넉하게 했고, 뜻밖의 수확도 건졌지."

"뜻밖의 수확?"

안드레아가 고속도로 진입로를 타기 시작했다.

"생각보다 그 집에 오래 있었어. 얼른 클럽 나인틴으로 가야 해."

"그래, 근데 뜻밖의 수확이라는 게 대체 뭐야?"

"베브 박사가 쓰던 방 화장대 위에 빗이 있더라고. 거기서 머리카락을 뽑아서 가져왔지."

"왜?"

"베브 박사의 DNA가 필요할지도 모르잖아. 만약을 위해서 나쁠 거 없지, 안 그래?"

"그래, 뭐. 만약의 경우를 위해. 다이애나의 DNA 채취할 건 가져왔어?"

"몇 가지."

"뭐?"

"여러 개 챙겼다고. 빗에서 머리카락 떼어왔고, 시럽으로 된 기침약 옆에 있던 숟가락을 챙겼는데, 나오려다 보니까 쓰레기통에 피가 약간 묻은 반창고 버린 것이 있어서 그것도 가져왔어."

"그럼 머리카락이랑 침, 혈액까지 챙긴 거네."

"빌의 책에서 읽었는데 그 세 가지가 DNA를 채취할 수 있는 주요한 요소들이래. 나이트 박사님한테 가져가면 알아서 고르실 거야. 언니는 뭣 좀 가져온 거 있어?"

"있지."

"어떤 거?"

"죄책감. 주디, 참 좋은 사람 같았는데 속여서 너무 미안했어."

"너무 그러지 마. 어차피 주디의 행복을 위한 길이기도 하잖아."

한나는 깜짝 놀라며 안드레아를 쳐다보았다.

"그게 무슨 뜻이야?"

"주디는 이사 가고 싶어 하지 않잖아. 지금 집을 좋아한다고. 우리한테 집 구경시켜줄 때도 여기저기 장식이며 본인이 꾸며놓은 것을 아주 뿌듯해하는 것 같은 눈치였어. 특히 다이애나의 놀이방이나 침실을 보여줄 때는 눈이 반짝반짝거리던걸. 다이애나의 좋은 엄마 역할은 베브 박사가 아니라 주디가 어울려. 베브 박사가 딸과 시간을 보내는 것보다는 친구들과 어울려 놀러다니는 일에 더 관심이 많다고 했던 거 언니도 들었지?"

"들었지."

"다이애나한테 매일 밤 책을 읽어준단 이야기하던 차에 내가 들어갔잖아. 원래 그런 건 엄마, 아빠가 해주는 거거든. 베브 박사가 육아를 귀찮아하니까 주디가 대신 엄마 노릇 해주는 것 같아."

베브 박사의 험담을 하고 싶진 않지만, 그 사실만큼은 한나도 인정할 수밖에 없었다.

"그래, 그런 것 같더라."

한나가 말했다.

"아까 네가 2층에 있을 때 주디가 다이애나랑 다이애나 친구들이랑 같이 쿠키 굽는다는 이야기를 해줬거든. 그러면서 이제 이사를 가게 되면 다이애나가 새집이랑 새 학교랑 새 친구들에 적응해야 하고, 매일 밤 집에 들어오는 엄마와 새 아빠에게도 익숙해져야 하니까 걱정이라고 했어."

"그것 봐!"

안드레아가 고속도로에서 빠져나갔다.

"주디는 집을 포기하고 싶지 않은 거야. 지금 있는 그대로 다이애나의 엄마 노릇을 하고 싶은 거지. 그래서 내가 아까 주디의 행복을 위한 길이기도 하다고 말한 거야. 우리가 베브 박사와 노먼 사이를 떨어트려 놓으면, 주디는 다이애나와 이대로 계속 행복하게 살 수 있잖아."

라즈베리 드롭 샌드위치 쿠키

오븐은 190도로 예열합니다. 틀은 오븐의 중앙에 두세요.

재료

백설탕 1과 1/2컵 / 소금기 있는 버터 1컵

큰 계란 3개 / 소금 1/2티스푼 / 베이킹소다 1티스푼

라즈베리파이 필링 1과 1/2컵 / 다목적용 밀가루 3컵

라즈베리 크림 프로스팅 3/4컵(프로스팅 레시피는 쿠키 레시피 다음에 이어져요)

한나의 첫 번째 메모: 프로스팅을 먼저 만드세요.

한나의 두 번째 메모: 팔 힘이 엄청나게 센 것이 아니라면 쿠키 반죽할 때는 반죽기를 사용하세요.

만드는 법

1. 반죽기 그릇에 설탕을 넣습니다.
2. 실온에 두어 부드러워진 버터를 넣습니다(눈폭풍 속 한 농가의 주방 실온을 이야기하는 건 아니랍니다. 버터가 잘 발릴 정도로 부드러워야 해요).
3. 반죽기를 '낮음'에서 1분간 돌립니다. 반죽기의 속도를 단계적으로 높이면서 그릇 옆면까지 잘 긁어주고, 한 단계 올릴 때마다 1분씩 돌리면서 그렇게 제일 높은 속도까지 올립니다.

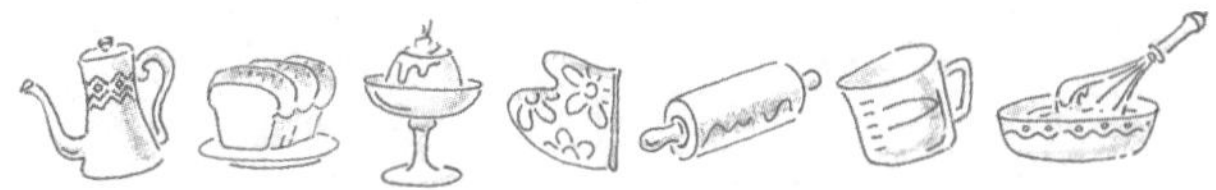

4. 제일 높은 속도에서 2분 정도 돌리면 재료들이 보송보송하게 잘 섞일 거예요.
5. 반죽기 속도를 다시 '낮음'으로 내린 다음 계란을 하나씩 깨어 넣을 때마다 잘 섞어줍니다. 그런 뒤 소금을 넣고 섞어주고, 베이킹소다를 넣은 뒤 다시 섞어줍니다.
6. 라즈베리파이 필링 1과 1/2컵을 반죽기에 넣고 '낮음'의 속도에서 돌립니다. 반죽기를 끄고 그릇 옆면을 긁어줍니다.
7. '낮음'으로 반죽기를 가동하는 가운데 밀가루를 1컵씩 넣습니다. 반죽기를 끄고 그릇 옆면을 긁어준 다음 마지막 반죽 때는 손으로 마무리합니다(완성된 쿠키 반죽은 설탕 쿠키나 초콜릿칩 쿠키 반죽처럼 빽빽하지 않고 보송보송할 거예요).
8. 쿠키 틀에 양피지를 깔아주세요. 이 쿠키를 굽기 위한 가장 쉬운 방법이랍니다. 양피지가 없으면 틀에 기름칠을 두껍게 하거나 들러붙음 방지 스프레이를 뿌려주세요.
9. 티스푼을 사용해 반죽을 떠서 쿠키 틀 위에 올립니다. 12개가 들어갈 거예요.
10. 틀을 오븐에 넣고 190도에서 12분간 굽습니다. 오븐에서 쿠키를 꺼내 양피지 채로 식힘망에 올립니다(기름칠한 쿠키 틀을 사용했다면 틀 위에서 2분간 식힌 다음 철제 주걱으로 떼어 식힘망으로 옮깁니다).
11. 쿠키를 충분히 식혔으면, 바닥이 될 쿠키에 라즈베리 크림 프로스팅을 얹고 또 다른 쿠키로 그 위를 덮습니다. 이렇게 조그마한 샌드위치 쿠키가 완성되는 겁니다.

라즈베리 크림 프로스팅:

슈가 파우더 3컵 / 헤비크림(휘핑크림) 1/4컵

씨 없는 라즈베리잼 3테이블스푼 / 슈가 파우더 추가분 약간

1. 슈가 파우더 3컵을 작은 그릇에 담고, 헤비크림을 넣은 다음 잘 섞어줍니다.
2. 씨 없는 라즈베리잼 3테이블스푼을 전자레인지에 15~20초간 돌려 녹을 때까지 가열한 다음 아까 슈가 파우더와 헤비크림 섞은 것에 더합니다.
3. 프로스팅이 너무 되면 크림을 더 넣고, 너무 묽으면 슈가 파우더를 더 넣어주세요.
4. 그릇 위를 비닐랩으로 덮은 다음 쿠키가 다 구워질 때까지 옆으로 밀어둡니다.

한나의 세 번째 메모: 프로스팅이 남았다면 그래햄 크래커 사이에 얹어서 먹어보세요. 학교에 갔다가 돌아온 아이들에게 특별한 간식이 될 거예요. 소다크래커(단, 소금 발린 쪽을 아래로)나 진저스냅스에도 가능하답니다.

클럽 나인틴 안은 에덴 호수 휴게소와 비슷했다. 다만 크기가 그에 세 배라는 것이 다를 뿐. 외벽은 치장 벽토로 되어 있었고, 실내는 나무였다. 역시나 나무로 된 바닥은 반짝반짝 광이 났고, 나무로 된 벽에는 포스터 액자와 이곳에서 공연한 재즈 밴드나 유명인의 서명이 담긴 사진들이 줄지어 걸려 있었다. 네 사람이 앉을 수 있는 사각의 작은 탁자에는 네 군데의 경첩에 탁자를 더 넓게 쓸 수 있도록 펴게 되어 있는 둥근 덧판이 달려 있었다. 한쪽의 마주 보는 두 개의 덧판을 펼치면 테이블이 타원형이 되면서 두 명이 더 앉을 수 있다. 따라서 네 개의 덧판을 모두 젖히면 총 여덟 명이 앉을 수 있게 된다. 기발한 아이디어 디자인에 한나는 다른 레스토랑에는 왜 이런 탁자를 놓지 않을까 궁금했다.

"안녕하세요. 셸비예요."

웨이트리스가 한나 자리로 다가와 인사했다.

"음료 주문하시겠어요?"

"전 아이스티요."

안드레아가 대답했다.

"운전을 해야 해서요."

한나도 같은 것을 주문하려다가 멈칫했다. 추운 날이니 뭔가 따뜻한 게 마시고 싶었다.

"혹시 무알콜 커피 음료 있을까요?"

한나가 물었다.

"네, 라즈베리 라떼도 있고, 캐러멜 라떼랑 초콜릿 애프리콧 라떼도 있어요. 에스프레소 기계에 시럽과 우유를 넣어서 맛을 낸 거예요."

"그럼 저도 라즈베리 라떼로 바꿔도 될까요?"

안드레아가 미안한 듯 미소로 웨이트리스에게 물었다.

"그럼요, 아가씨. 부인은요?"

이 웨이트리스는 왜 방금 안드레아에게는 아가씨라고 했으면서 나에게는 부인이라고 하는 것일까. 내가 뭔가 신분이 더 높아 보이기라도 하는 것일까? 어쩌면 그 반대일지도 모른다. 단지 내가 안드레아에 비해 늙어 보이기 때문일지도. 가발을 쓰고 화장을 좀 더 하면…….

"부인?"

"아, 미안해요. 전 초콜릿 애프리콧 라떼 주세요. 그리고…… 아까 예약 전화를 했을 때, 여기 사장님이 계실 거라고 했는데, 만나서 이야기 좀 나눌 수 있을까요? 시나몬 롤 식스 밴드 때문에 그러는데."

"시나몬 롤 식스! 제가 세상에서 제일 좋아하는 밴드예요!"

셸비가 탄성을 질렀다. 그러고는 이내 부끄러운 듯 말했다.

"정말 최고의 밴드예요. 여기서 공연했을 때 사람들이 다 좋아했거든요. 지금은 어디서 공연하는지 혹시 알고 계세요?"

"레이크 에덴 호텔이요."

안드레아가 대답했다.

"호텔 주인이 주말에 재즈 페스티벌을 열었는데 헤드라이너 밴드로 시나몬 롤 식스를 초청했어요."

"충분히 자격 있어요!"

셸비가 미소를 지었다.

"우리도 다음 달에 다시 와서 공연해 달라고 요청할 계획이에요. 사람들이 엄청 열광했거든요. 근데, 왜 그러세요?"

안드레아의 난감한 표정을 눈치챈 셸비가 물었고, 한나는 의자를 하나 빼주었다.

"일단 앉아요."

한나가 간단명료하게 말했다.

"아직 이야기를 듣지 못한 것 같은데, 전해줄 소식 하나가 있어요. 안됐지만 나쁜 소식이에요."

"시나몬 롤 식스에 관한 거예요?"

한나가 끌어내준 의자에 앉으며 셸비가 물었다.

"그래요. 고속도로에서 연쇄추돌사고가 있었는데, 밴드 버스도 사고를 당했어요."

셸비의 얼굴이 새파랗게 질려 밝은 빨간색 립스틱을 바른 그녀의 입술이 횃불처럼 도드라졌다.

"설마 버디가?"

한나는 안드레아를 향해 눈빛을 쏘아 보냈다. *이건 내가 알아서 할게.* 그러고는 이내 다시 셸비에게로 고개를 돌렸다.

"네, 버디가 죽었어요."

한나가 말했다.

"오, 안 돼!"

셸비가 의자에 축 늘어지며 탄식했다.

"버디가 죽을 리 없어요! 지난주에도 봤는데. 새로운 재즈 그룹의 연주를 들으러 왔었는데."

셸비가 애원 섞인 눈빛으로 한나를 쳐다보았다.

"정말이에요?"

"유감이지만, 셸비, 사실이에요. 버디가 죽었어요. 사고가 있던 날 밤 레이크 에덴 메모리얼 병원에서요."

더 이상 창백해질 수 없을 것 같았던 셸비의 얼굴이 아까보다 더욱 새하얘졌다. 그녀의 피부는 이제 갓 내린 눈만큼 하얬다. 한나는 셸비가 금방이라도 기절해버리진 않을까 걱정스러웠다.

"그럼 사고 때문에 죽은 거예요?"

셸비가 떨리는 목소리로 물었다.

"아뇨, 버디는 사고 이후에 죽었어요. 레이크 에덴 메모리얼 병원에서요."

"그럼…… 대체 무슨 일이 있었던 거예요? 난 꼭 알아야겠어요!"

한나는 안드레아를 향해 살짝 고개를 끄덕였다. 남녀 간의 애정사에 관해서는 전문가인 안드레아에게 맡기는 것이 나았다. 셸비와 버디는 분명히 단순히 밴드 연주자와 팬의 관계 그 이상이다.

"그를 사랑했군요."

안드레아가 셸비의 손 위에 가만히 자신의 손을 얹었다.

"그의 죽음을 우리가 전하게 되어서 미안해요."

"아니에요. 근데 어떻게? 어째서 죽은 거예요? 사고 때문에 다쳤던 거예요?"

안드레아가 한나를 향해 고개를 끄덕였고, 다시 한나가 나섰다.

"아뇨, 손목을 조금 삔 것뿐이었어요. 근데 진료실에서 반깁스 처치를 기다리고 있다가……, 살해당했어요."

"살해요? 대체 누가요? 누가 버디를 죽였다는 거예요?"

셸비가 충격에 휩싸인 채 두 사람을 바라보았다.

"버디는 정말 좋은 사람이었어요! 자상한 사람이었다고요! 버디를…… 도대체 누가 그런 끔찍한 짓을……."

셸비의 두 눈이 찌푸려지더니 이내 그녀의 표정이 슬픔에서 분노로 바뀌었다.

"그 여자예요!"

셸비가 말했다.

"누구요?"

한나는 숨을 훅 들이마셨다. 지금껏 얻은 정보 중 가장 주요한 단서가 될지도 모른다.

"그 여자요, 밸런타인데이 즈음에 여기에 왔던 여자. 그 여자가 버디를 죽인 거예요. 난 알아요. 그 여자예요. 버디가 자기에게 넘어오지 않으니까, 그래서…… 그래서 그를 죽였나 봐요!"

"그 여자를 봤어요?"

한나가 물었다.

"봤죠. 뮤지션들 홀리고 다니는 그런 타입의 여자였어요. 알잖아요. 딱 붙는 스웨터에 초미니 스커트를 섹시하게 입고 와서는 버디에게서 시선을 못 떼더라고요. 내가 그 여자를 눈여겨봤던 건…… 그게…… 그때 버디랑 살짝 사귀고 있던 중이었기 때문이에요. 공연 끝나고 그 여자가 무대 뒤편으로 가는 걸 봤어요. 저도 따라가 보고 싶었는데, 탁자를 치우고 있던 중이라서 자리를 비울 수가 없었어요. 근데 휴식시간에 잠깐 담배 피우러 나갔다가 주차장에서 두 사람을 봤어요. 그 여자는 버디의 팔에 거의 매달려 있다시피 하고 있고, 버디는 그 여자를 떼어내려고 하더라고요. 그때 그 여자가 이렇게 말했어요. '내가 너를 몰라볼 거 같아?' 그게 무슨 뜻이었는지는 모르겠지만."

한나와 안드레아는 시선을 주고받았다. 그 여자는 진짜 버디가 누구인지 알고 있을까?

"그랬더니 버디는 뭐라고 했어요?"

한나가 물었다.

“ ‘엉뚱한 사람 짚었어, 아가씨. 날 그냥 내버려둬!’ 라고 했어요. 그러니까 그 여자가 뭐라고 이야기를 했고, 버디는 그 여자의 손을 떼어내려고 했지만, 그 여자가 버디의 팔을 붙잡고 놔주지 않았어요. 마침내 버디가 손 놓으라고 소리를 질렀고, 그제야 여자가 손을 놨죠. 그리고 버디가 이렇게 외쳤어요. ‘난 당신이 생각하는 그 남자가 아니야!’ 그랬더니 그 여자도 소리를 쳤는데, ‘아니, 네가 맞아! 내가 알아!’ 라고 했어요. 정말 큰 소리로요. 그리고 버디의 뺨을 한 대 때리더니 가버렸어요.”

“어디로 가는지 봤어요?”

“차로 가는 것 같았어요. 그 여자가 걸어간 방향에는 출구가 없었거든요. 하지만 일부러 지키고 서서 끝까지 보진 않았어요. 버디가 제 쪽으로 오는 것 같아서 얼른 클럽 뒤편으로 숨었죠. 두 사람이 싸우는 모습을 제가 몰래 지켜본 걸 들키고 싶지 않았어요.”

“그 일에 대해서는 버디가 아무 얘기도 안 하던가요?”

셸비가 보았다는 그 여자에 대해 버디가 무슨 이야기라도 그녀에게 했기를 간절히 바라며 한나가 물었다.

“버디가 들어와서는 아무 말 안 하길래, 제가 먼저 물어봤어요.”

셸비가 말했다.

“뺨 맞은 볼이 붉어졌기에 무슨 일 있었냐고 했죠.”

“그랬더니요?”

안드레아가 앞으로 바짝 다가앉으며 물었다.

“어떤 미친 여자가 무대 뒤로 와서 귀찮게 하더라면서 떼어내려고 주차장으로 나갔더니 거기까지 따라와서 뺨을 때렸다고 했어요. 왜 그 여자가 하필 당신을 괴롭혔냐고 물어보니까 자기를 과거에 알았던 남자로 착각한 것 같다고 하더라고요. *정말 이상해.* 버디가 이렇게 말했어요. *진*

짜로 난 그 여자를 한 번도 본 적이 없는데."

"그 여자의 생김새에 대해 조금 자세히 설명해줄 수 있나요?"

한나가 물었다.

"글쎄요. 옷차림은 벌써 얘기했고, 그렇게 예쁜 얼굴은 아니었어요. 그냥 보통 정도. 화장을 짙게 하고, 짙은 색 머리칼. 그래요, 머리카락 색이 짙었어요. 버디랑 주차장에 있을 때 핸드폰으로 사진을 찍었는데, 해상도가 그렇게 좋지 못해요. 잠깐만요. 제가 찾아볼게요."

셸비가 핸드폰의 사진들을 클릭하는 모습을 바라보며 한나는 다시 숨을 몰아쉬었다. 이건 정말 엄청난 발견이 될 수도 있다! 셸비가 마침내 사진을 찾았는지 만족스러운 한숨을 내쉬었다.

"여기 있네요."

그녀가 말했다.

"사진이 100장도 넘는데 찾아냈어요. 주차장 조명도 어두웠고, 또 멀리서 찍은 거라 잘 알아보긴 힘들 거예요. 더 가까이 가서 찍었다간 발각될 수도 있으니까 가까이 가지도 못하겠고, 플래시도 터트릴 수가 없었어요. 내가 이 사진 찍은 걸 버디가 알았다면 내가 질투하는 줄 알았을 거예요, 안 그래요?"

결국 질투 아닌가. 한나는 생각했다. 하지만 대신 이렇게 말했다.

"그렇죠."

그런 뒤 셸비에게서 핸드폰을 건네받았다.

"나도 같이 봐."

안드레아가 의자를 한나 가까이로 당겼다.

"사진 정말 잘 찍어뒀어요, 셸비. 당신 말이 맞을지도 몰라요. 그 여자가 버디의 사건과 연관이 있을 수도 있어요."

자그마한 셸비의 핸드폰 화면을 들여다보니 한나는 심난했다. 뒤편에

줄지어 주차되어 있는 차들 주변으로 두 사람의 형상이 보였지만, 누구인지는 도저히 알아볼 수가 없었다.

"이 사진, 확대할 수 있는 방법은 없어요?"

한나가 물었다.

그러자 셸비는 어깨를 으쓱했다.

"모르겠어요. 어쩌면 가능할지도. 핸드폰 가게 점원이 이 핸드폰은 카메라 기능이 특히 좋다고 했거든요."

"그럼 사진, 이메일로 보내줄 수 있어요?"

안드레아가 물었다.

"네, 점원이 그건 가능하다고 했어요. 근데 전 어떻게 보내는지 몰라요."

"그럼, 내가 한번 해봐도 돼요?"

안드레아가 물었다.

"얼마든지요!"

셸비가 작게 웃었다.

"한번 해보세요. 전 주문하신 음료 가져올게요. 혹시 전화 오면 그냥 받지 마시고요. 알아서 메시지 남길 테니까 제가 나중에 쉬는 시간에 확인하면 돼요."

한나는 안드레아가 셸비의 핸드폰을 조작하는 낯선 모습을 가만히 지켜봤다. 한나의 전화기보다 더 최신식의 기종이었지만, 한나는 전혀 부럽지 않았다. 한나에게 필요한 기능은 전화를 걸고, 받는 것뿐이니 말이다. 다른 기능들은 거추장스러울 뿐이다.

"됐다!"

안드레아가 고개를 들고 씩 웃었다.

"내 이메일이랑 핸드폰으로도 전송했어. 언니 핸드폰으로도 보내줄까?"

"안 될걸."

"무슨 소리야? 방금 했잖아. 할 수 있다니까."

"아니, 안 될 거야. 내 핸드폰은 그냥 전화기에 불과하거든. 다른 건 못한다고."

안드레아가 천장을 향해 눈을 굴렸다.

"언니 지금이 무슨 구석기 시대인 줄 알아? 제발 최신 기종으로 좀 바꿔."

"뭐 하러? 배터리만 제때 갈아주면 잘 작동하는데."

"그래도 제발, 언니. 요즘 나온 기종들은 다양하게 기능이 많단 말이야."

"그렇겠지. 그래도 나한테는 이 핸드폰이 맞아. 바꾸고 싶은 마음 없어."

"좋아, 알았어. 그럼 계속 그렇게 시대에 뒤떨어져서 살라고. 못 말려, 진짜. 아마 언니 집 옷장 어딘가에는 타자기도 있을 거야."

한나는 대학 시절 리포트를 작성할 때 사용했던 휴대용 올리베티 타자기가 머릿속에 생생하게 떠올랐다. 그 타자기는 아직도 상태가 좋은 터라 세탁실 벽장에 보관하고 있었다.

"뭐야? 정말로 옷장에 타자기 있는 거야?"

"아니."

한나가 솔직하게 대답했다.

"아니야."

"흠, 그렇다면 다행이고! 아직 희망은 보이네."

안드레아가 다시 셸비의 핸드폰으로 시선을 돌렸다.

"셸비가 버디와 함께 있는 이 여자를 본 게 며칠인지 궁금하지 않야?"

"날짜도 중요하지. 이따가 오면 물어보자."

"물어볼 필요 없어. 내가 알고 있거든."

"심령술사라도 돼?"

"아니, 그냥 똑똑한 것뿐이야. 난 신세대거든. 핸드폰으로 사진을 찍으면 찍은 날짜도 함께 기록이 남아. 그러니까 날짜 메뉴에 가서 확인만 하면 돼. 어디보자…… 이 사진은 2월 둘째 주 토요일에 찍혔어."

"그날은 샐리랑 딕이 왔던 날이야!"

"뭐?"

"샐리한테 언제 시나몬 롤 식스를 섭외했냐고 물어봤는데, 2월 둘째 주 토요일 공연 직후에 만나서 섭외했다고 했거든."

안드레아가 셸비의 핸드폰 화면을 톡톡 두드렸다.

"그럼 샐리나 딕이 이 여자를 봤을 수도 있단 얘기야?"

"가능성이 있지. 호텔에 가서 물어봐야겠어."

"그 전에 우리가 할 수 있는 일이 있어. 노먼한테 가서 이 사진 크기를 키우거나 해상도를 높이거나, 어쨌든 이 여자를 알아볼 수 있도록 손 봐달라고 부탁하는 거야."

"노먼이 할 수 있을까 모르겠네."

"왜? 전에도 사진 수정하는 거 도와줬잖아."

"그랬지. 근데……, 이제는 베브 박사가 우리를 돕지 못하게 할지도 몰라."

"그럼 그럴지도 모른다는 이유로 아예 물어보지도 않겠다는 거야?"

안드레아가 회의적인 표정을 지었다.

"노먼을 다시 쟁취하겠다고 결의했던 그 여인은 어디로 갔어? 내가 못 본 사이에 다시 꿔다 놓은 보릿자루로 돌아가 버린 거야?"

한나는 푹 한숨을 내쉬었다.

"아니, 아니야. 노먼한테 전화해서 물어볼게."

그때 셸비가 쟁반에 두 개의 높다란 유리컵을 담아 들고 두 사람의 테이블로 다가왔다.

"라즈베리 라떼랑 초콜릿 애프리콧 라떼요."

셸비가 테이블에 음료를 내려놓고는 안드레아를 돌아보았다.

"사진 보냈어요?"

"네. 그래도 만약을 대비해서 사진 지우지 말아요, 알았죠?"

"알았어요, 지우지 않을게요. 어차피 제가 갖고 있는 버디의 마지막 사진이기도 하니까요."

셸비의 입술이 파르르 떨리더니 눈을 몇 번 깜빡거렸다. 그런 뒤 심호흡을 한 번 하고는 두 사람 앞에 작은 접시를 내려놓았다.

"지금이 애피타이저 타임이라 조금 가져와 봤어요. 낸시의 피기 치킨이라고, 낸시는 여기 사장님 부인인데, 그녀의 레시피로 만든 요리예요."

"피기 치킨이요?"

한나가 접시를 내려다보았다. 향긋한 아로마 향이 한나를 사로잡았다.

"꼭 룰라덴 같네요."

"그게 뭔데요?"

셸비가 아리송한 표정으로 물었다.

"잘게 다져서 안에 필링을 채워넣고 돌돌 만 고기 요리예요. 굽거나 튀기거나 해서 먹어요."

"정말 이거랑 비슷하네요."

"피기(piggy: 돼지) 치킨 겉면이 돼지고기라서 피기인 거예요?"

안드레아가 물었다.

"맞아요. 닭고기 부분은 납작하게 다진 치킨 텐더예요. 주방에서 요리사가 만드는 걸 한 번 봤는데, 안에는 크림치즈랑 골파 잎을 넣었어요. 닭고기 위에 크림치즈를 바르고 그 위에 가위로 골파 잎을 잘라 뿌리는 거예요. 그런 다음에 베이컨과 같이 돌돌 말아서 이쑤시개를 꽂아 고정시킨 다음에 오븐에 넣어요. 아마 톰이, 아, 우리 사장님 이름이 톰이에요. 톰이 사이즈를 더 크게 만들어달라고 요리사에게 요청할 것 같아요. 저녁 메뉴로도 낼 수 있도록이요."

한나는 더 이상 참지 못하고 피기 치킨을 한 조각 잘라 입에 넣었다. 딱 적당히 구워진 피기 치킨의 크림치즈와 골파 잎을 곁들인 치킨 텐더가 바삭바삭한 베이컨과 함께 입안에서 부드럽게 녹아내렸다.

"정말 맛있어요!"

한나는 머릿속으로 어떻게 하면 집에서도 이 요리를 만들 수 있을까 열심히 방법을 찾아보았다.

"피기 무(moo: 음매, 소의 울음소리)라는 요리도 있어요."

"그럼 닭고기 대신 소고기를 넣은 거예요?"

한나가 물었다.

"맞아요. 그리고 또 다른 애피타이저가 금방 나올 거예요."

셸비가 말했다. 첫 번째 요리에 대한 한나의 열화와 같은 반응에 기분이 좋아진 듯했다.

"주방에서 나오는 대로 가져올게요. 이번 메뉴는 자넷의 텍사스 할라피뇨 피멘토 치즈예요. 자넷은 톰의 딸인데 댈러스에 살거든요. 크래커랑 작은 나이프가 같이 나오는데, 다들 좋아해요."

"그렇겠네요."

한나가 말했다.

"빨리 먹어보고 싶어요. 근데 많이 맵나요?"

"그렇게 맵지 않아요. 할라피뇨 피클을 사용해서 매운맛이 조금은 덜

할 거예요. 치즈도 도움이 되고요. 물론 이 요리 먹은 다음에 사람들이 유난히 음료를 많이 주문하긴 하지만요."

한나는 씩 웃을 뿐 아무 말도 하지 않았다. 레스토랑 영업에 대해서라면 한나도 조금 아는 바가 있었다. 레스토랑에서는 식사 메뉴를 판매하는 것보다 음료를 판매하는 것이 이익이 훨씬 더 많이 남았다. 클럽 나인틴의 사장이라는 톰은 사업 수완이 꽤 좋은 사람인 모양이었다.

"금방 올게요."

셸비가 쟁반을 들고 자리에서 일어났다.

"잠깐만요."

한나가 그녀를 붙잡았다.

"버디가 죽었다는 사실은 이곳 사장님이나 그 누구에게도 이야기하지 말아요. 나랑 여기 내 동생이 직접 이야기할게요."

"알겠어요."

셸비가 대답했다.

"어차피 별로 이야기하고 싶지 않아요. 버디와 저, 결국 함께이지 못했을 운명이었는지도 모르겠지만, 그래도 버디가 이제 세상에 없다고 생각하니 견딜 수가 없어요."

피기 치킨

오븐은 190도로 예열합니다. 틀은 오븐의 중앙에 두세요.

한나의 첫 번째 메모: 제 친구 낸시 사피어에게서 받은 레시피예요. 낸시의 가족들이 이 피기 치킨을 무척 좋아한다고 하네요. 레시피 밑에 "완전 최고야!"라고 메모까지 덧붙였어요.

이름만 듣고 어렵다고 생각할 수도 있지만, 전혀 그렇지 않아요. 일단 한번 만들어보면 얼마나 맛있고 얼마나 만들기 쉬운지 깨닫게 될 거예요(요리의 외양은 하루 종일 주방에서 고생해서 만들어야 완성품이 나올 듯 멋들어져 보이죠. 그러니 절대 만들기 쉽다는 이야기는 손님들에게 하지 마세요! 그래야 다들 더욱 감탄할 테니까요. 이게 바로 낸시가 몰래 알려준 비밀이랍니다).

재료

뼈와 껍질을 제거한 치킨 텐더 1~1과 1/2파운드(454g~681g)

크림치즈 8온스(224g)(휘핑도, 저지방도 안 돼요. 꼭 큐브 모양의 크림치즈를 사용하세요)

건조시켜서 다진 골파 잎 2테이블스푼

건조 양파 썰어놓은 것 1/3컵(선택사항)

소금 / 갓 갈은 후추

길게 잘라 놓은 일반 베이컨 1파운드(454g)

한나의 두 번째 메모: 우리 스웬슨 가 사람들이 양파를 좋아해서 낸시의 레시피에 추가해봤어요. 취향에 따라서 선택하시면 됩니다.

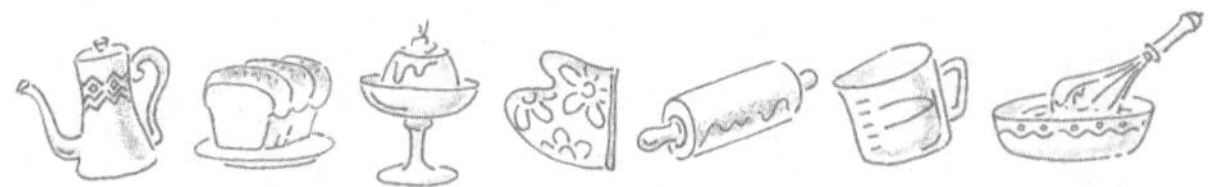

만드는 법

1. 치킨 텐더를 두 개의 비닐랩 사이에 놓고 도마 위에 올립니다. 미트 해머를 사용해서 최대한 납작하게, 하지만 구멍이 뚫리지는 않도록 조심해서 납작하게 두드려줍니다. 윗부분이 아니라 옆면을 두드리면 고기가 뜯어지는 것을 조금은 막을 수 있어요.

한나의 세 번째 메모: 미트 해머가 없다면 밀대로 밀어주셔도 됩니다(푸드 채널에서 본 방법이에요). 아니면 비닐랩을 씌운 치킨 텐더 위에 얇은 도마를 얹고 일반 망치로 도마를 내리쳐도 됩니다. 아니면 저처럼 고무로 된 망치로 두드리셔도 됩니다.

결혼생활에 도움이 될 팁 하나 알려드릴까요? 이 마지막 방법을 사용하실 때에는 남편에게 절대 고무망치를 사용했다고 말하지 마세요! 이미지 관리 하셔야죠.

2. 치킨 텐더를 충분히 두드렸으면 한편에 놓아두고 베이킹 팬을 준비합니다.
3. 치킨 텐더 조각들이 베이킹 팬에 어느 정도 자리를 차지할지 눈대중으로 짐작해본 다음 움푹한 팬을 한두 개 정도 준비합니다. 치킨 텐더를 모두 담아도 모든 면에 1인치 정도 공간이 남을 정도로 움푹한 팬이어야 해요(낸시는 반드시 공간을 남겨야 베이컨이 바삭해진다고 강조했어요). 팬에 들러붙음 방지 스프레이를 뿌립니다.

4. 치킨 텐더의 비닐랩을 벗깁니다.
5. 크림치즈가 아직 충분히 부드러워지지 않았으면 전자레인지에서 25초간 돌립니다. 그래도 부드러워지지 않으면 20초 정도 더 돌립니다.
6. 골파 잎에 취향에 따라 말린 양파를 넣고 크림치즈와 잘 섞어줍니다.
7. 고무 주걱이나 프로스팅용 나이프를 사용해서 대략 2티스푼 정도의 크림치즈를 치킨 텐더 위에 발라줍니다.

한나의 네 번째 메모: 생닭에서 나온 육수가 크림치즈에 섞여 들어갈까 걱정되시죠? 바르고 남은 크림치즈는 그냥 버리는 게 좋을 거예요. 생닭에서 나온 물이 섞여 있으니 뒀다 먹으면 위험할 수도 있거든요. 도마나 고무 주걱 혹은 프로스팅용 나이프도 깨끗이 닦아주세요. 크림치즈를 담았던 볼도 마찬가지고요(식기세척기에 넣어 닦으면 제일 좋겠죠).

8. 골파 잎과 말린 양파 조각을 그 위에 뿌립니다(취향에 따라 사용해주세요).
9. 그 위에 소금과 후추를 뿌립니다.
10. 젤리롤처럼 치킨 텐더를 말아주세요. 그리고 그것을 도마 위에 올립니다.
11. 베이컨 한 줄을 역시나 도마 위에 올립니다. 베이컨으로 치킨롤 둘레를 감싸는데, 최대한 많이 감쌀 수 있도록 각도를 조절합니다.

12. 베이컨 마는 것이 끝났으면, 팬 위에 올리는데, 베이컨 양쪽 끝 중에서 적어도 한쪽 끝이 치킨 텐더 밑에 깔리도록 놓아줍니다(양쪽 끝 모두 바닥으로 가면 제일 좋지만, 한쪽만도 괜찮습니다).
13. 이러한 작업을 반복하여 팬에 베이컨을 감싼 치킨 텐더를 가지런히 올립니다.
14. 팬을 190도로 예열해둔 오븐에 넣고 25분간 굽습니다. 25분 후에 온도를 220도로 올려서 5분간 더 구워줍니다. 베이컨이 바삭바삭해질 때까지 구워주면 됩니다.
15. 샴페인 머슈룸 소스를 위에 얹어 손님상에 내면 됩니다.

샴페인 머슈룸 소스 :

소금기 있는 버터 1/2컵 / 생생한 양송이 통조림 1개(224g, 물을 잘 따라내세요)

샴페인 1/2컵(백포도주도 좋습니다) / 스테이크 소스 0.88온스(25g)

1. 소스팬에 버터를 넣고 가스레인지 중불에 올려 녹입니다.
2. 슬라이스한 양송이를 넣고 살짝 볶아줍니다.
3. 거기에 샴페인이나 백포도주를 넣고 잘 섞어줍니다.
4. 스테이크 소스를 뿌린 뒤 내용물이 보글보글 끓을 때까지 저어줍니다.
5. 1분간 계속 저어주면서 끓입니다.
6. 완성된 샴페인 머슈룸 소스를 소스용 용기에 담은 뒤 피기 치킨과 함께 냅니다.

한나의 메모: 무알콜의 재료를 사용하고 싶다면 샴페인이나 포도주 대신 닭육수를 1/2컵 넣어주세요.

조앤 플루크의 메모: 전 손님에게 이 요리를 대접할 때면 머슈룸 소스를 뿌린 다음 잘게 다진 파슬리를 뿌린답니다.

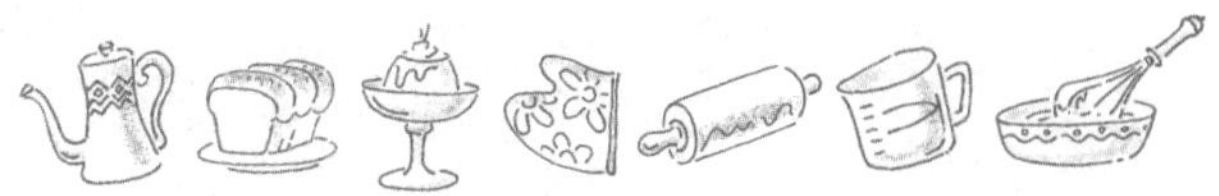

자넷의 텍사스 할라피뇨 피멘토 치즈

오븐은 예열하지 않아도 됩니다. 베이킹 대신 숙성이 필요한 레시피거든요.

한나의 첫 번째 메모: 자넷 맥러드의 레시피입니다.

재료

마일드 체다 치즈 조각 8온스(224g) / 샤프 체다 치즈 조각 16온스(448g)

부드러운 크림치즈 8온스(큐브 모양의 크림치즈를 사용하세요) / 썰어놓은 피멘토(작고 빨간, 맛이 순한 고추) 7온스(196g)짜리 통조림 2개(통조림 물은 빼주세요)

구운 빨간색 피망 12온스(336g)짜리 통조림 1개(통조림 물은 빼주세요)

마요네즈 1/4컵(4테이블스푼) / 우스터소스 2테이블스푼

할라피뇨 피클 썰어놓은 것 1/2컵 / 다양한 종류의 크래커(선택사항)

한나의 두 번째 메모: 일반 가정에서 사용하는 믹서기는 치즈가 한꺼번에 들어가지 않는다고 해요. 그러니 세 번에 나눠서 가동시키는 게 좋다는 자넷의 의견이 있었어요.

만드는 법

1. 마일드 체다 치즈의 1/3, 샤프 체다 치즈의 1/3, 부드러운 크림치즈의 1/3을 칼날을 장착한 믹서기에 넣습니다. 재료들이 균일한 색을 내며 잘 섞일 때까지 약 45초간 믹서기

를 돌립니다.

2. 고무 주걱을 사용하여 믹서기에서 치즈를 긁어내어 볼에 따로 담습니다. 볼은 뚜껑이 달려 있고, 5컵 정도의 용량이 담길 정도의 크기여야 합니다.

3. 아까처럼 치즈들의 1/3 용량을 덜어 믹서기에 돌린 다음 고무 주걱으로 아까 따로 덜어내었던 볼에 덜어냅니다.

4. 다시 나머지 1/3 용량의 치즈들을 믹서기에 돌린 다음 볼에 덜어냅니다.

한나의 세 번째 메모: 나머지 재료들도 믹서기를 사용하여 갈아야 하니까 믹서기 볼을 당장 씻지 않아도 됩니다. 치즈가 조금 남아 있어도 괜찮아요.

5. 피멘토 통조림의 물을 빼낸 다음 믹서기에 넣습니다.

6. 구운 피망 통조림의 물을 빼낸 다음 믹서기에 넣습니다.

7. 마요네즈와 우스터소스를 넣습니다.

8. 할라피뇨 피클 통조림의 물을 빼낸 다음 믹서기에 넣습니다.

9. 믹서기에 칼날을 부착한 다음 6~8번에 걸쳐 가동시켜 재료들을 작은 조각으로 잘라줍니다.

10. 고무 주걱을 사용해서 믹서기의 재료들을 긁어내 아까의 크림치즈 혼합물을 담아두었던 볼에 담습니다. 그런 뒤 서로 잘 섞어줍니다.

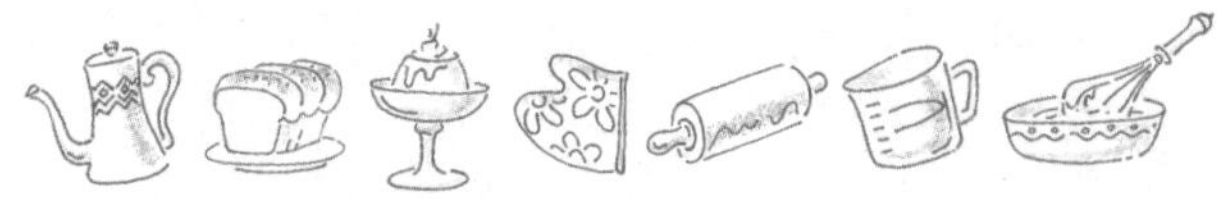

11. 볼에 뚜껑을 덮은 다음 냉장고에 넣어 약 3시간 정도 보관합니다. 24시간까지는 괜찮지만 그 이상 보관하는 건 곤란합니다.
12. 예쁜 그릇에 담은 다음 크래커에 발라먹을 수 있도록 개인용 나이프와 함께 손님상에 냅니다.

한나의 네 번째 메모: 마이크가 좋아하는 간식이랍니다. 언젠가 한 번 위넷카 카운티 경찰서 회의 때 가져갈 수 있도록 포장해주었는데, 눈 깜짝할 사이에 없어졌다고 하더라고요.

"이제 어쩌지?"

클럽 나인틴에서 차를 몰아 나오며 안드레아가 물었다.

"여기 사장님이나 직원들, 그 누구한테서도 중요한 단서를 얻지 못했잖아."

"그래, 버디가 참 재능 많은 키보드 연주자였다는 사실만 거듭 배웠지. 꽤 바람둥이였다는 거랑."

"그러니까, 이제 뭘 하면 되냐고."

"집에 가야지."

한나가 두 손으로 머리를 감싸며 말했다. 구명보트나 그 어떤 구조 수단도 없이 험한 바다 위를 표류하는 듯한 기분이었다.

"근데 그 전에 초콜릿부터 먹으면 어떨까?"

"언제 그 이야기하나 했어."

안드레아가 급하게 핸들을 꺾어 고속도로에서 빠져나와 가장 가까이에 있는 아이스크림가게로 향했다.

"자이언틱 머드 슬라이드 먹자. 아직도 텍사스 할라피뇨 피멘토 치즈 때문에 입이 매워."

"머드 슬라이드 뭐?"

"커피 아이스크림에 캐러멜 소스랑 피칸을 잔뜩 얹은 끝내주는 퍼지

선디야.”

“맛있겠다.”

안드레아가 고속도로 곳곳에 체인으로 운영 중에 있는 드리머리 크리머리 정문 앞 주차장에 차를 세우자 한나가 안전벨트를 풀며 말했다.

“안녕하세요.”

문을 열고 들어서자 경쾌한 목소리가 두 사람을 맞아주었다. 한나가 고개를 드니 분홍색 옷에 하얀 앞치마를 두른 예쁘장한 소녀가 계산대 앞에 서 있었다.

“포장하실 건가요, 여기서 드실 건가요?”

“여기서 먹고 갈 거예요.”

안드레아가 말했다.

“손님들이 없네요?”

소녀가 두 사람을 분홍색의 비닐이 덮인 부스로 안내하는 가운데 한나가 물었다.

“여기 체인점에 올 때는 항상 손님들로 가득했는데.”

“날씨 때문이에요. 아직 아이스크림 먹으러 나오기에는 추운 날씨라고들 생각하는 것 같아요. 지금보다 조금 따뜻해지면 다시 붐빌 거예요. 요즘에는 뜨거운 핫초코랑 커피 포장 주문만 있어요.”

“그래도 아직 머드 슬라이드 팔죠?”

안드레아가 물었다.

“네, 그거 드릴까요? 머드 슬라이드에 숟가락 두 개요?”

“이쪽은 커피 아이스크림 머드 슬라이드에 숟가락 하나 주시고요.”

한나가 안드레아를 가리키며 말했다.

“저는 초콜릿 아이스크림 머드 슬라이드에 숟가락 하나 따로 주세요. 힘든 하루였거든요. 초콜릿이 엄청 간절해요.”

"마실 것은요? 커피?"

그녀가 안드레아를 돌아보았다.

"네, 부탁해요."

"손님도요?"

이번에는 한나를 쳐다보았다.

"전 핫초콜릿 주세요. 휘핑크림이랑 초콜릿 가루 얹어서 더블로요. 그리고 저희 갈 때 있잖아요?"

"네."

소녀가 연필을 든 채 한나의 말을 기다렸다.

"더블 핫초콜릿 하나 포장해주세요. 여기 제 동생 것도요."

한나가 안드레아를 가리켰다.

"그래야 초콜릿 먹으러 또 들를 필요가 없잖아요."

"와우!"

소녀는 동정어린 눈빛으로 말했다.

"서비스로 초콜릿 쿠키 와퍼도 드릴게요. 오늘 엄청 힘든 하루셨나 봐요!"

"다 왔다."

안드레아가 쿠키단지 뒤편 주차장에 차를 세우며 중얼거리듯 말했다. 그런 뒤 일회용 컵에 마지막으로 남아 있던 핫초콜릿을 빨대로 쏙 빨아 마셨다.

"초콜릿이 다 떨어졌어."

"덕분에 에너지 풀이야."

한나가 안전벨트를 풀고 차 문을 열었다.

"들어올래?"

"당연하지. 가게로 나와 달라고 노먼한테 언니가 전화하는지 내가 직접 확인할 거야. 노먼이 직접 사진을 봐야 손보는 게 가능할지 알 거 아니야."

한나가 손목시계를 내려다보았다.

"지금 4시야. 진료 보고 있을 텐데."

"베브 박사가 있잖아. 이 일이 치과 진료보다 훨씬 중요하다고. 앞으로 노먼의 인생이 어떻게 될지의 여부가 달려 있는데!"

"설마 너, 우리가 DNA 샘플 채취했다는 얘기까지 하려는 건 아니겠지?"

한나가 충격에 휩싸인 채 안드레아를 쳐다보았다.

"그럴 리가. 어서, 언니. 안으로 들어가자. 나 커피 마시고 싶어."

작업실에 들어서자 쿠키단지에서 항상 풍기는 그 향이 어김없이 풍겨왔다. 이 향을 맡을 때마다 떠오르는 표현이 있다. '입에 침이 고이게 하는 아로마.'

"시나몬."

안드레아가 깊이 숨을 들이마셨다.

"그리고 사과."

한나가 덧붙였다.

"리사나 마지가 애플 시나몬 휘퍼스냅퍼스를 만들었나 봐."

안드레아는 기쁜 표정을 지었다.

"내 쿠키 레시피 아직도 사용하는지 몰랐어."

"당연히 사용하지. 훌륭한 레시피야. 쿠키가 부족할 때 빨리 만들 수 있는 레시피기도 하고. 수중에 스파이스 케이크 믹스만 있으면 되니까."

한나가 안드레아를 홀과 통해 있는 회전문 쪽으로 살짝 밀었다.

"가서 리사랑 모두에게 인사하고 커피 한잔하자. 초콜릿을 잔뜩 먹었더니 불가능한 게 없을 것 같은 기분이야. 현실감을 적당히 되찾으려면 카페인이 필요해."

"한나!"

두 사람이 홀로 나가자 리사가 활짝 웃으며 반겨주었다.

"이렇게 일찍 올지 몰랐어요."

"바람처럼 다녀왔지."

한나가 말했다.

"임무 완수."

안드레아가 덧붙였다.

그러자 홀에 있던 엄마와 로드 부인, 얼, 심지어 리사까지 일제히 박수를 쳤다.

"어머!"

안드레아가 예상치 못한 반응에 기뻐했다.

"고마워요."

그러더니 한나를 쳐다보았다.

"노먼이 베브 박사랑 어딘가 외출하거나 그 여자가 노먼을 못 나가게 붙잡아 두기 전에 빨리 전화 걸어야 하지 않을까?"

말이 끝나자마자 안드레아의 얼굴이 붉게 달아올랐다. 노먼의 어머니가 엄마 옆에 앉아 있다는 사실을 안드레아가 깜빡하고 만 것이다. 베브 박사를 '그 여자'라고 표현한 것이 로드 부인의 귀에는 기분 좋게 들리지 않았을 것이다.

"죄송해요, 로드 부인."

안드레아가 말했다.

"저는 그런 뜻이 아니라……."

안드레아가 얼버무렸다. 무어라 변명하면 좋을지 좀처럼 찾을 수 없는 모양이었다.

바로 그때 로드 부인이 웃음을 터뜨렸고, 미소를 짓는 엄마와 얼을 제외하고 모든 사람이 깜짝 놀라고 말았다.

"괜찮아, 안드레아."

로드 부인이 말했다.

"우리 모두 같은 생각을 하고 있어. 얼이랑 나도 노먼이 큰 실수를 저지르고 있다고 생각하거든. 결혼식이 열리기 전에 너희가 두 사람을 갈라놓을 수만 있다면 우리도 좋아."

"DNA 샘플은 채취했느냐?"

엄마가 물었다.

"엄마! 지금은 그런 이야기를 할 때가……."

"캐리랑 얼 앞에서 이야기해도 된다."

엄마가 말을 가로막고 나섰다.

"우리가 뭘 하고 있는지 두 사람도 알고 있거든. 그래서 오늘 밤에 노먼의 DNA 샘플 채취하는 것도 도와주기로 했단다."

"어떻게요?"

한나가 로드 부인을 돌아보며 물었다.

"얼이랑 내가 노먼을 불러서 같이 저녁을 먹을 거야. 주말에는 베브도 자기 집에 가고 없거든."

"그렇군요."

한나가 안드레아를 향해 경고의 시선을 쏘아 보냈다. 베브 박사가 주말에 집에 가는 것이 아니라 클럽에서 열리는 친구의 생일 파티에 간다는 사실을 두 사람은 알고 있다. 이 사실을 폭로해 베브 박사의 이중성에 대해 다함께 정보를 공유할 수도 있겠지만, 아직은 로드 부인과 얼에게 장차 며느리가 될 사람이 거짓말쟁이라는 사실을 알리고 싶지 않았다.

"나도 박사랑 호텔에 갈 거란다."

엄마가 알렸다.

"가서 디저트 타임에 캐리 식구들과 합석할 거야. 그때 박사가 노먼의 샘플을 채취하는 거지. 다음 날 연구실에 가져갈 수 있도록 말이다."

"결과가 나오기까지 얼마나 걸릴까요?"

모두가 궁금해하는 것을 리사가 물었다.

"그건 박사도 확실히 몰라. 연구실이 지금 얼마나 바쁜지에 달려 있지만, 연구실 사람이 박사의 절친한 친구고 이번 일이 얼마나 중요한지 알고 있으니까 서둘러 주기로 했단다."

"잘됐네요!"

안드레아가 안도의 표정을 지었다.

"결혼식 전에 결과가 나왔으면 좋겠어요."

"나도 바라는 바야!"

로드 부인이 말했다.

"오늘 일도 참 고마워. 딜로어가 다 이야기해줬어."

"두 사람도 오늘 밤 저녁식사 같이하면 어떻겠느냐?"

엄마가 제안했다.

"내가 사마. 같이 저녁 먹고 디저트 타임 때 노먼의 식구들과 함께하자꾸나."

"좋은 생각이야!"

로드 부인이 한나를 돌아보았다.

"노먼과 할 이야기도 있다고 했잖아."

"네. 살인사건 때문에 오늘 클럽 나인틴에 갔는데, 웨이트리스 중 한 명이 주차장에서 버디랑 어떤 여자가 말다툼하는 장면을 찍었다며 사진을 보여주더라고요. 사진을 찍은 날짜가 버디가 밴드를 떠나겠다고 통보

했던 바로 전날이었어요.”

“그럼 그 여자가 살인사건과 관련이 있는 거야?”

“그럴 수도 있어요. 일단 단서가 잡히는 대로 다 확인해보려고요. 근데 사진이 너무 어둡게 나온 데다가 먼 거리에서 찍은 거라 선명하지가 않아요. 사진 수정하는 건 노먼이 잘하니까 노먼한테 부탁해보려고요.”

그러자 로드 부인이 고개를 끄덕였다.

“그래, 노먼이라면 할 수 있을 거야. 디지털 카메라로 바꾸더니 사진 다루는 솜씨가 아주 좋아졌어. 그나저나 이렇게 재능 많은 노먼에게 베브는 참으로 어울리지 않는 짝이야.”

“캐리.”

얼이 로드 부인의 어깨에 다정히 손을 올렸다.

“그래요. 당신 말이 맞아요.”

로드 부인이 푹 한숨을 내쉬었다.

“두 사람의 일이니 내가 관여해선 안 되겠죠.”

얼마간 어색한 침묵이 흘렀고, 마침내 엄마가 입을 열었다.

“딸들? 저녁식사 어떻게 할 게냐?”

“고마워요, 엄마. 전 갈게요.”

한나가 재빨리 대답했다.

“너도 갈 거지, 미셸?”

“당연하죠. 물어봐주셔서 고마워요, 엄마.”

“안드레아?”

엄마가 안드레아를 돌아보았다.

“저도 기꺼이 가겠어요. 어차피 빌은 오늘도 늦을 테니까요. 초대 고마워요, 엄마.”

엄마가 이번에는 리사를 쳐다보았다.

“너는 어떠냐, 리사? 너도 우리 가족이나 마찬가지다. 함께하겠느냐?”

“감사하지만 전 어려울 것 같아요. 오늘 허브가 일찍 퇴근하는데, 피자를 사오기로 했거든요. 딜런과 쌔미 데리고 같이 영화 보려고요.”

한나는 리사의 오붓한 저녁 계획이 부러웠다. 할 수만 있다면 한나도 몇 달 전으로 돌아가 모이쉐와 커들스를 데리고 노먼과 함께 소파에 앉아 다정히 영화를 보고 싶었다. 하지만 이제 그런 밤은 다시 오지 않겠지. 노먼은 이제 베브 박사의 손아귀에 들어갔으니, 그녀가 노먼을 순순히 한나의 집으로 보내 같이 영화를 보게 할 리 없다. 커들스와 모이쉐를 곁에 두고 영화를 볼 수는 있겠지만, 커들스가 또다시 모이쉐를 자극해 함께 쫓기게임을 할 게 분명하고, 한나는 영화의 결말을 놓친 채 두 녀석이 벌여놓은 난장판을 홀로 쓸쓸히 치워야만 할 것이다.

“참, 한나.”

리사가 말했다.

“한나 코트를 찾았어요.”

“뭐…… 정말?”

한나는 순식간에 멍해졌다. 어제 쿠키단지 곳곳을 다 뒤져봤는데도 찾지 못했던 코트였다. 다른 곳은 몰라도 가게에만큼은 절대 코트가 없다는 데에 99.9% 확신했는데.

“어디서 찾았어?”

“샤워실 옷걸이에 걸려 있던데요. 수건을 빨려고 샤워실에 갔었어요. 빨리 빨려면 샤워실에서 하는 게 좋을 것 같아서요. 근데 거기서 우연히 발견했어요.”

한나는 두 손으로 눈을 감쌌다. 일종의 비참한 당황스러움을 표현한 자세였는데, 정말 한나의 기분은 그러했다. 그때는 전혀 기억이 나지 않았는데, 이제야 누군가 뒷문으로 들어와 눈이 잔뜩 묻어 흠뻑 젖은 파카를 한나에게 건네주었고, 그것을 샤워실 옷걸이에 걸어두었던 게 기억이 난 것이다.

"맞아, 그랬어."

한나가 인정했다.

"내가 완전히 까맣게 잊어버렸네."

한나가 엄마를 돌아보았다.

"죄송해요, 엄마. 전 또 엄마가 파카를……, 근데 아니었네요."

"설마, 내가 일부러 파카를 숨긴 걸로 생각했던 게냐. 너한테 내 취향의 새 파카를 사주려고?"

엄마가 물었다. 하지만 화가 났다기보다는 어쩐지 즐거운 표정이었다.

"그게…… 네, 그런 줄 알았어요. 근데 그냥 순간 그런 생각이 들었던 것뿐이에요."

"네가 네 옛 파카를 얼마나 아꼈는지는 나도 잘 알지."

엄마가 말했다.

"그럼 새 파카는 다시 환불하랴?"

"아뇨! 그건 아니에요!"

한나가 부끄러운 듯 씩 웃었다.

"새 파카도 마음에 들어요. 저한테 너무 잘 어울리거든요. 뭔가 특별하고 사랑받는 느낌이랄까……. 그런 느낌이 드는 파카는 한 번도 입어본 적이 없어요."

"그렇담 다행이고."

엄마가 살며시 미소를 지었다.

"이제 되찾은 옛 파카를 어찌할 건지가 궁금하구나."

"혹시 중고용품점에 가져다주실 수 있으세요? 조금 낡고 헤지긴 했지만, 누군가 필요한 사람이 있을 거예요."

"좋은 생각이다."

엄마가 한나를 향해 잘 생각했다는 듯 미소를 지어 보였다.

"단, 기부명세서 떼는 것 잊지 말 거라. 그래야 스탠이 세금을 공제해 줄 게 아니냐. 중고용품점에서 적어도 1니켈(5센트) 정도의 가격은 나올 게야. 아니면 1다임(10센트) 정도도 가능할지 모르지."

애플 시나몬 휘퍼스냅퍼스

오븐은 175도로 예열합니다. 틀은 오븐에 중앙에 두세요.

재료

쿠키 재료:

큰 계란 1개 / 휘핑크림 2컵 / 애플파이 필링 1/3컵

스파이스 케이크 믹스 포장 1개(약 500g)

쿠키 코팅용 재료:

슈가 파우더 1/2컵 / 시나몬가루 1/2티스푼

만드는 법

1. 쿠키 틀에 들러붙음 방지 스프레이를 뿌리거나 양피지를 깔아줍니다.
2. 우선, 티스푼 2개를 냉동실에 넣어서 차게 만듭니다. 그래야 반죽을 떼어낼 때 쉽게 작업할 수 있습니다.
3. 커다란 믹싱볼에 계란을 깨어 넣고 섞습니다.
4. 휘핑크림 2컵을 넣고 함께 저어줍니다.
5. 애플파이 필링을 작은 볼에 1/3컵 넣어줍니다. 사과를 1/4인치(0.6cm) 크기로 잘게 잘라줍니다(쿠키마다 사과 조각들이 골고루 들어가도록 하기 위해 잘게 자르는 거예요).

6. 믹싱볼에 사과를 넣고 손으로 섞어줍니다. 부드럽게 섞어주되 너무 많이 섞지는 마세요. 휘핑크림이 묽어져버리면 안 되니까요.

7. 케이크 믹스를 믹싱볼 위에 뿌린 뒤 골고루 섞이도록 뒤적여줍니다. 쿠키 반죽에 공기를 많이 주입시키기 위해서예요.

8. 슈가 파우더 1/2컵을 별도의 작은 볼에 담습니다(슈가 파우더는 큰 덩어리가 보이지 않는 이상은 체질할 필요가 없습니다).

9. 시나몬을 볼에 넣고 슈가 파우더와 잘 섞이도록 포크로 휘저어줍니다.

10. 아까 냉동실에 넣어두었던 티스푼을 꺼내 반죽을 떼어 시나몬과 슈가 파우더 섞은 것에 넣고 손가락으로 전면에 골고루 묻도록 잘 굴려줍니다.

한나의 첫 번째 메모: 반죽을 굴릴 때에는 한 번에 하나씩 굴려주세요. 반죽을 너무 많이 담고 굴리게 되면 서로 붙어버릴 수가 있거든요. 이 쿠키 반죽은 매우 끈적거리기 때문에 손가락도 꼭 미리 시나몬-슈가 파우더 가루에 묻혀줘야 한답니다.

한나의 두 번째 메모: 끈적거리는 반죽 때문에 작업이 너무 어렵다면 믹싱볼을 냉장고에 넣고 1시간 정도 기다려주세요. 그런 다음에 다시 시도해보면 좀 더 쉬울 거예요. 참, 이때 오븐은 꺼두세요. 반죽을 오븐에 넣기 몇 분 전에 다시 예열시키면 되니까요.

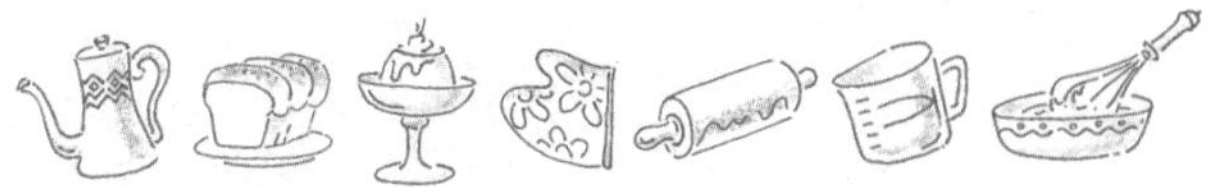

11. 가루 위에 굴린 반죽을 쿠키 틀 위에 올립니다.
12. 175도에서 12~15분간 굽습니다. 손가락 끝으로 윗면을 살짝 만져보았을 때 딱딱하면 완성입니다.
13. 쿠키가 다 구워졌으면 오븐에서 꺼내 틀 위에서 2분간 식히고 식힘망으로 옮겨 완전히 식힙니다.

한나의 세 번째 메모: 양피지를 사용하였다면 2분간 기다린 다음 양피지 채로 식힘망으로 옮겨주면 됩니다. 완전히 식힌 다음에 양피지를 떼어주면 되니까요.

한나의 네 번째 메모: 안드레아가 그러는데, 빌이 제일 좋아하는 쿠키라네요. 바이킹스 경기를 보면서 핫초콜릿과 함께 먹는 것을 그렇게 즐긴대요.

메인 요리를 거의 다 먹었을 때쯤 안드레아가 박사를 돌아보았다.

"저희가 채취한 샘플들은 차에 있어요."

"샘플들?"

박사가 호기심 어린 시선을 보냈다.

"뭘 가져와야 할지 몰라서 다이애나의 머리카락이랑 침이랑 혈액까지 채취했어요. 베브 박사의 머리카락도 가져왔고요. 그거면 될까요?"

"그거면 됐네, 안드레아. 많을수록 좋긴 하지."

박사가 엄마를 쳐다보았다.

"그렇지, 로리?"

순간 스웬슨 가 세 자매는 깜짝 놀라고 말았다. 엄마가 소녀처럼 킥킥거린 것이다. 한나는 엄마에게 갑자기 날개와 꼬리라도 솟은 것처럼 멍하니 쳐다보았다. 안드레아와 미셸 역시 한나와 같은 시선으로 엄마를 쳐다보고 있었다. 엄마가 여학생처럼 킥킥거리는 모습은 난생처음이다!

"아, 물론 난 이 믿을 수 없을 만큼 훌륭한 연어 요리를 말한 거야."

박사가 마지막 연어 조각을 입에 넣고 오물거리며 말했다.

"그런 줄 알았지."

엄마가 말한 뒤 놀랍게도 또다시 킥킥거렸다.

한나에게는 쉽사리 받아들이기 힘든 장면이었다. 엄마와 나이트 박사가 사적인 농담을 주고받는 것은 별로 이상한 일이 아니었지만, 엄마가 술 한 잔도 걸치지 않은 맨정신으로 소녀처럼 킥킥거리는 모습은 정말이지 당황스러움 그 자체였다.

"버디에게서 채취한 샘플도 제출할 건지……."

한나가 다시금 고쳐 물었다.

"아니, 우리가 버디인 줄 알았던 그 남자한테서 채취한 샘플도 함께 연구실에 제출할 건가요?"

"그래야지."

박사가 원래의 사무적인 톤으로 돌아왔다.

"지난 몇 년간 군에 복무했던 게 아니라면 DNA 기록이 남아 있지 않을 걸세. 그래도 시도는 해봐야지. 정부 기관에서 DNA 뱅크를 운영하고 있으니까 어쩌면 데이터가 있을지도 몰라. 근데 정말 궁금해. 무엇 때문에 가짜 이름을 사용했고, 이곳 미네소타에서는 뭘 하고 있었는지. 이건 어떻게 보면 단순 호기심 문제가 아니야. 그를 찾는 가족들이 있을지도 모르고, 그의 소식을 궁금해하는 지인들이 있을지도 몰라."

"운전면허증에는 어떻게 적혀 있었는데요?"

미셸이 물었다.

"버나드 앨런 니먼에게 발급된 미네소타 주 운전면허증이었어. 버디의 사진이 부착되어 있었고, 외모도 우리 모두가 버디 니먼으로 알고 있는 남자랑 똑같았네."

"하지만 혈액형만 달랐다는 거죠."

한나가 지적했다.

"그래, 적십자사 헌혈증에서 발견했지. 헌혈증에 적혀 있는 이름도 버나드 앨런 니먼이었고, 뒷면에 워싱턴 주 시애틀에 있는 헌혈은행에서 발급되었다는 도장이 찍혀 있었어."

또 시애틀! 한나는 만약의 경우를 대비해서 그 정보도 머릿속에 저장해두었다. 한나는 캐미가 어느 날 아침 버디와 함께 아침식사를 하다가 버디가 시애틀에 있을 때 문제가 좀 있었다고 얘기했다는 것을 들은 기억이 났다. 노먼도 치의학대학교를 다니는 동안 시애틀에 살았으니 혹시 버디 니먼을 본 적이 없는지 물어보아야겠다.

"근데 물어볼 게 있네, 한나."

박사가 한나 쪽으로 바짝 몸을 기울였다.

"브랜 쿠키를 어떻게 하면 맛있게 구울 수 있는지 아는가?"

한창 이야기하고 있던 살인사건과는 많이도 동떨어진 질문에 한나는 의아했다.

"맛있는 브랜 쿠키요?"

"그래. 식단 관리 때문에 통 곡물을 섭취해야 하는 환자들이 좀 있어서 병원 요리사에게 브랜 쿠키를 만들어보라고 부탁했더니 영 맛이 없어서 말이야. 환자들이 전혀 먹질 않아."

"브랜 쿠키를 맛있게 구울 수 있는 사람은 아마 한나, 너뿐일 거라고 내가 박사에게 얘기했단다."

엄마가 말했다.

"한번 해볼게요. 어떤 재료를 사용하면 되는데요?"

"겨랑 오트밀이면 돼. 그 외에 재료는 한나가 원하는 대로 넣으면 되고."

"계란은요?"

"계란도 좋지."

"버터는요?"

"물론. 단 마가린은 안 돼."

"건포도 넣어도 돼요?"

미셸이 물었다.

"건포도라."

박사가 생각에 잠겼다.

"그래, 건포도도 괜찮을 것 같군. 향신료도 어떤 것이든 괜찮아."

"우리, 할 수 있을 것 같아요."

미셸이 한나를 향해 미소를 지었다.

"언니 생각은 어때?"

"내 생각도 그래. 실험해볼 수 있는 기한 며칠만 있으면 가능할 것 같아."

"잘됐군!"

박사가 엄마를 돌아보았다.

"벤이 떠나는 게 사실은 그 끔찍했던 브랜 쿠키 때문 아닐까."

"그럴 리가."

"당신, 그 브랜 쿠키 먹어보긴 한 거야?"

박사가 엄마에게 물었다.

"아니."

"그럼 얼마나 형편없는 맛이었는지 모르잖아."

"잠깐, 지금 벤 맷슨 이야기하시는 거예요?"

엄마와 박사가 고개를 끄덕이자 한나는 깜짝 놀라고 말았다. 이틀 전에 병원에서 벤을 만났을 때만 해도 현재 일에 만족하고 있는 듯했는데.

"더 좋은 인턴십 기회를 얻었거든."

박사가 설명했다.

"성형외과 전공의가 되고 싶어 했는데, 마침 큰 병원 중 한 곳에서 기회가 온 모양일세. 아마 그 기회를 놓칠 수 없었겠지. 나도 이해해."

"어느 병원인데요?"

한나가 물었다.

"롤링 힐스 비스타 클리닉. 안면 성형 분야에서 알아주는 병원이지. 새로 개발된 안면이식 수술법에 대해선 들어봤지?"

한나도 들어본 적이 있었다. 일반적인 이식 수술에 대해서는 한나도 찬성이었다. 한나 역시 기증을 약속한 공여자 카드를 소지하고 있으니 말이다. 하지만 안면이식에 대해서는 아직 찬반을 결정하지 못했다. 안면이식은 어떻게 보면 죽은 사람의 신분을 훔치는 것과 같다. 누군가 한나의 얼굴을 한 채 거리를 돌아다닌다고 생각해보면, 어쩐지 이상한 기분이 들었다. 하지만 정작 한나가 사고로 얼굴에 큰 상처를 입고 일그러진 채 남은 평생을 아무도 만나지 않고 방 안에 갇혀 지내다시피 할 거란 생각을 해보면 안면 이식은 마땅히 찬성해야 할 고마운 시술이었다. 그러나 그렇다고 해도 뭔가 으스스한 기분이 드는 건 어쩔 수 없었다.

"난 여기 오는 길에 박사에게서 들었단다."

엄마가 말했다.

"주름살 제거나 코 수술을 해주는 일반적인 성형외과가 아니라, 좀 더 위중한 성형 수술을 많이 하는 병원이라더구나. 환자들에게 더 나은 삶을 안겨주는 것이 목표라고 해."

"벤에게는 좋은 기회지."

박사가 말했다.

"그래도 말린은 남아 있어서 다행이야. 도움이 많이 되거든. 인턴들도 넉넉히 있고. 그나저나 노먼의 DNA 샘플은 누가 채취할 겐가?"

"디저트 타임에 합석한 다음에 캐리가 하기로 했어."

엄마가 말했다.

"노먼이 디저트를 다 먹으면, 캐리가 그 애의 포크를 슬쩍 집어서 테이블 밑으로 나한테 건넬 거야. 그럼 내가 그걸 비닐백에 담아 가방에 넣는 거지. 이따 차에서 당신한테 줄게."

"고마워, 나타샤(코믹 첩보 영화 〈보리스와 나타샤〉의 주인공)."

박사가 엄마에게 윙크를 했다.

"천만에, 보리스."

엄마도 박사를 향해 윙크로 화답했다.

그런 뒤 두 사람은 동시에 웃음을 터뜨렸고, 한나도 함께 웃었다. 하루 종일 바쁜 일에 시달렸을 텐데도 엄마는 무척이나 편안하고 행복해 보였다. 나이트 박사와 함께하는 시간이 엄마에게는 꽤 큰 활력소가 되는 모양이었다.

한나는 샐리의 보조 웨이터 몇몇이 로드 부인과 얼의 테이블로 여분의 의자들을 가져다 나르는 모습을 가만히 지켜보았다. 의자 배열이 끝나자 로드 부인은 엄마의 무리를 향해 손짓을 했고, 모두들 자리에서 일어나 로드 부인의 자리로 향했다.

안드레아가 엄마 옆에 앉고, 미셸이 박사 옆에 앉고 나니 남은 자리는 로드 부인과 노먼 사이 한 자리뿐이었다. 한나는 혹시 사전에 서로 이야기가 되어서 일부러 한나 자리를 여기로 남겨둔 것이 아닐까 의아해하며 남은 자리로 다가갔다.

노먼 옆에 자리한 한나는 토핑을 잔뜩 얹은 구운 감자가 목구멍에 꽉 들어찬 듯한 기분이었다. 감자가 목구멍에 걸린 듯한 상태에서 말을 하는 것이 몹시 힘이 들었지만, 한나는 간신히 노먼을 향해 '안녕'과 '잘 지냈어요?' 두 마디를 입 밖으로 밀어냈다.

"잘 지냈어요."

노먼이 대답했다. 하지만 노먼은 전혀 잘 지낸 것 같아 보이지 않았다. 눈 밑으로 다크서클이 짙게 드리워져 마치 교수형을 앞두고 있는 사형수를 연상케 했다. 물론 한나의 생각 탓일 수도 있겠지만, 어쨌든 노먼이 평화로운 일상을 보내진 못했으리란 짐작이 옳을 것이다.

"어머니 말씀이 내 도움이 필요하다고 했다면서요?"

노먼의 질문에 한나는 고개를 끄덕였다.

"네. 우리가 버디 니먼으로 알고 있던 남자가 어떤 여자랑 이야기를 나누는 모습을 핸드폰 카메라로 찍었는데, 그 사진을 지금 안드레아가 갖고 있어요. 버디가 밴드 매니저에게 밴드를 그만두겠다고 이야기하기 바로 전날 찍힌 거예요."

"잠깐!"

노먼이 한나의 손 위에 손을 얹으며 한나의 말을 가로막았다.

"버디 니먼이 진짜 버디 니먼이 아니었어요?"

"네, 그의 혈액형이 그가 갖고 있던 헌혈증에 기록되어 있는 혈액형과 다르다는 걸 박사님이 발견하셨어요. 그래서 아직까지 그가 진짜 누구인지 몰라요."

"버디 니먼의 배경은 알아봤어요? 그러니까 진짜 버디 니먼 말이에요."

"아직 알아볼 시간이 없었어요. 진짜 버디 니먼에 대해 지금 우리가 아는 건 그의 혈액형과 그가 시애틀에 있는 혈액은행에 헌혈을 했다는 것뿐이에요. 혹시 노먼이 시애틀에 있는 동안 우연이라도 그와 마주친 적은 없겠죠?"

"없는 것 같아요. 사고가 있던 날 밤에 병원에서 봤는데, 낯설었거든요. 이름도 처음 들었고요."

"시애틀에서는 아마 다른 이름을 사용했을 거예요. 시나몬 롤 식스 밴드에 합류하면서부터 버디 니먼이라는 이름을 쓴 것 같거든요. 미네소타 주에서 발급받은 운전면허증을 갖고 있었으니까 면허증 신청을 할 때 가짜 신분증을 사용했겠죠."

"그렇겠네요. 근데 헌혈증에는 자기 진짜 혈액형을 기재하지 않았을까요?"

한나는 어깨를 으쓱했다.

"만약 알았다면 그렇게 했겠죠. 사실 자기 혈액형이 뭔지 모르는 사람도 있잖아요."

"진짜 버디 니먼이 실존한다면 내가 한번 알아볼까요?"

"그래주면 정말 고맙죠! 근데…… 시간적 여유가 돼요?"

"시간은 많아요. 베브가 주말은 대부분 시티즈에서 보내거든요. 어머님과 딸도 만나고 여기로 이사 오는 문제도 의논해야 하니까."

한나는 애써 아무렇지도 않은 표정을 지었다. 베브 박사가 자신의 주말 행선지에 대해 노먼에게도 이미 거짓말을 한 모양이었다. 하지만 지금 당장 노먼에게 사실을 알려줄 순 없었다. 모든 사실들이 명명백백하게 드러난 뒤에 진실을 밝혀도 늦지 않다.

"왜 그래요? 뭐 잘못됐어요?"

노먼이 물었다.

"아뇨, 생각 좀 하느라고요. 그럼…… 오늘 밤에 시간이 있단 말이죠?"

"그럼요. 새처럼 자유로워요."

평소에는 죄수 신분이나 마찬가지면서! 한나는 속으로 외쳤다. 하지만 주말 동안만이라도 노먼이 베브 박사에게서 풀려날 수 있다는 사실이 우선은 감사할 따름이었다.

"베브는 일요일 오후 3시쯤에나 돌아올 거예요. 클레어네 가게에서 결혼식 때 입을 웨딩드레스를 입어보기로 약속이 돼 있거든요."

"아."

한나는 노먼이 왜 나에게 이런 이야기까지 하는 것일까 의아했다.

"그러니까 그때까지는 자유예요. 필요하면 나도 수사를 도울게요."

"좋아요!"

한나가 미소를 지으며 대답했다.

"당연히 노먼이 필요하죠!"

한나의 말과 함께 침묵이 시작되었다. 그제야 한나는 테이블에 둘러앉은 모두가 호기심 어린 시선으로 두 사람을 지켜보고 있다는 것을 깨달았다.

당황스럽게도 한나의 얼굴이 붉게 달아오르기 시작했다. 발개지는 볼을 잠재우려 애써봤지만, 전혀 효과가 없었다. 한나의 머리카락 색깔만큼이나 붉게 달아오른 얼굴이라니, 분명 보기 흉할 것이다.

"방금 노먼이 버디의 살인사건 수사를 도와주겠다고 했어요."

붉어진 얼굴이 빨리 제 색깔로 돌아오기를 바라며 한나가 모두에게 차분하게 설명했다.

"그래서 기꺼이 도움이 필요하다고 했고요."

"안녕하세요, 여러분!"

바로 그때 샐리의 수석 웨이트리스인 도트 트루먼 라슨이 여느 때와 같이 밝고 환한 모습으로 테이블로 다가왔다.

"다들 식사는 맛있게 하셨나요?"

"네."

한나는 도트의 갑작스러운 개입이 너무나 반갑고 고마워 당장에라도 그녀를 와락 끌어안고 싶었다. 원한다면 그녀의 갓난아기를 한 달 이상 공짜로 봐줄 수도 있을 듯한 심정이었다.

"샐리가 여러분들을 위해 아주 특별한 걸 준비했어요."

도트가 말했다.

"샐리 어머님의 특제 애플파이를 만들었거든요."

"애플파이 좋아하지."

박사가 말했다.

"저도요."

노먼도 덧붙였다. 테이블에 앉은 대부분의 사람들도 고개를 끄덕이고 있었다. 애플파이를 싫어하는 사람은 없을 것이다.

"다들 좋아하신다니 다행이네요. 애플파이를 따뜻하게 데워서 바닐라 아이스크림이랑 시나몬 아이스크림, 달콤한 휘핑크림, 그리고 크렘 프레슈와 함께 내려고 해요. 원하시는 분 있으시면 샤프 체다 치즈도 있어요. 커피도 드시겠어요?"

"전부 다 커피 부탁해요."

얼이 대표로 말했다.

도트가 자리를 뜨자 로드 부인이 다정하게 미소를 지었다.

"다시 옛날로 돌아간 것 같아. 다들 이렇게 모이니 얼마나 좋은지."

노먼은 미소를 지으며 한나의 손을 꼭 잡을 뿐 아무 말도 하지 않았다.

엄마표 애플파이

오븐은 175도로 예열합니다. 틀은 오븐의 중앙에 두세요.

재료

속이 움푹한 냉동 파이크러스트 2개(직접 만드셔도 좋아요) / 백설탕 3/4컵

밀가루 1/4컵 / 육두구 열매 가루 1/4티스푼(갓 갈은 것일수록 좋습니다)

시나몬 1/2티스푼(오래된 시나몬 가루라면 이번 기회에 새것을 구매하세요!)

카르다몸 1/4티스푼 / 소금 1/4티스푼 / 껍질을 벗겨서 조각낸 사과 6컵

레몬주스 1티스푼 / 소금기 있는 찬 버터 2온스(56g)

만드는 법

크러스트를 준비하세요:

1. 홈메이드 파이크러스트를 사용한다면 두 장을 준비한 다음 하나는 9인치 크기의 파이팬에 깔고 하나는 나중에 위를 덮기 위한 용으로 남겨둡니다.
2. 냉동 파이크러스트를 사용할 때는 꼭 8인치 크기로 구매하세요. 그래서 하나는 팬에 깔고 나머지 하나는 남겨둡니다. 그 남은 하나는 밀가루를 뿌린 도마에 얹고 더 납작하게 다듬으며 충분히 녹입니다.
3. 설탕, 밀가루, 향신료, 그리고 소금을 작은 믹싱볼에 넣고 섞습니다.
4. 사과는 심을 빼고, 껍질을 벗겨 얇게 슬라이스한 다음 커

다란 볼에 담습니다. 그 위에 레몬주스 1티스푼을 뿌립니다(일단 주스를 뿌리고 깨끗이 씻은 손으로 섞어줍니다).

5. 그 위에 건조 재료들을 넣고 사과 겉면에 골고루 묻도록 잘 섞어줍니다(이번에도 손을 사용하세요).

6. 코팅을 끝낸 사과 슬라이스를 파이크러스트를 깔아둔 팬에 담습니다. 취향에 따라 가지런히 배열하셔도 좋고, 마구잡이로 담으셔도 좋습니다. 볼에 남은 건조 재료들도 사과 위에 골고루 뿌려주세요.

7. 버터를 4조각으로 자른 다음 그것을 다시 반으로 잘라주세요. 그런 다음 사과 위에 골고루 놓아주세요.

8. 윗면을 덮을 크러스트를 반으로 접어서 사과 슬라이스가 담긴 팬 위에 얹고, 다시 펼칩니다. 가장자리를 밑을 향해 꼭꼭 눌러서 밑면의 크러스트와 맞닿게 해주세요(크러스트 두 면이 서로 잘 붙지 않으면 물을 '풀' 대용으로 사용하세요).

9. 날카로운 칼로 크러스트 윗면을 3인치 정도의 길이로, 중앙에서부터 옆면을 향해 네 줄의 칼집을 내줍니다(이건 매우 중요한 작업이에요. 파이가 구워질 동안 김을 배출해줄 뿐만 아니라 감미로운 애플향을 이웃집에까지 풍겨주거든요. 또한 크러스트 윗면을 덮기 전에 버터를 넣는 것을 깜빡했을 때 이 틈으로 버터를 넣을 수도 있어요. 웃지 마세요. 제가 정말 그런 적이 있거든요).

10. 파이를 옆면이 막힌 베이킹 틀에 받친 채 오븐에 넣습니다(그래야 흐르는 것을 받아낼 수 있거든요). 175도에서 약 1시간가량 구워주세요. 윗면이 먹음직스러운 황금빛을 띠거나 칼로 사과를 찔러보았을 때 부드럽게 들어가면 완성입니다.

11. 혹시 다른 방법으로 애플파이를 만들고 싶다면 크러스트 윗면을 벗겨내고 대신 프렌치 크럼블을 올려도 좋습니다.

프렌치 크럼블을 사용할 때:

다목적용 밀가루 1컵 / 차가운 버터 1/2컵 / 황설탕 1/2컵

1. 칼날을 부착한 믹서기에 밀가루를 넣고, 버터를 8조각으로 잘라 넣습니다. 그리고 황설탕도 1/2컵 넣습니다.
2. 믹서기를 가동했다 멈췄다 반복하면서 재료들이 잘 섞이도록 합니다.
3. 믹서기에서 혼합물을 꺼내 그릇에 담습니다.
4. 이렇게 완성된 프렌치 크럼블을 한 움큼 파이 위에 올려 고루 펴 눌러줍니다. 그리고 날카로운 칼로 파이 윗면에 몇 군데의 칼집을 내어 김이 빠지게 합니다.
5. 옆면이 막힌 베이킹 틀에 파이를 올린 채 오븐에 넣고 175도에서 50~60분간 굽습니다. 프렌치 크럼블이 먹음직스러운 황금빛을 띠거나 칼로 사과를 찔러보았을 때 부드럽게 들어가면 완성입니다.

한나의 메모: 샐리는 이 애플파이를 손님들이 원하는 사이드 메뉴(무엇이든 가능해요)와 함께 냅니다. 샐리의 옵션에는 바닐라 아이스크림, 시나몬 아이스크림, 휘핑크림, 크렘 프레슈, 그리고 샤프 체다 치즈가 있어요. 진한 커피나 샐리의 특제 시나몬 커피와 함께 마셔도 아주 좋죠.

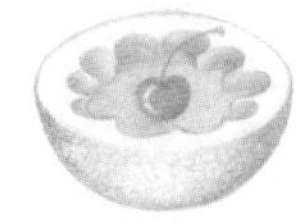

한나는 데빈 머피의 변화를 믿을 수가 없었다. 이틀 전, 데빈이 시나몬 롤 식스 밴드의 키보드 연주자를 처음 만났을 때만 해도 그는 자그마한 강아지처럼 수줍고 귀여운 아이였다. 그런데 오늘 밤 밴드의 일원으로 자리한 그는 매우 자신감에 넘쳐 보였다.

"데빈이 그새 많이 큰 것 같아."

한나가 미셸에게 속삭였다.

"그러게."

미셸도 속삭이며 대답했다.

"로니가 그러는데, 데빈이 키보드 연주할 때는 딴 사람 같아진대."

몇 곡의 클래식 재즈 연주와 함께 공연이 시작되었고, 한나는 흥미로운 시선으로 데빈을 바라보았다. 데빈의 연주 솜씨는 꽤 훌륭했다. 조단 고등학교 음악반의 커비 웰스가 이 재능 있는 연주자를 잘 키워낸 것 같아 한나는 뿌듯했다.

그때 샐리가 앞줄 자리에서 일어나 스탠딩 마이크로 다가갔다. 하지만 밴드에 대한 소개말을 하리라는 모두의 예상과 달리 그녀는 남편을 향해 미소를 지으며 말했다.

"여기 계신 대부분 분들이 모르셨겠지만, 제가 사실 옛날에 미니애폴리스의 클럽에서 노래를 했었답니다. 근데 제가 빌리 반즈의 'Something

Cool' 을 부르고 있던 어느 날 밤, 딕이 우연히 클럽을 찾았고 그날 이후 그 노래는 저희 부부의 노래가 되었죠."

샐리가 이야기를 마치자마자 시나몬 롤 식스가 음악을 연주하기 시작했다. 준 크리스티를 단번에 유명인사로 만들어준 그 노래를 샐리가 부르기 시작했고, 한나는 놀라운 시선으로 그녀를 쳐다보았다. 샐리가 이렇게 노래를 잘하는 줄은 전혀 몰랐다. 관객들 모두 밴드의 연주와 샐리의 감미로운 노랫소리에 흠뻑 빠져들었다.

"환상적이야!"

마지막 소절이 여운을 남기며 공기 중으로 사라지자 미셸이 탄성을 질렀다.

"정말."

한나가 대답했다. 하지만 한편으로 한나는 노래에 이렇게 재능이 있는 샐리가 왜 가수의 길을 그만두고 요리사가 되었을까 궁금했다. 두 사람은 절친한 사이니 언젠가 기회가 되면 한 번 물어봐도 좋을 것이다.

박수가 잦아들자 샐리는 다시 딕 옆에 자리했고, 밴드는 다른 곡을 연주하기 시작했다.

"테이크 파이브."

미셸이 속삭였다. 물론 그 말이 '5분 휴식' 을 의미하는 건 아니라는 것쯤은 한나도 알고 있었다. '테이크 파이브' 는 폴 데스몬드가 작사한 곡으로, 60년대에 이 곡을 연주했던 데이브 브루벡 쿼텟(미국의 재즈 밴드)이 덕분에 유명해졌다. 알토 색소폰과 키보드의 연주가 강조되는 곡이었기 때문에 한나는 데빈이 실수하지 않고 마음껏 연주하기를 마음속으로 기원했다.

데빈이 변화가 많은 박자 구간을 지날 때 한나는 자신도 모르게 숨을 몰아쉬었다. 하지만 데빈은 그 역시 결코 쉽지 않은 브루벡의 연주 기법을 그대로 따라하지 않고, 자신만의 방식으로 어려운 구간을 재치있게 연주해나갔다.

토미 아시가 폴 데스몬드의 부분을 연주하며 알토 색소폰에 합류하자 한나는 미소를 지었다. 토미 역시 연주가 훌륭했지만, 누가 뭐래도 오늘의 스타는 데빈이었다.

그리고 한동안 한나는 음악에, 리듬에, 그리고 악기들의 현란한 교차 연주에 심취한 채 음률에 젖어들었다. 톡톡 튀는 글리산도 구간에 예상치 못한 화음들이 조화를 이루면서 한나는 반짝거리는 음의 세계에 빠져든 듯한 기분이었다. 마침내 마지막 음절이 울려 퍼졌고 사람들의 우레와 같은 박수소리와 함께 한나는 다시금 현실로 돌아왔다.

"와우!"

한나는 노먼을 향해 입 모양을 해 보였다.

"정말 와우네요!"

노먼이 한나의 귓가에 대고 말했다.

"데빈이 저렇게 잘하는 줄 몰랐어요!"

"나도요. 데빈한테는 그저 기회가 필요했었나 봐요……."

한나는 하던 말을 멈췄다. 문득 버디가 살해당했던 시간에 데빈은 어디서 무엇을 하고 있었는지 알리바이를 확인하지 못한 것을 깨달은 것이다.

"설마 나랑 같은 생각하는 건 아니죠?"

노먼이 물었다.

"아마 맞을걸요. 설마 데빈일 거라고는 절대 생각하지 않지만 그래도 확인해볼 필요가 있겠어요."

"그 문제라면 괜찮아."

미셸이 한나 쪽으로 바짝 몸을 기울였다.

"로니가 벌써 확인했거든."

"자기 친조카를 심문했단 말이야?"

"데빈이 먼저 요청했어. 병원에서 줄곧 버디랑 같이 있었으니까 자신의 상황이 의심받을 만하다고 생각했나 봐. 게다가 버디가 죽고 그의 자리에 자기가 들어가게 되었으니까."

"그럼 버디가 살해당했을 때 데빈은 어디에 있었대요?"

썰물처럼 빠져나가는 관객들 무리에 묻혀 공연장 밖으로 나서며 노먼이 물었다.

"펠리시아 버저랑 같이 있었대요. 펠리시아는 간호조무사인데 버디한테 곧 의사 선생님이 와서 반깁스를 해줄 거라고 알려줬대요. 근데 데빈이 고등학생인 것을 알고 홀에 펼쳐져 있는 불필요한 간이 의자들을 접어서 창고로 나르는 걸 도와달라고 부탁했다고 해요."

"그럼 두 사람이 버디 혼자 방에 남겨두고 나갔단 말이야?"

한나가 물었다.

"버디도 가보라고 했대. 자기는 손목 반깁스가 끝나는 대로 어차피 호텔로 가야 한다고."

"그럼 데빈이 펠리시아랑 얼마나 같이 있었던 거야?"

"버디가 살해당했다는 소식을 들었을 때까지도 둘은 같이 의자 나르는 작업을 하고 있었어. 데빈은 결백해, 언니. 용의자 명단에서 지워도 좋아."

"기꺼이."

"정말로 노먼의 집에서 베이킹해도 괜찮겠어요?"

로비로 나서며 미셸이 노먼에게 물었다.

"그럼요. 그 좋은 더블 오븐을 사용한 지가 언제인지……."

노먼이 하던 말을 멈추고 목청을 가다듬었다.

"……한나가 다녀갔을 때가 마지막이었네요."

"베브 박사님은 베이킹 안 하세요?"

미셸이 물었다. 한나는 아카데미상을 주어도 아깝지 않을 미셸의 연기력이 놀라울 따름이었다. 베브 박사가 베이킹에 소질이 없다는 건 미셸도 이미 알고 있는 사실이었다.

"네, 요리는 전혀 하지 않아요. 주로 외식을 하죠."

"재미없겠어요."

"가끔 그래요."

한나는 베브 박사와 함께하는 삶이 얼마나 지루하고 공허할지 노먼으로 하여금 새삼 깨닫게 하기 위해 미셸이 일부러 저런 질문을 던지는 게 아닐까 하는 생각이 들었다. 미셸의 노력은 가상하지만, 노먼에게 미안한 마음이 드는 것은 어쩔 수 없었다. 미셸의 질문에 대답하는 노먼의 표정이 점점 어두워지고 있었다. 하지만 그렇대도 미셸의 시도를 중단시킬 생각은 전혀 없었다.

마침내 미셸이 노먼의 어깨를 두드렸다.

"오늘 밤은 우리가 맛있는 쿠키 많이 구워줄게요."

"나이트 박사님 드릴 브랜 쿠키 구우려는 거 아니었어요?"

"브랜 쿠키는 당연히 굽고요. 노먼이 먹고 싶은 것도 만들어줄게요. 제일 좋아하는 과일이 뭐예요?"

로비를 통과해 정문으로 향하며 노먼은 잠시 생각에 잠겼다.

"복숭아요."

그가 대답하며 코트를 꺼내기 위해 코트 걸이 앞에 멈춰 섰다.

"복숭아로 만든 요리 먹어본 지가 오래됐어요."

"그럼 복숭아 쿠키 만들어줄게요. 복숭아 쿠키 어때요?"

"맛있겠는데요."

재빨리 대답하는 노먼이 살짝 들떠 보였다. 한나는 오늘 밤 미셸의 계획이 무엇인지 도무지 짐작이 가지 않았다.

코트를 걸치고, 부츠를 챙겨 신은 세 사람은 차가운 밤공기 속으로 나가 주차장으로 향했다. 춥고 눈 내리는 날에는 주차장까지 손님들을 데려다주고 다시 데려오기 위해 호텔에서 간이 셔틀을 운행했다. 하지만 오늘 밤은 영상 4도까지 기온이 올라갔기 때문에 노먼이 셔틀까지 안내하겠다는 아르바이트 학생의 제안을 거절했다.

"우린 걸어갈게요."

노먼이 말한 뒤 한나와 미셸을 돌아보았다.

"걷는 거 괜찮죠?"

"난 괜찮아요."

한나가 재빨리 대답했다.

"나도요."

미셸도 대답하며 노먼과 함께 발걸음을 맞춰 불빛을 환히 밝힌 길로 들어섰다.

미셸과 노먼은 함께 걸으며 잔잔하게 대화를 이어나갔지만, 한나는 한마디도 하지 않았다. 한나는 미셸이 다음에 무슨 말을 할지, 무슨 행동을 할지에 더 관심이 갔다. 하지만 주차장에 도착할 때까지도 별달리 특별한 일은 일어나지 않았다.

"노먼은 언니랑 먼저 집에 가 있으면 어때요?"

한나의 쿠키 트럭에 도착하자 미셸이 말했다.

"나는 베이킹 재료들을 챙겨서 뒤따라갈게요. 그래야 시간을 절약하죠. 노먼은 일단 안드레아 언니가 보내준 사진을 살펴보고 있어요."

미셸이 노먼에게 말했다.

"그리고 언니는 주방용품이랑 도구들을 챙겨놔."

"좋은 생각이네요!"

노먼이 한나의 팔을 잡았다.

"베이킹 재료들을 챙긴 다음에 언니 아파트에 들러서 고양이들도 데려갈까요?"

미셸이 물었다.

"우리가 베이킹하는 동안 집에 데려가면 좋을 것 같은데."

"그건 안 돼."

한나가 재빨리 말했다.

"베브 박사가 알레르기가 있잖아."

"하지만 지금 박사님은 시티즈에 있잖아."

미셸이 지적했다.

"괜찮죠, 노먼?"

노먼은 잠시 생각에 잠기더니 이내 입을 열었다.

"좋아요. 커들스랑 모이쉐 못 본 지도 오래니."

"하지만…… 알레르기는 어떡해요?"

한나가 물었다.

"이번 기회에 정말로 알레르기가 있는지 한번 보죠. 일요일 밤에 베브가 돌아왔을 때 아무런 이상도 없으면, 알레르기가 없는 걸 테니."

고양이가 없으면 쥐가 살판난다더니. 한나는 애써 미소를 숨겼다. *아니지, 지금의 경우에는 약혼녀가 없으면 고양이들이 살판난다고 해야 하나!* 노먼이 베브 박사에 대해 무조건 믿지 않고 조금은 경계하고 있다는 사실이 한나는 반가웠다.

"혼자 고양이들 데리고 올 수 있겠어?"

한나가 미셸에게 물었다.

"문제없어. 커들스는 캐리어에 넣고, 모이쉐는 목줄을 달아서 데려올

게. 노먼의 집에 도착하면 경적을 울릴 테니까 나와서 녀석들 데리고 들어가는 것만 좀 도와줘."

"우리 둘 다 나가서 도와줄게요."

노먼이 제안했다.

"한나, 어서 가요. 얼른 집에 가서 창고에 넣어두었던 고양이 장난감들도 꺼내고 스크래치 판도 꺼내놓아야겠어요."

노먼이 이내 미셸을 향해 고개를 돌렸다.

"좋은 아이디어 고마워요, 미셸. 최근 들어 가장 기발한 발상이었어요."

"자, 그럼! 준비가 끝났네요."

노먼이 스크래치 판을 서재 창가 옆에 내려놓으며 말했다.

"벽난로의 불을 녀석들이 좋아할까요?"

"고양이들 마음은 잘 모르겠지만, 전 좋아요."

한나가 살짝 웃으며 말했다. 노먼이 고양이 장난감들을 전부 꺼내놓은 터라 한나도 무척 들떠 있었다. 즐거워하는 노먼을 보고 있자니 그가 고양이를 키우는 문제에 대해서 다시 생각해볼 수도 있겠단 생각이 들었다.

"이건 옮겨야겠어요."

노먼이 유리를 씌운 테이블을 들어 벽장에 넣었다.

"베브 테이블이에요. 지난주에 이사 들어왔거든요. 커들스가 모이쉐랑 쫓기게임을 하다가 깨져서 다칠지도 모르니까 치우는 게 나아요."

한나는 미소를 지었다. 노먼은 녀석들이 놀다가 베브의 테이블을 깨트릴지도 모른다고 이야기하지 않고 놀다가 테이블이 깨져서 녀석들이 다칠지도 모른다고 이야기했다. 적어도 지금 노먼에게는 자신의 마음이 우선인 듯해서 한나는 마음이 흡족했다.

"주방에서 필요한 것 좀 찾아줄까요?"

노먼이 물었다.

"괜찮아요. 반죽기도 있고 믹서기도 있고, 믹싱볼이랑 측량컵, 측량스푼까지 다 있으니까요. 그리고 숟가락이랑 주걱이랑 거품기는 주방 서랍에 있잖아요. 쿠키 틀은 아직 오븐 밑 서랍에 있는 거 맞죠?"

"예전이랑 똑같아요. 그리고…… 앞으로도 바뀔 일은 없을 거예요. 베브는 전혀 요리를 하지 않으니까 주방에는 손대지 못하게 하려고요. 그럴 필요가 없잖아요, 안 그래요?"

"그러네요."

"내가 필요한 게 아니면 난 가서 버디 니먼의 배경부터 알아볼게요."

"그렇게 해요. 운전면허증에 있던 성은 버나드였으니까 그걸로 검색해 봐요. 버나드 앨런 니먼이에요."

"알겠어요. 난 서재에 있을게요."

"곧 따뜻한 커피 한 잔 가져다줄게요."

한나는 카운터 위에 있는 에스프레소 기계로 다가가 생수를 부은 다음 스위치를 올렸다.

"그거 좋죠! 그리고……."

노먼이 잠시 귀를 기울였다.

"지금 방금 차 경적소리 아니에요?"

"그런 것 같아요. 미셸이 왔나 봐요. 가서 도와줘야겠어요!"

한나는 미셸이 노먼의 주방으로 가지고 들어온 커다란 재료 상자를 쳐다보았다.

"이 많은 걸 전부 어디서 구했어?"

"빨간 부엉이 식료품점."

"저녁 8시가 넘었는데도 문을 열었어?"

"지나다가 혹시나 플로렌스가 아직 있을까 해서 들러봤는데, 가게 뒤편에서 상자 포장을 풀고 있더라고. 재료가 좀 많이 필요하다고 했더니 흔쾌히 가게에 들여보내줬어."

"이것 좀 봐!"

한나가 상자에서 재료들을 하나씩 꺼내기 시작했다.

"크림치즈, 복숭아잼, 복숭아파이 필링, 백설탕, 밀가루, 베이킹소다에 소금기 있는 버터 2파운드랑 시나몬가루, 육두구 열매랑 육두구 열매 가는 기구까지?"

"그건 약과야. 피칸이랑 계란, 복숭아 통조림도 사왔다고. 그리고 저쪽에 상자 하나 더 있어."

미셸이 또 다른 상자를 가리켰다.

"브랜 플레이크랑 오트밀, 건포도, 황설탕, 바닐라도 사왔어. 소금은 노먼한테 있을 것 같아서 안 샀고."

"돈 많이 들었겠는데!"

"오, 당연하지. 그래도 괜찮아. 이 정도는 감당할 수 있어."

"어떻게? 학교에서 아르바이트 하는 걸로는 부족할 텐데."

그러자 미셸이 웃음을 터뜨렸다.

"엄마한테 청구할 거거든."

"하지만…… 하지만……."

"뭐야 언니, 같은 말만 반복하고. 꼭 모터보트 같아."

미셸이 어린 시절로 돌아간 듯 한나를 놀려댔다.

"괜찮아, 엄마가 마음 놓고 청구하라고 했어. 우리에게 노먼이랑 베브 박사의 결혼을 깨는 것뿐만 아니라 버디의 살인사건 해결까지 맡기셨으니 그 정도 비용 청구는 본인이 기꺼이 부담하겠다고 하셨어."

한나는 엄마의 지갑에서 몰래 돈을 훔치는 어린아이가 된 듯한 기분이었다. 어렸을 때도 감히 상상해본 적 없는 일이었는데, 한나는 어쩐지 마음이 불편했다.

“내가 나중에 돈 드려야겠어.”

“그럴 필요 없어. 오히려 화내실걸. 엄마가 아예 신용카드를 주셨단 말이야. 게다가 이건 나도 안 되고, 언니도 안 되고 재력가인 엄마만이 가능한 일이야.”

“제대로 짚었구나.”

한나가 어깨를 슬쩍 으쓱했다.

“좋아. 그럼 알겠어. 그나저나 노먼한테는 어떤 쿠키를 만들어줄까?”

“복숭아 크림 쿠키. 장 볼 때 이미 결정했어. 아주 부드럽고 촉촉한, 맛있는 쿠키가 될 거야. 두고 보라고.”

“너만 믿을게. 복숭아 쿠키는 한 번도 만들어본 적이 없거든.”

“처음이란 항상 있는 법이지.”

미셸이 한나를 향해 복숭아 통조림을 던졌다.

“통조림 따서 물 좀 따라내 줄래? 난 버터랑 크림치즈를 부드럽게 만드는 작업부터 시작할게.”

30분 후, 노먼은 최근 몇 달간 본 것 중 가장 행복해 보이는 표정을 짓고 있었다. 그는 무릎에 커들스를 올려놓은 채 주방 테이블에 앉아 한나와 미셸이 쿠키 반죽을 만드는 모습을 즐겁게 지켜보았다. 한나는 반죽기를 돌리면서도 커들스가 가르랑거리는 소리를 들을 수 있었다. 모이쉐 역시 가르랑거리고 있었다. 한나의 지나친 상상인지도 모르겠지만, 모이쉐도 절친한 친구인 커들스가 행복해하는 모습에 마음이 흡족했을 것이다.

한나가 지켜보는 가운데 커들스가 노먼의 무릎에서 내려오더니 모이쉐에게 다가가 코를 비볐다. 그런 뒤 돌아서서는 꼬리를 휙휙 흔들고 엉덩이를 실룩거리며 모이쉐에게서 멀어졌다.

"모이쉐가 따라오기를 바라는 거예요."

노먼이 커들스의 행동을 설명했고, 놀랍게도 모이쉐는 금세 커들스를 따라나섰다.

"어디 가는 거예요?"

미셸이 물었다.

"집 안에 뭔가 변한 게 없나 살피러 가는 거예요. 그 성가신 테이블도 벽장에 넣었으니 변한 게 없다는 걸 곧 알게 될 거예요. 커들스가 앞장서는 건 녀석이 아직도 이곳을 자기 집으로 인식하기 때문이고요."

간절히 원하면 이루어지게 마련이지. 한나는 이웃집 사람이 뭔가 바라는 일이 있을 때마다 즐겨 말하던 구절을 머릿속으로 읊어보았다.

그때 서재에서 쿵 소리와 함께 놀란 듯한 야옹 소리가 들려왔다. 그리고 뒤이어 노먼이 커들스를 입양하기 전 모이쉐를 위해 지어놓은 타워에 녀석들이 올라간 듯 발소리가 들렸다.

"쫓기게임이 시작됐네요."

노먼이 말했다. 또다시 쿵 소리와 발걸음 소리가 연달아 들려왔다.

"절정으로 치닫고 있나 보네요."

한나가 덧붙였다.

"조만간 녀석들이……, 다들 발 들어요! 이리로 오고 있어요!"

한나와 미셸은 주방 카운터 위에 펄쩍 올라앉았고, 노먼은 의자에 앉은 채 발을 들었다. 그리고 때맞춰 녀석들이 들어와 주방을 뱅뱅 돌면서 타일 바닥 위를 내달렸다.

"조심해, 이 녀석들아!"

노먼이 경고했지만, 예상대로 녀석들은 듣지 않았다. 두 녀석은 냉장고를 지나 주방 한가운데에 자리한 아일랜드 테이블 주변을 뱅뱅 돌더니 싱크대 아래 찬장에 정면으로 부딪쳤다.

"냐아아아옹!"

모이쉐가 어지러운 듯 울부짖었다.

"미아아아옹."

커들스도 구슬프게 울며 불평에 동조했다.

"다친 거 아니야?"

미셸이 카운터에서 내려설 준비를 하며 물었다.

"그런 것 같진 않아요."

노먼이 큭큭거리며 말했다. 모이쉐와 커들스는 머리를 설레설레 흔들더니 이내 일어나 다시 내달리기 시작했다.

"한나 집에서도 이랬어요?"

노먼이 한나에게 물었다.

"오, 그럼요. 매일 밤이요."

"한나네 집은 훨씬 작잖아요! 녀석들이 어떻게 이렇게 놀았을까요?"

"완전 날아다니던걸요."

한나가 간단하게 대답했다.

복숭아 크림 쿠키

오븐은 190도로 예열합니다. 틀은 오븐의 중앙에 두세요.

재료

복숭아 통조림에서 꺼낸 복숭아 조각 15개(쿠키 장식용이랍니다)

백설탕 1과 1/4컵 / 소금기 있는 버터 1/2컵(112g)

크림치즈 4온스(112g)(큐브 모양의 크림치즈를 사용하세요) / 큰 계란 3개

소금 1/2티스푼 / 시나몬 1티스푼 / 육두구 열매 가루 1/2티스푼

베이킹소다 1티스푼 / 복숭아파이 필링 1과 1/2컵 / 복숭아잼 2테이블스푼

다목적용 밀가루 3과 1/2컵 / 잘게 다진 피칸 1컵

만드는 법

1. 복숭아 통조림의 물을 싱크대에 따라낸 다음에 볼에 담습니다. 복숭아 주스는 남겨둘 필요가 없으니 마음 놓고 따라내도 됩니다.

한나의 첫 번째 메모: 팔 힘이 유달리 센 것이 아니라면 반죽기를 사용하세요.

2. 반죽기 그릇에 설탕을 넣습니다.
3. 실온에 두어 부드러워진 버터와 크림치즈도 넣습니다.
4. 반죽기를 '낮음'으로 1분간 가동시킵니다. 그리고 점차 속

도를 높이면서 옆면으로 밀려난 재료들도 간간이 긁어줍니다. 제일 높은 속도에 도달할 때까지 각 속도 단계당 1분씩 돌립니다.

5. 제일 높은 속도 단계에서는 2분 이상, 재료들이 보송보송하게 잘 섞일 때까지 반죽기를 가동시킵니다.

6. 반죽기 속도를 다시 '낮음'으로 낮춰 계란을 하나씩 깨어 넣으며 잘 섞어줍니다.

7. 반죽기를 '낮음'으로 계속 가동하는 가운데 소금, 시나몬, 육두구 가루, 베이킹소다를 넣고 잘 섞어줍니다.

8. 복숭아파이 필링 1과 1/2컵을 측량합니다. 만약 큰 복숭아 덩어리가 있으면 칼로 잘게 잘라주세요. 미니초콜릿칩 사이즈면 됩니다. 그래야 각 쿠키에 복숭아 조각이 골고루 들어갈 수 있거든요.

9. 가동 중인 반죽기에 복숭아파이 필링을 넣고 섞어줍니다.

10. 복숭아잼을 측량하는데 여기도 큰 복숭아 덩어리가 있으면 복숭아파이 필링 때와 마찬가지로 잘게 잘라주세요.

11. 복숭아잼도 반죽기에 넣고 섞어줍니다.

12. 밀가루를 한 번에 1컵씩 반죽기에 넣습니다(한 번 넣을 분량을 꼭 정확히 측량할 필요는 없습니다. 그저 4번에 나눠 넣기만 하면 되니까요).

13. 반죽기를 끈 다음에 옆면에 붙은 재료들을 잘 긁어냅니다. 그런 뒤 손을 사용해 마지막 반죽을 마무리합니다. 완성된 쿠키 반죽은 설탕 쿠키나 초콜릿칩 쿠키 반죽처럼 빽빽하지 않고 보송보송할 거예요. 일단 반죽은 카운터 한편에 밀어

어둡니다.

14. 쿠키 틀 위에 코팅지를 깔아줍니다. 코팅지가 없으면 쿠키 틀에 기름칠을 해주거나 들러붙음 방지 스프레이를 뿌려주면 됩니다.

15. 칼날을 부착한 믹서기에 피칸을 넣고 믹서기를 껐다 켰다 하면서 잘게 부숴줍니다.

16. 작은 크기로 부서진 피칸은 반죽 겉면을 코팅할 때 사용할 것이기 때문에 오목한 볼에 담습니다.

17. 티스푼을 사용해서 반죽을 떼어내어 잘게 다진 피칸이 담긴 볼에 넣습니다. 그런 뒤 손가락을 사용해 반죽을 공 모양으로 굴린 뒤 쿠키 틀에 조심스럽게 얹습니다. 이러한 작업을 반복하여 쿠키 틀 위를 채웁니다.

18. 복숭아 조각을 종이 타월에 올려 물기를 말린 다음 다시 2조각을 내어 더 얇게 만듭니다.

19. 쿠키 반죽 위에 잘린 면이 위로 가도록 복숭아 조각을 올린 다음 살짝 눌러줍니다.

20. 오븐에 틀을 넣고 190도에서 12분간 굽습니다. 다 구워진 쿠키는 오븐에서 꺼낸 다음 코팅지 채로 식힘망으로 옮겨 식힙니다. 코팅지를 깔지 않고 틀에 기름칠을 하였다면 틀 위에서 2분간 식힌 다음 철제 주걱으로 쿠키를 떼어내어 식힘망으로 옮깁니다.

21. 쿠키가 완전히 식은 다음에 식힘망에서 꺼내야 합니다.

"한 가지는 확실해요."

노먼이 한나를 향해 씩 미소를 지었다.

"지금껏 먹어본 것 중 최고로 맛있는 복숭아 쿠키라는 거."

"난 복숭아 쿠키 처음 먹어봤는데, 최고라는 의견에는 동의해요. 미셸은 레시피 만드는 데 정말 재능이 있는 것 같아요. 이거 쿠키단지에서도 팔아야겠어요."

"이건 안 돼요!"

노먼이 한나에게서 쿠키 접시를 홱 낚아챘다.

"이건 내 쿠키니까 한나는 미셸에게 레시피를 받아서 새로 구우라고요."

그때 노먼의 컴퓨터 화면에 메시지 표시가 깜빡거렸고, 노먼은 한숨을 내쉬었다. 두 사람은 소파와 의자, 숲이 보이는 커다란 전망창, 벽난로, 그리고 두 개 벽면에 천장까지 맞닿은 높다란 책장이 들어찬 노먼의 서재에 있었다.

"미안해요, 한나. 버나드 앨런 니먼으로는 아무것도 검색이 안 되네요."

"괜찮아요. 가짜 이름 이론에 대해서 이제 조금 알아보기 시작한 거니까요."

"버디가 누구인지 영원히 알아내지 못할 수도 있겠어요."

"박사님과 마이크도 신원 확인에 주력하고 있으니까 두 사람이 알아낼지도 몰라요. 마이크는 경관들에게 지시해서 남자의 지문을 채취해 실종자 중 일치하는 사람이 없는지 알아본다고 했어요."

"간단한 작업이 아니네요."

"안드레아에게 들었는데 빌이 은퇴한 경찰들에게까지 연락해서 지원 요청을 하고 있다더라고요."

"그럼 박사님도 그 일을 돕고 계신 거예요?"

"아니요, 박사님은 또 나름의 작업을 하고 계세요. 버디의 사진을 〈병원소식〉지에 실을 거라고 하셨대요. 비행기에서 읽는 잡지처럼 병원에서도 〈병원소식〉지를 구독해서 대기실 같은 데에 비치해두나 봐요. 사람들이 많이 보는 소식지니까 버디를 알아보는 사람이 나타날지도 몰라요."

"박사님이 정말 궁금하시긴 한가 봐요, 그렇죠?"

"버디가 병원에서 죽었으니까 일종의 책임감 같은 것도 느끼시는 것 같아요. 게다가 버디의 시체를 발견한 사람이 엄마라서 더 그러시는 것 같고. 박사님도 그렇고 엄마도 그렇고 버디에게도 가족이 있거나 그의 소식을 궁금해할 만한 사람이 분명 있을 거라고 생각하시는 듯해요."

"정말 그럴지도 몰라요. 하늘에서 떨어진 게 아니라면요."

그때 노먼의 컴퓨터가 띵띵 소리를 냈고, 한나는 다시 화면을 쳐다보았다.

"이 소리는 뭐예요?"

"이메일이 도착했다는 신호예요. 안드레아가 사진을 보냈나 보네요. 이제 바빠질 때예요, 한나. 일단 사진을 다운받아서 셸비의 사진 속 여자에 대한 확인이 가능할지 살펴보자고요."

노먼이 이메일 웹사이트에 들어가 로그인하는 모습을 한나는 부러운 시선으로 바라보았다. 컴퓨터라면 노먼이 가끔 와서 가르쳐주겠다고 했는데 한나가 아직 무어라 대답하지 않은 채였다. 하지만 만약 노먼이 이대로 베브 박사와 결혼한다면 그 계획은 영원히 실행되지 못할 것이다. 물론 만약에 말이다. 한나는 '만약' 이라는 단어가 품고 있는 그 수많은 가능성을 믿어보기로 했다.

"지금 시작해요, 한나."

노먼이 커다란 컴퓨터 화면을 가리켰다.

"화면 중앙에서 바깥쪽으로 퍼지는 얇고 둥근 선 보이죠?"

"보여요."

"이건 안드레아가 보낸 JPEG를 다운받고 있다는 뜻이에요."

"오."

한나는 'JPEG' 나 '다운받다' 가 무엇을 뜻하는지 모르면서도 대충 아는 척을 했다.

눈앞에서 사진이 상세하게 펼쳐지는 모습이 마치 마법을 보는 듯했다. 사진에는 클럽 나인틴 주차장, 그것도 안드레아가 불과 12시간 전에 볼보를 주차했던 바로 그 줄 앞에 한 남자와 한 여자가 서 있었다. 이 남자가 버디 니먼인가? 하지만 한나는 아직 정확한 답을 내릴 수 없었다.

"이 여자를 좀 더 또렷하게 볼 수 있는지 해볼까요."

노먼이 화면 위쪽에서 메뉴 창을 꺼내 몇 가지를 선택했다.

한나가 지켜보는 가운데 어두웠던 사진의 배경이 조금 밝아졌고, 덕분에 주차장 뒤편에 줄지어 심은 상록 덤불과 주차장에 세워진 아크등에 반사되어 반짝이는 자동차 후드와 타이어 펜더가 눈에 들어왔다. 여전히 버디의 얼굴은 알아볼 수가 없었지만, 굳이 그의 얼굴을 확인할 필요는 없었다. 이미 목격자인 셸비가 버디의 신원을 확인해주지 않았던가. 그뿐만 아니라 셸비는 두 사람의 대화 내용까지 똑똑하게 들었고, 그 내용은 지금 한나의 수첩에 고스란히 기록되어 있다.

"두 사람, 싸우는 건가요?"

노먼이 작업을 계속 이어나가며 물었다.

"네. 잠깐만요, 웨이트리스가 무슨 이야기를 들었는지 말해줄게요."

한나는 사건 수첩을 펼쳤다.

"그 여자가 뭐라고 했냐면, '내가 너를 몰라볼 거 같아?' 라고 했고요. 그러니까 버디가 '엉뚱한 사람 짚었어, 아가씨. 날 그냥 내버려둬!' 라고 했대요. 그래서 그 여자가 뭐라고 했는데, 그 이야기는 셸비가 듣지 못했어요. 그러고 나서 버디가 여자의 손을 떼어내려고 했고, 여자는 마침내 그에게서 떨어졌는데, 그러면서 버디가 '난 당신이 생각하는 그 남자가 아니야!' 라고 했고, 그 여자는 '아니, 네가 맞아! 내가 알아!' 라고 했다네요. 그러고 나서 여자는 주차해둔 차로 간 것 같다고 하는데, 어느 차인지는 보지 못했대요.

"재밌네요."

"싸움이요?"

"아뇨, 이것 봐요."

노먼이 마우스를 움직여 화면에 뜬 사진의 한편을 가리켰다.

"여기 빛나는 지점 세 개 보이죠?"

"여자 손목에요?"

"네."

"보여요. 빛에 반사된 것 같은데, 맞죠?"

"맞아요. 주차장 아크등 불빛에 반사됐어요. 이렇게 반사된 부분은 다른 부분에 비해서 밝게 나와요."

한나의 머릿속이 바빠졌다. 예전에 보이드 왓슨을 죽인 살인범이 사진에 찍혔던 것과 같은 경우다. 그때는 커프스단추가 달빛에 반사된 덕분에 범인을 잡을 수 있었다. 그렇다면 이번에도 반사체를 통해서 이 여자가 누구인지 알아낼 수 있지 않을까?

"알아낼 수 있겠어요."

노먼이 말했다.

"손목 부분을 200% 확대해볼게요."

노먼이 사진의 한 부분을 선택하자 화면에서 그 부분만 점점 커졌다.

"이건 시계일까요? 아니면 팔찌?"

"내가 봤을 때에는 시계나 팔찌에 붙은 뭔가에 빛이 반사된 것 같아요."

"더 크게 할 수 있어요?"

"가능할 거예요. 그 부분이 훨씬 밝으니까요."

"밝으니까 다른 부분에 비해 더 명확한 확대가 가능하다는 거죠?"

"맞아요! 어떻게 알았어요?"

"루시가 찍은 살인범 사진 작업할 때 노먼이 알려줬잖아요. 커프스단추가 자체적으로 빛을 발하기 때문에 다른 부분에 비해서 더 선명하다고요."

노먼이 미소를 지었다.

"내가 한 얘기를 다 기억하고 있어요?"

"전부는 아니에요. 어떤 때는 일부러 잊어버리기도 하니까요."

"일부러 잊어버리다니, 어떤 걸요?"

당신은 곧 다른 여자와 결혼식을 올릴 테고, 난 영영 당신을 잃게 될 거라는 사실이요. 한나는 생각했다.

"이를테면, 정기검진 받으러 치과에 오라고 했던 거요."

그러자 노먼이 웃음을 터뜨렸다.

"좋아요. 잊고 싶을 만하네요. 하지만 정말로 병원에 한번……."

"알았어요, 알았어. 여유가 좀 생기면요. 됐죠?"

이야기하는 동안에도 노먼은 계속해서 사진을 확대했고, 이제 거의 400%에 가까워졌다.

"꼭 별 모양 같아요."

한나가 말했다.

"근데 예쁜 별 모양이라기보다는 좀 더…… 뭐라고 하죠?"

"거칠죠. 사진을 출력하면 아주 거칠게 나올 거예요. 핸드폰 카메라로 찍은 사진이라서 확대를 많이 하면 사진이 픽셀로 깨져버리거든요."

"점묘법처럼요? 센 강에 떠 있는 보트를 그린 조르주 쇠라의 그림 같아요. 별 모양에 가깝고 분홍색과 주홍색 빛깔이 난다는 게 다르긴 하지만."

"색깔은 빛 때문에 그런 거고, 별 같다는 것도 맞아요. 은팔찌에 달린 눈꽃 모양의 장식이에요."

한나는 깜짝 놀라 노먼을 쳐다보았다.

"어떻게 알았어요?"

"베브가 저런 팔찌를 하고 다니거든요. 저희 어머니가 크리스마스 때 선물로 주셨어요."

한나는 너무 놀라 무어라 할 말을 잃고 말았다.

"그럼…… 그럼 저 사진 속 여자가 베브예요?!"

"그럴 리가요."

노먼이 슬며시 웃음을 흘렸다.

"이 사진 재즈 클럽에서 찍은 거라고 했죠?"

"네, 클럽 나인틴이요."

"베브는 재즈 같은 건 별로 안 좋아해요. 그녀가 클럽 출입이라니, 상상도 할 수 없어요. 여기가 오케스트라 홀이었다면, 어쩌면 베브일지도 모르겠다고 생각했겠지만, 재즈 클럽은 절대 아니에요."

서두르지 말자. 한나가 차분히 생각했다. *의심의 싹이 텄으니 일단은 그냥 자라도록 지켜보는 거야. 베브가 거짓말쟁이라는 건 이미 알고 있잖아. 물론 노먼은 아직 모르는 것 같지만.*

"로드 부인이 그 팔찌를 어디서 구하셨는지 궁금하네요."

머릿속에 차오르는 의심을 마음 한편에 밀어놓으며 한나가 말했다.

"모르겠어요. 급하게 구하신 걸로 알고 있는데. 시간이 아직 9시밖에 안 됐으니까 잠자리에 들지 않으셨을 것 같은데, 지금 전화해서 여쭤볼까요?"

"눈꽃 팔찌?"

한나의 질문에 로드 부인이 되물었다.

"물론 기억나지. 지금 노먼 옆에 있니, 한나?"

"아뇨, 혹시 노먼 바꿔 드릴……."

"아니야! 내가 팔찌를 얼마 주고 샀는지 노먼은 몰랐으면 해서. 한나도 알겠지만 매년 크리스마스 선물 준비할 때마다 여분을 사두거든. 크리스마스 때 집에 오는 손님이 선물을 들고 올 경우 나도 화답으로 선물을 줘야 할 테니까. 난 그런 선물을 '애니' 라고 불러. 우리 어머니도 그렇게 불렀지. '애니-바디(anybody)' 를 위한 선물이라는 뜻에서. 참 귀엽지?"

"그러네요."

한나가 솔직히 대답했다. 한나는 물론 엄마도 크리스마스 때마다 여분의 선물을 준비해 두곤 했다.

"그 팔찌도 '애니' 였어. 노먼이 베브와 함께 집에 올 줄 몰랐거든. 꽃다발을 가져왔기에 화답으로 '애니' 를 줬지."

"어디서 사셨는지 기억나세요?"

"그럼. 코스트마트에서 할인가로 25달러에 샀어. 세 개를 샀는데, 올해는 선물로 하나밖에 안 나갔네."

"혹시 인기 상품이었나요?"

로드 부인이 상품에 대해 보석가게에 물어봤어야 할 텐데, 한나는 간절한 마음으로 질문했다.

"맞아, 아주 인기 있는 상품이었어. 내 앞에 선 여자는 네 개를 샀고, 내 뒤의 여자도 두 개나 사더라고. 그날 아침에 들여온 상품인데 거의 재고가 바닥이 났다고 점원이 손님이랑 나누는 이야기를 들었어. 온라인에서도 판매하고 있어. 얼이 찾아봐 줬거든. 코스트마트에서는 어디서 상품을 들여오는지 모르겠지만, 정말 예쁘고 고급스럽더라고. 가격도 저렴하고."

"잠깐만요!"

"왜?"

"얘기를 듣다 보니 코스트마트에 가보고 싶어지잖아요. 전 쇼핑은 질색이란 말이에요."

"가고 싶거든 언제든 전화해. 같이 가줄 테니까. 나한테 코스트마트 회원카드도 있거든. 15% 할인을 해줘."

한나는 살짝 신음소리를 냈고, 그런 한나를 노먼이 걱정스러운 눈길로 바라보았다.

"무슨 일이에요?"

노먼이 물었다.

"어머님이 같이 코스트마트에 가자고 하고 계세요. 정말 가고 싶어지네요."

캐리가 전화선 건너편에서 웃음을 터뜨렸다. 두 사람의 대화를 들은 모양이었다.

"그러니까 내가 말했잖아. 가고 싶어지면 전화하라고. 어머! 이만 끊어야겠어. 얼이 부르네. 그가 좋아하는 프로그램이 시작했나 봐. 그럼 나중에 통화해, 우리 천사."

"왜 그래요?"

전화를 끊는 한나의 표정이 이상야릇하자 노먼이 물었다.

"아무것도 아니에요, 그냥…… 노먼 어머님이 방금 저를 '천사'라고 부르셔서요. 전에는 한 번도 그렇게 부르신 적이 없었는데."

"정말이에요?"

"네, 정말이에요. '나중에 통화해, 우리 천사'라고 하면서 끊으셨다고요. 왜 그렇게 부르셨을까요?"

"한나를 정말로 좋아하신단 뜻이에요."

"그건 물론 알죠."

"아니, 한나는 몰라요. 그건 한나를 정말, 진심으로 좋아하신단 뜻이에요. 어머니가 천사라고 부르는 사람은 얼이랑 나밖에 없었거든요. 근데 이젠 한나도 포함이 됐네요."

"내가 어머님이랑 같이 코스트마트에 가고 싶어 한 게 그토록 좋으셨을까요?"

"그 이상이었을걸요."

노먼이 말하며 한나를 포옹했다.

* * *

정확히 9시 30분에 전화벨이 울렸다. 한나와 미셸은 브랜-오트밀 쿠키를 굽고 있었고 노먼이 전화를 받았다.

"여보세요."

그가 전화를 받아서는 잠자코 듣고 있더니 이내 입을 열었다.

"잠깐만 기다려, 알았지?"

노먼이 무선 전화기를 들고 서재 쪽으로 사라졌고, 한나는 전화를 건 사람이 누구인지 알 것 같았다. 베브 박사가 노먼을 확인하기 위해 전화를 건 모양이었다. 한나는 미셸을 향해 '*베브*' 라고 입 모양을 해 보였고, 미셸은 고개를 끄덕였다. 노먼이 서재 문을 닫을 때까지 두 사람은 아무 말도 하지 않았다.

"감시도 철저하시지."

미셸이 말했다.

"그러게! 노먼이 커들스 만나러 가지는 않는지 감시 붙이지 않은 게 이상할 정도야. 게다가……, 이런! 내 핸드폰이네. 누구지?"

한나가 가방에서 핸드폰을 꺼내 펼쳤다.

"여보세요?"

"한나! 어디예요?"

마이크야. 한나가 미셸을 향해 또다시 입 모양을 해 보였다.

"미셸이랑 노먼의 집에 있어요. 마이크는요?"

"진퇴양난이죠."

"아니, 지금 어디에 있냐고요."

"45분쯤 되는 거리에 있습니다. 로니랑 같이요. 로니가 미셸을 잠깐 보고 가겠다는데, 노먼 집에 들러도 될까요?"

"그렇게 해요."

한나가 즉각 대답했다.

"어서 와요. 요기할 것 준비해놓을 테니. 배고프죠?"

"형사들은 항상 배가 고프죠. 뭐가 있는데요?"

"모르겠어요. 미셸이랑 얘기해봐야 할 것 같아요."

"좋습니다. 두 사람이 요리하는 거라면 뭐라도 맛있을 거예요. 고마워요, 한나. 참…… 근데 노먼 있습니까? 그러니까, 바로 옆에요."

"아뇨, 지금 서재에서 베브랑 통화 중이에요."

"다행이에요. DNA 샘플 채취했는지 물어보려던 참이었습니다. 내가 그걸 어떻게 알았냐고 묻기 전에 내가 형사라는 사실을 기억해주길 바라요. 안드레아가 빌에게 한 변명도 난 다 꿰뚫어본다고요. 베브의 어머니를 만나러 갔었죠, 맞죠?"

"맞아요. 갔었어요. 그럼 빌도 알고 있는 거예요?"

"빌이 알았으면 허락했을 리가 없지 않습니까. 생각해봐요, 한나. 빌은 위넷카 카운티 경찰서의 서장입니다. 서장의 부인이 자기 언니와 함께 그런 모의를 했다는데도 가만히 있겠어요? 빌은 모르니까 안심해요. 어쨌든 채취에는 성공했습니까?"

"안드레아가 오늘 오후에 쿠키단지에 들어서면서 했던 말을 똑같이 할게요. '임무 완수' 요."

"잘했어요, 한나. 내가 DNA 연구실에 급하게 의뢰를 넣을 테니 오늘 밤에 건네줘요."

"고맙지만 마이크, 그 문제라면 벌써 해결했어요. 나이트 박사님 친구분이 DNA 연구실에 계신다고 해서요. 박사님이 내일 직접 가서 샘플을 맡기실 거예요. 그 친구분이 알아서 서둘러주실 거라고 했어요."

"그렇다면 안심입니다. 경찰서 내에 있는 DNA 연구소에 부탁하려고 했거든요. 사적인 일이라서 내부에서 징계를 받지 않을까 걱정이 됐지만 말입니다."

"그래도 했을 거잖아요."

"당연히 부탁했겠죠. 노먼은 내 친구고, 이건 내 직업이나 징계보다 더 중요한 사안이니까요."

"마이크는 참 좋은 사람이에요."

그러자 마이크가 쑥스러운 듯 큭큭거렸다.

"가끔은 이렇게 착하게 굽니다. 물론 나쁠 때는 정말 나쁘지만요. 하지만 그게 내 매력이라는 거…… 알죠, 한나?"

"글쎄요."

한나는 미소를 지었다. 마이크는 짓궂게 굴 때가 매력적인 것이 사실이었다. 이제 마이크와 통화를 마치고 노먼의 냉장고와 냉동실에 어떤 재료들이 있는지 살펴보려는 찰나에 노먼이 돌아왔다.

"왔어요, 노먼?"

한나가 핸드폰을 내밀었다.

"마이크 전화예요. 로니랑 같이 이리로 와도 되겠냐고 물어보는데요?"

노먼이 핸드폰을 건네받았다.

"언제 오는데?"

노먼이 물었다. 그런 뒤 잠시 듣고 있다가 이내 웃음을 터뜨렸다.

"알았어. 스테이크 녹이고 있을게. 요리는 우리 두 아가씨에게 맡겨보자고. 그럼 45분 뒤에 만나."

정확히 40분 뒤, 한나는 오븐에서 치즈 앤 그린 칠리 비스킷을 꺼냈다.

"냄새가 정말 좋은데요!"

노먼이 한나의 뒤로 다가와 팔로 허리를 감싸 안았다.

"이대로 한나에게 기대서 계속 냄새 맡고 싶어요."

"아, 난 이만 일어날게. 이런 장면을 목격하기엔 아직 어리거든."

미셸이 무표정한 얼굴로 말했다. 그러자 한나와 노먼은 웃음을 터뜨렸고, 마침내 미셸도 함께 웃기 시작했다. 어느 정도 웃음이 잦아들자 미셸이 말했다.

"정말 냄새 최고다, 언니. 이거 처음 만들어본 거야?"

"응. 조금 잘라서 맛 한 번 볼까? 마이크랑 로니 도착하기 전에."

"오늘 밤 들은 이야기 중 제일 반가운 소리네요."

노먼이 대답하며 한나가 비스킷을 세 조각으로 잘라 버터를 바르는 모습을 지켜보았다. 제일 먼저 미셸이 맛을 보았다.

"으음!"

미셸이 말했다.

"방금 입술을 덴 것 같은데, 아픈 것도 모를 만큼 맛있어."

"최고예요!"

노먼이 외치고는 굶주린 늑대처럼 비스킷을 또 한 입 베어 물었다.

"어머, 세상에!"

자신이 만든 것을 본인 스스로 칭찬하는 게 거만해 보일 법도 했지만, 한나는 감탄하지 않을 수 없었다. 풍부한 치즈맛에 초록 피망의 적당한 매운기가 바삭한 식감의 비스킷과 너무나도 잘 어울렸다.

"샐러드는 어떻게 만들었어요, 미셸?"

노먼이 물었다.

"양상추가 하나도 없었을 텐데."

"양배추도 없었어요. 그래서 당근 슬로를 만들었죠."

"당근 슬로?"

한나가 호기심 어린 시선으로 미셸을 쳐다보았다.

"뭐가 들어갔는데?"

그러자 미셸이 어깨를 살짝 으쓱거렸다.

"노먼의 냉장고랑 냉동실에 있는 재료 중 당근이랑 잘 어울릴 만한 것은 전부."

"맛 한 번 봐도 돼?"

한나가 물었다.

"그럼. 나도 어차피 맛을 봐야 해. 어떤 맛일지 상상이 안 되거든."

미셸이 작은 볼에 샐러드를 담았다.

"여기 있어요."

그러고는 한나와 노먼에게 볼을 돌렸다.

"먹어보고 어떤지 말해줘."

샐러드를 입에 넣은 한나는 미소를 지었다. 미셸은 음식 재료 조합에 있어 감각을 타고난 듯했다. 샐러드는 아주 맛있었다.

"아삭아삭하고, 간도 적당하면서 달콤한 게…… 훌륭해, 미셸. 이런 샐러드는 처음이야."

"역시 괜찮을 줄 알았어."

"한나 의견에 동감이에요. 맛있어요."

노먼도 인정했다.

"개수대 옆 서랍에 보면 종이가 있으니까 샐러드 재료들을 적어둬요. 그래야 레시피를 잊어버리지 않죠."

미셸이 재료와 드레싱 만드는 방법을 다 적고 나자 초인종이 울렸다.

"로니랑 마이크인가 봐."

미셸이 말했다.

"내가 나가볼게."

"난 스테이크를 올려야겠군요."

노먼이 자리에서 일어나 앞치마를 둘렀다. 앞치마를 보자 한나는 절로 미소가 지어졌다. '노먼표 요리' 라는 글자가 전면에 새겨져 있는 이 앞치마는 지난 독립기념일에 에덴 호수에서 다 함께 바비큐 요리를 해 먹었을 때 한나가 노먼에게 선물한 것이었다.

"이 앞치마, 아직도 갖고 있었네요."

한나가 말했다.

"당연하죠. 한나가 준 건데요. 포기할 수 없죠."

두 사람은 서로를 잠시 바라보았다. 노먼은 물론 한나의 눈에서도 감정선이 올라오는 것이 훤히 보였다. 두 사람이 이렇게 끝이 나서는 안 된다는 것을 노먼과 한나 모두 알고 있었다. 이대로 끝내기에는 두 사람 사이에 그간의 추억과 웃음이 너무도 많았다.

"거기, 두 사람!"

그때 마이크가 주방으로 들어왔다.

"뭐 만들고 있어? 나 배고파 죽을 지경이야."

"그렇게 배가 고프다니 다행이에요."

한나가 얼른 돌아서며 말했다.

"치즈 앤 그린 칠리 비스킷 큰 것을 11개나 만들었거든요."

"난 당근 슬로를 하나 가득 만들었고."

미셸이 로니를 향해 미소를 지었다.

"난 자기가 만든 당근 슬로 너무 좋더라."

로니가 미소로 화답했다. 그러나 미셸이 순간 웃음을 터뜨렸고, 로니는 영문을 모르겠다는 듯 멍한 표정을 지었다.

"내가 뭐, 웃긴 말 했어?"

"그래, 당근 슬로는 오늘 처음 만들어본 건데 그게 맛있다고 하니까 웃기잖아."

"오, 그럼…… 이건 어때? 자기가 만든 건 뭐든지 다 맛있어."

로니가 미셸에게 다가가 키스했다. 두 사람의 다정한 모습을 보니 한나는 흐뭇해졌다. 서로에게 다정하기 그지없는 미셸과 로니는 누가 보더라도 완벽한 커플이었다.

"좋아요, 여러분. 5분 뒤에 식사입니다."

노먼이 그릴에서 스테이크를 뒤집었다.

"우리 모두 네가 이번 식사에 대해 공정하게 심사해주길 바라는 바야."

"오, 그래야지."

마이크가 재빨리 비스킷을 집었다.

"디저트는 식사 후에 먹어야죠!"

마이크에게 핀잔을 주는 순간 한나는 자신이 엄마와 똑같은 잔소리를 하고 있다는 사실을 깨달았다. 한나가 식사 전에 쿠키라도 먹고 있을라치면 엄마는 늘 똑같은 잔소리를 하곤 했다.

"아니, 아니에요. 내가 방금 한 얘기는 잊어버려요. 비스킷이 먹고 싶으면 먹어야죠. 카운터에 버터도 있어요."

주방은 먹음직스러운 스테이크 냄새로 가득했고, 한나는 불과 3시간 전에 샐리의 호텔에서 저녁을 먹고, 노먼의 집에 와서도 복숭아 크림 쿠키를 먹었음에도 불구하고 배가 요동치기 시작했다. 이건 배가 고파서라기보다 갖춰진 식사가 너무 훌륭해 보였기 때문이었다. 마이크와 로니는 스테이크가 맛이 있었는지 커피와 함께 게눈 감추듯 먹어버렸다. 스테이크와 슬로, 비스킷을 먹는 중간에 대화를 나눌 시간은 별로 없었다. 얼마가 지났을까 마침내 마이크가 잠시 포크를 내려놓았다.

"살해 도구에서 지문이 발견됐는데, 치료실에 의료 도구들을 가져다 놓은 간호사의 것이었어요."

"방어흔(피해자가 방어를 할 때 생기는 상처)은요?"

이미 부검 보고서를 읽어봐 방어흔은 발견되지 않았다는 사실을 알면서도 한나가 물어보았다.

"없었습니다. 범인이 차분하게 행동한 것 같아요. 가위로 찌르는 모습조차 버디는 보지 못했을 거라는 게 박사님 소견이에요."

"그렇다면 범인은 의학적 지식이 풍부해서 어느 부위를 찔러야 즉사할지 잘 알고 있었단 얘기인가요?"

"그럴 수도 있죠. 현장이 의학 지식을 가진 사람이 수두룩한 병원이지 않습니까. 그게 아니면 그저 운이 좋았거나. 그 남자가 잡히면 알 일입니다."

"그 여자일 수도 있죠."

한나가 덧붙였다.

"맞네요, 그 여자일 수도 있습니다."

마이크가 살짝 고개를 끄덕였다.

"정말 여자일 수도 있어요. 워낙 날카로운 가위라 찌르는 데 많은 힘이 필요하지 않았을 겁니다."

문득 마이크가 아래를 내려다보며 미소를 지었다.

"안녕, 모이쉐. 안녕, 커들스. 너희 내 스테이크 냄새 맡고 온 거야?"

"냐아아아아옹!"

모이쉐가 마이크의 발목에 볼을 비볐다.

"미안, 친구. 아직은 너한테 줄 게 없어. 로니에게 한 번 가봐. 로니가 더 잘해줄지도 몰라."

그러자 미셸이 웃음을 터뜨렸다.

"맞아요. 로니는 방금 녀석들에게 작은 고기 조각을 하나씩 물려줬거든요."

"하지만 더는 안 돼."

로니가 접시를 끌어당겼다.

"스테이크 다 먹었거든."

"나는 조금 남긴 했는데, 너희들 줄 건 없어."

마이크가 말했다.

"다만, 귀찮게 안 하고 얌전히 군다면 다시 생각할지도 모르지."

놀랍게도 마이크의 말이 끝나자마자 모이쉐와 커들스는 꼬리를 내리고 뒤로 물러서더니 조용히 주방을 빠져나갔다.

"어떻게 한 거예요?"

한나가 물었다.

"녀석들에게도 난 경찰인 모양입니다. 내가 쉽게 흔들릴 사람이 아니라는 걸 감지하고 일찌감치 포기한 거죠. 아마 강압적인 태도 때문일 겁니다."

"그렇군요."

한나가 대답했지만, 마이크의 말이 신빙성 있게 들리진 않았다.

"버디가 누구인지 알아내진 못했어?"

미셸이 로니에게 물었다.

"아직. 계속 알아보고 있어."

한나는 잠자코 있었다. 〈병원 소식〉지에 버디의 사진을 실었다는 이야기는 한나가 아니라 박사님이 직접 해야 할 것 같았다.

"한나는 어때요?"

마이크가 물었다.

"알아낸 거 있어요?"

"나도 마찬가지로 아직 모르겠어요. 노먼이 아까 컴퓨터로 검색을 좀 해보긴 했는데."

그러자 마이크가 노먼을 향해 고개를 돌렸다.

"뭐 찾았어?"

"그게…… 아무것도. 이따 서재에 가면 다른 방법으로 해보려고."

"어떤 방법?"

"재즈 키보드 연주자 측면에서 찾아볼까 해. 어쩌면 연주자 협회 같은 데에 가입되어 있을지도 몰라. 아니면 온라인 어딘가에 연주자들 명단이 돌아다니고 있거나."

"발견한 게 있으면 나에게도 알려줄 거지?"

"당연히."

그때 한나의 귓가에 뭔가 소리가 들려왔다. 고양이 녀석들이 카펫 위를 내달리는 듯 발톱 긁히는 소리가 점점 가까워지고 있었다. 한나는 순간적으로 소리를 질렀다.

"다들 발 들어요! 얼른!"

"또 쫓기게임인가요?"

이미 한나의 집에서 녀석들의 게임을 경험했던 마이크가 물었다.

"네."

"다리 들어, 로니."

마이크가 명령했다.

"그대로 있다간 녀석들에게 발을 밟힐지도 몰라."

로니는 즉각 앉아 있는 의자 위로 발을 올렸고, 한나와 미셸은 분주하게 카운터로 다가가 위로 펄쩍 올라앉았다. 모두가 저마다의 자세를 취하자마자 스웬슨팀과 로드팀으로 갈라진 고양이 레이싱팀 선수 두 녀석이 모퉁이를 돌아 주방을 향해 전력 질주해 들어왔다.

"와오!"

모이쉐가 로니의 곁을 지나며 테이블 다리에 부딪혔고, 그 바람에 자기 의자가 조금 흔들리자 로니가 외쳤다. 잠시 정신을 못 차리던 모이쉐는 금세 중심을 잡고 일어나 다시 커들스를 쫓아 나가기 시작했다.

"녀석들 얼마나 빨리 달리고 있는 거야?"

노먼이 마이크에게 물었다.

"모르지. 레이더건이 없어서 아쉽네. 근데 어디로 갔지?"

"어디든 가고 싶은 곳으로 갔겠죠."

한나가 웃으며 대답했다.

"아마 서재에 있는 것 같아요. 근데……, 다리 들어요! 다시 이리로 오고 있어요."

두 녀석이 다시 주방으로 달려들었다. 몇 번을 날 듯이 펄쩍펄쩍 뛰고, 몇 번을 서로 부딪칠 뻔하다가, 몇 번을 울부짖더니 이내 마이크가 앉은 자리 가까이에 있는 테이블 다리로 돌진했다. 그 충격에 테이블이 흔들렸고, 마이크가 급히 접시를 붙들어보려 했지만, 이미 때가 늦었다.

"안 돼!"

접시가 바닥에 떨어지면서 스테이크가 미끄러져 내리자 마이크가 외마디 소리를 질렀다. 그리고 네 사람 중 누군가 미처 스테이크를 붙잡기 전에 모이쉐가 날렵하게 스테이크를 입에 물고는 주방 밖으로 향하는 커들스의 뒤를 쫓아 달렸다.

또다시 고양이 발톱이 카펫 위를 긁으며 내달리는 소리가 점점 멀어지는 가운데 다들 할 말을 잃고 말았다. 이제 고양이들은 갔고, 마이크의 스테이크도 함께 사라졌다.

다들 서로를 멀뚱히 바라보다 마침내 노먼이 입을 열었다.

"혹시 모이쉐가 일부러……?"

그가 말꼬리를 흐렸다.

"맞아요."

한나가 반쪽짜리 질문에 대답했다.

"확실해요."

로니가 살짝 혼란스러운 표정으로 고개를 끄덕였다.

"그러니까 녀석들이 계획적으로 이랬다는 거죠, 그렇죠?"

"그런 것 같아."

미셸이 씩 웃으며 말했다.

"처음 방법으로는 안 통하니까 일단 물러났다가 다시 계획을 세워서 돌진한 거지."

"이런, 나도 계획이 필요해요!"

마이크가 고개를 설레설레 저으며 말했다.

"가서 다시 뺏어와야 할까요? 그러니까, 그렇게까지 하고 싶진 않지만, 원칙상 필요하지 않을까 해서 말입니다."

"고양이들이 원칙이란 걸 이해할까요."

한나가 말했다.

"주머니에 고양이 전용 수갑이라도 갖고 다니는 게 아니라면 말이야."
노먼이 조언했다.
"근데 어디로 간 거예요?"
로니가 물었다.
"이제 아무 소리도 안 들리는데요."
"어딘가 안전한 곳에 있을 거야."
한나가 대답했다.
"내 침대 밑에 숨어서 맛있게 스테이크를 음미하고 있겠지."
노먼이 덧붙였다.
"꽤 오랫동안 나오지 않을 거야."
"그럼 우린 어떻게 해야 하는 거야?"
마이크가 물었다.
"우린 디저트를 먹어야죠."
한나가 대답했다.
"내가 커피 물을 올릴 동안 미셸이 아까 노먼을 위해서 구웠던 쿠키를 꺼낼 거예요. 많이 구웠으니까 넉넉해요."
마이크는 기분이 상한 듯했다.
"그럼 녀석들은 이대로 두는 겁니까?"
"당연히 아니죠."
한나가 웃음이 터져 나오려는 것을 애써 참으며 말했다.
"이따가 침대 밑에서 나오거든 진지하게 경찰 대 고양이 대화를 나눠 봐요."

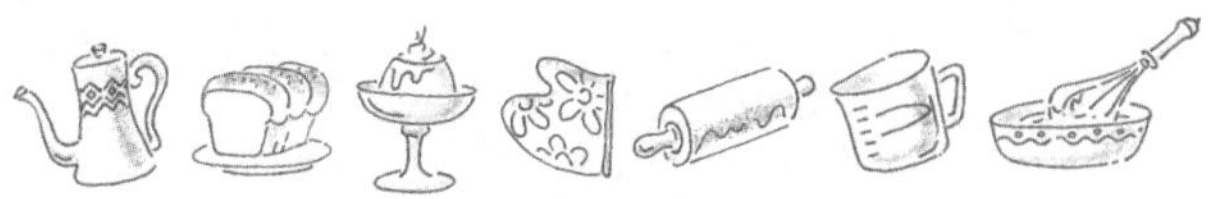

치즈 앤 그린 칠리 비스킷

오븐은 220도로 예열합니다. 틀은 오븐의 중앙에 두세요.

재료

다목적용 밀가루 3과 1/2컵 / 소금 1티스푼

타르타르 크림 2티스푼(아주 중요한 재료예요) / 베이킹파우더 1티스푼

베이킹소다 1티스푼 / 소금기 있는 부드러운 버터 1/2컵(112g)

샤프 체다치즈 간 것 1컵 / 청고추 통조림 1개(물을 빼내고 깍둑썰기를 하세요)

거품 낸 계란 2개(포크로 저어주시면 됩니다) / 사워크림 1컵(224g)

우유 1/2컵 / 체다 치즈 간 것 1/2컵

만드는 법

첫 번째 단계:

1. 중간 크기의 믹싱볼에 밀가루, 소금, 타르타르 크림, 베이킹파우더, 베이킹소다를 넣고 잘 섞어줍니다. 파이크러스트 반죽을 만들 때처럼 버터를 듬성듬성 잘라 넣어주세요.

한나의 첫 번째 메모: 믹서기가 있으면 첫 번째 단계 때 사용하세요. 차가운 버터 1/2컵을 8조각으로 잘라서 건조 재료들과 함께 믹서기에 넣습니다. 믹서기에 칼날을 부착하여 가동시키면 오트밀 같이 될 거예요. 완성된 것을 중간 크기의 믹싱볼에 옮겨 담고 두 번째 단계를 시작합니다.

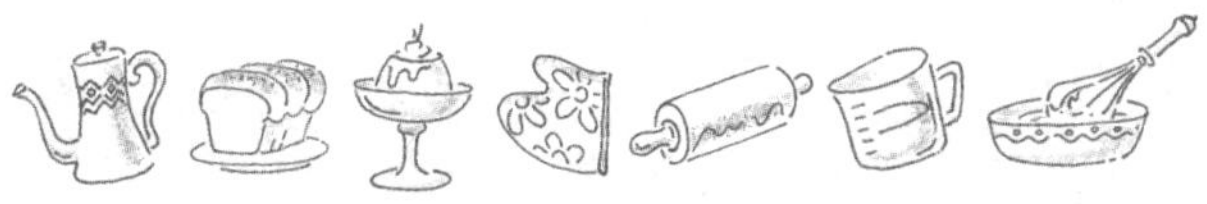

두 번째 단계:

2. 체다 치즈 간 것과 고추 썰어놓은 것을 잘 섞어줍니다.
3. 거품 낸 계란과 사워크림을 순서대로 넣고 잘 섞어줍니다.
4. 우유를 넣고 재료들이 골고루 섞일 때까지 저어줍니다.

세 번째 단계:

5. 기름칠 한 테이블스푼으로 반죽을 떠서 쿠키 틀 위에 올립니다.

한나의 두 번째 메모: 전 에어-베이크 쿠키 틀에 코팅지를 깔아서 구웠답니다. 틀의 크기는 14×15.5인치 정도 되는데, 커다란 비스킷 12개가 구워졌답니다. 좀 더 작은 크기의 비스킷을 원하신다면 틀 2개를 사용해 더 작은 비스킷을 만드세요. 오븐이 하나밖에 없다면 틀 한 개는 오븐의 위 칸에 넣고, 다른 하나는 아래 칸에 넣으면 됩니다. 반쯤 구웠을 때 서로 자리를 바꿔주기만 하면 돼요.

6. 비스킷 반죽을 모두 틀 위에 올렸으면 손을 씻고, 손가락으로 원하는 모양으로 반죽을 매만져줍니다(전 사람들이 홈메이드 비스킷이라는 사실을 알게 하기 위해 일부러 살짝 울퉁불퉁하게 나뒀어요).
7. 비스킷 반죽 위에 체다 치즈 간 것을 뿌립니다.
8. 220도에서 12~14분간 굽습니다. 윗부분에 먹음직스러운 황갈색이 돌면 완성이에요. 틀 2개를 사용해서 작은 비스킷을 구울 때에는 굽는 시간을 10~12분으로 줄여주세요.

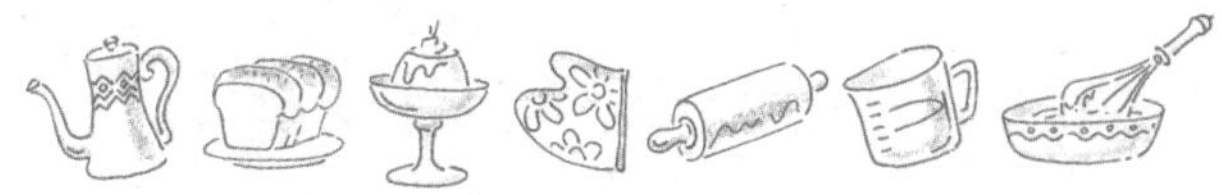

9. 완성된 비스킷은 틀 위에서 적어도 5분 이상 식힌 다음 식힘망으로 옮깁니다. 손님들에게 내기 전에 2분 이상은 더 식혀주어야 해요(전 바구니에 예쁜 종이 타월을 깔아 따뜻할 때 내곤 한답니다).

한나의 세 번째 메모: 마이크를 위해 만들 때에는 청고추 대신 할라피뇨를 넣는답니다. 매운 것을 어찌나 좋아하는지 남은 비스킷도 집으로 가져가 아침식사 대용으로 먹었다고 해요. 아침에 매운 것을 먹으면 힘이 불끈 난다나요. 마이크는 케이준 페퍼 소스인 '슬랩 야 마마'를 경찰서나 경찰차에까지도 가지고 다니면서 아침식사용 스크램블 에그 위에도 뿌려먹는답니다. 그런 사람은 제 주변에 마이크뿐이에요.

한나의 네 번째 메모: 마이크가 가져가고도 남은 것이 있을 때에는 샌드위치용 빵으로 사용하곤 해요. 반으로 자른 다음에 마요네즈를 뿌리고 고기를 끼우면 완성입니다. 치즈 앤 그린 칠리 비스킷은 아주 특별한 샌드위치를 만들어줄 거예요.

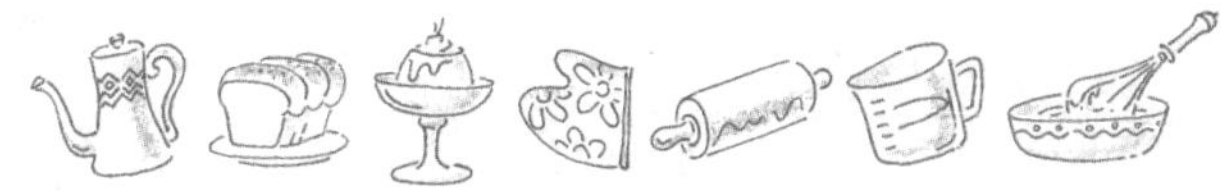

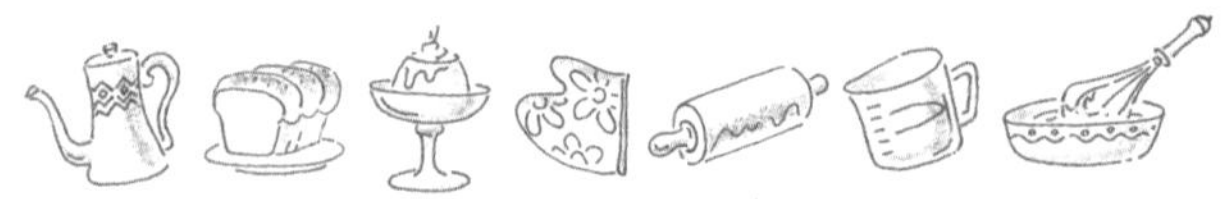

당근 슬로

오븐은 165도로 예열합니다. 틀은 오븐의 중앙에 두세요.

재료

당근 슬로 토핑:

다진 피칸 1/2컵 / 계란 흰자 1개 / 백설탕 1/4컵 / 녹인 버터 1/4컵

한나의 첫 번째 메모: 당근 슬로를 만들 때는 토핑부터 시작해야 해요. 토핑 만드는 데에 30~35분 정도 걸리거든요. 정작 굽는 데에는 25분밖에 걸리지 않는데 말이에요. 다진 피칸을 오븐에 넣은 다음에 슬로를 만드는 거예요. 하지만 시간이 부족할 때에는 피칸 통조림을 사용하셔도 됩니다.

만드는 법

1. 파이용 틴이나 8인치 크기의 사각 팬에 들러붙음 방지 스프레이를 뿌립니다. 거기에 다진 피칸을 뿌리고 165도에서 5분간 구워주세요.
2. 피칸이 구워지는 동안 계란 흰자를 거품기로 휘젓거나 핸드 믹서기를 사용해 보송보송하게 거품을 냅니다. 거기에 설탕을 넣고 다 구워진 피칸을 넣고 섞어줍니다.
3. 녹인 버터를 팬 바닥에 부은 다음에 나무 숟가락이나 주걱을 사용해 피칸 혼합물을 녹인 버터 위에 붓습니다.
4. 165도에서 10분간 굽습니다. 그런 뒤 저어주세요.

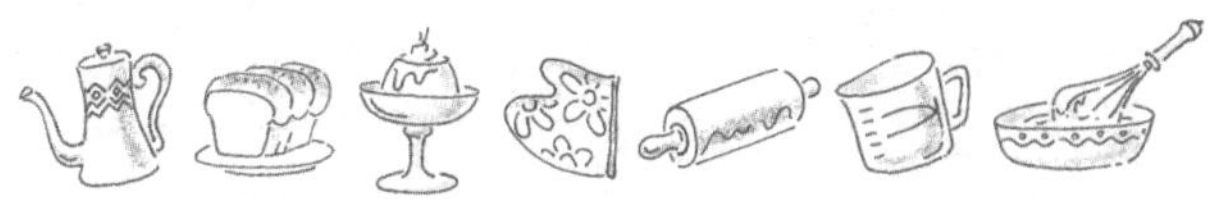

5. 10분을 더 굽고 저어주세요.

6. 다시 10분을 더 굽고 저어주세요.

7. 오븐에서 팬을 꺼낸 다음 내용물을 코팅지 위에 펼쳐놓습니다.

한나의 두 번째 메모: 조심해요! 매우 뜨겁답니다!

8. 피칸 토핑을 2분 이상 식힌 다음에 나무 숟가락이나 주걱을 이용해서 작은 덩어리로 잘라줍니다. 그렇게 카운터 위에 놓아두고 완전히 식힙니다. 맛있는 토핑 완성입니다.

슬로:

냉동 완두콩 2컵 / 껍질을 벗겨 채를 썬 당근 3컵

잘게 다진 파 1/4컵(줄기 부분 2인치를 사용하시면 됩니다)

파슬리 다진 것 1/8컵(선택사항) / 육두구 열매 가루 1/8티스푼

소금 1/2티스푼 / 흑후추 1/2티스푼

한나의 세 번째 메모: 시간을 절약하고 싶다면 이미 껍질을 벗겨 포장한 미니 당근을 구매하세요. 그렇게 구입한 미니 당근을 채칼을 이용해 채썰어줍니다. 손으로 하는 것보다 빨라요.

9. 냉동 완두콩을 포장에 적힌 대로 익힙니다. 하지만 지시한 요리 시간에서 1~2분 정도 덜 삶아주세요. 너무 익은 콩

은 슬로에 적합하지 않으니까요. 콩이 다 익었으면 빨리 물을 버리고 얼음물에 넣어 식힙니다.

10. 채를 썬 당근을 3컵 측량해 커다란 믹싱볼에 넣습니다.
11. 잘게 다진 파와 파슬리를 뿌립니다(파슬리는 선택사항이에요).
12. 육두구 열매 가루, 소금, 후추를 넣고 섞어줍니다.

한나의 네 번째 메모: 얼음물에서 완두콩 꺼내는 걸 잊어버린 거 아니냐고요? 아니에요. 아직 사용할 때가 되지 않아서랍니다.

드레싱:

백설탕 1/4컵 / 마요네즈 1/2컵(어떤 브랜드의 마요네즈든 상관없지만, 샐러드 드레싱용 마요네즈만은 사용하지 마세요) / 사과즙 발효 식초 1테이블스푼(전 샴페인 식초를 한 번 사용해봤는데, 정말 효과만점이었어요! 하지만 일반 식초도 괜찮습니다)

13. 당근 슬로 드레싱을 담을 작은 볼이나 쿼터들이 측량컵을 꺼냅니다.
14. 설탕, 마요네즈, 식초를 넣고 고무 주걱이나 거품기로 잘 섞어줍니다.

한나의 다섯 번째 메모: 이게 끝이에요! 드레싱 완성이라고요. 정말 간단하죠?

15. 방금 완성한 드레싱을 샐러드가 담긴 커다란 볼 위에 붓

습니다. 손을 이용하셔도 좋고, 커다란 숟가락이나 주걱으로 샐러드에 드레싱이 골고루 묻을 때까지 섞어줍니다.

16. 드디어! 완두콩을 사용할 때가 왔습니다! 얼음물을 버린 다음 종이 타월로 물기를 제거합니다.

17. 완두콩을 샐러드 볼에 뿌립니다. 아직 섞지는 마세요. 완두콩은 물러지기 쉽기 때문에 당근 슬로를 손님에게 내기 바로 직전에 섞어야 한답니다.

18. 볼 위를 비닐랩으로 덮은 다음 샐러드를 낼 때가 될 때까지 냉장고에 보관합니다.

한나의 여섯 번째 메모: 저녁식사를 계획하고 있다면 아침에 만들어서 낮 동안 냉장고에 보관하면 됩니다. 샐러드 볼에서 샐러드를 건질 때는 구멍이 뚫려 있는 숟가락을 사용하세요. 그래야 물기가 아래로 빠질 수 있어요.

19. 손님상에 내기 직전에 완두콩을 섞어줍니다(손님에게 내기 직전에 섞어주어야 더 맛이 잘 나거든요).

20. 예쁜 샐러드용 그릇에 당근 슬로를 담고 피칸 조각들을 위에 뿌려줍니다.

한나의 일곱 번째 메모: 가족들이나 손님들이 토핑용으로 뿌리는 피칸을 좋아한다면 더 충분한 양으로 준비해두세요.

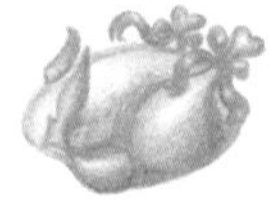

교회 안은 정장을 입은 남자들과 가진 것 중 제일 좋은 옷으로 차려 입은 여자들로 가득했다. 아이들 역시 교회에서 떠들거나 껌을 씹거나 하면 즉각 주의를 받곤 했다. 여자들이 한껏 뿌리고 나온 향수의 달콤한 향 때문에 한나는 코가 간질거렸다.

하지만 재채기를 할 수는 없었다. 한나가 교회 안의 모습을 한눈에 살피기 위해 성가대석에 올라와 있다는 사실을 아무도 알아서는 안 된다. 노먼이 가족이 딸린 유부남이 되어버리기 전에 마지막으로 한 번 더 그의 얼굴을 보기 위해 한나가 이렇게 달려왔다는 사실을 아무도 알아서는 안 된다. 노먼이 혼인서약에 '네' 라는 대답을 하기 전에 한나는 이 결혼식을 막아야만 한다. 몹시도 절실한 순간이었다.

교회 앞쪽에 그가 보인다. 신랑 턱시도를 입은 그는 믿을 수 없을 정도로 멋지다. 그리고 그의 절친인 경찰관이 신랑 들러리로 그의 옆에 서 있다. 오르간 연주가 시작되더니 이내 멘델스존의 '결혼행진곡' 이 웅장하게 흘러나오기 시작한다. 신부가 교회에 들어섰고, 이내 순백색의 통로를 걸어 노먼에게 갈 것이다. 그녀는 커다란 라일락 부케를 들고 있었는데, 한나는 성가대석에서도 그 꽃내음을 맡을 수 있었다. 잠깐, 이건 내가 좋아하는 꽃인데, 뭔가 잘못되었다. 아래로 보이는 검은색 머리카락의 여자는 신부가 아니다. 그녀는 목이 깊게 파인 스웨터와 짧은 검은색 치마를 입고 스틸레토 힐의 부츠를 신고 있었다. 이건 뭔가 잘못되었다. 신부는 지금 노먼을 향해 통로를 걷고 있는 저 여자가 아니라, 나다. 빨리 이 결혼식을 중단시켜야 한다!

한나는 노먼의 주의를 끌기 위해 몇 번이고 소리를 질렀지만, 그는 듣지 못한 것 같다. 절박한 마음에 한나는 성가대석 앞면에 갑자기 나타난 스테인드글라스를 주먹으로 치기 시작했다.

한 줄 한 줄씩 사람들이 고개를 돌려 스테인드글라스를 두드리는 한나를 쳐다보기 시작했다. 모두가 겁에 질린 표정이지만 한나도 어쩔 수가 없다. 한나에게는 이 결혼식을 막는 것이 우선이다. 가짜 신부가 노먼을 한나에게서 영영 떼어내고 말 것이다.

그때 경찰이 계단을 뛰어 올라와 한나의 손에 수갑을 채웠다. 그러고는 그녀를 앞세워 걷기 시작하지만 한나는 가짜 신부를 돌아보며 그녀가 노먼의 운명을 영원히 바꿔버릴 그 하나의 대답을 하는 모습을 지켜본다.

"안 돼애애애애!"

한나가 다시 소리쳤다.

"안 돼애애애!"

"언니? 일어나봐, 언니! 꿈 꿨나 봐. 괜찮아?"

미셸의 목소리였다. 한나는 침대에서 벌떡 일어났다.

"꿈이야."

한나가 중얼거렸다.

"그래. 몸부림치는 소리가 들리더니 이내 흐느끼면서 울기 시작하더라고. 내가 문 앞에 나타나니까 언니가 완전 고통스럽게 '안 돼애애!' 라고 소리쳤어. 완전 무시무시한 악몽을 꿨나 봐!"

"아, 정말 그랬어."

선명한 색감에 소리에 심지어 냄새까지 생생했던 노먼과 베브 박사와의 결혼식 장면을 떠올리며 한나가 말했다.

미셸이 침대 옆에 와 앉았다.

"나한테 이야기해주면 다시 잠잘 때 같은 꿈을 꾸지 않을지도 모르는데, 얘기해볼래?"

한나는 아무 말도 하지 않고 고개만 가로저었다. 미셸의 말이 옳을지도 모르겠지만, 막냇동생에게 영화 '졸업'의 마지막 장면과 똑같은 꿈을 꾸었다고는 차마 이야기할 수 없었다. 게다가 한나는 웨딩드레스 차림으로 사랑하는 남자와 버스에 올라타 멀리 도망친 것이 아니라 수갑을 차고 구치소에 끌려가지 않았던가.

다음 날 아침 한나는 침대에서 일어나기가 몹시 힘들었다. 물론 한나의 가슴께에서 잠이 든 두 마리의 고양이 때문은 아니다. 한나는 두 녀석을 쫓아 보낸 뒤 침대에서 일어나 알람시계를 껐다. 아침 8시 30분, 다행히 일요일이었기 때문에 일찍 일어날 필요가 없었다.

침실에서 나오니 집 안에 환히 불이 켜져 있었다. 조금 어색한 기분이 들긴 했지만, 다른 사람의 존재감이 그렇게 나쁘지 않았다. 미셸이 일찍 일어난 모양이다. 주방에서 스웨디쉬 플라즈마 향이 물씬 풍겨왔다. 한나는 커피향과 더불어 시나몬과 설탕 향기도 맡을 수 있었다.

"커피?"

한나가 주방에 들어서자마자 물었다.

"금방 돼. 와서 앉아. 갖다 줄 테니까."

한나는 자리에 앉았다. 그런 뒤 감동적인 표정으로 미셸을 올려다보았다. 동생의 볼은 발그레했고, 눈은 초롱초롱 빛났다. 그리고 머리카락은 그녀의 예쁘장한 얼굴을 중심에 두고 귀엽게 곱슬거리고 있었다. 오, 다시 한 번 젊어질 수만 있다면! 하지만 다시 젊어진다고 해도 한나는 미셸만큼 아름답지 못할 것이다.

"왜 그렇게 인상 쓰고 있어?"

미셸이 한나 앞에 커피잔을 놓으며 물었다.

"무슨 일이야?"

"난 죽을 지경인데 넌 어떻게 그렇게 아침부터 예쁠 수 있는지 궁금해서."

"건강한 생활 덕분이지. 술이랑 약부터 끊으라고. 그럼 훨씬 나아질 거야."

미셸이 이내 웃음을 터뜨렸다.

"언니 얼굴 좀 봐. 완전 한 방 먹은 표정이잖아. 농담이야, 알겠어? 우스갯소리 한 거라고."

"아침부터 이 늙은 언니 놀리기야? 그러다가 나 게걸스러운 야수로 변할지도 몰라."

"알았어."

미셸이 자리에 앉아 커피를 한 모금 마셨다.

"근데 게걸스러운 야수는 또 뭐야?"

"설명하기엔 너무 이른 시간이야. 내 이름부터 기억하고 나서 이야기 해줄게."

"알았어. 얼른 커피 마셔. 그래야 언니의 그 뇌세포들이 다시 춤을 출 거 아니야. 아까 그게 무슨 뜻인지 정말 궁금한데."

한나는 커피를 한 모금 크게 들이켰다. 뜨거웠지만 맛은 좋았다. 쌀쌀한 봄날의 아침에 따뜻한 커피를 마시고 있자니 아직도 겨울인 것 같았다.

"좀 더."

미셸이 재촉했다.

한나는 또 한 모금 마시고, 또 한 모금을 마셨다. 드디어 카페인이 늘어진 뇌에 마법을 부리기 시작했다.

"이름은?"

미셸이 다시 재촉했다.

"한나."

"중간 이름은?"

"루이즈."

"성은?"

"스웬슨."

"직업은?"

"제빵사."

"나이는?"

"그건 생각하고 싶지 않아."

"몸무게는?"

"미셸! 그만 좀 해!"

"알았어. 이제야 언니 뇌가 정상 궤도에 오른 것 같네. 그럼 아까 했던 얘기 설명해봐. 게걸스러운 야수가 뭐야?"

"별거 아니야. 아침부터 성가시게 굴면 소설에 나오는 욕심 많은 야수처럼 포악해지겠단 뜻이었어."

"유비무환이로군. 오늘은 뭐할 거야? 이거 물어보기에도 너무 일찍인가?"

"커피 다 마시고 말짱히 잠 깬 다음에 샤워할 거야. 그런 다음 옷 갈아입고 아침식사 할 거리를 찾아봐야지."

"그건 나한테 맡겨. 언니 샤워할 동안 내가 커피 새로 끓일게. 샤워하고 나오면 내가 오늘 아침에 새로 구운 브랜 쿠키 같이 맛보자."

“아침부터 베이킹을 했어?”

한나가 물었다. 그러고 보니 아까 침실에서 나오자마자 시나몬과 설탕 향이 났던 것이 생각났다.

“박사님한테 구워 드린다고 약속했던 쿠키 생각이 나서 일찍 일어났어. 생각을 좀 해봤더니 떠오르는 게 있어서 얼른 일어나 만들어봤지.”

“떠오르는 거 어떤 거?”

“이따 언니가 맛보고 난 다음에 말해줄게. 이제 얼른 샤워해.”

10분도 채 지나지 않아 한나는 다시 주방으로 돌아왔다. 깨끗한 청바지와 긴 팔 스웨터 차림에 양옆에 술 장식이 달린 모카신 부츠를 신었다. 모이쉐와 커들스는 한나의 부츠 힐 옆에 한 녀석씩 꼭 붙어서 한나가 걸을 때마다 흔들거리는 술을 잡으려고 애썼다.

“쿠키 맛은 어때?”

한나가 커피잔에 커피를 따른 뒤 테이블 앞에 앉으며 물었다.

“언니, 브랜 쿠키 좋아해?”

“특별히 맘에 드는 건 아니지만, 그렇다고 싫지도 않아. 하지만 굳이 선택해서 먹진 않을 것 같아.”

“다행이다.”

“뭐가 다행이야?”

“언니가 브랜 쿠키를 정말로 좋아하면 별로 맛이 없는 것도 다 맛있게 느낄 수 있잖아. 그럼, 이제 이걸 한 번 맛봐봐.”

미셸이 냅킨에 쿠키 두 조각을 담아 자리로 돌아왔다.

한나가 쿠키를 집어 한 입 베어 물었다.

“뒷맛이 좋은데.”

한나가 말했다.

“이거 괜찮다. 내가 시나몬이랑 건포도 좋아하잖아. 근데 이거 뭔가랑 비슷한 맛인데, 그게 뭐더라."

"어렸을 때를 떠올려봐."

미셸이 조언했다.

"그러면서 또 한 입 먹어봐."

"기꺼이."

한나가 또 한 입을 베어 물었다. 그리고 또 한 입, 순식간에 쿠키가 사라졌다.

"기억났어?"

"아니."

한나가 두 번째 쿠키를 집었다.

"이거 정말 맛있어, 미셸. 이거 그거만큼이나 맛있는데……."

한나가 하던 말을 멈추고 문득 머릿속에 동이 튼 것처럼 환한 얼굴로 미셸을 쳐다보았다.

"잉그리드 할머니의 브랜 머핀?"

"맞아. 몇 가지 바꿔서 브랜 머핀 대신 쿠키를 구워봤어."

"기발한데."

한나가 말했다. 그러고는 이내 아리송한 표정을 지었다.

"근데 레시피는 어디서 구했어?"

"언니가 책장에 놓아둔 신발 상자에 있던걸."

"정말? 난 그 레시피가 있는 줄도 몰랐어!"

"세 번째 상자에 들어 있었어."

"정말 잘했어! 진짜 맛있어. 박사님도 좋아하실 거야!"

"그럼 포장해서 오늘 병원에 가져갈까?"

"그래. 수사 때문에도 어차피 가려고 했으니까 겸사겸사 가자. 병원 사람들 만나서 이야기하다 보면 새로운 단서를 잡을 수 있을지도 몰라."

그때 전화벨이 울렸고, 한나는 벽걸이형 수화기를 집어 귀에 가져다 댔다.

"여보세요?"

"안녕, 얘야."

엄마의 활기찬 목소리였다.

"내가 지금 병원에 와 있는데, 호텔에서 우리랑 브런치 함께하지 않겠느냐고 물어보려 전화했단다. 미셸도 함께 말이야."

한나는 재빨리 생각했다. 아침식사로 브랜 쿠키 두 개는 한참 부족했다.

"저희야 좋죠. 초대 고마워요, 엄마. 근데 '우리'라니 또 누가 있어요?"

"박사랑 말린이랑 보니, 그리고 나란다. 안드레아에게도 전화할 거야. 빌이 오늘도 출근했다지 뭐냐. 게다가 샐리의 브런치라면 안드레아가 좋아하니."

"샐리의 브런치는 우리 모두 좋아하죠."

대답하는 순간 버터에서 헤엄치는 포포버를 비롯한 갖가지 갓 만든 요리들이 한나의 눈앞에 펼쳐졌다. 바삭바삭한 베이컨이 프리마 발레리나처럼 빙빙 돌고, 육즙이 가득한 소시지가 뽐을 내며, 깃털처럼 가벼운 팬케이크가 비둘기처럼 하늘을 향해 회전하고, 홈메이드 도넛이 그녀의 접시 위에서 바퀴처럼 굴러다녔다.

"네 사건 수첩도 가져오너라."

엄마가 말했다.

"보니가 버디를 살펴봤는데, 네가 흥미있어 할만한 이야기가 생각났다는구나. 그리고 말린도 병원에서 버디랑 같이 일을 했으니 너에게 들려줄 이야기가 있을 것 같다."

"박사님도 얘기해주실 거 있는 거 아니에요?"

"그건 아닐 거야."

엄마가 대답했다.

엄마의 대답이 너무 빨라 한나는 인상을 찌푸렸다.

"엄마가 어떻게 알아요?"

"박사가 새로 알게 된 것이 있었다면, 나에게 제일 먼저 얘기했을 게다. 나한테 비밀이 없는 사람이거든."

"정말이요?"

"아니, 그게…… 환자가 관련된 게 아니라면 말이다. 환자에 관한 사항은 기밀이지. 어쨌거나 호텔 로비에서 10시 30분에 만나자꾸나. 옷도 신경 써서 입고 오너라. 오늘은 일요일이잖니."

박사님의 브랜-오트밀-건포도 쿠키

오븐은 175도로 예열합니다. 틀은 오븐의 중앙에 두세요.

재료

건포도 3/4컵(황금 건포도도 됩니다) / 끓인 물 3/4컵 / 백설탕 1컵

황설탕 1/2컵 / 소금기 있는 버터 3/4컵(실온에 두어 부드럽게 만듭니다)

큰 계란 2개 / 소금 1/2티스푼 / 베이킹소다 1티스푼

시나몬 가루 1티스푼 / 육두구 열매 가루 1/4티스푼 / 바닐라액 1티스푼

다목적용 밀가루 2컵 / 퀵 오트밀 1과 1/2컵 / 브랜 플레이크 시리얼 2컵

만드는 법

1. 2컵들이 파이렉스 측량컵이나 끓인 물을 부어도 깨지지 않는 작은 볼에 건포도 3/4컵을 담습니다.
2. 끓인 물 3/4컵을 건포도를 담은 컵에 붓습니다. 서로 들러붙지 않도록 포크로 저어주고 윗면을 덮지 않은 채 카운터에 놓아두어 불립니다.
3. 쿠키 틀에 들러붙음 방지 스프레이를 뿌리거나 스프레이를 뿌린 코팅지를 깔아줍니다.

한나의 첫 번째 메모: 반죽기가 있으면 반죽이 훨씬 쉬워집니다.

4. 백설탕을 반죽기 그릇에 넣고, 황설탕 반 컵을 넣습니다.

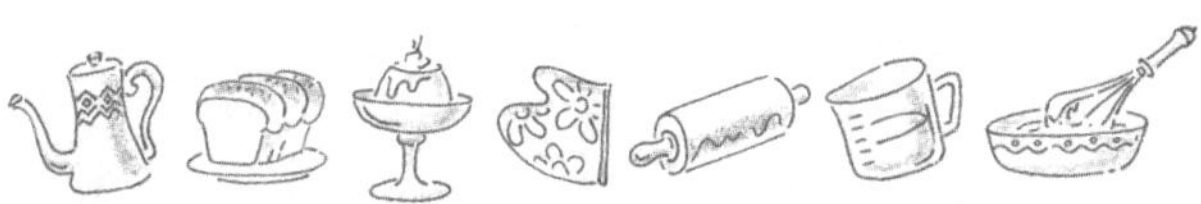

균일한 색이 날 때까지 잘 섞어줍니다.

5. 반죽기에 부드러워진 버터를 넣고 설탕과 잘 섞어줍니다.
6. 계란을 한 번에 하나씩 깨어 넣고 한 번 넣을 때마다 잘 섞어줍니다.
7. 소금, 베이킹소다, 시나몬 가루, 육두구 열매 가루, 바닐라액을 넣고 잘 섞어줍니다.
8. 낮은 속도에서 밀가루를 반 컵씩 나눠서 넣으며 잘 섞어줍니다.
9. 체로 건포도를 건져서 물기를 완전히 뺀 다음 종이 타월로 가볍게 닦아줍니다.
10. 반죽기를 낮은 속도로 돌리면서 건포도를 넣어줍니다.
11. 낮은 속도를 지속하는 가운데 오트밀을 반 컵씩 넣으면서 섞어줍니다.
12. 반죽기를 끄고 브랜 플레이크를 준비하는 동안 잠시 반죽을 그대로 놓아둡니다.
13. 브랜 플레이크 시리얼 2컵을 측량해서 1쿼터들이 냉동실용 백에 넣습니다. 백을 밑에서부터 돌돌 말아서 최대한 공기를 빼준 다음 꼭 닫습니다.
14. 손가락으로 브랜 플레이크 담은 백을 꽉 쥐어서 플레이크를 부숩니다. 카운터 위에 놓아두고 내리쳐서도 부숩니다. 잘게 부서졌으면 백을 반죽기로 가져갑니다.
15. 반죽기를 다시 낮은 속도로 가동시키면서 잘게 부순 브랜

플레이크를 반죽에 넣고 잘 섞어줍니다.

16. 반죽기를 끄고 그릇 양면을 고무 주걱으로 잘 긁어내려 줍니다. 마지막 반죽은 손으로 해주세요.

17. 둥근 테이블스푼(측량할 때 사용하는 테이블스푼이 아닌 일반 식기를 말하는 거랍니다)으로 반죽을 떠서 아까 준비해둔 틀에 얹습니다. 일반 사이즈의 쿠키 틀에 반죽 12개가 올라갈 겁니다.

한나의 두 번째 메모: 리사랑 저는 쿠키단지에서 이 쿠키를 만들 때 2-테이블스푼 스쿠퍼를 사용합니다.

18. 박사님의 브랜-오트밀-건포도 쿠키를 175도에서 13~15분간 굽습니다. 쿠키가 먹음직스러운 황금빛을 띠면 완성입니다.

19. 틀을 오븐에서 꺼내 틀 위에서 2분간 식힌 다음 식힘망으로 옮겨 완전히 식힙니다.

한나의 세 번째 메모: 박사님이 병원 요리사에게 환자당 3개 이상 먹게 하지 말라고 당부하셨을 정도예요. 브랜이 소화에 도움을 주는 곡물이라 이 쿠키를 많이 먹게 되면 화장실에 아주 자주 가게 되거든요.

"난 팬티스타킹이 정말 싫어!"

미셸이 한나를 쳐다보고는 웃음을 터뜨렸다.

"필요악이야. 겨울에는 신으면 따뜻하잖아."

"울양말도 충분히 따뜻하거든?"

한나가 투덜거렸다. 하지만 레이크 에덴 호텔 주차장에 트럭을 세우고 차에서 내리는 한나의 얼굴에는 미소가 떠올라 있었다. 이렇게 드레스 정장에 팬티스타킹까지 갖춰 입은 이유는 순전히 샐리의 브런치 때문이었다.

"태워줄까요, 숙녀분들?"

샐리의 남편인 딕이 한나의 트럭 앞에 트램을 세우며 물었다.

"고마워요, 딕. 부탁드릴게요."

한나는 미셸의 드레스 슈즈를 내려다보며 말했다.

"미셸을 정문에 내려준다는 걸 깜빡했어요. 이 신발로는 언덕 올라가기 힘들 거예요."

"언니는 거뜬히 올라갈 것 같은데."

미셸이 한나의 물소 가죽 부츠를 내려다보았다.

"이따 오후에 쇼핑몰에 가서 언니 드레스 슈즈 좀 사야겠어."

"싫어! 신고 뛸 수 없는 신발은 원치 않아. 드레스 슈즈는 뛰지 못하잖아. 내가 아파트에만 갇혀 살 거 아니라면 나한테 필요한 건 부츠랑 테니스 슈즈랑 모카신뿐이야."

그러자 딕이 웃음을 터뜨렸다.

"내가 한나를 잘 알아서 하는 말인데, 한나는 자기 결혼식에도 부츠나 테니스 슈즈를 신을 사람이야."

딕의 트랩에 올라타면서 한나는 왠지 불편한 마음이 들었다. 간밤의 꿈이 아직도 생생했기 때문이다. 하지만 딕 앞에서 우울한 표정을 할 수는 없었다. 딕은 착한 사람이다. 일부러 한나의 마음을 상하게 하려고 꺼낸 이야기는 아닐 것이다.

"웨딩드레스에 부츠를요? 왜 그래요, 딕! 그럴 리 없잖아요!"

"그렇다면 놀라운데."

딕이 한나의 낡디낡은 가죽 부츠를 내려다보며 빙긋 웃었다.

"하지만 테니스 슈즈라면 괜찮을 것도 같네요. 새틴 구두보다는 훨씬 편할 테니까요. 그리고 웨딩드레스는 보통 기니까 신부가 뭘 신었는지 아무도 모르지 않을까요."

운 좋게도 샐리가 바에서 미모사(와인을 베이스로 만든 조금 쓴맛의 칵테일) 피처를 만들고 있었다.

"미모사 한잔할래?"

샐리가 물었다.

"감사하지만 괜찮아요. 오늘은 그냥 오렌지주스 마실래요. 근데 잠깐 시간 좀 내주실 수 있어요, 샐리?"

"그럼."

샐리가 웨이트리스에게 손짓해 미모사 피처를 가져가게 한 뒤 바에서 나와 한나 옆자리에 앉았다.

"무슨 일?"

"또 다른 미스터리가 생겼어요. 샐리랑 딕이 시나몬 롤 식스 밴드랑 계약하러 클럽 나인틴에 갔을 때 버디 니먼이 짙은 색 머리칼의 여자랑 다투고 있었대요."

"그 여자가 버디 사건과 관련이 있어?"

"모르겠지만, 관련이 있을지도 몰라요. 그래서 그 여자가 누구인지 찾아야 하는데, 혹시 그날 버디랑 같이 있던 그 여자를 본 기억이 나시는지 해서요."

샐리는 잠시 두 눈을 감았다가 이내 고개를 설레설레 저었다.

"기억이 안 나는데. 어떤 여자인지 설명해봐."

"빨간색 스웨터에 검은색 치마, 하이힐 부츠에 진한 화장이요. 무대 근처에 앉아 있었대요. 사진이 있긴 한데, 선명하진 않아요."

"참 간결한 설명인걸!"

샐리가 한나가 바 위에 놓아둔 사진을 내려다봤다.

"이건 이 아가씨 엄마도 못 알아보겠어. 근데 한나가 설명한 여자를 본 것 같긴 해. 무대 가까이에 앉아서 공연을 보고 있었어. 근데 내 생각엔 그 여자……, 아니야."

샐리가 다시 사진을 들여다보았다.

"손목에 반짝이는 건 뭐야?"

"은으로 된 눈꽃이 달린 팔찌예요. 쇼핑몰에서 판매……."

"그래, 맞아. 거기서 봤었구나!"

샐리가 나섰다.

"노먼이 그 여자를 데리고 처음 우리 호텔에 저녁식사하러 왔을 때 어쩐지 낯이 익더라니. 근데 옷차림이 그때랑 너무 달라서 몰랐지 뭐야."

샐리가 손가락으로 사진을 두드렸다.

"이 여자, 베브 박사야!"

역시! 의심했던 바가 맞았어! 한나는 심호흡을 한 뒤 물었다.

"확실해요?"

"확실하지. 팔찌 보니까 알겠어. 캐리랑 얼과 같이 저녁식사하러 여기 왔을 때도 그 팔찌를 차고 있었거든."

"그러니까 베브 박사가 클럽 나인틴에서 봤던 그 여자란 말씀이죠?"

한나가 확실히 하기 위해 되물었다.

"그래. 물론 그때랑 많이 달라 보이긴 하지. 그래서 한나가 사진 보여주기 전엔 몰랐어. 마치 지킬박사와 하이드 같네. 우리 마을에서 베브 박사는 정숙하고 참한 완벽녀지만, 그날 밤 클럽 나인틴에서는 붉게 타오르는 화끈한 여자였거든."

"혹시 잘못 보신 건 아닐까요?"

샐리는 잠시 생각에 잠기더니 이내 고개를 가로저었다.

"아니, 분명히 베브 박사가 맞아. 99.9% 확실해!"

한나가 다시 테이블로 돌아왔을 때 미셸은 아침식사 바에서 특별 주문한 오믈렛을 먹고 있었다. 한나는 샐리의 조식 뷔페에서 오믈렛을 주문하는 것은 낭비라고 생각했다. 맛이 없어서가 아니다. 분명 맛은 있었다. 다만 오믈렛은 누구든 아침식사로 간편하게 만들 수 있지만, 스웨디쉬 팬케이크나 블린츠(잼이나 치즈 등을 넣어서 구운 팬케이크), 메이플 슈가로 코팅한 햄이나 세 가지 종류의 시럽을 입힌 꽈배기 도넛 등은 쉽게 만들 수 없지 않은가.

한나는 오믈렛을 제외한 모든 메뉴를 조금씩 맛봤다. 한나는 뷔페에 갈 때마다 '내 눈이 내 배보다 더 크다' 라는 옛 속담이 떠올랐다. 모든 메뉴를 다 먹고 싶은 마음에 접시에 온갖 음식들을 수북이 담지만 결국에는 그 음식들이 한 데 섞여 저마다의 특성을 잃게 되어버리는 것이다.

"보니?"

엄마가 나이트 박사님의 비서를 불렀다.

"사고가 있던 날 밤에 대해 나한테 해줬던 얘기를 한나에게도 해줘."

"별것 아닐 수도 있는데, 좀 이상한 생각이 들긴 했어요."

보니가 포크를 내려놓고 이야기를 시작했다.

"버디 니먼이 서류를 들고 들어왔고, 빠진 부분이 없는지 내가 확인을 했어요. 근데 다 잘 썼는데, 미니애폴리스 우편번호를 잘못 썼더라고요. 내가 이야기를 하니까 좀 당황하는 것 같았어요. 그러면서 5-5-4-0-3으로 써야 하는데, 자꾸 잊어버린다고 하더라고요. 그래서 먼저 썼던 것을 제가 지우고 버디가 불러주는 번호로 다시 써줬어요."

한나는 고개를 끄덕였다. 지금까지는 별로 특이한 점이 없는 듯했다.

"근데, 문득 그 서류가 생각이 나서 오늘 꺼내서 들여다봤거든요. 처음 써줬던 우편번호는 미니애폴리스 근처 어느 지역이 아니라 시애틀 번호더라고요."

또 시애틀이군. 한나는 살짝 머리를 흔들었다. 수사 중에 자꾸만 시애틀 이야기가 들리는 것은 무슨 이유일까.

"이상할 게 뭐가 있나."

한나가 미처 대답하기도 전에 박사님이 말했다.

"부상 때문에 충격을 받아서 잠시 트라우마 상태였을 수도 있지. 그러다 보니 옛날에 살던 지역의 우편번호가 생각났을 거야."

그러자 엄마가 살짝 웃음을 지었다.

"나도 그런 적이 있다. 네 아빠가 세상을 뜨고 나서 보험 양식을 작성하는데 고등학교 때 전화번호를 적었지 뭐냐."

"로리."

박사님이 엄마의 손을 잡았다.

"큰 충격이었겠어. 별안간 남편을 잃었으니 가장 행복했던 때로 돌아가고 싶었을 거야."

엄마가 씁쓸한 미소를 지었다.

"박사 말이 맞아. 항상 날 이해해준다니까."

"당신한테 아부하는 거야. 혼자 다니기 싫은데 DNA 샘플 가져다주러 연구실 갈 때 같이 가줘."

그러자 엄마가 웃음을 터뜨렸고, 그 바람에 씁쓸한 미소는 온데간데없이 사라졌다.

"그냥 물어봐도 되는데 왜 그래? 기꺼이 같이 갈게."

"전 포테이토 팬케이크 더 가지러 갈게요."

보니가 자리에서 일어났다.

"나도 같이 가요."

안드레아도 의자를 밀고 일어섰다.

"에그 베네딕트(머핀에 햄이나 베이컨과 반숙한 달걀 프라이에 홀렌다이스 소스를 얹은 것) 더 먹을래. 밖에서 아침식사할 때 아니면 못 먹어보는 메뉴거든."

몇 분간 다들 아무 말 없이 식사를 즐겼고, 마침내 한나가 자리에서 일어났다. 메뉴는 다 맛보았으니 이제 디저트를 즐길 시간이었다.

"샐리의 갓 구운 도넛을 맛봐야겠어요."

"기다려요, 한나."

말린이 일어섰다.

"같이 가요. 나도 와플 하나 더 가져오려고요."

한나가 말린의 접시를 넘겨보았다. 아직 와플이 반이나 남아 있었지만, 한나는 아는 척하지 않았다. 따로 한나에게 은밀히 할 이야기가 있는 것 같았다.

뷔페 테이블 앞에는 사람들이 줄을 서 있었다. 앞에 선 사람들은 자기들만의 대화에 깊이 빠져 있었고, 뒤에는 아직 아무도 서지 않았다. 한나는 말린을 돌아보았다.

"무슨 일 있어요?"

한나가 물었다.

"뭐가요?"

"와플이 반이나 남아 있었잖아요. 나랑 단둘이 이야기할 기회를 찾는 줄 알았는데."

"역시 한나는 눈치가 빠르네요. 그래서 범인을 그렇게 잘 잡나 봐요."

말린이 한나를 향해 미소를 지었다.

"중요한 단서가 될지는 모르겠지만, 벤에 대해 뭔가 찜찜한 게 있어요."

"뭔데요?"

"로스앤젤레스에 자기가 원하는 인턴십을 얻어 갔으니 그를 탓할 생각은 없어요. 안면이식은 그의 전공분야니까요. 근데 여기 오기 전에 박사님께서 말씀하시길 벤이 자기 가족들과 지낼 수 있어서 더 좋아했던 것 같다고 하셨는데, 사실 제가 알기론 벤은 가족이 없거든요. 언젠가 밤에 일 끝나고 같이 맥주 피처를 시켜놓고 피자를 먹었는데, 난 맥주를 별로 안 좋아해서 벤이 거의 다 마셨어요. 그때 부모님이 몇 년 전 돌아가시고 형도 죽고, 혼자 남았다고 얘기하더라고요."

"근데 박사님은 벤이 캘리포니아에 있는 동안은 가족들과 함께 있을 수 있어서 좋다고 했다는 거죠?"

"알아요. 그가 말한 가족이 어쩌면 삼촌이나 이모였을지도 모른다는 거. 아니면 갑자기 떠나는 것에 대해 박사님에게 뭔가 변명을 하고 싶었거나요. 혹시 박사님께서 잘못 들으셨을 수도 있고요. 벤이 이야기한 게 가족이 아니라 친구들일 수도 있고. 근데 그냥 좀 뭔가 모순이란 생각이 들었어요. 그리고 그것 때문에 좀 신경이 쓰였고요."

"벤한테 그런 이야기해본 적 있어요?"

"아뇨, 해본 적 없고, 앞으로도 하지 않을 생각이에요. 벤은 자기한테 가족이 없다는 이야길 내게 했다는 것도 기억 못 할 거예요. 그날 밤에 꽤 취했었거든요. 어쩌면 동정심을 불러일으켜 나와 더 친해지고 싶은 마음에 일부러 이야기했을 수도 있겠지만, 사실 그게 진짜 벤의 의도였다면, 성공했다고 봐야겠죠."

"오."

지금 시점에서는 별다른 대꾸를 하지 않는 게 나을 것 같아 한나는 잠자코 있었다.

"그때는 그냥 그런가 보다 했는데, 지나고 나서 생각해보니 그래도 이건 아니라는 생각이 들었어요. 무슨 얘긴지 아시겠죠?"

"네, 그럼요."

"이 이야기를 왜 한나에게 해줘야겠다는 생각이 들었는지는 잘 모르겠어요. 사실 대수롭지 않은 일일 수도 있는데 한나 어머님께서 병원에서 있었던 일 중 조금이라도 이상하다 싶은 것은 다 이야기해 달라고 하셔서요."

"다음은 뭐야?"

트램에서 내려 한나의 쿠키 트럭과 안드레아의 볼보 옆에 서며 미셸이 물었다.

"베브 박사."

한나가 자루 형태의 가방에서 열쇠를 찾아 꺼냈다.

그러자 안드레아와 미셸이 깜짝 놀란 얼굴로 한나를 쳐다보았다.

"언니 방금 '베브 박사' 라고 했어?"

안드레아가 물었다.

"그래, 베브 박사한테 물어볼 게 있거든. 3시에 클레어의 가게에 있을 거야. 시티즈에서 돌아오는 대로 웨딩드레스 피팅하러 클레어네 가게에 갈 거라고 노먼이 그랬거든."

안드레아는 두 손으로 눈을 감싸며 살짝 흐느끼는 척을 했다.

"그래서 웨딩드레스 입고 있을 베브 박사를 찾아가겠다는 거야?"

"그래, 클레어만 괜찮다고 하면."

한나가 쿠키 트럭의 문을 열고 운전석에 올라탔다.

"너도 같이 갈 거지, 미셸?"

"그래, 나도 가야겠어. 두 사람 머리끄덩이라도 잡고 싸우게 되면 클레어 혼자 말리기 힘들 테니까."

"무슨 소리야?"

"언니가 웨딩드레스 입은 베브 박사를 보게 되면 순간 욱하지 않을까?"

"그럴 일 없어. 난 아주 점잖고 차분하게 질문을 할 거라고."

한나가 단어 선택을 신중히 하며 미소를 지었다.

"뭐, 어쩌면 나도 모르게 '죽을 때까지 괴롭혀주겠어!' 라고 외치게 될는지는 모르겠지만. 너도 갈래, 안드레아?"

"싫어!"

안드레아가 단호하게 말했다. 그러더니 이내 한숨을 내쉬었다.

"난 쇼핑몰에 잠깐 들렀다가 집에 가서 언니 전화 기다릴게. 거기서 무슨 일이 있었는지 제일 먼저 나한테 얘기해줘야 해!"

"우린 그럼 뭘 어떻게 해야 해?"

트럭을 쿠키단지 뒤편 주차장에 세우자 미셸이 물었다.

"글쎄, 지금 시간이……."

한나가 손목시계를 내려다보았다.

"……8분 남았네. 아이디어를 떠올릴 때까지. 우선 클레어에게 상황 설명을 해야겠어."

"그래. 그러고 나서 탈의실에서 의상 3~4벌을 입어보는 거야."

"난 새 옷 필요 없는데."

"알아. 근데 한나 스웬슨이 여동생 미셸이랑 클레어네 가게에서 우두커니 자기를 기다리고 있는 걸 보고서도 베브 박사가 가게에 들어갈 것 같아?"

"안 들어가겠지. 나 같으면 떠날 때까지 기다릴 거야."

"그러니까! 베브 박사가 가게에 들어올 때 우리 둘 다 탈의실에 있어야 한다고."

"우리가 가게에 있는 걸 모르게 하자는 거지?"

한나가 가닥을 잡아가기 시작했다.

"그리고 베브 박사가 드레스를 입어볼 때까지 기다렸다가 내가 짜잔 하고 나타나는 거야."

"나는?"

"넌 탈의실에 숨어서 메모 좀 해줘. 내 사건 수첩 줄 테니까 베브 박사가 뭐라고 하는지 상세하게 기록해."

"알았어. 다른 건?"

"내가 클레어에게 부탁해서 베브 박사가 우리 있는 쪽으로 등을 돌리고 서게끔 할게. 그래야 네가 살짝 엿보면서 베브 박사가 드레스를 다 입었을 때를 나한테 알려줄 수 있잖아. 그때 내가 탈의실에서 나와서 그녀와 맞서는 거지."

"맞서?"

"미안, 내 말은, 맞닥트린다고. 그때 내가 시애틀이랑 버디 니먼에 대한 질문을 할 거야. 노먼이 출력해줬던 사진을 보여주기도 하면서. 샐리가 분명 베브 박사가 맞다고 했거든."

"과연 자기가 그날 밤 클럽 나인틴에 있었다는 걸 순순히 인정할까?"

"안 하겠지. 자기가 아니라고, 클럽 나인틴에는 한 번도 가본 적이 없다고 오리발을 내밀 거야. 근데 난 오히려 그 부분을 공략할 계획이야."

한나가 냉소를 지었다.

"내가 질문을 채 끝내기도 전에 엄청 긴장할걸."

"그렇게만 미소 짓고 있어도 충분하겠어. 아무 잘못도 안 한 나조차도 긴장되는걸!"

"무언의 협박이라는 거지. 이 냉소는 마이크가 가르쳐준 거야."

"흠, 괜찮은데. 그럼 어서 가자, 언니."

미셸이 트럭에서 내렸다.

"클레어한테 먼저 설명을 해야 하는데, 시간이 별로 없어. 베브 박사가 일찍 도착할지도 모르니까 얼른 서두르자."

물론 베브 박사는 일찍 오지 않았다. 5분이나 지나서야 가게에 모습을 보였고, 덕분에 한나와 미셸은 클레어에게 여유 있게 상황 설명을 할 수 있었다.

"여기요."

클레어가 한나의 팔에 4벌의 의상을 걸쳐주었다.

"탈의실에 들어가서 문 닫고 있어요. 나와야 할 때는 내가 신호를 줄게요. 내가 특별 주문 제작한 의상들이 어떠냐고 물어보면 그때 탈의실에서 나와요."

클레어가 나가자 미셸은 바닥에 책상다리를 하고 앉고 한나는 탈의실 벤치에 앉았다.

"옷을 입어보는 게 낫겠어."

미셸이 말했다.

"그래."

한나는 파카를 벗어 옷걸이에 걸고 클레어가 한나의 머리칼 색을 고려해 골라준 의상 중 하나를 입어봤다.

"색깔 좋은데."

그윽한 터키옥 색에 시선을 고정하며 미셸이 말했다.

"바지 정장이라 괜찮다. 그럼 드레스 슈즈도 신을 수 있잖아."

"난 드레스 슈즈 없는데."

"그러니까 사야지."

미셸이 자리에서 일어나 한나의 의상 지퍼를 올려주었다.

"언니한테 정말 잘 어울려."

"당연하지. 클레어가 골라준 거잖아. 나중에 부자 되면 클레어를 내 전속 의상 코디네이터로 고용할 거야."

"그나저나 박사님이 내가 만든 쿠키 마음에 들어 하실지 궁금해."

미셸이 말했다.

"금방이라도 샘플을 맛보여 드리고 싶었는데, 브런치에 가져가는 건 좀 아닌 것 같아서 참았지."

"내일 아침에 병원으로 몇 개 가져가 보자. 박사님과 엄마 모두 아침 일찍 병원에 나가 계실 거라고 했거든. 아침식사로 몇 개 맛보는 것도 좋을 거야."

"브런치가 있을 줄은 꿈에도 생각하지 못했던 오늘 아침의 우리처럼 말이지."

"그렇지."

그때 클레어가 탈의실 문을 가만히 두드렸다.

"베브 박사가 방금 차에서 내렸어요. 한나가 여기 있다는 걸 알게 되는 순간 과연 어떤 표정을 지을지 정말 궁금해요. 재미있을 것 같아요!"

"아무래도 클레어도 베브 박사를 싫어하는 것 같지?"

클레어가 자리를 뜨자 미셸이 물었다.

"맞아, 클레어는 베브 박사 싫어해. 처음부터 가식적인 사람 같다고 얘기했거든. 너무 무자비하고 비그리스도교적일지는 몰라도 베브 박사는 예전부터도 그랬고 앞으로도 계속 싫을 것 같다고 했어. 게다가 결혼식을 정말 중단시킬까 하는 생각도 하고 있었다니까."

"어떻게?"

"밥 목사님이 '이 결혼에 이의가 있는 자는 지금 말하고, 그렇지 않으면 영원히 침묵하시오' 라고 말하는 부분에서 벌떡 일어나서 노먼은 베브 박사와 결혼하면 안 된다고 말할 거라는 거야."

"설마 클레어가 진짜 그렇게 하려고?"

"잘 모르겠지만, 실제로 그러진 못하겠지. 그래도 우리랑 같은 생각이라는 게 반가워."

밖에서 목소리가 들려오자 두 자매는 입을 다물었다. 클레어가 베브 박사를 맞이하자 베브 박사는 착하고 상냥한 척 굴기 시작했다. 적어도 한나의 귀에는 그렇게 들렸다. *낮에는 요조숙녀처럼, 밤에는 요부처럼 군단 말이지.* 한나는 생각했다. *내가 크게 착각하고 있는 게 아니라면 노먼은 절대 요부와 어울리는 타입의 사람이 아니야!* 한나는 베브 박사가 뭐라고 둘러댈지 한시라도 빨리 그녀와 마주하고 싶은 마음뿐이었다.

"결혼식이 기다려지겠어요?"

클레어의 질문에 탈의실 안의 한나는 이를 악물었다.

"오, 그럼요! 친구들도 많이 올 테고, 우리 엄마도 오실 테니까, 아주 성대할 거예요. 근데 다이애나가 감기 때문에 아파서 걱정이네요. 주말에도 그것 때문에 미니애폴리스에 다녀왔잖아요. 아침에 집에서 나올 때까지 우리 가여운 아기 열이 안 떨어지더라고요."

집에는 가지도 않았을 텐데 그걸 어떻게 알겠어? 한나가 미셸과 시선을 주고받았다. 베브 박사는 거짓말에 능숙해 보였다. 아마 레이크 에덴 마을 사람들에게 이러저러한 거짓말들을 하느라 익숙해진 탓일 것이다.

"딸이 아프다니 안됐네요."

클레어가 말했다. 그리고 드레스 케이스의 지퍼를 내리는 소리가 들렸다.

"드레스를 머리 위로 씌워서 입힐게요. 입어보고 수선한 게 잘 맞는지 확인해봐요."

"누가 했는데 당연히 잘 맞겠죠, 클레어."

베브 박사가 상냥하게 말했다.

"노먼이 드레스를 마음에 들어 해야 할 텐데 걱정이에요. 신랑은 결혼식 전에 신부의 웨딩드레스를 보면 안 된다고들 하니까 같이 못 왔지만, 그래도 함께 골랐으면 더 안심이 됐을 거예요."

"색깔이 예뻐요."

클레어가 말했다.

"아이스 블루 색상이 베브에게 너무 잘 어울리네요."

"고마워요. 블루는 제가 제일 좋아하는 색상이에요."

천만에. 한나는 인상을 찌푸리며 생각했다. *네가 좋아하는 색깔은 베이지잖아. 로드 치과병원 홈페이지에 그렇게 써놓지 않았나. 거짓말도 하려면 제대로 하라고!*

또다시 지퍼 소리가 들렸다. 클레어가 베브 박사의 드레스 지퍼를 등 뒤에서 올리는 소리인 듯했다. 한나는 자리에서 일어났다. 거짓말쟁이의 발을 묶어 놓았으니 이제 터키옥 색상의 옷을 입은 형사가 심문을 위해 나설 차례다.

"거울 보게 이리 나와 봐요."

클레어가 말했다. 그녀는 베브 박사를 부 몽드 뒤편에 자리한 삼면거울 앞에 세웠을 것이다.

"쇼타임이야!"

한나가 입 모양을 해 보였다.

"그래, 좋아."

미셸이 한나의 수첩의 새 페이지를 펼치고 펜을 잡아 쥐며 입 모양으로 대답했다.

"안에 다 입었어요?"

불현듯 클레어가 한나를 불렀다.

"내가 특별 주문 제작한 의상이 마음에 들었으면 좋겠는데."

"너무 예뻐요."

한나가 탈의실 문을 나서며 거울 앞에 선 아이스블루빛 비전과 정면으로 마주했다.

"어머, 안녕하세요, 베브 박사님. 오랜만이에요."

베브 박사는 황소라도 삼킨 듯 멍한 표정을 짓더니 이내 자신의 눈을 믿을 수 없다는 듯 입을 떡 벌렸다.

"여긴 어쩐 일이에요?"

결코 상냥하다고 할 수 없는 어조로 그녀가 물었다.

"박사님 결혼식에 입고 갈 옷을 고르러 왔어요. 물론, 그 결혼이 아직 유효하다면요."

"당연히 유효하죠! 무슨 소리를 하는 거예요?"

심문을 할 때 상대방이 입을 열기 시작하면, 무슨 이야기든 하도록 내버려두는 겁니다. 한나는 마이크의 조언을 머릿속에 떠올렸다.

"노는 데에 너무 바빠서 결혼식을 예정대로 할 수 있을까 해서요. 게다가 딸도 아프다고 하고. 아, 어쩌면 딸이 아픈 건 사실이 아닐지도 모르겠네요. 그냥 클럽 나인틴에서 노느라 너무 바쁜 거 아니에요?"

"대체 무슨 이야기를 하는 거예요? 당신, 미쳤군요. 클럽 나인틴이라는 곳은 들어본 적도 없어요."

"2월 둘째 주 토요일, 당신이 클럽 나인틴에 갔을 때 입었던 딱 달라붙는 빨간 스웨터랑 하이힐 부츠도 기억 안 나겠네요?"

한나가 사진을 꺼내 베브 박사에게 건넸다.

"버디 니먼과 함께 있는 사람, 당신이잖아요. 물론 버디는 그의 진짜 이름이 아니죠. 당신도 당연히 그걸 알고 있을 테고요, 안 그래요? 그가 시애틀에서 왔다는 사실도 알고 있었죠. 같은 시기에 시애틀에 함께 있었으니까!"

베브 박사는 사진을 들여다보더니 이내 얼굴이 창백해졌다. 그녀는 침을 꿀꺽 삼켜 내리더니 한나를 다시 쳐다보았다.

"이건 내가 아니에요. 이 여자가 누군지 난 몰라요. 내가 버디 니먼을 알고 있었다고 생각하다니 웃기는군요."

"그래요? 내가 버디랑 같이 병원에 갔을 때 당신 노먼 뒤에 재빨리 숨었잖아요. 버디 눈에 띄지 않기 위해서."

"상상력이 풍부하네요, 한나."

"나도 한때 그런 줄 알았죠. 하지만 이제는 아니에요. 두 사람 뭔가 연관이 있잖아요. 시애틀에서 버디를 알고 지내지 않았다고 내 눈 똑바로 보고 얘기할 수 있어요?"

"당연하죠!"

베브 박사가 한나를 똑바로 쳐다보았다.

"시애틀에서 버디를 알고 지낸 적 없어요. 길에서 우연히 지나쳤을 수는 있겠지만, 그 사실도 의심스럽네요. 시애틀에 사는 사람이 무려 60만 명이에요. 시애틀에 산다고 모든 사람을 다 알고 지낼 순 없는 거잖아요."

"시애틀에 사는 모든 사람의 이야기를 하는 게 아니라, 단 한 사람을 말하는 거예요. 시애틀에서 그의 이름은 뭐였죠? 당신은 알고 있잖아요."

"이런 이야기를 하는 것 자체가 우습군요. 난 가겠어요!"

"그 드레스 차림으로는 못 갈걸요. 절대!"

한나가 경고한 뒤 클레어를 돌아보았다.

"드레스값은 지불했어요?"

"아직이요."

그러자 베브 박사가 한나를 무섭게 째려보았다. 그런 뒤 클레어를 향해 말했다.

"내 이름으로 달아두세요."

베브 박사의 손이 미세하게 떨리고 있는 것이 한나의 눈에 포착되었다. 지금이야말로 수세에 몰아넣을 때다. *금이 가기 시작하면, 아예 깨트려버리는 거예요.* 마이크의 조언이 다시금 한나의 머릿속에 메아리쳤다.

"버디의 진짜 이름이라도 알려줘요. 그러면 보내줄게요."

"내가 그걸 어떻게 알아요?"

"당신 입으로 그렇게 얘기했으니까요."

한나가 말했다.

"2월 둘째 주 토요일에 클럽 나인틴 주차장에서 그와 말싸움을 했죠? 그때 당신이 그랬잖아요. '내가 너를 몰라볼 거 같아?' 라고."

"그걸 당신이 어떻게 알죠?"

"누군가 두 사람의 대화를 엿들었어요. 당신이 '내가 너를 몰라볼 거 같아?' 라고 하니까 버디가 '엉뚱한 사람 짚었어, 아가씨. 날 그냥 내버려둬! 난 당신이 생각하는 그 남자가 아니야!' 라고 했고, 당신은 '아니, 네가 맞아! 내가 알아!' 라고 외쳤어요. 그런 다음에 그의 뺨을 때리고 사라졌죠."

"그거…… 그것참…… 웃기는군요! 내가 노먼과 결혼하는 게 질투가 나서 당신이 꾸며낸 얘기죠?"

"아뇨, 꾸며내지 않았어요. 클럽 나인틴에서 일하는 웨이트리스에게 직접 들은 이야기예요. 당신이 주차장에서 버디랑 싸우고 있는 것을 잠시 쉬러 나갔다가 우연히 봤다고 하네요."

"아까도 말했지만, 난 재즈 안 좋아해요. 클럽 나인틴에는 간 적도 없고, 빨간색 스웨터나 검은색 가죽 치마는 물론 하이힐 부츠도 없어요. 그리고 내 평생 누구 뺨을 때려본 적도 없다고요!"

"검은색 가죽 치마요? 그것참 재미있네요. 난 검은색 가죽 치마 얘기는 꺼내지도 않았는데. 정말로 거기 있었던 게 맞나 봐요."

그러자 베브 박사는 백을 집어 신용카드를 꺼내더니 의자에 던졌다.

"저기요! 드레스값은 저걸로 계산하세요. 난 그만 갈게요!"

베브 박사의 뒤로 문이 쿵 하고 닫히자 미셸이 탈의실에서 모습을 보였다.

"어-오."

미셸이 앞문 옆 옷걸이에 걸린 코트를 쳐다보았다.

"베브 박사가 급하게 나가느라 코트를 두고 갔네."

"괜찮아."

한나가 말했다.

"한창 열을 내서 춥지도 않을 거야."

"나도 그래요!"

클레어가 신용카드를 집어 들었다.

"한나가 완전 K. O. 시켰어요. 그것도 내 앞에서. 고마워요!"

"고맙다고요?"

"지금껏 손님들 옷값 계산했던 경험 중 가장 재미있었어요."

다음 날 아침 가까스로 알람시계를 끈 한나는 부족한 잠 때문에 눈이 따가울 지경이었다. 지금 시각 새벽 5시. 간밤에 버디 니먼의 살인사건에 대해 골몰하느라 이리저리 뒤척이기만 하고 제대로 잠들지 못했다. 새벽 1시에 한나는 뭔가 분명히 빠트린 것이 있다는 생각에 수첩을 꺼내 들고 지금껏 메모했던 내용들을 거듭 읽어보며 거실을 서성였다. 분명 키워드는 시애틀이다. 베브 박사가 결코 버디 니먼을 만난 적이 없다고, 시애틀에 사는 사람만 60만 명이라고 말했지만, 두 사람이 뭔가 연관이 있는 것은 이제 한나에게 의심을 넘어 확신이 되었다.

새벽 2시에 한나는 다시 침실로 돌아갔지만, 잠은 쉽사리 오지 않았다. 머릿속으로 단서들을 하나하나씩 훑으며 베브 박사가 살인범일 가능성을 세세히 짚어보았다. 그녀는 클럽 나인틴에서 버디의 뺨을 때렸고, 15분이 지난 뒤에도 여전히 버디의 뺨이 붉게 부어 있었노라고 셸비는 이야기했다. 뺨을 때리는 것도 신체적 폭력에 속한다. 이건 곧 베브 박사는 버디가 자기 마음대로 움직여주지 않을 때 얼마든지 그에게 맞설 수 있는 사람이란 걸 뜻한다. 버디 얼굴의 붉은 자국은 그녀가 매우 세게 그의 뺨을 때렸음을 말해준다. 그런데 단지 뺨을 때리는 것만으로는 분이 풀리지 않았다면? 베브 박사가 그보다 더 폭력적인 사람이라면? 그래서 결국 버디의 가슴에 수술용 가위를 찔러넣은 것이라면?

잠시라도 눈을 붙였을까. 한나는 기억이 나지 않았지만, 베브 박사가 웨딩드레스 차림으로 클레어의 가게에서 나와 어디로 갔을까 궁금해하며 새벽 4시까지 생생하게 깨어 있던 것은 분명하게 기억이 났다. 그녀는 자기 아파트에도, 노먼의 집에도 없었다. 안드레아에게 전화해서 클레어의 가게에서 있었던 일을 이야기해주었더니 안드레아가 곧장 달려나가 베브 박사의 차가 그녀의 집 밖에 주차되어 있는지 확인해준 덕분에 알게 된 사실이었다. 차와 함께 사라진 그녀는 마을 안에 있지는 않은 것 같았다. 그 또한 의심스러운 일이었다.

지금 시각은 새벽 5시 5분, 밖에서 커피 향이 폴폴 풍겼다. 물론 커피 머신에 타이머를 맞춰두긴 했지만, 미셸은 벌써 일어나 있을 것이다.

침대에서 빠져나오기 위해 한나는 안간힘을 써야 했다. 또한 가운에 팔을 꿰어 넣는 것도 쉽지가 않았다. 하지만 여러 번의 시도 끝에 마침내 성공하고야 말았다.

복도를 지나면서 손님방을 흘끗 쳐다보니 역시 한나의 짐작이 옳았다. 빈 침대가 깨끗하게 정돈되어 있었다. 미셸이 간밤에 거실 소파에서 잠이 든 것이 아니라면 벌써 옷까지 갈아입고는 한나와 함께 병원 갈 준비를 마쳤을 것이다.

"여기."

한나가 주방에 들어서자 미셸이 한나의 팔을 잡고 테이블 앞 의자로 안내했다.

"커피 마셔. 일어나는 소리가 들리기에 미리 따라놓았어. 뜨거울까 봐 커피에 미리 얼려둔 커피 얼음을 넣었어."

"고마워."

한나가 절실함에 떨리는 손으로 커피잔을 집어 들이켰다. 오늘도 남은 커피가 있으면 얼음으로 얼려두어야겠다. 남은 커피를 얼음판에 부어 냉동실에 넣어두면 급하게 커피를 마시고 싶을 때 물에 희석될 염려도 없이 넣어 먹을 수 있어 좋았다.

"이제 씻고 옷 갈아입어."

미셸이 미소를 지으며 명령했다.

"30분 뒤에 코너 태번에서 마이크를 만나 같이 아침 먹기로 했어."

"마이크가 전화했었어?"

"아니, 내가 전화했어. 베브 박사가 버디 니먼을 알고 있었으면서도 모른다고 거짓말한 사실을 누군가는 노먼에게 이야기해줘야 하잖아. 언니가 그 이야기를 하면 뭔가 상황이 이상할 거야. 그러니 마이크가 경찰이자 노먼의 절친으로서 안성맞춤이지. 어젯밤에 베브 박사가 자기 집에도, 노먼네도 없었던 걸 봐서는 다이애나가 아파서 급하게 시티즈에 다녀왔다는 거짓말로 둘러댈 게 뻔해. 다이애나는 아무렇지도 않다는 거, 이것도 베브 박사의 거짓말이라는 사실을 노먼도 알아야 한다고 생각해."

고개를 끄덕이는 한나의 머릿속이 다시금 바빠지기 시작했다. 정말 미셸의 말이 옳았다.

"그래, 네 말이 백번 옳아. 지금 시점에서는 마이크가 중추 역할을 해줘야겠어."

한나가 의자를 밀어내며 일어섰다.

"커피 한 잔 더 따라줄래? 가서 씻고 옷 갈아입고 와서 마시게. 10분이면 충분할 거야."

코너 태번은 손님들로 붐볐지만, 마이크는 이미 뒤쪽 테이블에 비스듬히 앉아 있었다. 한나는 칸막이 위에 올려놓은 밝은 초록색의 플라스틱 담쟁이덩굴 화분 바로 앞 그의 맞은편에 앉았다. 붉은색을 초록색 옆에 두면 붉은 기의 강도가 덜해진다는 이야기를 어디선가 읽은 기억이 났다. 초록색의 담쟁이덩굴을 머리 뒤 배경으로 두면 마이크가 수면부족으로 붉게 충혈된 한나의 눈을 눈치채지 못할 수도 있지 않을까.

"잘했어요, 한나."

마이크가 수첩을 다시 한나에게 돌려주며 말했다.

"하지만 이런 일들을 혼자 진행하는 건 안 될 일입니다. 알고 있죠?"

"알아요."

한나가 애써 미안한 표정을 지었지만, 마이크의 칭찬에 삐져나오려는 웃음을 참는 것이 쉽지 않았다.

"이젠 베브 박사와 다시는 마주치지 말아요, 알겠죠?"

"알았어요."

한나가 재빨리 대답했다.

"그럼 베브 박사에게 연락해서 더 자세히 알아볼 거예요?"

"마땅히 그래야죠! 버디 니먼의 진짜 이름을 분명히 알고 있는 듯하니 말입니다. 우린 그 이름이 필요하고요."

"하지만 순순히 말해줄까요?"

미셸이 물었다.

"그렇게 고분고분한 사람이 아니에요. 그날 밤에 클럽 나인틴에 갔었다는 것도 언니가 함정을 파둔 덕분에 가까스로 알아냈다니까요."

"말하게 될 겁니다."

베브 박사에게서 원하는 정보를 꼭 얻어내겠다는 듯 한나를 바라보는 마이크의 눈빛이 몹시도 반짝거렸다.

"버디를 죽인 살인범이 베브 박사일까요? 버디와 뭔가 과거사가 있는 건 분명해 보이는데."

"나도 같은 생각입니다. 현재로선 베브 박사가 제1의 용의자예요. 여러 질문들로 세게 나가보겠습니다."

"근데 벌써 마을을 떠났으면 어쩌죠?"

미셸이 물었다.

"언니랑 클레어네 가게에서 맞닥트리고 나서 엄청 열 받은 듯했어요. 오죽하면 자기 코트도 두고 나갔다니까요."

안드레아가 베브 박사의 집에 다녀와 차가 사라졌다는 것을 알렸기 때문에 이미 사실을 알고 있는 미셸이 아무것도 모른다는 표정으로 대꾸하는 것이 한나는 놀라울 따름이었다.

"걱정 말아요. 내가 어떻게 해서든 찾을 겁니다. 찾은 다음에는 노먼과도 이야기를 해봐야겠어요. 분명 노먼에게도 수많은 거짓말을 했을 테니, 그 친구에게도 사실을 알려줘야겠습니다. 노먼은 이성적인 친구니, 아마 내 말을 귀담아 들을 겁니다."

"고마워요, 마이크."

한나가 말했다. 역시 마이크는 한나의 기대대로였다. 베브 박사가 노먼과 약혼하기 전에 마이크와도 몇 번 데이트를 즐겼던 것은 사실이지만, 그럼에도 불구하고 그는 형사였다. 마이크가 베브 박사에게 어떤 아련한 감정을 갖고 있든 베브를 잡아들이는 데는 방해가 되는 않는 듯했다.

"정말 맛있구나, 미셸."

엄마가 막내딸을 향해 사랑스러운 눈빛을 보냈다. 한나와 함께 나이트 박사님의 사무실을 찾은 미셸이 방금 엄마에게 브랜 쿠키 상자를 건넨 참이었다.

"박사님이 좋아하실까요?"

"좋아할 게야. 나보다 더 브랜 쿠키를 좋아하는 사람이거든. 매일 아침식사로 브랜 플레이크를 한 그릇 듬뿍 담아 먹는다더구나. 근데 정말이 안에 브랜이 들은 것이 맞느냐?"

"확실해요. 제가 직접 브랜 플레이크를 측량했거든요."

"맛있다는 말밖에 달리 표현할 길이 없다. 브랜을 넣어 이렇게 맛있는 건 잉그리드 할머니가 만들어준……."

엄마가 말을 멈추는가 싶더니 이내 표정이 환해졌다.

"이거 잉그리드 할머니의 브랜 머핀이로구나!"

"드디어 맞추셨군요!"

한나가 외쳤다.

"제가 레시피를 갖고 있으면서도 몰랐어요. 미셸이 찾아서 머핀 대신 쿠키로 구워본 거예요."

"박사가 돌아오면 하나 맛보여야겠구나."

엄마가 쿠키 깡통의 뚜껑을 닫았다.

"이걸 먹으면 힘이 날 게다."

"박사님한테 무슨 일 있어요?"

한나가 물었다.

"인턴들 때문이란다. 다시 지원자들 면접을 진행해야 하니까. 환자 돌보기에도 바쁜데, 면접 진행해야지, 새로 뽑은 인턴들 교육시켜야 하지, 일이 많구나. 물론 말린이 도와주니 다행이지만 말이다. 말린이라도 남아 있어서 얼마나 고마운지 몰라. 그냥 모든 게 너무 갑작스러웠지. 클리닉에서 벤에게 연락했을 때 다음 주부터 바로 일을 시작해줬으면 좋겠다고 했다더구나. 거기서 기한을 그렇게 짧게 준 바람에 박사에게도 여유가 없게 되었어."

짧은 기한. 한나의 머릿속에 그 표현이 자꾸만 맴돌았다. 버디가 지금은 베브 박사로 드러난 그 검은 머리의 여자랑 말다툼을 벌인 그 다음 날 리에게 밴드를 그만두겠다고 했을 때도 여유 같은 건 두지 않았다.

버디가 자신의 직감을 믿고 리에게 대체 인원을 선발할 시간을 주지 않고 그 자리에서 바로 떠나버렸다면 지금쯤 죽지 않고 살아 있었을지도 모른다. 하지만 벤의 경우는 다르다. 그가 레이크 에덴을 급하게 떠나야 하는 건 다른 병원에서의 인턴십 제안을 받아들였기 때문이다.

"왜 그러니, 얘야?"

엄마가 물었다.

"벤이 새로 옮길 병원에서 정리할 시간을 충분히 주지 않았다는 이야기를 들으니까 생각나는 게 있어서요. 박사님이 혹시 그 병원에 전화해서 이유를 물어보진 않으셨대요?"

"아니, 그 병원은 처음부터 벤에게 바로 연락을 했는걸."

"벤이 여기서 일하고 있던 건 알고 있었고요?"

"당연하지. 거기서 추천서를 요구한다고 해서 박사가 벤에게 추천서도 써줬단다. 벤이 아마 팩스로 보냈을 거야."

"그럼, 박사님은 그 병원에 있는 의사와는 한 번도 통화해보신 적 없는 거네요?"

"그렇지."

엄마가 인상을 찌푸렸다.

"네가 무슨 생각을 하고 있는 건지 알겠구나. 거기 병원 의사가 우리 박사와 한 번도 이야기를 나눠보지 않았다는 게 좀 이상하긴 해. 박사에게 먼저 연락하는 것이 도리에 맞는 것일 텐데 말이다. 아무래도 그 병원에 전화를 해봐야겠다."

"엄마가 하실래요? 아님 제가 할까요?"

한나가 물었다.

"내가 하마. 박사 비서라고 얘기해야겠다. 병원 이름이 뭐라고 했지?"

"롤링 힐스 비스타 클리닉이요."

미셸이 즉각 대답했다.

"왠지 병원 이름 같지 않아서 기억에 남았어요."

5분 후, 세 사람은 원하던 대답을 얻었지만 한나의 머릿속은 더욱 복잡해졌다. 아마 엄마와 미셸도 마찬가지일 것이다. 롤링 힐스 비스타 클리닉은 실존했고, 안면이식에 일가견이 있는 병원인 것도 사실이었다. 또한 인턴들 몇몇이 실제로 근무하고 있었지만, 그 몇몇의 인턴들 중 최근에 병원을 그만둔 사람은 아무도 없었다. 즉, 인턴십이 공석이 아니었다는 이야기다. 그리고 그들은 벤 맷슨 박사의 이름은 처음 듣는다고 했다.

"대체 이게 어떻게 된 게냐?"

엄마가 물었다.

"벤이 우리에게 거짓말을 한 게로구나."

"다지 시티에서 영영 사라져야 하는 또 다른 이유가 있었던 거죠."

한나가 추측했다.

그러자 미셸이 아리송한 표정을 지었다.

"다지 시티?"

"캔자스 다지 시티 말이야. 옛 서부에서 유래한 표현인데, 딜런 보안관이 치안을 돌볼 당시 다지 시티는 매우 준법적인 도시였기 때문에 범죄자들이 도저히 버텨낼 수가 없었어. 그래서 많이들 빠져나왔다고 하더라고."

"그런 이야긴 어디서 들었어?"

"리사한테. 리사가 식사 준비하는 동안 허브는 '딜런 보안관' 재방송을 즐겨본대. 아마 거기서 들었나 봐. 딜런도 그 드라마를 얼마나 좋아하는지 자기 이름이 나올 때마다 짖는다던데."

"귀엽구나."

엄마가 말했다.

"박사랑 나는 '매쉬(MASH: 한국전쟁 당시 의정부에 주둔했었던 미군 8055 이동 외과 병원(Mobile Army Surgical Hospital)의 실제 이야기를 소재로 만들어진 블랙코미디 의학 드라마)'를 즐겨 본단다. 박사 말이, 그걸 보면 마음이 편하다나. 어쨌든 다시 본론으로 돌아가자꾸나. 벤이 왜 레이크 에덴을 떠나고 싶어 했을까?"

한나는 어깨를 으쓱했다.

"지금이야 알 도리가 없죠. 한번 알아봐야겠어요. 뒷조사를 해보면 뭔가 단서가 잡힐 거예요. 혹시 벤의 신상 정보를 손에 넣을 수 있을까요?"

"그거야 쉽지."

엄마가 의자를 빙 돌리더니 컴퓨터의 전원을 켰다.

"모든 병원 직원들의 자료가 박사 컴퓨터에 저장되어 있단다. 내가 한번 찾아보마."

한나와 미셸이 지켜보는 가운데 엄마는 파일을 열었다.

"재미있구나."

엄마가 말했다.

"뭐가요?"

한나가 물었다.

"벤이 시애틀 출신이야."

"또 시애틀?!"

한나는 깜짝 놀라 말문이 막히고 말았다. 시애틀에서 온 사람이 왜 이리도 많은 것일까. 이건 마치 워싱턴 주 전체가 레이크 에덴 마을을 침략하러 온 것 같잖아!

"그러면 확실하네요!"

한나가 말했다.

"뭐가 확실해?"

미셸이 물었다.

한나는 순간 무어라 설명하면 좋을지 몰랐다. 머릿속이 자신조차 따라잡을 수 없을 정도로 빠른 속도로 회전하고 있었다. 언뜻 보면 우연의 일치인 것처럼 보일 수도 있지만, 일련의 사건들을 자세히 놓고 보았을 때 결코 우연이라 단정 지을 수 없었다. 버디 니먼 사건의 열쇠를 쥐고 있는 이가 사라졌지만, 곧 찾을 수 있을 것이다.

"뭐가 확실하다는 게냐, 얘야?"

엄마가 미셸의 질문을 반복하여 물어보았다.

"우리가 이제 뭘 하면 좋을지가 확실하다는 거예요. 벤이 오늘 종일 근무죠?"

"그럴 게다. 어제 일정표를 확인했을 때에는 그랬거든. 혹시 변동이 있지는 않은지 확인해보마."

엄마가 컴퓨터에서 또 다른 파일을 열 때까지 한나는 초조하게 기다렸다. 얼마나 시간이 흘렀을까 마침내 엄마가 고개를 끄덕였다.

"오늘 아침 8시부터 저녁 8시까지 풀 스케줄이야. 그 다음은 말린이 교대를 하는구나. 저녁 8시부터 다음 날 아침 8시까지 말이다."

"좋아요. 그럼 벤이 어디 사는지 혹시 알고 계세요?"

그러자 엄마는 어리둥절한 표정을 지었다.

"알다마다. 바로 여기 병원 인턴실에서 살지. 중간 복도 끝으로 침실 1개짜리 아파트 두 채가 연결되어 있거든. 벤은 강이 내다보이는 오른쪽 집에 살고, 말린은 소나무 숲이 내다보이는 왼쪽 집에 산단다. 아담하니 좋은 공간이더라. 말린이 언제 한 번 집구경을 시켜줬거든."

"알았어요. 이제 다 됐어요."

한나가 자리에서 일어났다.

"가자, 미셸."

"앉거라!"

엄마가 의자를 향해 손짓했다.

"어디로 갈 건지 나한테 말도 안 하고 가는 법이 어디 있느냐!"

한나는 다시 자리에 앉았다. 엄마의 어조를 들으니 그냥 넘어갈 일이 아닌 듯했다.

"벤의 집에 몰래 들어가려고요. 가서 단서를 찾아볼래요."

"거긴 왜? 무슨 단서?"

"달리 방법을 못 찾겠어요. 버디 니먼 사건과의 연관성을 밝혀줄 무언가라도 찾을 수 있지 않을까 해요."

그러자 엄마가 박사의 책상 서랍을 열더니 열쇠를 하나 꺼냈다.

"몰래 들어갈 필요 없다. 내가 같이 가마. 여기 보조 열쇠가 있거든."

벤의 집에 들어가자마자 제일 먼저 눈에 띈 것은 이사를 위해 짐 정리를 해놓은 듯, 방 한가운데에 놓은 마분지 상자 더미들이었다. 상자들 위에는 박스 테이프와 두꺼운 펠트펜이 놓여 있었고, 상자들 중 하나는 이미 포장까지 마쳐 라벨을 붙여놓은 상태였다. 상자 네 면에 '추억의 물건들' 이라고 적혀 있었는데, 한나는 이 집에서 나가기 전에 꼭 저 상자를 한 번 들여다보자고 마음먹었다.

"자, 한나."

엄마가 입을 열었다.

"이제 뭘 하면 되겠느냐?"

"우선, 미셸은 주방을 맡아."

한나가 미셸에게 말했다.

"시애틀이나 재즈 클럽, 버디 니먼이나 베브 박사와 연관 있어 보이는 것이 있으면, 그게 무엇이든 바로 나를 불러."

"호기심이 생기는 것들도 말이지?"

엄마가 물었다.

"네, 맞아요. 엄마는 침실을 맡아주세요. 필요한 게 있으면 말씀하시고요. 전 욕실이랑 거실을 맡을게요. 각자 맡은 공간 탐색이 끝난 다음에는 뒷문 현관에서 만나는 거예요."

"알았어."

미셸이 곧장 주방으로 향했다.

"시애틀, 재즈 클럽, 버디, 그리고 베브 박사라."

엄마 역시 침실로 향하며 중얼거렸다.

욕실에서 뭔가 발견할 수 있을 거라고 기대하지 않았던 한나의 예상이 맞았다. 한나의 흥미를 끄는 유일한 물건은 시애틀 스페이스 니들(시애틀에 있는 전망 타워) 모형 아래에 놓여 있는, 비싸 보이는 은시계뿐이었다. 한나는 시계를 들어 살펴봤다. 뒷면에 진 버로우스 박사라고 새겨져 있었다.

다음은 거실이었다. 개인적인 물품이라곤 전혀 찾아볼 수 없었다. 이미 '추억의 물건들' 이라고 적힌 상자 안에 들어간 모양이었다. 책장에는 책들뿐이었고, 탁자 위에는 곧 말라 죽을 듯한 화분이 하나 놓여 있을 뿐이었다. 화분 근처에 물이 반쯤 찬 병이 놓여 있기에 한나는 화분에 물을 주었다. 거실장에는 DVD만 덩그러니 놓여 있었고, 창가 옆 버드나무 장도 텅 비어 있기는 마찬가지였다. 현관 근처의 옷장에도 코트와 바람막이 점퍼, 그리고 파카만이 걸려 있었다.

"한나!"

그때 엄마가 커다란 바인더 노트 하나를 들고 달려왔다.

"스크랩북인데, 네가 찾는 게 이런 것 아니냐?"

"훌륭하세요."

한나가 엄마를 살짝 포옹했다.

"중요한 단서가 있을지도 모르겠어요, 엄마."

그때 미셸도 때마침 주방에서 나왔다.

"주방에는 아무것도 없어. 프라이팬 하나 남아 있지 않은걸. 벤은 요리를 아예 안 하나 봐."

미셸이 한나의 손에 들린 노트를 눈치채고는 바싹 다가왔다.

"이게 뭐야?"

"스크랩북."

"사진이랑 몇 가지 메모들이 있더구나."

엄마가 말했다.

"조금 훑어보고는 바로 한나에게 가지고 왔다."

"같이 볼까요."

한나가 소파에 앉자 엄마와 미셸도 한나의 양쪽에 자리했다. 한나가 첫 번째 페이지를 펼치자 두 남자아이의 사진이 눈에 들어왔다. 한 아이는 10살쯤 되어 보이고, 다른 한 아이는 아직 아기였다.

"벤과 진."

엄마가 사진 밑에 달린 제목을 읽었다.

"어렸을 때 아주 귀여웠구나. 진이 형이었나 보다."

"의붓형제인 것 같아요."

한나가 말했다.

"성이 서로 다르거든요. 욕실에서 은시계를 찾았는데, 뒷면에 진 버로우스 박사라고 새겨져 있었어요."

"그럼 형도 의사인 모양이로구나."

엄마가 말했다.

"벤이 왜 의학을 공부했는지 알겠어. 어쩌면 형제가 함께 병원을 개원하려고 했는지도 모르겠다. 가족이 함께 사업을 하는 경우가 종종 있지 않니."

한나는 고개를 가로저었다.

"이번 경우에는 아닐 거예요."

한나가 말했다.

"진 버로우스 박사는 이미 죽었거든요. 말린한테 들었는데, 벤이 형이 죽었다고 했대요."

"오, 저런."

미셸이 말했다.

한나가 다음 페이지를 넘겼다. 가족사진, 학교사진, 크리스마스나 기타 연휴 때 찍은 사진들이 들어 있었고, 뒤이어 졸업사진과 졸업장이 눈에 띄었다. 진 버로우스 박사가 졸업생들 앞에 선 사진과 의과대학을 무사히 졸업했다는 내용의 증서였다. 그 옆에는 똑같은 형태의 벤의 사진과 벤의 졸업장도 끼워져 있었다.

"이제 마지막 장이야."

한나가 페이지를 넘기는 순간 〈시애틀 타임스〉에서 스크랩한 기사가 하나 눈에 띄었다. 기사에는 '지역 의사가 재즈 클럽 뒷골목에서 살해당하다' 라는 헤드라인과 함께 진 버로우스 박사의 사진이 실려 있었다.

"왜 그러느냐?"

한나가 입을 떡 벌리자 엄마가 물었다.

"벤의 형인 진에 관한 기사예요. 죽은 게 맞네요. '재즈맨' 이라는 시애틀의 한 재즈클럽 뒷골목에서 깨진 병에 가슴을 찔려 죽었대요."

"그래서 범인은 잡았대?"

미셸이 물었다.

"모르겠어. 그건 안 나와 있는데. 기사에는……."

한나가 하던 말을 멈추고 노트 뒤편에 꽂혀 있던 종이를 꺼내 펼쳐보았다.

"뭐야?"

한나가 아무 말이 없자 미셸이 재촉했다.

"벤의 형이 살해당했던 날 밤에 연주했던 밴드의 사진이야. '티켓 투 툴사' 라는 이름의 밴드였나 봐."

미셸이 사진을 자세히 들여다보았다.

"이거 버디잖아!"

미셸이 떨리는 목소리로 외쳤다.

"머리가 금발이긴 하지만, 버디가 확실해."

"맞아."

한나가 말했다.

"분명히 버디야. 벤이 그를 알아본 걸까?"

"이건 벤이 갖고 있던 사진이지 않느냐."

엄마가 지적했다.

"그러니 분명 알고 있었을 게다. 나도 사진을 보니 금방 알겠구나. 버디를 본 게 딱 한 번……."

엄마가 하던 말을 멈추고 침을 꿀꺽 삼켜 내렸다.

"얘들아!"

"왜 그러세요, 엄마?"

한나가 물었다.

"벤은 시애틀에서부터 버디를 알고 있었던 게 분명하다. 그러니까 설마 벤이…… 벤이 버디를 죽인 게 아니냐?"

잠시 골몰하던 한나는 이윽고 결론에 도달했다.

"글쎄요. 어쨌든 이 사진앨범을 마이크에게 보여주는 게 좋겠어요."

"그리고 여기서도 얼른 나가는 게 좋겠어."

미셸이 한나의 손에서 스크랩북을 빼어들며 덧붙였다.

"어서 나가요, 엄마."

"서둘러라, 한나."

엄마가 한나를 향해 손짓했다.

"어서! 여기 계속 있다간 위험해질 수도 있어. 벤이 살인범일 수도 있지 않느냐!"

한나는 고개를 가로저었다.

"두 사람이 먼저 나가서 마이크를 찾아요. 스크랩북을 보여주고 상황 설명도 해주고요. 전 잠시 더 남아서 '추억의 물건들' 이라고 적힌 상자를 한 번 살펴보고 싶어요. 중요한 단서가 될 만한 게 있을지도 모르잖아요."

"그러지 말고 지금 우리랑 같이 나가는 게 좋을 것 같구나."

엄마가 한나를 설득했다.

"괜찮아요, 엄마. 어차피 벤은 오늘 8시까지 근무잖아요. 아직 오전 11시밖에 안 됐는걸요. 엄마가 직접 일정을 확인해주신 건데 걱정하실 필요 없어요. 얼른 미셸이랑 가보세요. 그리고 이따가 다시 만나요."

엄마와 미셸이 자리를 뜬 후 한나는 제일 먼저 은시계를 가방에 집어넣었다. 벤이 정말 버디를 죽인 것이라면 사건 수사에 있어 중요한 단서가 될 수도 있다. 그런 다음 거실에 놓인 무거운 상자를 소파 쪽으로 질질 끌고 왔다. 엄마와 미셸이 마이크를 데리고 돌아올 때까지 이곳에서 계속 증거들을 찾아볼 계획이었다.

문득 벤의 집이 그의 일터와 너무 가까운 곳에 있다는 생각이 들어 한나는 순간 멈칫했지만, 그래도 아무 일 없을 거란 생각으로 스스로를 달랬다. 벤은 환자들을 돌보느라 바쁠 테고, 한나가 자기 집을 뒤지고 있을 거란 생각은 꿈에도 하지 못할 것이다.

한나는 커피 탁자 위에 놓인 가위를 집어 상자에 감겨진 테이프를 잘랐다. 지금까지 발견한 단서들은 그저 주변적인 것일 뿐, 핵심적인 것은 아니었다. 물론 상자에서 자필 자수서나 진료실에서 버디를 찔렀을 때 꼈던 장갑 같은 것이 나오리라 기대하는 건 아니었다. 하지만 '추억의 물건들' 이라고 적혀 있는 것으로 보아선 시애틀에서 생활할 때의 물건들이 몇 가지 정도는 들어 있을 듯했고, 그중에 분명 뜻밖의 사실을 알게 해 줄 물건이 포함되어 있을 것 같았다.

상자를 연 한나는 안에 들어 있는 물건을 하나씩 꺼내기 시작했다. 카메라를 향해 미소 짓고 있는 벤의 부모님 사진, 진과 신나게 뛰어노는 강아지의 사진. 호수에서 함께 배를 타고 있는 벤과 진의 사진도 있었다. 두 사람 모두 낚싯바늘에 걸린 물고기를 들어 올리며 함박웃음을 짓고 있었다.

상자 밑에는 한쪽 귀가 다른 쪽 귀보다 짧은 고양이 봉제인형도 들어 있었는데, 검정색 실로 수선한 흔적이 나 있는 것을 보아 어린 시절에 갖고 놀던 인형인 모양이었다. 인형 옆에는 한나가 버디 니먼으로 알고 있던 남자와 무대 위에서 함께한 진의 사진이 담긴 액자가 놓여 있었다. 사진의 오른쪽 하단에는 은색의 잉크로 '나의 좋은 친구, 진에게' 라는 메시지와 함께 '채즈 페이튼' 이라는 서명이 적혀 있었다.

바로 그때, 문고리에서 열쇠 돌리는 소리가 들렸다. 마이크는 아니다. 엄마와 미셸이 마이크를 만났다고 해도 이렇게 빨리 왔을 리 없다. 엄마나 미셸도 아니다. 두 사람이 다시 돌아올 이유도 없지 않은가. 세 사람 모두 아니라면, 이건…….

벤이다! 물건들을 상자에 다시 담고 테이프까지 두를 시간 따위는 없었다. 얼른 여기서 빠져나가야 한다. 지금 당장! 하지만 뒷문으로 나간다면 금방 들킬 게 분명하다. 벤의 아파트는 이른바 쇼트건 아파트(shot-gun apartment)의 형태를 띠고 있었기 때문이다. 쇼트건 아파트란 앞문과 뒷문이 일자로 연결되어 있어 문밖에서 총을 쏘았을 때 총알이 집 안 어느 공간에도 맞지 않고 그대로 통과해 밖까지 나갈 수 있다고 해서 붙여진 이름이었다. 이건 즉, 벤의 눈에 띄지 않고 빠져나갈 수 없단 이야기였다. 그렇다면, 숨어야 한다.

재빨리 움직여야 해. 한나의 머릿속에는 이 한 가지 생각뿐이었다. 얼어붙기라도 한 듯 제대로 움직여주지 않는 발을 끌고 한나는 간신히 현관문 왼쪽에 몸을 숨길 수 있었다. 벤이 문을 열면 한나가 자연스레 가려질 것이다. 한나는 벤이 열린 상자를 보고 놀라 그쪽으로 다가가는 틈을 타 그의 등 뒤로 조용히 도망치면 된다.

문이 열렸다. 한나가 가만히 손잡이를 붙잡은 덕분에 문이 벽에 튕겨 다시 닫히는 일은 없었다. 한나는 벤이 상자를 발견하고 그곳에 다가가기까지 다섯을 세었다.

숫자를 세며 한나는 조심스럽게 그의 모습을 살폈다. 역시! 한나의 예상대로 그는 바닥에 놓인 상자 쪽으로 다가가기 시작했다. 한나에게서 등을 돌린 채 상자 밖에 꺼내어져 있는 물건들에 정신이 팔린 지금이 도망칠 때다. 바로 지금!

한나는 발걸음을 옮겼다. 심장이 어찌나 쿵쾅거리는지 벤에게까지 들리지 않을까 걱정될 정도였다. 열린 문밖으로 조용히 발걸음을 옮긴 한나는 그때부터 걸음아 나 살려라 하고 냅다 뛰기 시작했다.

한나의 등 뒤로 육중한 발걸음 소리가 들리는 것을 보니 한나가 달아나는 모습을 벤이 본 듯했다. 한나는 있는 힘을 다해 복도를 내달렸고, 마침내 병원과 통하는 지점에 이르러 문을 벌컥 열었다. 그런 뒤 재빨리 왼쪽으로 꺾어졌다. 그나마 테니스 슈즈를 신고 있는 것이 다행이었다.

들어서고 보니 처음 와보는 복도였다. 현재 병원은 한창 확장 공사 중이었는데, 이곳 역시 그 구역에 포함된 복도인 듯했다. 한나는 벤이 부디 한나가 공사 구역으로 꺾어지지 않고 곧장 직진해 달렸을 것이라 생각하길 간절히 바랐다.

아직 형광등을 달지 않은 복도에 희미하게나마 보이는 불빛이라고는 뜨긴 천장에 매달린 백열등 전구뿐이었다. 이곳이 한나에게만큼이나 벤에게도 미지의 장소이기를.

모퉁이를 돌자마자 밝은 노란색으로 칠한 문 하나가 눈에 띄었다. 노란색이라, 좋은 징조다. 그렇지 않은가? 한나는 안으로 들어가 볼까 어쩔까 잠시 망설였다.

그때 한나의 등 뒤로 또다시 육중한 뜀박질 소리가 들렸고, 한나에게는 더 이상 선택의 여지가 없었다. 한나는 벌컥 문을 열고 또 다른 복도로 뛰어 들어갔다. 아래로 향하는 듯한 복도는 바닥이 타일로 되어 있었고, 벽에는 공공기관에서 흔히 쓰는 그린색 페인트가 칠해져 있었다. 한나는 스텐실로 '엔진실' 이라고 적혀 있는 문을 또 하나 통과하고 나서야 자신이 지하실에 와 있다는 사실을 깨달았다.

처음 병원이 지어졌을 때 방문 투어로 지하실도 둘러본 기억이 났다. 병원의 제일 밑에 자리한 지하실에는 기관실 및 예비 발전기, 냉난방 시스템 등이 자리하고 있었다. 한나의 기억이 정확하다면 지하실엔 의료 기구들이나 관리 도구들을 보관하는 창고도 여러 개 있을 터였다. 원래 지하실 한편에는 카페테리아도 있었지만, 몇 년 전 문을 닫고 지상층으로 이전하였다. 하지만 지상층의 카페테리아도 지금은 공사 중이라 문을 닫았다.

벤이 한나의 뒤를 바짝 쫓고 있는 지금 한나는 어쩌면 좋을지 몰라 갈팡질팡했다. 지하실 투어를 했던 게 오래전 일이라 다시 지상층으로 올라가려면 어디로 가야 하는지 기억이 나지 않았다. 어떻게든 계단을 찾아 위로 올라갈 수도 있겠지만, 그러다 벤의 눈에 띌지도 모르니 우선은 안전한 곳에 숨어 핸드폰으로 마이크에게 자신의 소재를 알리는 편이 나을 것 같았다.

모퉁이를 돌아 또 하나의 문과 마주치자 한나는 문을 열고 안으로 들어갔다. 그런 뒤 문을 닫고 닫힌 문에 등을 기댄 채 숨을 골랐다. 부디 벤에게 들키지 않기를. 한나의 체력에도 한계가 있으니 언제까지 이렇게 도망 다닐 순 없다.

그때 누군가 문 앞을 지나는 소리가 들렸다. 아마 벤일 것이다. 그의 발걸음 소리가 점점 멀어지자 한나는 안도의 한숨을 내쉬었다. 적어도 얼마간은 안전하다. 하지만 문제는 한나조차도 자신이 어디에 와 있는지 모른다는 것이었다.

휑뎅그렁한 큰 방은 꽤 어두웠기 때문에 희미한 불빛에 적응하는 데에 시간이 필요했다. 천장에 달린 구조물의 낮은 와트 불빛에 가만히 방 안을 살펴보니 커다란 서랍이 달린 철제 캐비닛이 가득 들어차 있었다. 예전에 비품실로 사용했던 곳인가?

한나의 왼쪽 벽에는 철제 선반이 달려 있었는데, 그 위에는 곱게 접힌 수세미 몇 장과 함께 비닐 앞치마 여러 장이 놓여 있었고, 제일 위쪽 선반에는 의사가 수술 시에 착용하는 마스크와 기타 물품들이 놓여 있었다. 반대편 벽에는 커다란 싱크대가 자리하고 있었는데, 수술실 앞에 있는 것과 비슷한 형태의 것이었다.

방 한가운데에는 철제 수술대가 놓여 있었고, 그 옆에는 저울이 놓인 바퀴 달린 수레가, 그 바로 옆 또 하나의 수레에는 다양한 수반과 비커, 유리 용기들이 놓여 있었다.

바닥에는 샤워실이나 라커룸에서 그러하듯이 배수구 방향을 따라 타일이 비스듬히 깔려 있었다. 그것을 보니 간편한 청소가 가능하도록 만들어진 방이 분명한 듯했다. 호스로 바닥에 물을 뿌리면 먼지나 지저분한 잔해들이 하수구로 깨끗이 씻겨 내려갈 것이다.

그때 수술대 위 천장에 마이크로폰이 걸려 있는 게 한나의 눈에 띄었다. 비디오 녹화기처럼 보이는 것도 있었다. 도대체 어떤 환자가 의사에게 자신의 수술 장면을 녹화하게 하는 거지? 게다가 여긴 어떤 수술실이기에 이런 장비를 갖추고 있는 걸까?

수술대를 살피는 한나의 머릿속에 두 가지 질문이 계속해서 맴돌았다. 잠시 골몰하던 한나에게 뒤늦게 답이 떠올랐다. 그래, 죽은 환자라면 의사가 뭘 녹화하든 상관하지 않겠지. 철제 캐비닛에 달려 있던 서랍도 사실은 부검을 기다리는 시체를 넣어두는 보관소였다. 이 방은 투어 코스에 포함되어 있지 않았기 때문에 한나도 오늘 처음 와보는 곳이었다. 자신도 모르게 병원 시체실에 숨어들다니!

그때 문이 활짝 열렸고, 한나는 깜짝 놀라 휙 돌아보았다. 밝은 불빛 때문에 눈이 부셔 제대로 보이지 않았다. 한나는 눈을 깜빡거렸고, 이내 눈앞에 우뚝 선 사람을 확인하고는 공포에 입을 떡 벌리고 말았다. 그가 한나를 찾아냈다! 벤이 한나를 찾아낸 것이다!

"나한테서 도망갈 수 있을 거라고 생각했어요?"

그가 물었다.

"아…… 네! 그랬어요!"

한나는 부검대 옆에 있는 버튼이 마이크로폰과 비디오카메라 전원 버튼일지도 모른다는 생각에 내색하지 않고 자연스럽게 버튼을 눌렀다. 벤이 자신을 죽인다고 해도 누구의 짓인지 마이크가 알 수 있을 것이다.

"여기로 숨어드는 거 봤어요. 당장 들어올 수도 있었지만, 당신에게 줄 선물이 하나 있어서요."

벤이 손을 들어 주사기를 보여주었다.

"난 지금 당장 레이크 에덴을 떠야 하는데, 당신은 날 막으려고 하겠죠."

"아뇨! 아니, 막지 않을 게요. 어서 가요. 떠나라고요!"

벤이 웃음을 터뜨렸다. 하지만 한나는 조금도 우습지 않았다.

"그 전에 마무리 짓고 가야 할 일이 있어서요. 그 일이란 게 바로 한나, 당신이에요. 사진 본 거 알고 있어요. 이제 사실을 알았겠죠. 실력 좋은 형사라고 박사님이 얘기하시더니, 정말이네요."

"무슨 사실이요?"

마이크에게 전화해서 자신이 어디에 있는지 알릴 수는 없었지만, 그래도 한나는 최대한 시간을 끌어볼 생각이었다.

"내가 채즈를 죽였다는 거요. 우리 형과 채즈 사진 보자마자 눈치챈 거 아닌가요?"

벤이 가까이 다가오자 한나는 뒤로 물러섰다.

"겁먹지 말아요. 꽤 괜찮은 주사예요. 전혀 아프지 않을 거예요. 내가 약속하죠."

"그럴 수 없어요!"

한나가 최대한 크게 소리를 질렀다.

"소리 질러봐야 소용없어요. 프레디도 이미 비품실을 다녀갔고, 오늘은 부검 일정도 없어요."

그래, 계속 말을 시키는 거야. 한나가 생각했다.

"버디가 당신의 의붓형을 죽인 게 확실해요?"

"그럼요. 그날 밤에 나도 재즈맨에 갔었는데, 내가 들어갔을 때 두 사람, 싸우고 있었어요."

"뭣 때문에요?"

"내 앞에서는 말을 안 했지만, 어떤 치과의사 때문인 것 같았어요."

"치과의사, 누구요?"

"두 사람 다 알고 있는 치과의사요. 형은 무료 진료소에서 만났다고 했어요. 일주일에 한 번 오후에 그곳에 가서 진료 봉사를 했거든요. 그녀도 마찬가지였죠. 그 여자가 재즈를 좋아한다고 해서 형이 '티켓 투 툴사' 밴드 공연에 데려갔어요. 거기서 채즈를 소개시켜줬고요. 그로부터 몇 주 뒤, 그 여자는 형을 버리고 채즈와 만나기 시작했어요."

한나의 머릿속에 끔찍한 의심이 피어오르기 시작했다.

"그 여자 이름이 뭐였어요?"

한나가 물었다.

"몰라요. 내 앞에서 한 번도 그 여자 이야기를 한 적이 없으니까요. 만난 적도 없고."

"형이랑 재즈맨에서 자주 함께 시간을 보낸 거 아니었어요?"

벤이 고개를 저었다.

"그때 난 의대 재학 중이었기 때문에 놀 시간이 없었어요. 형처럼 재즈 광팬도 아니었고. 그날 밤 형이랑 간단하게 한잔하러 잠깐 들렀다가 다음 날 화학시험이 있어서 일찍 나왔는데, 그때 계속 있었어야 하는 건데 하는 후회가 드네요. 그랬으면 모두 다 살아 있을 텐데."

한나는 아무 말도 하지 않았다. 벤도 마찬가지였다. 두 사람은 미동도 없이 숨죽인 채 동상처럼 우두커니 서 있었다. 한나는 뭔가를 물어보기가 겁이 났다. 묘한 정적을 깨트리고 싶지 않았다. 그때 벤이 다시 입을 열었다.

"그를 죽일 생각이 아니었어요. 그저 무슨 일이 있었던 건지 물어보려고 했던 것뿐이었는데. 근데 그 자식이 형에 대해 나쁜 말을 했고, 순간 꼭지가 돌아버렸어요. 정신을 차려보니 내가 그 자식을 죽였더군요."

"우발적인 살인이었어요. 그걸로 당신을 변호할 수 있을 거예요. 그러니 부디 주사기를 내려놓아요. 내가 마을에서 제일 실력 있는 변호사에게 당신의 변호를 부탁할게요."

"감옥에 갈 순 없어요. 내가 견디지 못할 거예요. 갇혀 있는 건 질색이라고요! 내가 갈 길은 따로 있어요. 여기서 무사히 빠져나가기만 하면 아무도 모를 거예요."

"내 말을 들어봐요."

한나가 간청했지만, 아무 소용없었다. 벤의 눈빛이 다시금 차가워졌다. 그가 다시 한 발자국 가까이 다가왔다.

"오지 말아요!"

한나가 소리를 질렀다. 뒤로 주춤했지만, 이제 더 이상 물러설 공간이 남아 있지 않았다. 한나는 부검대를 뒤로한 채 가능한 한 뒤로 바짝 물러섰다. 벤이 점점 한나를 구석으로 몰아가고 있었다.

"누구 없어요! 도와주세요!"

"뭐하세요, 벤 선생님?"

한나와 벤이 동시에 고개를 돌려 문가를 쳐다보았다. 프레디 소여가 환자 수송용 침대를 밀면서 안으로 들어서고 있었다.

"당장 나가, 프레디!"

벤이 명령했다.

"안 돼, 프레디. 가지 마!"

한나가 그를 붙잡았다.

"벤 선생이 나를 해치려고 하고 있어."

프레디는 혼란스러운 표정으로 벤을 쳐다보았다.

"사람들을 해치면 안 돼요, 벤 선생님. 의사는 사람들을 도와줘야 하는 거잖아요."

"난 지금 한나를 돕고 있는 거야, 프레디. 많이 아파서 주사약을 놔주려던 참이었거든."

"난 아프지 않아."

한나가 외쳤다.

"바보 같지 않아, 프레디? 한나는 지금 주사가 무서워서 저러는 거야. 난 의사야. 당연히 한나를 도와야지."

"거짓말이야, 프레디. 지금 벤 선생은 나를 죽이려 하고 있어. 네 사촌 제드가 그랬던 것처럼."

"제드요?!"

프레디가 인상을 찌푸렸다.

"제드 기억나요. 제드 나빠요!"

"당장 나가지 못해, 프레디! 난 의사야. 병원에서는 의사가 시키는 대로 해야지. 지금 나가지 않으면 박사님께 말씀드려서 널 더 이상 일하지 못하게 할 거야!"

"나가지 않을 거예요. 한나를 해칠 생각이라면요. 한나가 선생님이 제드 같다고 했잖아요. 한나는 거짓말 안 해요."

벤이 한나를 향해 더 가까이 다가서자 프레디가 있는 힘껏 침대를 밀어 벤에게로 돌진했다. 침대에 다리를 가격 당한 벤은 타일 바닥에 세게 넘어졌고, 동시에 쥐고 있던 주사기가 손에서 튕겨 나갔다. 한나가 머리를 홱 숙였고, 주사기는 의식을 잃은 벤의 옆에 떨어졌다.

순간 한나는 너무 놀라 멈칫했지만, 이내 정신을 차렸다.

"벤을 침대에 옮기는 것 좀 도와줘, 프레디. 깨어나기 전에 묶어둬야 해."

"그거 할 수 있어요."

프레디가 감자 포대를 짊어지듯 벤을 들고 침대 위에 쿵 내려놓았다.

"말린 선생님이 가르쳐주셨어요. 지금껏 나처럼 침대 끈 잘 묶는 사람은 처음 봤댔어요."

한나가 감탄스럽게 지켜보는 가운데 프레디는 엉켜있는 침대 끈을 풀어 벤의 팔과 다리를 묶었다.

"이렇게 해야 환자들이 안 다친대요."

프레디가 설명했다.

"맞아."

한나가 그를 살짝 포옹했다.

"이제 벤 선생이 나도 해치지 않을 거야. 말린 선생님의 말대로야. 프레디처럼 이렇게 침대 끈 잘 묶는 사람은 처음이야."

금요일 아침, 마침내 봄이 찾아온 듯했다. 영상 10도의 화창한 날씨에 한나는 뒷문을 활짝 열어 온후한 바람을 맞이하고 싶었지만, 앤젤 키스를 여섯 팬이나 구워 식히는 중이라 그럴 수는 없었다. 머랭이 다 식기 전에 바람에 흐트러지기라도 하면 큰일이다.

병원 복도에서의 추격사건 후 많은 일이 있었다. 벤 맷슨은 현재 구치소에 구금된 채 재판을 기다리고 있었는데, 그의 변호사는 사태를 희망적으로 관망하고 있었다. 한나의 예상대로 벤이 일시적 정신착란을 일으켰다고 주장할 계획인 듯했다. 경찰서 연구실에서 벤이 갖고 있던 주사기의 성분을 분석한 결과 강력한 진정제가 들어 있음이 확인되었다. 한나를 3~4시간 동안은 족히 기절시킬 만한 양이었지만, 목숨을 잃게 할 만큼은 아니었다. 벤은 그저 도망갈 시간을 벌려고 했을 뿐이었던 것이다.

한나가 우연히 눌렀던 부검대 옆 버튼은 마이크로폰과 비디오 녹화기의 버튼이 맞았다. 덕분에 그가 채즈 페이튼, 즉 모두가 버디 니먼으로 알고 있던 남자를 죽였다는 고백이 생생한 화면과 소리로 기록되었다. 이제 유일하게 하나 남은 의문점은 진과 채즈를 모두 만났던 여자가 정말 베브 손다이크 박사냐 하는 것이었다.

"한나 어머님이랑 박사님이 이리로 오고 계시대요."

리사가 회전문을 통해 작업실로 들어왔다.

"DNA 검사 결과가 나왔다는데요."

"이렇게 빨리?"

"연구실의 박사님 친구분이 개인적으로 검사를 진행하셨나 봐요. 그리고 친자 확인 검사는 다른 DNA 검사만큼 오래 걸리지 않는대요."

"그렇구나."

"결과 알려주실 거죠?"

리사의 걱정스러운 표정에 한나가 미소로 그녀를 안심시켰다.

"당연히 알려줘야지!"

"노먼이 결백한 걸로 나왔으면 좋겠네요."

나 또한 같은 마음이야. 한나는 속으로 생각했다. 아마 리사는 말하지 않아도 한나의 마음을 알고 있을 것이다.

한나가 막 커피를 따르고 새로 만든 초콜릿 캐러멜 피칸 바 접시를 내려놓자 뒷문에 노크 소리가 들렸다. 엄마와 박사님이 도착한 모양이었다.

"커피 드릴까요?"

한나가 두 사람을 안으로 안내하며 물었다.

"언제든 환영이다."

엄마가 미소를 지었다. 박사님 역시 고개를 끄덕였다.

"고맙네, 한나. 한 잔 주면 좋지."

"다행이에요. 벌써 따라놓았거든요."

한나가 스테인리스 작업대 위에 놓인 머그잔과 쿠키 접시를 가리켰다.

"어서 앉으세요. 그리고 부디…… 좋은 소식 전해주시길 바라요."

"우선 마음을 가라앉히거라, 얘야."

엄마가 타일렀다. 하지만 모든 사실을 알게 되기 전까지 한나는 도저히 마음을 가라앉힐 수가 없었다.

"얘기하자면 조금 복잡해."

박사님이 말했다.

"라이가 자세하게 설명해주긴 했지만."

"라이라면 연구소에 계시는 친구분?"

"그래, 톰 라이언. 의대 시절 내 룸메이트였지."

"그럼 그분도 의사세요?"

"그렇지. 다만 진료는 하지 않아. 환자들 만나는 데에 별로 소질이 없다는 걸 깨닫고 연구 쪽으로 진로를 돌렸거든. 어쨌든 라이가 연구원들을 시켜서 우리가 가져다준 샘플들로 가장 기본적인 친자 확인 검사를 했다더군. 그보다 더 복잡한 검사도 있지만, 우리가 결과가 급하다고 해서 말이야."

"박사가 그 친구에게 아내와 목숨이 달려 있는, 아주 중요한 문제라고 했다는구나."

엄마가 박사님을 보며 미소를 지었다.

"그래, 그랬지. 사실 라이는 농담을 좋아하는 친구거든."

"현명한 방법이셨어요."

한나는 박사님이 부디 본론으로 들어가 주기를 간절히 바랐다.

"샘플들 갖고 갔을 때 라이가 얼마나 좋아하던지. 검사를 아주 실컷 할 수 있겠다고 했다네."

"안드레아 덕분이죠."

안드레아가 채취했던 갖가지 샘플들을 떠올리며 한나가 말했다.

"그래, 훌륭했어. 아기에 엄마에 잠재적 아빠의 샘플까지 모두 채취했으니 말이네."

그러자 엄마가 고개를 끄덕였다.

"친자 확인 검사를 할 때에는 잠재적 아빠의 샘플을 두 개의 카테고리로 나눈다더구나, 하나는 '포함' 으로, 또 하나는 '배제' 로."
"그렇지."
박사님이 말을 이어 받았다.
"첫 번째 검사로는 그 사람이 아빠라는 사실을 법적으로 증명하진 못한다네. 하지만 아빠가 아니라는 사실은 증명할 수 있지."
한나는 마음속으로 간절히 기도했다.
"그래서 노먼의 결과는요?"
"친부일 수 없다고 나왔어."
"그럼 '배제' 로 나왔단 말이죠?"
한나는 자신이 이해한 바가 맞는지 재확인했다.
"그래."
박사님이 말했다.
"노먼은 다이애나의 친부가 아니야."
한나의 어깨를 무겁게 짓누르던 무언가가 스르르 사라지더니 이내 안도감이 밀려왔다. 베브 박사의 모든 이야기가 거짓이었던 것이다. 노먼이 다이애나의 아빠라는 것까지!
"연구원이 실수했던 것도 얘기해줘."
엄마가 박사님의 옆구리를 찔렀다.
"우리가 버디 니먼으로 생각했던 남자의 샘플 채취했던 것 기억나나?"
한나가 고개를 끄덕이자 박사님이 말을 이었다.
"연구소의 연구원이 버디의 샘플도 친자 검사를 해야 하는 건 줄 알고 실수로 같이 진행했다네. 근데 놀랍게도 버디의 샘플이 '포함' 으로 나왔어."
"여기서부터는 내가 이야기할게!"

엄마가 자리에서 펄쩍 뛰어오를 듯 급하게 나섰다.

"그렇게 해, 로리."

박사님이 관대하게 물러났다.

"오, 한나! 방금 박사가 말한 그대로란다! 연구원이 거듭해서 검사를 해봤는데, 그가 다이애나의 친부일 확률이 99.9%라지 뭐냐!"

한나는 뒷문에서부터 쌔미가 누워 쉬고 있는 벨벳 요람까지 계속 왔다 갔다했다. 쌔미는 소리 나는 곰 인형의 귀를 열심히 깨물고 있었다. 한나는 쌔미를 위해 곰 인형 소리를 한 번 내준 다음 다시 군인처럼 절도 있게 발걸음을 돌려 뒷문으로 향했다. 노먼에게 쿠키단지로 와줄 수 있느냐는 전화를 건 뒤 적어도 1마일 정도는 계속 서성인 듯했다.

다시 쌔미의 요람 쪽으로 방향을 틀며 한나는 시계를 올려다보았다. 전화를 끊은 지 15분, 잠시 후면 노먼이 도착할 것이다. 시간은 자꾸만 가는데, 한나는 노먼에게 무슨 이야기를 어떻게 꺼내면 좋을지 가닥을 잡지 못했다.

로드 부인과 얼, 안드레아, 미셸, 엄마, 리사와 허브까지 노먼을 한나에게 맡긴 채 자리를 떴고, 마이크 역시 DNA 검사를 위한 샘플 채취에 대해서는 일언반구도 하지 않겠다고 했다. 노먼이 알아야 할 것이 있다면 그것을 알리는 건 한나여야만 한다는 것이 모두의 생각이었다. 활 시위는 당겨졌고, 주사위는 던져졌다. 모든 것이 전적으로 한나에게 달려 있었지만, 한나는 노먼에게 어디까지, 어느 정도까지 이야기해주어야 할지 알 수 없었다.

쌔미가 나지막이 끙끙거리기에 한나가 다가가 녀석을 쓰다듬어주었다. 요람 문이 열려 있는데도 나오지 않고 안에만 있는 것을 보니 나왔다가 서성이는 한나의 발길에 채일까 봐 무서운 모양이었다.

그때 뒷문에 노크소리가 들렸고, 한나가 급히 문을 열었다. 밖에는 노먼이 매우 심각한 얼굴로 서 있었다.

"어서 와요, 노먼."

한나가 말했다.

"새로 커피 끓여놓았어요."

"그거 좋죠."

노먼이 재킷을 벗어 뒷문 옷걸이에 걸고는 작업대 앞에 앉았다.

"전화해줘서 고마워요, 한나. 안 그래도 막 한나에게 전화하려던 참이었거든요."

"그랬어요?"

한나가 커피를 노먼 앞에 내려놓고 그의 맞은편에 앉았다. 노먼의 표정이 너무 심각해서 한나는 새삼 다리가 떨렸다.

"심각한 이야기예요, 한나."

그런 것 같네요. 바싹 마른 입에서 말이 나오지 않아 한나는 그저 고개를 끄덕였다.

"난 다이애나의 아빠가 아니에요."

어-오! 노먼이 비밀스럽게 진행했던 DNA 검사에 대해 알아챈 것일까? 자신의 앞길을 방해했다며 한나를 절대 용서하지 않겠다고 하면 어쩌지?

"내 말 들었어요, 한나?"

"아, 네."

한나가 떨리는 목소리로 대답했다.

"어떻게 알았어요?"

"유전자 검사를 의뢰했는데 어제 우편으로 결과를 받았어요. 내 유전자로는 다이애나의 친부일 수 없다고 하더군요."

"당신이……."
한나는 침을 꿀꺽 삼켜 내리고 심호흡을 한 뒤 다시 입을 열었다.
"노먼, 당신이 직접 유전자 검사를 의뢰했다고요?"
"당연하죠. 설마 내가 베브의 말을 곧이곧대로 믿을 거라고 생각한 건 아니겠죠?"
"모…… 몰랐어요."
"예상했으리라 생각했는데. 어쨌건 날 믿어줘요, 한나. 난 어린애가 아니에요. 베브가 그렇게 오랫동안 다이애나의 존재를 숨겼다는 게 이상했어요. 그래서 나중에 후회하기보다는 안전하게 가는 게 낫겠다고 생각했죠. 나온 결과를 보니 크게 후회할 뻔했어요, 아주 크게요."
노먼이 하던 말을 멈추고 손을 뻗어 한나의 손을 잡았다.
"괜찮아요?"
"네, 네…… 괜찮아요."
한나는 또다시 심호흡을 했다.
"그래서 베브 박사에게는 얘기했어요?"
"어젯밤 미니애폴리스에 달려가서 그녀에게 말했어요. 물론 그 이전에 그녀를 찾는 게 먼저였지만. 어머님 집에도 없고, 다이애나도 아프지 않더군요. 그 이야기 역시 거짓말이었어요."
"그럼 다이애나의 진짜 아빠가 누군지는 얘기하던가요?"
"아뇨, 물어보지도 않았어요. 이젠 상관없어요."
그래, 노먼에게 굳이 다이애나의 친부가 누구인지 알려줄 필요는 없지.
"상관없다고요?"
"네. 진짜 문제는 베브가 내게 거짓말을 했다는 것과, 그 거짓말로 나를 속여 결혼하려고 했다는 거예요."

"그럼…… 내일 결혼식은 없는 건가요?"

한나는 확인하고픈 마음이었다.

"네, 내일 결혼식은 없어요. 아직 아무에게도 얘기하지 않았어요. 한나에게 제일 먼저 알리고 싶었거든요."

노먼이 한나의 다른 쪽 손도 잡았다.

"사랑해요, 한나. 언제나 사랑할 거예요. 이 모든 일이 있기 전까지 우리, 좋았잖아요. 다시…… 예전의 '우리' 로 돌아갈 수 있을까요?"

한나는 목구멍이 꽉 막힌 듯 쉽사리 말이 나오지 않았다. 하지만 간신히 입을 열었다.

"그동안 '우리' 가 아니었던 적은 한 번도 없었어요. 당신이 베브 박사와 함께일 때도 난 '우리' 를 믿었다고요."

두 사람은 그렇게 두 손을 맞잡고 같은 공기를 호흡하며 한참을 바라보았다. 그리고 마침내 노먼이 한숨을 푹 내쉬었다.

"그래니의 앤티크에 가봐야겠어요. 빨리 어머니와 한나 어머님에게 핫라인을 가동시켜 달라고 부탁드려야 해요."

"왜요?"

"결혼식이 취소되었다는 걸 하객들에게 알려야 하잖아요. 베브가 청첩장을 보냈던 주소록도 갖고 있지 않고, 모든 사람에게 일일이 알리는 것도 불가능하고요. 그래서 내일은 직접 커뮤니티 센터에 나가서 결혼식에 오는 하객들에게 식이 취소되었다는 걸 직접 알리려고 해요."

"그냥 문에 안내문을 붙이면 되잖아요."

"아뇨, 내가 직접 나가는 게 옳아요. 왜 결혼식이 취소됐는지 하객들이 궁금해할 거예요."

"그럼 사람들에게 사실을 알리려고요?"

"전부는 아니에요. 자세한 이야기까지 알 필요는 없을 테니까. 그냥 결혼식을 취소하기로 결정한 뒤 베브는 벌써 마을을 떠났고 다시는 돌아오지 않을 거라고 얘기할 거예요."

한나는 무어라 대꾸하면 좋을지 몰랐다. 노먼은 정말 용감한 사람이다. 보통 이런 상황에 부닥친 사람들은 식장에 안내문만 붙여놓은 채 집에 숨어 두문불출하는 게 대부분인데 말이다.

"설마 혼자 갈 건 아니죠?"

한나가 물었다.

"혼자 갈 거예요. 결혼식을 취소한 건 나니까 책임도 내가 져야죠."

한나는 잠시 골몰했다. 노먼의 말이 옳긴 했지만, 그래도 취소된 본인의 결혼식장 앞에서 하객들을 맞이하기가 난처하고 힘들 것이다.

"혼자 가지 말아요."

한나가 재빨리 나섰다.

"내가 같이 가줄게요."

"괜찮아요, 한나. 한나가 같이 가준다면 나야 좋지만, 혼자서도 얼마든지 감당할 수 있어요."

"아뇨, 혼자서는 안 돼요."

"왜요?"

한나가 슬며시 미소를 지었다. 모든 것이 다시 예전으로 돌아오고 있었다.

"커뮤니티 센터에 주방이 어디에 있는지 노먼은 모르잖아요. 누군가는 커피를 준비해야 하지 않겠어요?"

초콜릿 캐러멜 피칸 바

오븐은 175도로 예열합니다. 틀은 오븐의 중앙에 두세요.

재료

중간 단계의 베이킹용 사각 초콜릿 4온스(112g)(일반 초콜릿도 가능합니다)

버터 3/4컵(168g) / 백설탕 1과 1/2컵 / 캐러멜 아이스크림 토핑 1/8컵

거품 낸 계란 3개(포크로 저어주세요) / 소금 1/4티스푼 / 바닐라액 1티스푼

밀가루 1과 1/2컵 / 초콜릿 칩 1과 1/2컵 / 피칸 1과 1/2컵

만드는 법

1. 9×13 크기의 팬에 양옆을 다 감쌀 정도로 쿠킹호일을 깔아줍니다. 호일 위에 들러붙음 방지 스프레이를 뿌립니다.
2. 초콜릿과 버터를 믹싱볼에 넣고 전자레인지에 넣어 1분간 돌린 뒤 저어주세요(초콜릿은 녹은 뒤에도 제 형태를 유지하고 있을 수 있기 때문에 꼭 저어주어야 해요). 아직 녹지 않았다면 전자레인지에 20초 더 돌려주세요.
3. 전자레인지에서 꺼낸 믹싱볼에 설탕을 넣고 섞어줍니다.

한나의 첫 번째 메모: 캐러멜 아이스크림 토핑은 다음 차례예요. 이 재료를 측량할 때는 컵에 미리 들러붙음 방지 스프레이를 뿌려주셔야 합니다. 안 그러면 다 들러붙거든요.

4. 캐러멜 아이스크림 토핑을 볼에 넣고 잘 섞어줍니다.

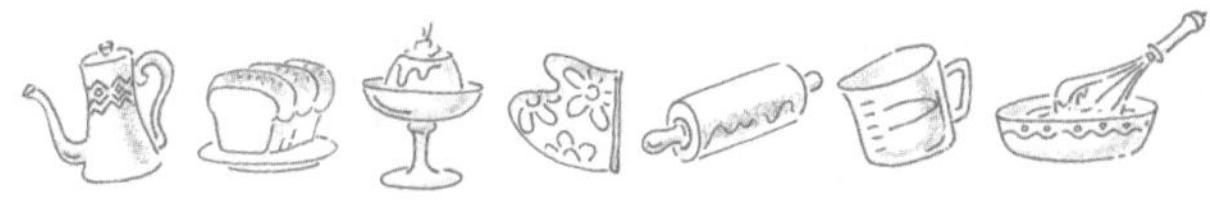

5. 볼의 겉을 만져보았을 때 계란을 익힐 만큼 뜨겁지 않으면 거품 낸 계란을 넣고 잘 섞어줍니다.
6. 소금과 바닐라액을 넣습니다.
7. 밀가루를 한 번에 반 컵씩 넣으면서 촉촉해질 때까지 잘 섞어줍니다.

한나의 두 번째 메모: 브라우니의 형태를 띨 거예요. 필요 이상 많이 젓지는 마세요.

8. 초콜릿 칩과 피칸을 칼날을 부착한 믹서기에 넣고 여러 번 껐다 켰다 하면서 잘게 다집니다(날카로운 칼로 다져주셔도 됩니다).
9. 다진 재료들을 넣고 반죽을 한 번 더 섞어줍니다. 그런 뒤 미리 준비해둔 팬에 반죽을 붓습니다.
10. 팬을 오븐에 넣고 175도에서 30분간 굽습니다.
11. 다 구웠으면 철제 선반에 꺼내 식힙니다. 바 쿠키가 식었으면 냉장고에 약 1시간 이상 넣어둡니다(그래야 잘 잘리거든요).
12. 손님상에 낼 때는 쿠킹호일 양끝을 붙잡고 차게 식은 쿠키 바를 팬에서 꺼냅니다. 그런 뒤 윗면이 아래로 가도록 도마 위에 엎은 다음 바닥, 그러니까 윗면에 붙은 호일을 떼어 낸 다음 브라우니 크기로 자릅니다.
13. 접시에 사각 모양으로 자른 쿠키 바를 올리고 슈가 파우더를 가볍게 뿌려줍니다. 이 쿠키 바 맛을 본 손님들은 당신을 요리의 천재로 칭송하게 될 거예요.

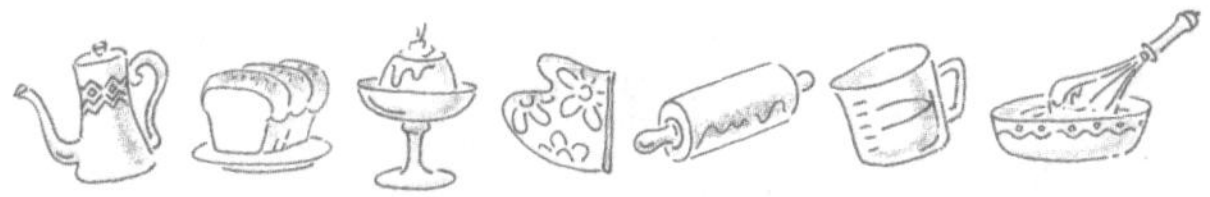

시나몬 롤 살인사건

2012년 08월 01일 초판 발행

지은이 조앤 플루크
옮긴이 박영인
펴낸이 이경선
펴낸곳 해문출판사

등 록 1978년 1월 28일 제3-82호
주 소 서울시 서초구 서초동 1328-11 도씨에빛 2차 1420호
전 화 325-4721(대표)
팩 스 325-4725

값 13,000원

ISBN 978-89-382-0425-7
ISBN 978-89-382-0400-4(세트)

※ 잘못 만들어진 책은 구입하신 곳에서 바꾸어 드립니다.

국립중앙도서관 출판시도서목록(CIP)

시나몬 롤 살인사건 / 조앤 플루크 지음 ; 박영인 옮김. -- 서울 : 해문출판사, 2012
p. ; cm.

원표제: Cinnamon roll murder
원저자: Joanne Fluke
영어 원작을 한국어로 번역
ISBN 978-89-382-0425-7 04840 : ₩13000
ISBN 978-89-382-0400-4(세트)

미국 현대 소설[美國現代小說]

843.5-KDC5
813.54-DDC21 CIP2012003219